Katrin Winter

Igelherz

Die Autorin

Katrin Winter wurde 1964 in Berlin geboren. Sie lebt heute im ländlichen Niedersachsen. Aus purer Freude am Schreiben verfasst sie dramatische Liebesromane mit einer kleinen Prise Erotik für »große Mädchen«, bei denen gelacht, aber auch geweint werden darf.

Das Buch

Auf Drängen ihrer Schwester zieht Lisa aus dem quirligen Berlin in das beschauliche Schöppenstedt am Elm.

Kann es noch schlimmer kommen?

Es kann!

Sie soll künftig in der Kanzlei ihres scheinbar untadeligen Schwagers Mathias arbeiten. Das bedeutet: nie mehr zu spät kommen, rund um die Uhr verfügbar sein, perfektes Styling zu jeder Tageszeit und nicht annähernd so viel Gehalt wie in Berlin.

Lausige Aussichten, wäre da nicht der Fremde, mit dem sie gemeinsam einen Igel von der Straße gerettet hat und der ihr seitdem nicht mehr aus dem Kopf geht.

Katrin Winter

Igelherz

Bibliografische Information der Deutschen Nationalbibliothek: Die Deutsche Nationalbibliothek verzeichnet diese Publikation in der Deutschen Nationalbibliografie. Detaillierte bibliografische Daten sind im Internet über http://dnb.dnb.de abrufbar.

1. Ausgabe: E-Book 2014 / Taschenbuch November 2016

2. Auflage: März 2020 E-Book und Taschenbuch

Webseite: http://www.winter-katrin.de

Korrektorat: Lektorat Sprachgefühl, Martina König

Covergestaltung: Katrin Winter
Bilder von pixabay.com

Herstellung und Verlag:
BoD – Books on Demand, Norderstedt

ISBN: 9783750493452

In Erinnerung an einen
Fremden,
der ein Herz für Igel hat …

Die Orte der Handlung befinden
sich in Niedersachsen
zwischen Elm und Lappwald.

Die Handlung des Romans und
die darin vorkommenden
Personen sind frei erfunden.
Ähnlichkeiten wären rein
zufällig und sind von der
Autorin nicht gewollt.

Eins

An diesem Morgen will nichts klappen. Mein Wecker gab in der Nacht seinen Geist auf, sodass ich nur durch ein lautes Geräusch meines Nachbarn über mir rechtzeitig wach werde. Das warme Wasser plätschert irgendwo im Haus herum, nur nicht in meiner Wasserleitung. Dann streikt auch noch die Kaffeemaschine. Gut, ich will nicht nörgeln, aber irgendwie habe ich mir für meinen ersten Arbeitstag einen besseren Start gewünscht.

Mein Schwager Mathias wird mir nicht den Kopf abreißen, wenn ich zu spät komme, aber dennoch sollte ich den Schwägerinnen-Bonus nicht gleich am Anfang verspielen.

Zum Glück besitze ich diesen alten Wasserkocher von meinen Eltern mit der pfeifenden Tülle. Diesen fülle ich mit Wasser und stelle ihn anschließend auf den Herd, um Kaffeewasser zu kochen.

So richtig geschmeidig funktioniert der Ablauf morgens noch nicht. Die Handgriffe sitzen noch nicht, und so geschieht es, dass ich mich nach einer Tasse und einem Teller suchend in meiner neuen Küche durch die Schränke wühle. Erst vor einer Woche habe ich die Wohnung fertig eingerichtet, die Umzugskartons ausgepackt und alles an seinem Platz verstaut. Es wird noch einige Zeit dauern, bis ich mich zurechtfinde.

»Na, Minka? Du hast es gut. Du musst dich morgens nicht beeilen«, sage ich zu meiner Katze, als sie sich vor mir ausgiebig streckt und ihren Fressnapf inspiziert.

Nach dem Frühstück ertrage ich das kalte Wasser auf meiner Haut, als ich mich notdürftig wasche. Heute Nachmittag werde ich sofort meinen Vermieter anrufen, denke ich wütend.

Zu allem Unheil klingelt es an der Tür, als ich gerade in Unterwäsche vor meinem Kleiderschrank stehe, um den Inhalt in Augenschein zu nehmen. »Mist«, grummele ich. »Auch das noch.« Ich schlüpfe in meinen Morgenmantel und eile zur Tür, um sie mit etwas zu viel Schwung zu öffnen. Dann starre ich in ein unausgeschlafenes Gesicht mit Dreitagebart.

»Guten Morgen. Es tut mir leid, Sie so früh zu stören, aber ich wollte fragen, ob Sie auch kein warmes Wasser haben.«

»Alles kalt«, ist meine knappe Antwort. Doch mein Gegenüber lässt sich nicht abhalten, mich in ein Gespräch zu verwickeln. »Mein Name ist Andreas Roth. Ich wohne über Ihnen. Hallo«, erklärt er und streckt mir seine Hand entgegen.

»Hallo«, erwidere ich freundlich und nenne ihm ebenfalls meinen Namen: »Ich bin Lisa Arnstedt. Ich hoffe, mein Einzug und die Renovierungsarbeiten in der Wohnung haben Sie nicht allzu sehr belästigt.«

»Nein, nein, kein Problem. So ist es halt, wenn man umzieht. Haben Sie sich schon eingewöhnt?«, fragt er und ich sehe verstohlen auf meine Armbanduhr. Die Zeit rennt.

»Oh, Entschuldigung. Sie sind sicher in Eile. Das vergesse ich immer gern am Montag. Da muss ich erst zur dritten Stunde in der Schule sein. Ich werde unseren Hauswirt informieren. Ich bin sicher, heute Abend haben wir wieder warmes Wasser«, sagt er mit einem breiten Lächeln und ich blicke auf eine perfekte weiße Zahnreihe.

»Danke, das ist nett. Ich muss jetzt wirklich los. Mein erster Arbeitstag, da möchte ich nicht zu spät kommen«, erkläre ich.

Er wünscht mir viel Glück, dreht sich um und schlendert den Flur entlang zur Treppe.
Süßer Hintern, stelle ich fest, als ich einen letzten Blick auf seine Rückansicht werfe, bevor ich die Tür schließe.

Stefan hatte auch einen süßen Hintern, denke ich wehmütig und schiebe den Gedanken an ihn beiseite. Auch nach so langer Zeit findet die Erinnerung immer wieder einen Weg in meine Gedanken. Man sagt, die Zeit heilt alle Wunden, doch diese Wunde wird wahrscheinlich niemals heilen – sie ist zu tief.

Auf der Fahrt von Schöppenstedt nach Helmstedt muss ich einen Umweg fahren, weil die B 82 gesperrt ist. Auch das noch, denke ich mürrisch. Der Weg führt mich durch ein Waldgebiet. Hoffentlich verfahre ich mich nicht. Wenn ich das gewusst hätte, würde mein Navi vorn an der Scheibe kleben. Aber wie immer liegt es zu Hause auf der Flurgarderobe anstatt in meinem Auto. Wenn meine Schwester Pia behauptet, ich sei chaotisch, hat sie leider manchmal recht.

Ich fahre an einer Lichtung vorbei, auf der der Morgennebel schwer über dem Waldboden liegt. Es hat etwas Mystisches an sich. Von dem Anblick verzaubert, verringere ich unwillkürlich das Tempo. In der Nacht hat es geregnet und die aufsteigende Feuchtigkeit verfängt sich in Büschen und Sträuchern. So etwas kenne ich aus Berlin nicht. Was für ein krasser Gegensatz zur Großstadt. Es ist wunderschön.

Als ich auf einen Kreisverkehr im Wald zurolle und mich orientierend nach dem Schild mit der Aufschrift »Helmstedt« umsehe, entdecke ich einen Igel, der am Kreisel entlangläuft und verzweifelt versucht, den hohen Bordstein zu erklimmen.
Das arme Ding, denke ich und fahre vorsichtig um den Kreisverkehr herum bis zur Ausfahrt in Richtung Helmstedt. Dann biege ich in einen Waldweg ein und stelle den Motor ab.
Fast panisch renne ich die Straße entlang zurück zum Kreisel. Hinter mir fuhr ein kleiner Wagen. Hoffentlich hat er den Igel nicht platt gefahren. Doch wo ist er jetzt? Er müsste doch längst zu sehen sein.
Ich habe den Gedanken noch nicht zu Ende gedacht, da kommt mir der kleine Wagen im Schritttempo und mit eingeschalteter Warnblinkanlage entgegen. Ich kann mir ein Grinsen nicht verkneifen. Im Auto sitzt ein junger Mann mit sturem Blick auf die Kreiselanhöhe. Als er mich sieht, stoppt er sein Fahrzeug und ruft mir zu: »Da oben! Er ist auf den Hügel geklettert. Sicherlich kommt er gleich auf dieser Seite wieder herunter!«

Ich bin verwirrt. Noch nie habe ich erlebt, dass ein Mann wegen eines Igels seine Fahrt unterbrochen hätte. Wirklich nett. »Ich denke, es ist besser, den Igel einzufangen und ihn dort hinten im Wald wieder auszusetzen. Wenn er hierbleibt, wird er sicherlich vom nächsten Auto erfasst«, rufe ich zurück und erklimme den Hügel inmitten des Kreisels. Natürlich macht sich so etwas in hohen Schuhen und Minirock nicht besonders gut.

Der Mann mit dem kleinen Auto fährt in der Zwischenzeit weiter und parkt hinter meinem Wagen. Dann klettert er ebenfalls auf den Hügel, und gemeinsam suchen wir den Igel.

Als wir ihn entdecken, bücke ich mich, um ihn hochzunehmen, lasse jedoch sofort los.

»Aua! Verdammt, der kleine Kerl pikst aber doll.«

Der Mann neben mir lacht amüsiert.

»Ich habe ein Handtuch im Kofferraum, aber dann müsste ich zum Auto zurück …«, sage ich und lasse den Satz theatralisch unbeendet. Natürlich hoffe ich insgeheim, dass er den Igel aufhebt und sich seine Hände zerstechen lässt.

Ich kann gar nicht so schnell reagieren, wie er sich sein Shirt über den Kopf gezogen hat und mit entblößtem Oberkörper vor mir steht. Im Bruchteil einer Sekunde checke ich mein Gegenüber – echt hübsch.

»Ist kein schöner Anblick …«, murmelt er verlegen, als er mir sein Shirt in die Hand drückt.

»Sieht doch gar nicht schlecht aus«, entfährt es mir spontan bei einem zweiten Blick auf einen gebräunten, wohlgeformten Oberkörper, auf dessen Mitte sich eine lange Narbe entlang des Brustbeins zieht. Im selben Moment tut mir meine impulsive Antwort leid, aber dafür ist jetzt keine Zeit. Ich wickle den Igel in das Shirt. Hoffentlich hat das Biest keine Flöhe, denn wenn, wird er sie auch bald haben, nachdem er sich wieder angezogen hat.

Wir bringen den Igel gemeinsam in den Wald. Ich im Bürolook mit Stöckelschuhen und Minirock, er mit entblößtem Oberkörper.

Nachdem wir dem Igel fernab der Straße seine Freiheit wiedergegeben haben, machen wir uns auf den Rückweg. Ich schüttele fürsorglich das Shirt aus, in der Hoffnung, alle Parasiten daraus zu entfernen. Als wir wieder am Straßenrand stehen und ich immer noch mit seinem Oberteil hantiere, sagt er: »Was mögen die Leute von uns denken? Wir zwei – morgens im Wald – ich mit nacktem Oberkörper …« Er grinst mich von der Seite verlegen an. Ich jedoch sehe erschrocken das Pärchen an, welches langsam an uns vorbeifährt und uns ungläubig anstarrt.

»Oh …«, gebe ich peinlich berührt zurück und drücke ihm mit etwas zu viel Nachdruck sein Oberteil in die Hand. Plötzlich ist mir egal, ob darin Läuse oder Flöhe hausen.
Ohne ein weiteres Wort gehen wir zu unseren Autos, wünschen einander einen schönen Tag und brausen los.

Mathias wird stinksauer sein. So viel ist sicher. Mein erster Arbeitstag, und sofort komme ich zu spät. Er wird sich natürlich in seiner Meinung über mich bestärkt sehen, denn seiner Ansicht nach komme ich immer zu spät, egal zu welchem Anlass. Eben total chaotisch, wie der Rest der Familie.

***

»Guten Morgen«, begrüßt mich die aufgetakelte Schnepfe in der Kanzlei meines Schwagers mit einem bedeutungsschweren Blick auf ihre Armbanduhr. »Herr Buchwald befindet sich in einer Besprechung und hat mich daher gebeten, Ihnen Ihren Arbeitsplatz zu zeigen und Sie den Kollegen vorzustellen.«

»Danke«, erwidere ich knapp und lasse mich von ihr durch die Räume führen. Wenn ich es nicht besser wüsste, würde ich denken, sie sei die Frau des Chefs. Sie benimmt sich jedenfalls so.

»Ich war von Anfang an dabei, müssen Sie wissen. Herr Buchwald hat vollstes Vertrauen zu mir. Ich bin seine rechte Hand. Sollten Sie einmal Probleme haben oder mit einem Fall nicht weiterkommen, wenden Sie sich bitte an mich«, flötet sie, während sie mir mein Büro zeigt.

Du bist die Letzte, die ich fragen werde, denke ich grimmig. Was bildet die sich überhaupt ein?

»Hier im Büro duzen wir uns alle. Das ist mit der Zeit so entstanden. Nicht, dass ich es für gut befinde, aber Mathias, also Herr Buchwald, möchte es so. Er meint, es stärkt das Wir-Gefühl und überbrückt Hürden«, erklärt sie. Ich könnte mir den Finger in den Hals stecken vor Ekel über ihren Hochmut. Trotzdem lächele ich sie höflich an.

11

»Ich bin Bille. Alle sagen Bille. Mein richtiger Name lautet Sybille Neunert. Wir werden uns also ebenfalls duzen, auch wenn das nur hier im Büro sein wird. Ich sehe keine Veranlassung, weshalb wir uns anderswo mit unseren Vornamen ansprechen sollten«, flötet sie weiter, und mir fällt es schwer, meine Hände bei mir zu behalten. Am liebsten würde ich ihr den viel zu roten Lippenstift über ihr zu stark geschminktes Gesicht schmieren. Dumme Nuss, denke ich wütend.

Nachdem ich meine Tasche in einer Schublade des Schreibtisches verstaut habe, geht die Tour durchs Büro weiter. Ich lerne eine zweite Anwältin namens Birgit Sommer kennen und einen Volontär namens Ingo Hoppe. Er hat sein Jurastudium abgeschlossen und wird bald unter Vertrag genommen. Dagmar Engel, eine weitere Bürokraft, befindet sich zurzeit im Mutterschaftsurlaub.

Ich begrüße alle freundlich mit: »Lisa Arnstedt, angenehm.«

Nach der Begrüßungszeremonie werde ich erst einmal mir selbst überlassen und setze mich an meinen neuen Schreibtisch. Ein Berg von Akten türmt sich auf der rechten Seite. Ich werfe einen verzweifelten Blick darauf.

»Sieht schlimmer aus, als es ist«, ertönt die angenehme Stimme von Ingo, als er seinen Kopf durch den Türspalt streckt.

»Hoffentlich«, erwidere ich nervös. Dass Mathias mir gleich einen solchen Berg auftischt, finde ich nicht nur unangemessen, sondern vor allem gemein.

»Magst du einen Kaffee trinken? Ich hole mir einen, da könnte ich dir einen mitbringen«, fragt Ingo mich freundlich. Wenigstens einer hier, der nett zu sein scheint.

»Gerne. Danke«, erwidere ich und lasse den Blick erneut über den Aktenberg schweifen. Was denkt Mathias sich nur dabei? Ich weiß, er war nicht begeistert, dass seine chaotische Schwägerin bei ihm arbeiten soll, aber es mir auf diese Weise deutlich zu machen, finde ich nicht nur gemein, sondern vor allem unfair.

Als Pia ihn damals fragte, war er zuerst nicht abgeneigt und hat später, als es ernst wurde, einen Rückzieher gemacht. Pia hat es auf ihre Art geregelt. Eine ungnädige Pia kann eine Heimsuchung darstellen. Mathias hatte noch nie den Schneid, sich wirklich mit ihr anzulegen. Er ist zwar ein knallharter Anwalt, aber ein butterweicher Ehemann.

Alles in allem fing dieser Tag nicht nur chaotisch an, sondern sollte auch so enden. Minka möchte es sich gerade auf meinem Schoß bequem machen, da klingelt es an der Tür. Eigentlich will ich jetzt meine Ruhe haben. Da ich niemanden mehr erwartet habe, bin ich schon im Nachthemd. Ein luftiges kleines Ding. Draußen will die Temperatur nicht unter zwanzig Grad sinken und es ist immer noch schwül und stickig. Eben Hochsommer – Anfang August.

Ich werfe meinen seidenen Morgenmantel über und öffne die Tür. Herr Roth strahlt mich an und berichtet über seine verwegene Heldentat in Bezug auf unser warmes Wasser. »Er wollte mich erst abwimmeln und sich morgen darum kümmern. Ich habe mich aber wie ein Stier vor ihm aufgebäumt und ihm erklärt, das könne er nicht machen. Wir brauchen heute noch warmes Wasser. Etwas anderes würden wir nicht akzeptieren!« Erwartungsvoll legt er eine Pause ein. Ich grinse innerlich bei dem Gedanken, er wäre ein wilder Stier. Er kommt mir eher wie ein frecher Spatz vor.

»Oh, das war sehr mutig von Ihnen. Mit dem Vermieter sollte man es sich aber besser nicht verscherzen«, gebe ich höflich zu bedenken.

»Ach! Axel weiß doch, wie ich bin. Wir kennen uns schon lange«, informiert er mich und fragt dann nach meinem Tag. Wie er war und was ich jetzt vorhabe.

»Der Tag war anstrengend. Ich bin jetzt müde und werde bald zu Bett gehen.«

Er zieht eine Schnute und zaubert eine Sektflasche hinter seinem Rücken hervor. »Ach, schade! Ich dachte, wir stoßen auf gute Nachbarschaft an und lernen uns besser kennen.«

Auch das noch, denke ich genervt und öffne die Tür ein Stück mehr, weil Minka auch unseren Nachbarn begrüßen möchte.

»Oh, wie süß!«, jubelt er, schnappt sich Minka und macht erwartungsvoll einen Schritt auf mich zu.

»Na gut, aber nicht mehr lange. Ich bin wirklich hundemüde und darf morgen auf keinen Fall zu spät kommen«, gebe ich nach und mache ihm Platz. Minka mag ihn. Sie schnurrt und bleibt artig in seinen Arm geschmiegt sitzen.

Nachdem die erste Flasche leer ist, hole ich eine zweite aus dem Kühlschrank. Mittlerweile sind wir bei den Vornamen gelandet und Andreas streckt gemütlich seine langen Beine auf meiner Couch aus. Minka liegt auf seinem Bauch und lässt sich kraulen. Der fühlt sich offensichtlich wie zu Hause, denke ich amüsiert.

»Hübsch hast du es hier. Ich mag die hellen Farben. Ist aber schwer zu pflegen, oder?«

»Nein, das geht schon. Auf dunklen Möbeln sieht man den Staub viel schneller.«

»Da magst du recht haben, ich muss ständig Staub wischen«, antwortet er und macht eine theatralische Handbewegung, die mich zum Lachen bringt.
Andreas ist unkompliziert und einfach nur nett. Er arbeitet als Grundschullehrer in Helmstedt. Ich glaube, das ist genau sein Ding. Er hat selbst noch etwas Verspieltes an sich, und ich kann ihn mir gut als kumpelhaften Klassenlehrer vorstellen.

Je später der Abend wird, desto lustiger werden wir, und ich erzähle ihm von meinem Erlebnis im Wald heute Morgen.

»Oh, wow! Das muss ja ein knackiges Bürschlein gewesen sein. Hast du dir seine Telefonnummer geben lassen?«

»Also bitte«, empöre ich mich. »Daran war überhaupt nicht zu denken. Es ging alles so schnell. An so etwas habe ich nun wirklich nicht gedacht!«

Andreas zwinkert mir zu und grinst spöttisch. »Na dann wirst du wohl nie erfahren, wer der nette Adonis war. Pech gehabt.«

»Also, jetzt mal ehrlich. Mache ich auf dich einen so bedürftigen Eindruck? Im Moment steht mir wirklich nicht der Sinn nach einer Beziehung«, gebe ich leicht angesäuert zurück.

»Wer spricht denn von Beziehung? Und wenn du nicht bedürftig wärst, hättest du wohl kaum einen Fremden so schnell in deine Wohnung gelassen«, zieht er mich auf.

Für diese freche Bemerkung fliegt mit Wucht eines meiner Sofakissen in seine Richtung. Minka springt erzürnt zur Seite, und Andreas fängt es laut lachend auf. »Tut mir leid! War doch nur ein Scherz!«, kreischt er übermütig.

»Na, das will ich hoffen. Sonst bist du heute zum ersten und zum letzten Mal mein Gast gewesen.«

Irgendwann gegen Mitternacht bugsiere ich Andreas aus meiner Wohnung. Davor haben wir mit der dritten Flasche Sekt erneut Brüderschaft getrunken und gemeinsam »Und morgen früh küss ich dich wach« gesungen. Ich möchte jetzt nicht daran denken, von wem dieses Lied ist, das wäre mir peinlich, denn sie ist nicht die Art Interpretin, die normalerweise auf meiner Playlist zu finden ist. Aber in sturzbetrunkenem Zustand ist alles erlaubt.

Zwei

»Was hast du dir denn dabei gedacht? Ein wildfremder Mann! Bist du verrückt?«, keift Pia mich im Restaurant an, in dem ich mit ihr meine Mittagspause verbringe. Seit dem Tod unserer Eltern benimmt sie sich manchmal wie eine Glucke.

»Pia, beruhige dich doch. Er ist mein Nachbar!«, erwidere ich genervt, als würde es selbstredend alles erklären. »Er ist harmlos, Grundschullehrer, kein Zombie!« Mein Schädel brummt fürchterlich nach der Sauforgie von gestern Nacht.

»Mathias hat mich gestern Abend fertiggemacht. Er meinte, er hätte es genau gewusst. Und – peng – er hatte recht. Du bist an deinem ersten Arbeitstag zu spät gekommen. Was meinst du, wie ich nun vor ihm dastehe? Ich kann dir nur immer wieder ans Herz legen, es dir nicht mit Mathias zu verscherzen. So eine Stelle bekommst du so schnell nicht wieder«, belehrt sie mich, und ich halte stöhnend meinen Kopf fest. Ich befürchte, er platzt gleich.

»Ich gelobe Besserung«, versichere ich ihr in der Hoffnung, sie möge aufhören, zu schimpfen. Das Schlimme daran ist, dass sie recht hat. Am ersten Tag komme ich zu spät, und am zweiten Tag taumele ich halb trunken in die Kanzlei. Echt peinlich, und leider typisch für mich. Irgendwie scheint sich mir der Ernst des Lebens noch nicht recht verinnerlicht zu haben. Oder er ist mir egal, seit Stefan fort ist. Aber Pia wird mir Beine machen. Das ist so sicher wie das Amen in der Kirche.

»Wie geht es Minka? Kümmerst du dich anständig um sie, oder muss ich das etwa auch noch machen?«, fragt sie mit spitzer Zunge. In meinem Herzen sticht es heftig. Nachdem unsere Eltern im Urlaub bei einem Rundflug über dem Grand Canyon abstürzten, übernahm ich ihre Katze. Es war für mich selbstverständlich, denn ich brachte Minka damals mit nach Hause. Ich fand sie im Straßengraben – halb tot. Mama und ich haben sie nach Anweisung unseres Tierarztes liebevoll aufgepäppelt.

»Natürlich kümmere ich mich um Minka!«, antworte ich erbost. Wie kann sie nur daran zweifeln?

»Schon gut. Tut mir leid. Aber manchmal habe ich das Gefühl, du kannst dich nicht einmal um dich selbst kümmern«, gibt sie liebevoll zurück und lächelt entschuldigend.

Ich blicke sie schmollend an. Was soll ich auch sonst tun? Ich weiß, dass ich manchmal eine echte Plage sein kann. Besonders für Pia mit ihrem Perfektionswahn. Die perfekt gekleidete Gattin für den perfekten Anwalt mit dem von ihr perfekt gestylten Haus und den perfekten Vorzeigefreunden aus der High Society Niedersachsens. Manchmal finde ich es zum Kotzen, wie oberflächlich sie sein kann. Aber sie ist meine große Schwester. Sie fühlt sich seit dem Tod unserer Eltern für mich verantwortlich, und nach der Sache mit Stefan, an der ich fast zerbrochen wäre, behütet sie mich wie ein goldenes Ei. Ich bin froh, dass ich sie habe. Denn wir haben nur noch einander.

»Möchtest du am Samstag zu uns zum Essen kommen? Wir haben Gäste. Ich würde dich gern unseren Freunden vorstellen. Wir werden den neuen Pavillon im Garten einweihen. Er sieht toll aus. Schneeweiß mit weißen Volants. Mathias findet ihn zu protzig, aber ich finde, er passt perfekt zum Haus.«

»Gerne«, antworte ich und ringe mir ein dankbares Lächeln ab. »Muss ich mich dafür verkleiden?«

»Also ehrlich, Lisa! Das kleine Schwarze muss es nicht sein, aber auch keine used Jeans mit zerfranstem Saum«, gibt sie gekränkt zurück.

»Okay. Wann geht das Theater los?«, erkundige ich mich sarkastisch.

»Um neunzehn Uhr. Aber bitte sei etwas früher da.«

»Damit du mir, falls nötig, noch mal das Gesicht und die Hände waschen kannst?«, frage ich spöttisch.

Sie verdreht genervt die Augen und schüttelt den Kopf. »Was du immer denkst!«

Es ist sinnlos, darüber mit ihr zu debattieren. Natürlich möchte sie sichergehen, dass ich auch vorzeigbar bin. Ich kann mich durchaus korrekt kleiden. Im Büro laufe ich ja auch nicht wie ein Hippie rum. Nur dass ich dem konservativen Stil immer etwas Cooles oder Stylishes hinzufüge. Ich finde, die Mischung macht es. Eine used Jeans mit Seidenbluse und teuren High Heels zum Beispiel.

»Ich muss jetzt los«, sage ich bei einem vielsagenden Blick auf meine Armbanduhr. »Sonst hat Mathias gleich wieder einen Grund, auf mir herumzuhacken. Na, und diese dumme Nuss, die meint, sie wäre die Chefin, wird mich dann auch wieder schief ansehen.«

Pia lacht angewidert. »Das billige Bille-Flittchen. Die sieht doch aus wie eine, die ihr Geld im horizontalen Gewerbe verdient. Ich weiß nicht, was er an der findet. Wenn sie schon ihren wulstigen, knallrot geschminkten Mund aufmacht, könnte ich ihr eine reinhauen. Aber er hält große Stücke auf sie. Er meint, man würde so schnell keine andere Sekretärin finden, die bereit ist, mit ihm die Nächte durchzuarbeiten.« Sie sieht mich gespielt zickig an und stülpt ihre Lippen nach außen, um Bille nachzumachen. Ich breche in schallendes Gelächter aus, und Pia kichert. In diesem Punkt sind wir uns einig. Unser Feindbild hat den Namen Sybille Neunert, oder: das billige Bille-Flittchen.

Am Abend, als ich nach Hause fahre, muss ich wieder den Umweg durch den Wald nehmen. Die B 82 wird noch einige Zeit gesperrt bleiben. Die Sonne steht tief und wirft funkelnde Lichtreflexe durch die Baumreihen. Ich fahre bewusst langsam, um den Anblick der sich abwechselnden Licht- und Schattenspiele zu genießen.

In Berlin waren die Straßen im Feierabendverkehr immer verstopft und die Autofahrer lebten ihre Aggressionen im dichten Gedränge aus. Jemand, der die vorgeschriebenen fünfzig km/h einhielt, wurde bereits als Verkehrshindernis betrachtet und gnadenlos angehupt. Hier sind die Straßen nicht so voll. Wenn jemand schnell fahren möchte, überholt er ohne viel Spektakel. Insgesamt empfinde ich das Leben hier als ruhiger. Auch beim Einkaufen habe ich bemerkt, dass die Menschen ausgeglichener sind. Nicht zu vergleichen mit der

Großstadthektik. Das Miteinander stimmt. Man hält ein Schwätzchen an der Kasse und hat immer Zeit, um ein paar freundliche Worte zu wechseln. In Berlin wäre das undenkbar.

Im Kreisel auf der Waldlichtung fällt mir mein Erlebnis mit dem Igel wieder ein. Der Mann wirkte, wenn ich jetzt darüber nachdenke, eher zurückhaltend – vielleicht sogar verunsichert. Seine Narbe kommt mir ins Gedächtnis. Sie zeichnete sich entlang des Brustbeins. Meistens stammen solche Narben von einer Herzoperation. Die Brust wird mittig geöffnet und das Brustbein durchtrennt. Ob er einen Herzfehler hatte? Der arme Kerl, denke ich mitfühlend. Was er wohl alles durchmachen musste?

Plötzlich denke ich an Stefan. Er fehlt mir so. Es ist noch nicht lange her, erst zwei Jahre, aber die Erinnerungen und die damit verbundenen Gefühle sind immer noch sehr stark. Ich kann mir nicht vorstellen, dass sie jemals verblassen werden. Damals bin ich aus der Bahn geworfen worden. Von jetzt auf gleich ins Nichts. Allein bin ich nicht aus dieser Hölle der Verzweiflung herausgekommen. Stefan war mein Fels in der Brandung. Er und Pia gaben mir Halt, als meine Eltern starben und als Pia Mathias heiratete und nach Schöppenstedt zog, war er meine einzige Bezugsperson in Berlin. Jetzt ist er fort – für immer.
Ich muss mich zusammenreißen und auf den Verkehr achten. Wo ist die Abzweigung nach Schöppenstedt? Bin ich schon an ihr vorbeigefahren?
Ich finde schließlich den Heimweg und freue mich auf einen entspannten Abend auf meiner Terrasse. Noch ein Vorteil gegenüber Berlin. Die Wohnung dort war zwar groß und geräumig, mit hohen Decken und wundervollem Stuck, aber der Luxus einer Terrasse mit kleinem Gartenanteil hat mich schnell überzeugt. Es ist geradezu paradiesisch. In den kommenden Wochen werde ich den Garten hübsch anlegen. Das wird wunderbar.

Minka begrüßt mich mit ausgiebigem Schnurren. Ich nehme sie hoch und setze mich mit ihr auf die Couch im Wohnzimmer, um sie zu streicheln. Am Anfang lasse ich sie besser noch nicht ins Freie. Sie hat immer in einer Wohnung gelebt und soll sich langsam an die Freiheit gewöhnen. Ich habe auch die Befürchtung, sie könnte weglaufen. Das würde ich nicht ertragen – bitte nicht noch ein Verlust. Minka ist eine sogenannte Glückskatze. Sie ist dreifarbig. Nichts Besonderes, aber eine Freundin in einsamen Stunden und eine große Persönlichkeit, die es immer wieder schafft, mich um den Finger zu wickeln.

An der Tür klingelt es. Andreas, mein Nachbar, denke ich genervt. Noch eine endlose Nacht stehe ich nicht durch. Ich schleppe mich mit Minka im Arm zur Tür und öffne sie. Er strahlt mir entgegen und fragt: »Na? Wieder nüchtern?«

»Ja«, grummele ich und deute ihm mit einem Kopfnicken an, einzutreten.

Er kommt herein und nimmt mir beim Eintreten Minka ab, um sie liebevoll an sich zu drücken. »Hallo, kleine Schönheit«, gurrt er ihr entgegen und steuert auf die Terrassentür zu.

»Stopp!«, schreie ich, aber es ist zu spät. Er steht schon mit ihr draußen. »Nicht! Sie kennt die Freiheit nicht. Ich habe Angst, dass sie wegläuft.«

»Ach was. Wenn sie es nicht kennt, wird sie nicht weglaufen. Sie wird vorsichtig ihr neues Revier erkunden. Du musst nur bei ihr bleiben. In deiner Nähe wird sie sich sicher fühlen«, erklärt er mir wie der Lehrer, der er ist.

Verwundert und ängstlich stehe ich neben ihm und beobachte Minka, die sich vorsichtig umsieht. Andreas streichelt sie und flüstert ihr beruhigende Worte zu, dann setzt er sie auf den Boden.
Minka steht für einen Moment stocksteif da, dann springt sie mit einem großen Satz ins Haus zurück.

»Siehst du? Jetzt hat sie Angst bekommen«, schelte ich Andreas und sehe ihr nach.

»Lass die Tür einfach offen. Sie wird es nicht lange aushalten, drinnen zu sein, wenn wir draußen sind. Dafür sind Katzen viel zu neugierig. Entspann dich, das wird schon.«

Ich schmunzele über seinen Optimismus. »Woher kennst du dich so gut mit Katzen aus? Hast du auch eine?«

»Nein. Axel hat eine«, antwortet er kleinlaut.
»Axel? Unser Vermieter?«

»Ja. Genau der Axel«, gibt er mit einem Seufzer zurück und lässt sich in einen der Gartenstühle fallen. Ich schmunzele nachsichtig. Andreas benimmt sich, als würde er hier wohnen.
»Kennst du ihn näher?«, frage ich, weil sie sich duzen.

»Ja und nein. Ja, ich dachte mal, ihn zu kennen, und nein, ich habe mich da wohl ziemlich getäuscht«, gibt er wehmütig zurück und weckt damit meine Aufmerksamkeit. Ich glaube, nach der gestrigen Nacht gibt es keine persönlichen Tabus mehr zwischen uns. Wir haben uns schnell angefreundet. Anfangs dachte ich, er will etwas von mir, aber dann habe ich mitbekommen, dass er nur rein freundschaftlich an mir interessiert ist. Darüber war ich froh. Auf eine Beziehung habe ich definitiv keine Lust. Stefan ist und bleibt nicht zu toppen.

»Klingt enttäuscht. Habt ihr euch gestritten?«

Er dreht den Kopf in meine Richtung und sieht mich gequält an. Dann fragt er: »Bist du schon mal so verliebt gewesen, dass es dir den Boden unter den Füßen weggezogen hat?«

Verwundert antworte ich: »Ja. Aber was hat das mit Axel zu tun? Ach, du liebe Güte! Hat er dir etwa die Freundin ausgespannt?«

»Nein. So war es nicht. Er hat ... Ach, was soll's«, sagt er nach einer kurzen Denkpause. Er hat mit sich gerungen, ob er es mir erzählt. »Er hat seine Frau nicht verlassen, obwohl er es mir versprochen hat. Wir wollten gemeinsam neu anfangen ... irgendwo.«

Mir klappt der Unterkiefer runter. »Habe ich das richtig verstanden? Ich meine ... du und Axel ...«, stottere ich und kann den Satz nicht beenden. Meine Verwirrung ist perfekt.

»Ja. Ich und Axel ... Ha! Er war dann doch zu feige, zu mir zu stehen, und hat es vorgezogen, sich und seiner Umwelt weiterhin etwas vorzumachen. Ich würde alles dafür geben, ihn zu überzeugen, aber er lässt diesbezüglich nicht mit sich reden«, sagt er traurig.

»Es tut mir leid für dich«, flüstere ich. »Wie kannst du es nur aushalten, ihm immer wieder zu begegnen? Ich könnte das nicht«, sage ich teilnahmsvoll.

»Von Zeit zu Zeit besucht er mich. Ich glaube, ich bedeute ihm schon etwas. Ihm fehlt einfach nur der Mut. Weißt du, wenn wir in einer Großstadt leben würden, in Berlin oder vielleicht Hamburg, wäre es nicht so schlimm. Aber hier, wo jeder jeden kennt, ist das natürlich ein gewaltiger Schritt, sich zu outen. Axel hat Angst davor. Also nehme ich von ihm, was ich bekommen kann. Klingt krank, oder?« Jetzt seufzt er und ich schüttle langsam den Kopf. Ich kann ihn irgendwie verstehen. Wenn man verliebt ist, ist man zu vielem bereit. Selbst dazu.

»Aber er hat kein Problem damit, seine Frau zu hintergehen? Das verstehe ich nicht. Ehrlich gesagt finde ich das fast noch schlimmer. Er tut euch beiden damit weh. Hast du mal daran gedacht?«

»Die weiß gar nichts. Und wenn doch, macht sie gekonnt die Augen zu. Er sagt, er schläft schon lange nicht mehr mit ihr, weil er immer Sehnsucht nach mir hat. Manchmal bin ich mir nicht sicher, ob er lügt.«

»Denkst du, er nutzt dich aus? Kann doch sein, dass er nur seine sexuellen Bedürfnisse mit dir befriedigen möchte«, stelle ich meine Vermutung in den Raum. Was mir aber sofort leidtut.

»Ach!«, seufzt er. »Ich weiß nicht. Manchmal, wenn wir eng umschlungen danach im Bett liegen, habe ich das Gefühl, er liebt mich. Darum mache ich weiter damit. Vielleicht entscheidet er sich doch irgendwann anders. Er braucht Zeit, und die will ich ihm geben.«
»Na ja, man soll die Hoffnung nie aufgeben. Aber gelegentlich ist es besser, den Tatsachen ins Auge zu sehen und seine Konsequenzen zu ziehen«, sage ich mitfühlend. Ich glaube, Axel nutzt Andreas nur aus.

»Ach ... lass uns das Thema wechseln«, sagt er resigniert und erkundigt sich nach meinem Tag. Ich berichte von der blöden Kuh namens Bille und von meinem Schwager, der mir anscheinend das Leben in der Kanzlei schwer machen will.

Ich bin erstaunt darüber, wie schnell Andreas sich mir gegenüber geöffnet hat. Vielleicht hat er niemanden, mit dem er darüber reden kann.

Axels Frau tut mir allerdings auch leid. Wenn ich von meinem Mann hintergangen werden würde, und dann noch mit einem Mann, wäre ich am Boden zerstört. Meine Meinung dazu ist zwiegespalten. Einerseits mag ich Andreas gern und kann mit ihm mitfühlen. Andererseits finde ich es unfair, Menschen zu hintergehen. Ich denke, Alex sollte mit offenen Karten spielen. Seiner Frau gegenüber und auch Andreas gegenüber.

Minka späht vorsichtig durch die Terrassentür und Andreas lockt sie mit liebevollen Worten zu uns heraus. »Komm her, meine Schöne. Wir passen auf dich auf. Sieh mal, dein Frauchen ist auch hier.«

Gemeinsam verbringen wir einen wundervollen Abend im Freien. Die Luft ist mild, und der süßliche Geruch von Blüten liegt in der Luft. Minka unternimmt vorsichtig ihre ersten Streifzüge durch den Garten.

Drei

Die erste Woche in der Kanzlei war alles in allem anstrengend, jedoch auch schön. Mathias hat seinen Frieden mit mir gemacht und behandelte mich freundlich, aber mit abwartender Zurückhaltung. Ich glaube, er hat niemandem erzählt, dass wir miteinander verwandt sind. Ich werde es auch nicht sagen. Es ist seine Aufgabe, die Mitarbeiter darüber in Kenntnis zu setzen.

Bille, das rotmundige Billigmodell einer Barbiepuppe, beobachtete mich argwöhnisch. Sie wartete darauf, dass ich einen Fehler begehe. Ingo mag mich, glaube ich, gern. Er versorgte mich jeden Morgen mit Kaffee. Seine Worte waren: »Wenn ich hier erst einmal als Anwalt arbeite, werde ich es zur Bedingung machen, dass du meine rechte Hand wirst.« Na, mal sehen, was Mathias dazu sagt.

Birgit, die zweite Anwältin in der Kanzlei, ist nett. Mit ihr habe ich jedoch wenig zu tun.

Andreas ist zu einem festen Bestandteil in meinem Leben geworden. Innerhalb kürzester Zeit ist er mir dermaßen ans Herz gewachsen, dass ich über mich selbst staune. Normalerweise schließe ich nicht so schnell Freundschaft, aber Andreas macht es einem leicht, ihn zu mögen. Außerdem kann er ganz schön penetrant sein. Es ist mir also unmöglich, auch nur einen Tag zu verbringen, ohne dass wir uns wenigstens kurz Hallo gesagt haben.

Pia war die ganze Woche mit den Vorbereitungen zu ihrem Empfang beschäftigt. Aus einem zwanglosen Abendessen wird nun eine Gartenparty. Natürlich perfekt wie immer, wenn Pia etwas plant. Ich muss doch das kleine Schwarze anziehen beziehungsweise ein luftiges cremefarbenes Sommerkleid mit kleinem Jäckchen, falls der Abend kühl wird.

Da Andreas fast schon in meiner Wohnung lebt, ist es daher nicht verwunderlich, dass er auch heute meinen Nachmittag versüßt. Minka liebt ihn bereits mehr als mich. So langsam werde ich eifersüchtig. Während meiner Modenschau vor dem Schlafzimmerspiegel fläzt er mit Minka auf meinem Bett und beäugt die Schätze, die ich nacheinander aus dem Schrank zaubere. Bei dem knielangen und sehr eng geschnittenen cremefarbenen Sommerkleid pfeift er anerkennend. »Also ehrlich, Lisa. Wenn ich auf deine Sorte stehen würde, könnte dein Anblick mich in die Knie zwingen. Du siehst fantastisch aus. Das Kleid ist genau richtig für den Etepetete-Empfang deiner Schwester.«

Erfreut drehe ich mich vor dem Spiegel und begutachte meine drallen Kurven. »Es ist grenzwertig. Findest du nicht, ich bin ein wenig zu rundlich für dieses Outfit?«, frage ich unsicher.

»Ganz und gar nicht! Eine Frau ist doch kein Bügelbrett. Da muss vorn und hinten etwas dran sein. Und bei dir ist es auch noch außergewöhnlich gut verteilt. Echt süß.«

Ich lächle ihn glücklich an. Wenn er nicht vom anderen Ufer wäre, wäre er der perfekte Mann. Hübsch, mit gut gebautem Fahrgestell, schönen blauen Augen, blonden Haaren und äußerst gepflegt. Dazu ein charmantes Auftreten und mir gegenüber immer sehr zuvorkommend. Er ist unkompliziert und liebenswürdig. Wäre ich auf der Suche nach einem geeigneten Partner, würde er auf jeden Fall in die engere Wahl kommen. Wenn er hetero wäre, was er definitiv nicht ist!

»Ach, Andreas ... warum bist du nur andersherum gestrickt?«, frage ich mit einem breiten Grinsen und sehe ihn liebevoll an.

Er wirft mir eine Kusshand zu. »Und warum bist du kein Mann?«, ist seine ebenso liebevolle Antwort.

Ach, es ist schön. Ich bin noch nicht lange hier, aber bereits mit allem, was dazugehört, angekommen. Ich bin rundum zufrieden. Seitdem ich Andreas kenne, höre ich endlich wieder den Klang meiner Stimme beim Lachen. Wie lange habe ich das vermisst. Jemanden, mit dem ich mich ohne viele Worte verstehe und der mich zum Lachen bringt. Andreas ist ein Geschenk – ein Geschenk des Schicksals an mich. Er ist wie eine beste Freundin – mein bester Freund, mit dem ich über alles reden kann. Nur über eines habe ich noch nicht mit ihm gesprochen – über Stefan. Über den Mann, der bis vor zwei Jahren mein Leben war – der wichtigste Mensch auf Erden. Derjenige, der immer den größten Teil meines Herzens ausfüllen wird. Vielleicht werde ich Andreas eines Tages von ihm erzählen. Von dem Schicksal, welches uns ereilte und mich zwang, neu anzufangen.

»Oh, Lisa! Du siehst umwerfend aus!«, begrüßt Pia mich überschwänglich, als ich das Haus betrete. Andreas hat mich hergefahren und wird mich später abholen, dann kann ich ein Glas Sekt trinken, oder auch zwei.

»Danke«, ist meine knappe Antwort. Aus Gemeinheit sage ich nichts über ihr Äußeres. Ich habe mich zu sehr darüber geärgert, als sie mir zu verstehen gab, dass ich mich eventuell nicht angemessen kleiden würde. Trotzdem muss ich neidvoll zugestehen, dass sie natürlich perfekt aussieht. Sie kommt nach unserem Vater. Groß und schlank, ja fast gazellengleich schreitet sie daher. Dabei fallen ihre schwarz glänzenden Haare glatt über ihren Rücken. Ihre majestätische Haltung gleicht der unseres Vaters. Papa hatte diese natürliche, dominante Ausstrahlung. Wenn er einen Raum betrat, verstummten alle Menschen. Ähnlich ist es bei Pia. Sie ist von Natur aus anmutig, also genau das Gegenteil von mir.

»Lisa Mausezahn, welch wunderbarer Anblick lässt unsere bescheidene Hütte glänzen!«, vernehme ich die unverschämte Stimme meines Schwagers aus dem Hintergrund. Dieser Blödmann, denke ich wütend. Er weiß doch genau, ich mag es nicht, wenn ich auf meine schräg zueinanderstehenden Zähne angesprochen werde. Also begrüße ich ihn wie sonst, wenn ich ihn verärgern will: »Mr. Eulenspiegel. Ich sehe, Sie haben etwas zugelegt. Ist das etwa ein kleines Speckröllchen, das über Ihren Hosenbund quillt?«

Pia prustet vor Lachen. Mathias greift unwillkürlich an seinen Bauch. Natürlich ist da kein Gramm Fett zu sehen. Er ist der schlaksigste Mann, den ich kenne. Er achtet auch darauf, kein Gramm zuzunehmen. Mr. Eulenspiegel hört er gar nicht gern. Ich ziehe ihn immer damit auf, seitdem Pia ihn kennengelernt hat. Till Eulenspiegel stammt aus der Samtgemeinde Schöppenstedt. Ein nichtsnutziger Zeitgenosse, der seine Mitmenschen mit dem Verdrehen von Bibelsprüchen zum Narren hielt. Mit dem Mathias natürlich nicht gern verglichen wird.

»Gut, eins zu eins, würde ich sagen. Wenn ihr es schafft, euch den ganzen Abend zu benehmen und mit Respekt zu behandeln, bekommt ihr beide einen Lolli von mir zur Belohnung«, sagt Pia genervt und zieht mich ins Haus.
Ich blicke verstohlen zu Mathias. Er grinst frech und zwickt in meinen Hintern. Ich schlage ihm reflexartig auf die Hand.

»Wie die Kinder ...«, höre ich Pia nörgeln und werfe Mathias einen grimmigen Blick zu.

Bis die ersten Gäste kommen, ist noch etwas Zeit. Natürlich ist bereits alles fertig. Ich würde jetzt, wenn es meine Party wäre, noch kopflos durch den Garten sausen, aber Pias Planung ist wie immer vorbildlich. Alles lief nach Zeitplan und so setzen wir uns in die gemütliche Ecke unter der Linde und trinken ein Glas kalten Weißwein.

»Ich freue mich, dich endlich meinen Freunden vorstellen zu können«, sagt Pia liebevoll, und Mathias ergänzt den Satz mit: »Es sind circa fünfzig Personen, natürlich nicht nur Freunde, sondern auch Geschäftsfreunde und Klienten. Wir haben das Schöne mit dem Nützlichen verbunden. Pia ist eine begnadete Gastgeberin und es wird gut für die Kanzlei sein, dass wir alle zur Party eingeladen haben.«

»Aha«, gebe ich erstaunt zurück. Ein Schauder überkommt mich. Menschenansammlungen haben für mich etwas Beängstigendes. Hoffentlich stehe ich das durch.

Pia bemerkt meinen ängstlichen Gesichtsausdruck und drückt ermutigend meine Hand. »Keine Angst, ich werde immer in deiner Nähe bleiben. Es wird dir gefallen, bestimmt«, sagt sie zuversichtlich. Mathias lässt verlauten, er sei ja schließlich auch noch da.

Na, herzlichen Glückwunsch – Mathias, der heldenhafte Ritter an Lisas Seite, denke ich boshaft. Wer es glaubt, wird selig!

Gegen kurz vor sieben Uhr füllt sich der Garten. Ein eigens engagierter Kellner hat alle Hände voll zu tun, die Gäste mit Getränken und kleinen Häppchen zu versorgen. Später gibt es Spanferkel von einem Partyservice und weitere Leckereien, die meine Hüften strapazieren werden. Pia hat keine Kosten gescheut. Mathias sieht zufrieden aus. Alles perfekt, wie immer. Herr Anwalt nebst Gattin gibt sich zufrieden dem Spektakel hin und badet im Wohlwollen seiner Gäste.

Ich werde einigen Leuten vorgestellt, die mir mit vorgetäuschtem Interesse die Hand schütteln und Fragen stellen. Das muss der engere Freundeskreis sein, denn aus ihren Fragen kann ich entnehmen, dass Pia bereits einiges über mich erzählt hat.

Im hinteren Teil des Gartens sehe ich einen Mann mit hellbraunen Haaren. Sie sind ordentlich zurückgekämmt. Eine Sonnenbrille ist lässig hineingesteckt. Eine Strähne fällt in sein Gesicht, was sehr sexy wirkt. Er hat einen hellen Anzug an. Eine Hand hat er lässig in die Hosentasche geschoben, in der anderen hält er ein Longdrinkglas. Er unterhält sich angeregt mit einer Frau. Die gesamte Erscheinung strahlt eine kühle Überlegenheit aus. Ich meine, in ihm den Mann aus dem Wald zu erkennen, den, der mit mir den Igel gerettet hat, bin mir aber nicht sicher. Dieser hier wirkt anders, nicht so schüchtern. Seine Körpersprache deutet darauf hin, dass er ein ausgeprägtes Selbstbewusstsein aufweist. Der Mann im Wald wirkte eher unsicher und schüchtern. Das ganze Gegenteil von diesem Mann.
»Was ist?«, fragt Pia, als sie bemerkt, wie ich ihn beobachte.

»Wie? Ach, entschuldige. Ich musste nur gerade an etwas denken«, antworte ich verlegen. Doch dann nehme ich meinen Mut zusammen und frage: »Wer ist der Mann dahinten? Der mit dem hellen Anzug.«

Pia folgt meiner Blickrichtung und atmet geräuschvoll ein. »Das ist Elard – Elard von Lauenberg. Ein echter Hingucker, stimmt's?«

»Ja, kann man so sagen. Woher kennst du ihn? Lebt er auch in Schöppenstedt?«

»Nein, in Wolfsburg. Aber du solltest besser die Finger von ihm lassen. Er hat das Arschloch-Gen«, ist Pias knappe Beschreibung, die so ziemlich alles sagt. Ich sehe sie verwundert an. Ich kann mir einfach nicht vorstellen, dass er so ist.

»Bist du sicher?«, frage ich daher und sie antwortet mit einem abschätzigen Grinsen: »Einhundert Prozent Arschloch!«

»Ach!«, gebe ich enttäuscht zurück. Schade, auf mich hat er ganz anders gewirkt. Vielleicht irre ich mich, aber so desolat ist mein Erinnerungsvermögen doch nicht. Er sieht genau so aus. Er ist es, da bin ich sicher.

»Warum denkst du, er ist ein Arschloch?«, hake ich noch einmal nach.

»Weil er eines ist. Eingebildet, selbstherrlich, großkotzig. Aber erfolgreich, das muss man ihm lassen. Er vögelt alles, was nicht bei drei auf den Bäumen ist, und behandelt Frauen wie Nutten. Aber vielleicht bekommt er ja gerade deshalb immer wieder eine. Da gibt es viele, die hoffen, er würde sich für sie ändern. Aber glaube mir, solche Menschen ändern sich nie.«

Fassungslos starre ich sie an. Pias Meinung von ihm verwirrt mich. Ich hätte ihn ganz anders eingeschätzt. Wie kann dieser Mann derselbe sein, der völlig selbstlos mit mir den Igel gerettet hat? Doch Pia scheint ihn besser zu kennen. Ich nahm ihn ja zu dem Zeitpunkt im Wald nicht einmal bewusst wahr. Wie kann ich mir da ein Urteil über seinen Charakter erlauben?

Im Laufe des Abends kümmern sich Pia und Mathias im Wechsel um mich, damit ich mir nicht so fremd vorkomme. Aus dem Büro kann ich niemanden entdecken. Auch nicht die andere Anwältin. Sie zählt wohl nicht zum engeren Kreis.

Als es dunkel wird, werden Fackeln angezündet. Bunte Lampions hängen von den Bäumen herab und schaukeln im Wind. Romantik pur, denke ich und lehne mich an einen der Bäume, genieße den Anblick und die leichte Brise, die allen etwas Abkühlung verschafft. Die schöne Stimmung wird von klassischer Musik untermalt. Ich fühle mich rundum wohl.

»Hallo, so allein?«, fragt eine angenehme Stimme hinter mir. Ich sehe mich um. Er ist es, schießt es durch meinen Kopf. Ich gebe ein hektisches »Hallo!« zurück. Erinnert er sich an mich? Er nimmt keinen Bezug auf unser gemeinsames Abenteuer, sondern hält mir nur die Hand entgegen. »Ich bin Elard. Ein Tennisfreund von Mathias.«

Verwirrt sehe ich auf seine Hand. Erkennt er mich denn nicht? Warum tut er so, als würden wir uns zum ersten Mal sehen? Etwas verunsichert denke ich, dass er sich wahrscheinlich nicht an mich erinnert. Wie denn auch? Bei wem hinterlasse ich schon einen bleibenden Eindruck? Also nehme ich höflich seine Hand und sage: »Freut mich. Ich bin Lisa. Pias Schwester.«

»Nein!«, ruft er gespielt erstaunt. »Also, das hätte ich nicht vermutet. Du siehst ihr gar nicht ähnlich. Ach, entschuldige, ich darf doch Du sagen?«

»Ja, ist schon okay. Und nein, wir sehen uns nicht ähnlich«, gebe ich etwas mürrisch zurück. Was hat er denn erwartet? Dass alle Frauen in Pias Familie wie Models aussehen? Gertenschlank, von natürlicher Eleganz, mit den Genen einer Göttin aus dem Olymp ausgestattet? Pass nur auf. Du bist gerade dabei, dich unbeliebt zu machen, denke ich mit aufsteigender Wut.

»Sicherlich hört ihr das oft. Meistens kommt ein Kind nach der Mutter und das andere nach dem Vater. Ist aber auch gut so, finde ich. Nach wem du auch immer kommen magst, ist mir egal. Ich finde dich auf jeden Fall äußerst hinreißend«, sagt er, beugt sich zu mir herab, um mit seinem Glas an meines zu stoßen. »Auf einen schönen Abend«, haucht er mir mit einem Augenzwinkern zu.

Ich lächle ihn verlegen an. »Danke, ebenso.«

Er führt mich zu einer Bank, die ein Stück entfernt vor einer Hecke steht. Wir setzen uns und unterhalten uns zwanglos. Ob ich ihn auf das Erlebnis im Wald ansprechen sollte? Besser nicht. Es könnte peinlich für uns beide sein, wenn er zugeben müsste, sich nicht an mich zu erinnern.

Elard ist charmant. Pias Meinung über ihn kann ich nicht teilen. Er wirkt zwar eher kühl, aber tief in ihm scheint ein weicher Kern zu schlummern. Er ist sehr wortgewandt und in kürzester Zeit sind wir auf einer Ebene gelandet, die ins Private driftet. Ich kann es selbst kaum glauben. Er hat irgendetwas an sich, etwas, das mich fasziniert.

»Und was genau machst du dort? Ich meine, Karosseriedesign ... Was ein Designer für Mode macht, kann ich mir in etwa vorstellen, aber für Autos? Entwirfst du zuerst eine Zeichnung und dann ein Modell aus Knete?«, frage ich interessiert.

Er lacht jungenhaft, was mir gut gefällt. Er gefällt mir überhaupt sehr gut. Er scheint an mir interessiert zu sein – warum auch immer.

»So ähnlich ist es tatsächlich. Natürlich geht allem eine Zeichnung voran. Dann haben wir unterschiedliche Werkstoffe zur Verfügung, mit denen wir die ersten Modelle fertigen. Erst im Maßstab verkleinert, später in Originalgröße. Bis es so weit ist, trugen jedoch bereits eine Menge Mitarbeiter ihren Teil dazu bei. Techniker und Ingenieure, na, und noch einige mehr«, erklärt er mir und legt dabei den Arm wie selbstverständlich um meine Schultern.

Ich nicke aufmerksam und lehne mich vorsichtig in seinen Arm zurück. Ich möchte ihn spüren. Lange Zeit sitzen wir so vertraut aneinandergelehnt und sehen uns den Sternenhimmel an.

»Sieh mal da, der Große Wagen.« Ich folge seinem Finger in der Dunkelheit. Er zieht mich dabei ein Stück näher zu sich. Mein Atem stockt. Schon lange habe ich nicht mehr so viel Nähe zugelassen.

»Schön«, flüstere ich gedankenverloren.

Er dreht sein Gesicht zu mir und fragt leise: »Magst du die Sterne und das, was wir in ihnen lesen können?«

Ich schmelze fast dahin. Ein Romantiker, denke ich selig und hauche zaghaft: »Ja.«

»Ich auch«, flüstert er und legt seinen Kopf an meinen.

Wie in Trance bleibe ich starr sitzen und erspüre, was die zarte Berührung seines Kopfes an meinem in mir auslöst. Es ist wunderbar.

Nach einer endlosen Weile löst er sich von mir und dankt mir für den wundervollen Abend. »Es war schön, Lisa. Danke. Ich hoffe, wir sehen uns bald wieder.«

Verwirrt sehe ich ihn an. »Gehst du schon? Es ist doch noch nicht spät.«

Er lächelt mich bedauernd an und gibt mir einen zärtlichen Kuss auf die Hand. »Ich habe noch etwas vor, leider. Hätte ich gewusst, dass ich dir begegnen werde, hätte ich mir alle Zeit der Welt genommen. Darf ich dich anrufen?«

Ein verzücktes Lächeln macht sich auf meinem Gesicht breit. Ich nicke heftig.

»Gut, dann gib mir deine Nummer.« Er holt sein Handy aus der Tasche, tippt etwas hinein und hält es mir anschließend entgegen.
Mit zittrigen Händen gebe ich meine Nummer in sein Telefon und halte dabei vor Aufregung den Atem an. Ich kann es kaum glauben. Er will mich wiedersehen. Ich könnte vor Freude einen Luftsprung machen.

Elard führt mich zurück an den Tisch meiner Schwester und verabschiedet sich höflich.

»Ach, schade, Elard. Musst du wirklich schon gehen?«, fragt Pia gespielt bedauernd.

»Ja, es muss sein. Wir haben doch darüber gesprochen, dass ich nicht lange bleiben kann. Obwohl ich es zutiefst bedauere«, antwortet er mit einem verstohlenen Blick in meine Richtung.
Pia bemerkt es natürlich und sieht mich fragend an. Ich zucke unwissend mit den Schultern. Geht dich gar nichts an, denke ich grimmig. Kannst ihn ja sowieso nicht leiden.

Nachdem Elard sich verabschiedet hat, zieht Pia mich zur Seite. »Bist du wahnsinnig? Lass mich raten. Es ist folgendermaßen abgelaufen: Bla, bla, bla … du bist hinreißend

... bla, bla, bla ... meine Arbeit ist toll ... bla, bla, bla ... Sterne und so weiter ... bla, bla, bla ... er legt seinen Kopf an deinen und ihr blickt zu den Sternen auf ... bla, bla, bla ... Handkuss ... bla, bla, bla ... du tippst deine Nummer in sein Handy!«

Mit weit aufgerissenen Augen folge ich ihren Ausführungen. Als sie endlich fertig ist, schlucke ich laut. Es ist unglaublich, aber genau so war es. Ich krächze: »Woher weißt du das?«

Sie antwortet knapp: »Willkommen im Klub.«

»Was?«, bringe ich völlig verwirrt heraus.

»Was?«, äfft Pia mich nach. »Brauchst du noch eine Zeichnung?«

»Das darf doch nicht wahr sein. Pia, ich dachte immer ...«

Sie fällt mir ins Wort: »Was dachtest du? Perfekte Pia, perfektes Leben? Nix da perfekt, alles nur Show. Mein Motto lautet: The Show must go on! Es ist nicht alles Gold, was glänzt.« In ihren Augen ist für einen Augenblick tiefe Trauer zu sehen, doch genauso schnell fängt sie sich wieder und lächelt, als hätten wir gerade über das schöne Wetter gesprochen. »Komm. Wir holen uns noch etwas Sekt.«

Schockiert laufe ich neben ihr her zur Bar. Was Pia mir soeben offenbart hat, versetzt mir einen heftigen Schlag. Ich nahm immer an, sie sei glücklich. Nie im Leben hätte ich vermutet, wie unglücklich sie hier ist. Ich war so mit mir selbst beschäftigt – ich habe nichts bemerkt und schäme mich jetzt dafür. Betroffen halte ich sie am Arm fest und sehe sie mitfühlend an.

»Sieh mich nicht an wie ein geprügelter Hund. Wir reden später darüber, ja?«

»Ja«, gebe ich leise zurück und ringe mir ein Lächeln ab.

»Lieb, dass du mich abholst«, begrüße ich Andreas. Endlich wieder ein normaler Mensch in meiner Nähe. Die versnobten

Freunde von Rechtsanwalt Buchwald nebst Gattin fand ich, gelinde gesagt, zum Erbrechen.

»Hab ich dir doch versprochen.«

»Mmh ...«

»Was hast du? War der Abend nicht schön?«

»Doch, doch, aber auch anstrengend. So viele neue Gesichter.«

»Aha.«

»Mmh.«

»Komm schon. Irgendetwas hast du doch. Raus mit der Sprache!«, drängelt er.

Ich vertröste ihn auf später. »Lass uns erst einmal zu Hause sein. Trinkst du noch ein Glas Wein mit mir?«

»Na klar, gerne.«

Andreas ist toll. An diesem Abend tauschen wir die Schlüssel zu unseren Wohnungen. Ich erzähle ihm zum zweiten Mal von meinem Erlebnis im Wald mit dem Igel. Andreas hört geduldig zu und krault Minka, die wie selbstverständlich auf seinem Schoß sitzt. Er lümmelt dabei auf meiner Couch, und ich sitze ihm gegenüber, mit angezogenen Beinen, in meinem XXL-Sessel. Er hat so viel Anstand, mich nicht zu unterbrechen, denn die Story aus dem Wald kennt er bereits. Zwar nicht so ausführlich, aber er kennt sie. Nachdem ich fertig bin, setzt Schweigen ein und nur Minkas Schnurren ist zu hören. Warum sagt er nichts? Ich recke meinen Kopf, um ihm ins Gesicht zu sehen.

Prompt erwidert er fragend meinen Blick. »Und? War das alles? Da kommt doch noch etwas!«

Oh ja, denke ich. Da kommt noch etwas. Also komme ich jetzt zum Kern der Sache. Zu dem Punkt, der mir zu schaffen macht. »Kannst du dir vorstellen, wie verwirrt ich war, als er mich nicht wiedererkannt hat? Ich habe nichts mehr von unserem

Erlebnis im Wald gesagt, um ihn nicht in Verlegenheit zu bringen und mir die Peinlichkeit zu ersparen, dass er wohl keinerlei Notiz von mir nahm. Doch dann fing er an, mir Komplimente zu machen. Er war sehr um mich bemüht. Er wollte meine Telefonnummer haben. Dann musste er gehen. Pia hat mir zu verstehen gegeben, sie hätte keine gute Meinung von ihm. Sie sagt, er hätte das Arschloch-Gen.«

Andreas bricht in schallendes Gelächter aus. »Arschloch-Gen, super! Deine Schwester gefällt mir. Das muss ich mir merken!«

»Also, ich finde es weniger komisch. Ich bin immer noch schrecklich verwirrt. Elard hat mir gut gefallen. Dann muss ich erfahren, dass er ein Frauenheld ist. Nun hat er meine Nummer und ich weiß nicht, was ich machen soll. Ich kann mir nicht vorstellen, dass ausgerechnet ich seine große Liebe werde. Er wird mich genauso benutzen wollen wie alle anderen«, gebe ich etwas zu theatralisch von mir.

»Dann lass es nicht so weit kommen. Du musst dich ja nicht mit ihm treffen.«

»Aber genau das ist ja der Punkt. Ich möchte ihn wiedersehen, denn ich glaube, er ist nicht so, wie Pia sagt. Ich glaube, er hat einen weichen Kern. Hätte er sonst den Igel retten wollen?«

»Was hat denn das eine mit dem anderen zu tun? Er kann doch ein Frauenheld sein und trotzdem Tiere mögen. Ich glaube, ich hätte auch angehalten, um dem Igel zu helfen.«

»Ja, du schon, aber macht so was jemand, der nach der Meinung meiner Schwester das Arschloch-Gen in sich trägt?«

Andreas fängt wieder an, zu lachen, und schüttelt den Kopf. »Nein, wahrscheinlich hätte dich der Träger des Arschloch-Gens an Ort und Stelle im Wald vernascht. Du solltest dich nicht von deiner Schwester beeinflussen lassen. Mach deine eigenen Erfahrungen. So wie es aussieht, scheint er doch recht nett zu sein. Warte, ob er sich bei dir meldet«, sagt er mit dieser einfühlsamen Lehrerstimme. Ich komme mir vor wie eine Achtjährige.

Aber er hat recht. Wenn es so ist, wie Pia es mir anvertraut hat, ist sie sicherlich nur enttäuscht von Elard. Er hat sie danach einfach sitzen lassen. Aber was hat sie denn als verheiratete Frau erwartet? Für ihn war es sicherlich nur ein Abenteuer. Pia ist ausgesprochen hübsch, und wenn sie ihm Interesse signalisiert hat, wäre er doch schön blöd gewesen, das zu ignorieren.

Irgendwie hat es mich sehr getroffen, zu erfahren, dass Pias Ehe nicht so harmonisch und perfekt läuft, wie ich es immer dachte. Wenn ich an meine Beziehung zu Stefan denke und daran, wie sehr wir uns liebten, bin ich automatisch davon ausgegangen, bei ihr sei es genauso. Ich liebe Stefan noch heute, auch wenn die Erinnerung von Tag zu Tag ein wenig mehr verblasst. Manchmal versuche ich beinahe verzweifelt, mich an den wundervollen Klang seiner Stimme zu erinnern – an den melodischen Klang, wenn er mir morgens aus der Zeitung vorlas, oder das vibrierende Zittern, wenn er mir liebevolle Worte zuraunte. Ich vermisse ihn so sehr und möchte ihn nie vergessen, aber genau das passiert seit den letzten zwei Jahren mit mir. Ich kann es nur schwer aufhalten, aber die Natur hat es so eingerichtet, dass schmerzliche Erinnerungen verblassen. Sonst würden wir wahrscheinlich irgendwann verrückt werden. Ich will ihn nicht vergessen. Ich will nicht, dass alles, was er für mich war, je verblasst. Er war mein Leben, mein Licht, meine Sonne, mein kleines Universum. Er war alles für mich.

In Gedanken versunken nehme ich nicht wahr, wie Andreas sich leise neben meinen Sessel hockt und mir behutsam eine der Tränen wegwischt, die über meine Wangen kullern. Ich zucke zusammen und er sagt leise: »Schh ... Hey, was hast du denn auf einmal? Hat dich die Sache mit Elard so sehr berührt?«

Ich schüttele traurig den Kopf. Aber ich kann ihm nicht von Stefan erzählen ... noch nicht. Es sitzt noch zu tief.

Andreas reicht mir mein Weinglas und bleibt zu meinen Füßen sitzen. Ich kann in seine fröhlichen blauen Augen blicken und erkenne die Zuversicht, die sich darin spiegelt. An meinem Weinglas nippend sehe ich ihn an.

»Möchtest du es mir erzählen? Hab keine Angst, dein Herz zu öffnen. Ich wäre froh gewesen, wenn ich damals jemanden gehabt hätte, dem ich mich hätte anvertrauen können. Der Schmerz wird nicht weniger, aber man kann ihn besser ertragen, wenn man ihn beim Namen nennt.«

Andreas ist wundervoll. In seiner Nähe fühle ich mich sicher. Alles scheint ein wenig runder und rosiger zu sein, wenn er bei mir ist. Ich nehme sein Angebot an.

»Es war ein sonniger Tag vor zwei Jahren«, berichte ich stockend. »Der zwanzigste August. Ich habe meine Führerscheinprüfung bestanden und bin fröhlich mit dem Bus nach Hause gefahren. Stefan ...« Ich schlucke hart, als ich seinen Namen nach langer Zeit laut ausspreche und er nicht nur als Erinnerung in meinem Kopf widerhallt. »Stefan hatte mir bereits eine Woche vorher ein Auto gekauft und es vor dem Haus, in dem wir wohnten, abgestellt. Er sagte: Damit du dir auch richtig Mühe gibst, meine kleine Babymaus. Er nannte mich immer Babymaus oder Mausezahn. Wegen der leicht schräg stehenden Schneidezähne. Eigentlich ist es ja nicht mehr so schlimm, aber er kannte mich noch aus der Zeit, bevor ich meine Zahnspange bekam.« Ich ziehe meine Lippe hoch, und Andreas beäugt meine Zähne.

»Mmh ... die sehen doch okay aus. Nicht wie bei einer Maus«, stellt er fest.

»Ja, jetzt, aber damals habe ich ausgesehen wie Bugs Bunny, ehrlich. Egal, jedenfalls bin ich seine Babymaus geblieben. Wie früher in der Schule. Er hat mich heldenhaft verteidigt, wenn mich jemand wegen meiner Zahnspange oder der Zähne aufzog, und hat allen Prügel angedroht.« Ich schmunzele bei der Erinnerung. Stefan war kein Schlägertyp, aber für mich hätte er das geändert.
»Und? Wie ging es weiter mit euch?«

»Wir sind eines dieser Paare gewesen, die sich bereits in der Schule kennenlernen und dann bei der ersten großen Liebe bleiben. Stefan war mein erster und bis jetzt einziger Freund. Wir wollten heiraten.« Ich ringe nach Luft und Andreas greift fürsorglich meine Hand.

»Und dann? Du hast deinen Führerschein bestanden und bist nach Hause gefahren ...«

»Ja. Ich habe eine Flasche Sekt gekauft. Ein seltener Luxus, denn wir hatten wenig Geld. Stefan hat studiert und ich war im letzten Ausbildungsjahr. Pia hat mich finanziell unterstützt. Das heißt, eigentlich nicht Pia, sondern Mathias. Pia verdient ja kein eigenes Geld. Ich habe lange gewartet. Er kam nicht. Gegen Abend fing ich an, seine Freunde und Studienkollegen anzurufen, weil er nicht ans Handy ging. Einer seiner Kumpels, der mich nicht mochte, war der Meinung, er würde sich nach einer anderen Freundin umsehen und sei mit einigen Kumpels aus seiner Uni auf die Piste gegangen. Ich war sauer, er wusste doch, dass ich die Prüfung hatte. So langsam fing ich an, die Worte dieses Idioten in Betracht zu ziehen. Stefan war sehr intelligent. Ich konnte ihm nie das Wasser reichen. Ich habe mich oft gefragt, ob er nur aus alter Gewohnheit mit mir zusammengeblieben ist oder aus Mitleid, weil meine Eltern gestorben sind. Dann gab es wieder Zeiten, da hat er mich mit Liebe und Zuneigung überhäuft. Jedenfalls war ich an dem Abend stark verunsichert. Stefans Eltern wollte ich nicht anrufen, keine schlafenden Hunde wecken. Sie machten kein Geheimnis daraus, dass unsere Freundschaft in ihren Augen nicht standesgemäß war. Stefans Vater saß damals bereits für die Sozis im Landtag. Seine Mutter preschte von einer Wohltätigkeitsveranstaltung zur nächsten. Meine Eltern waren einfache, normale Leute. Mein Vater hatte eine kleine Tischlerei, und meine Mutter arbeitete in dem Lebensmittelladen an der Ecke.«

Andreas nimmt mir mein leeres Glas aus der Hand und füllt es nach. Dann legt er die Hände auf meine Knie und den Kopf darauf. Interessiert, aber nicht aufdringlich bittet er mich, fortzufahren.

Jetzt kommt der Anfang vom Ende, denke ich und unterdrücke meine Tränen. »Stefan kam die ganze Nacht nicht nach Hause. Am Morgen erwachte ich nur mit Minka im Bett. Nach dem Aufstehen hörte ich den Anrufbeantworter ab – nichts. Auch keine Nachricht auf dem Handy. Langsam begann ich, in Panik auszubrechen, und bei dem Versuch, mich zu beruhigen, bin ich dann auf seinem Schreibtischstuhl zum Sitzen gekommen. Ich dachte, ich müsse seine Eltern informieren. Es könnte ja etwas passiert sein, also rief ich bei ihnen an. Nichts, nur der Anrufbeantworter. Ich hinterließ eine Nachricht mit der Bitte um Rückruf. Das Warten zermürbte mich. In Gedanken öffnete ich die Schubladen des Schreibtisches. Ich weiß nicht, warum – es war wie eine Ausweichhandlung. Zwischen losen Zetteln fand ich ein paar Fotos. Ich erkannte Stefan und einige seiner Studienkollegen. Mädchen waren auch dabei. Eins hielt er im Arm ...«, schluchze ich und breche in Tränen aus. Gerade stürzt meine Welt erneut zusammen, und es ist noch nicht einmal das Ende. Das, was kommt, ist viel schlimmer. Aber ich kann nicht weiterreden. Der Schmerz ist zu groß. Ich habe das Gefühl, als sei es gestern gewesen, und die Trauer übermannt mich.

Andreas setzt sich auf die Sessellehne und hält mich fest, ohne ein Wort zu sagen. Sicherlich ist er der Annahme, dass Stefan mich betrogen hat.

Vier

Die Nacht war unruhig. Andreas hat mich gestern nach meinem Zusammenbruch ins Bett gebracht und versprochen, heute nach mir zu sehen. Der Morgen ist schön, stelle ich fest, als ich noch im Nachthemd an der offenen Terrassentür stehe. Die Luft ist warm, und ein leichter Wind vertreibt die Schwüle, die bereits zu spüren ist. Es wird ein heißer Tag werden. Die Vögel zwitschern und der strahlend blaue Himmel wirkt auf mich fast unwirklich, wie auf einer kitschigen Postkarte. Ich versuche, mich zu sammeln und den gestrigen Abend von mir abzuschütteln. Das Leben geht vorwärts und hält sich nicht im Gestern auf, sagte ein bekannter indischer Philosoph einmal. Und so ist es. Es geht seit zwei Jahren gnadenlos weiter.

Ich setze Kaffee auf und fülle Minkas Fressnapf. Sie nimmt es mit Wonne zur Kenntnis und streift mit hocherhobenem Schwanz meine Beine. Dann gehe ich ins Wohnzimmer zurück und öffne erneut die Terrassentür. Es ist ein herrlicher Morgen und ich beschließe, draußen zu frühstücken. Ich kann immer noch nicht fassen, welches Glück ich mit dieser Wohnung hatte. Mathias hat da, so glaube ich, auch seine Beziehungen spielen lassen.

In den kommenden Wochen werde ich den Garten verändern. Blumen pflanzen und ein Sichtschutzelement zum Nachbargrundstück aufstellen. Meine neuen Gartenmöbel habe ich in einem Baumarkt in Helmstedt erstanden. Pia gab mir ein wenig Geld dazu, sonst hätte ich sie mir nicht leisten können. Es sind schöne Möbel aus Teakholz. Sehr stabil und wetterbeständig. Der Tisch ist ebenfalls aus Teakholz und hat eine abnehmbare Glasplatte. Sogar eine Liege konnte ich ergattern. Die Auflagen hat Mathias spendiert. Manchmal beschämt es mich, wenn er so viel Geld für mich ausgibt. Auch wenn er oft so tut, als sei ich eine unreife Nervensäge, zeigt mir seine spendable Art, dass er mich doch mag.

Ich öffne den weinroten Ampelschirm und hole die Auflagen aus der Holzkiste, in der ich alles verstaut habe. Im selben Augenblick nehme ich im Augenwinkel eine Bewegung wahr. Minka flitzt quer über die Terrasse und stürzt sich auf einen Grashüpfer. Im ersten Moment bin ich wie gelähmt. Wie konnte ich nur so nachlässig sein und die Tür nicht schließen? Wenn sie jetzt wegläuft, werde ich es mir nie verzeihen. Aber Minka denkt nicht daran, auszureißen. Sie spielt übermütig mit dem Grashüpfer, der mir ein wenig leidtut. Sie stupst ihn mit den Pfoten an, legt sich anschließend auf die Lauer und wackelt dabei aufgeregt mit dem hocherhobenen Hinterteil. Ihre Augen sind kugelrund. Der Kopf geht hektisch hin und her. Als der Grashüpfer das Weite sucht, um nicht Minkas Mahlzeit zu werden, springt sie auf ihn zu und schnappt ihn sich. Angeekelt sehe ich seine Beinchen in Minkas Schnauze zappeln und wende mich ab. Das kann ich nicht mit ansehen. Auch wenn ich mich für Minkas neu gewonnene Freiheit freue, aber damit, dass sie eine grimmige kleine Mörderin ist, werde ich mich nur schwer abfinden können.

Minka bleibt zu meiner großen Erleichterung während des Frühstücks in meiner Nähe. Sie erkundet vorsichtig ihr neues Revier und kommt zwischendurch immer wieder zu mir und lässt sich streicheln. So langsam entspanne ich mich und genieße den Tag. Die Furcht, Minka zu verlieren, verfliegt langsam.

»Hey, du faules Geschöpf!«, ruft jemand von oben zu mir herunter. Ich schirme mit der Hand meine Augen gegen die Sonne ab und setze mich in meinem Liegestuhl auf. Andreas lächelt mir von seinem Balkon entgegen, der sich direkt über meiner Terrasse befindet.

»Selbst hey!«, antworte ich gespielt empört und wedele ihm dann mit meiner Kaffeetasse entgegen. »Magst du einen Kaffee?«

»Na klar«, antwortet er, um wenige Sekunden später mit seinem Liegestuhl bewaffnet vor meiner Wohnungstür zu stehen.

»Oh, wie nett. Ziehst du jetzt bei mir ein?«, frage ich neckend, und er gibt mir im Vorbeigehen einen flüchtigen Kuss auf die Stirn.

»Nö, ich besetze nur einen Teil deiner Terrasse. Den Rest kannst du für dich behalten«, antwortet er und fegt so schnell an mir vorbei, dass ich kaum hinterherkomme.

Als ich meinen Kopf durch die Terrassentür strecke, lümmelt er bereits unter dem Schirm auf seiner Liege und fragt gespielt ernst, wie ein Mann, mit dem ich bereits seit fünfzig Jahren verheiratet bin: »Wo bleibt der Kaffee?«

»Also ...«, entrüste ich mich und stemme die Fäuste in die Hüfte, »dir geht es wohl besonders gut heute, oder?«

»Jaaa ... und wie.« Er setzt sich auf und sagt erfreut: »Stell dir mal vor, wer mich heute Nacht erwartet hat, als ich in meine Wohnung kam!«

Ich zucke aufrichtig mit den Schultern. Ich habe keine Ahnung. Er rollt theatralisch mit den Augen und schnurrt: »Axel, wer sonst? Niemand sonst hat einen Schlüssel.«

Ich grinse belustigt und antworte: »Doch, ich. Stell dir mal vor, ich wäre in dieser Nacht auch noch zu dir gekommen. Was für ein Theater ...«, lasse ich ebenfalls theatralisch den Satz unbeendet und blicke ihn frivol an.

Andreas lacht übermütig und sagt in vollem Ernst: »Also, ich glaube, ich wäre nicht abgeneigt gewesen. Ein flotter Dreier mit dir und Axel wäre der Hammer. Ehrlich gesagt macht sich die Idee in meinem Kopf gerade selbstständig. Lisa, was machst du nur mit mir?«, fragt er mit aufgerissenen Augen und lässt einen lüsternen Blick über mich gleiten. »Du wirst mich doch nicht etwa umdrehen und einen Hetero aus mir machen?«

Gut, ich bin aufrichtig entsetzt! Mir entgleiten meine Gesichtszüge, und ich sehe in Andreas plötzlich nicht den schwulen Freund, der sich wie ein Bruder anfühlt, sondern einen Kerl, der sich mein Vertrauen erschlichen hat, und das auf äußerst bizarre Art und Weise.

Andreas beginnt zu lachen. »Ach, komm schon, Lisa! Das war ein Scherz. Du bist zwar wirklich eine Versuchung wert, und das sage ich nicht nur so. Nein, du bist wirklich 'ne heiße Nummer. Aber ich stehe nun mal nicht auf welche von deiner Sorte. Keine Angst, ich bin harmlos für dich!«

Erleichtert entspannen sich meine Muskeln. Ich habe doch tatsächlich für den Bruchteil einer Sekunde vermutet, Andreas hätte sich an mich heranmachen wollen. Ich lege den Kopf an den Türrahmen und sage: »Also, Herr Roth, Sie haben mich eben ganz schön verwirrt.«

»Wo bleibt denn nun der Kaffee?«, nörgelt er anstelle einer Antwort.

Ich grinse glücklich. Alles entwickelt sich hervorragend. Einen besten Freund habe ich bereits gefunden, was will ich mehr?
Um das Thema Axel wieder aufzugreifen, ziehe ich meine Liege neben seine und frage ihn nach seiner Nacht. Eigentlich tut er mir ein wenig leid. Er ist so ein lieber Kerl und lässt sich von Herrn Mertens, also von Axel, ausnutzen. Er ist total verknallt in ihn, aber mein lieber Vermieter scheint ihn nur als Sexspielzeug zu benutzen. Ziemlich gemein.

»Axel hat ein paar Tage sturmfreie Bude. Sein Drachen ist zur Drachenmutter gefahren. Er hat mal Zeit, Luft zu holen.«

»Ach, und die holt er sich dann in deinem Bett? Andreas, sei doch nicht so blauäugig. Er nutzt dich doch nur aus«, sage ich möglichst einfühlsam. Ist Andreas so naiv, oder will er es nicht sehen?

Empört richtet Andreas sich in seiner Liege auf und starrt mich an. »Nein, das tut er nicht. Er liebt mich. Er hat nur Schwierigkeiten damit, sich zu outen. Wenn wir zusammen sind, ist es jedes Mal wunderschön. Wir träumen davon, gemeinsam fortzugehen – alles hinter uns zu lassen.«

»Dann träum weiter. Die Chance hatte er doch bereits und hat sich gegen dich entschieden. Du warst bereit dazu, mit ihm neu anzufangen, und er hat einen Rückzieher gemacht«, bringe ich ihn auf den Boden der Tatsachen zurück.

Traurig sieht er mich an und fragt: »Warum bist du so gemein? Er wird bald merken, welchen Fehler er begangen hat, und dann bin ich für ihn da.«

Es ist mir peinlich. Ich habe ihn mit meiner forschen Wortwahl verletzt. Habe nicht daran gedacht, wie er unter dieser Situation leidet. »Tut mir leid, Andreas. Ich wollte dich nicht verletzen«, gebe ich betreten zurück.

»Ist schon gut. Es ist ja auch schwer zu verstehen, wenn man nicht vor diesem Problem steht. Sich als homosexuell zu outen, ist ein schwerer Schritt, vor allem in dieser ländlichen Region. Aber ich weiß, wie sehr er mich liebt. Er wird sich von seiner Frau trennen, das hat er mir gestern versprochen. Er kann nicht mehr unter einem Dach mit ihr leben. Dann wird es einfacher für uns. Aber an ein Zusammenleben ist noch lange nicht zu denken. Den ersten Schritt hat er jedoch gemacht, indem er sich scheiden lässt. Alles andere wird sich finden«, sagt er voller Zuversicht.

Ich drücke ebenso zuversichtlich seine Hand. »Ich wünsche es dir von ganzem Herzen und drücke die Daumen, dass es klappt.« Er lächelt dankbar und lässt meine Hand für lange Zeit nicht los.

***

Am Nachmittag ruft Pia an und redet mir, was Elard betrifft, ins Gewissen.

»Er hat sich noch nicht gemeldet, und er wird sich auch nicht melden«, schnauze ich genervt ins Telefon. »Glaubst du etwa, seine Traumfrau ist einen Meter vierundsechzig groß und trägt Kleidergröße vierzig? Wohl kaum.«

»Lisa, was redest du denn da? Du siehst toll aus. Männer stehen auf Mädels wie dich. Niedlich, kurvig, süß und anschmiegsam.«

Ich glaube, ich spinne. Hat sie eben süß und anschmiegsam gesagt? »Spinnst du? Wie stellst du mich denn dar?«, blaffe ich sie an.

»Nun komm mal wieder runter, Lisa. Warum regst du dich so auf? Natürlich schielen die Kerle nach dir, und Elard ist voll auf dich abgefahren.« Sie macht eine theatralische Pause und sagt anschließend mit verschwörerischer Stimme: »Er hat Mathias gefragt, ob er dich ausführen darf.«

»In welchem Jahrhundert leben wir eigentlich? Hallo? Leben wir im Mittelalter?«, ist meine Reaktion darauf, und sie antwortet schnippisch: »Nein, aber wir leben hier am Arsch der Welt. Um genau zu sein, ist das noch viel schlimmer.«

Nun gut, Elard möchte mich also wiedersehen und hat sich die Erlaubnis beim derzeitigen Familienoberhaupt eingeholt. Das ist voll die Steinzeit!
»Okay, Pia. Bitte richte Mathias aus, ich würde gern selbst entscheiden, wer mich ausführen darf.«

»Mathias hat ja nichts dagegen gesagt, nur mir kam es merkwürdig vor. So formell habe ich Elard noch nie erlebt. Ehrlich gesagt macht es mir ein wenig Angst«, gibt sie fassungslos zurück.

»Angst? Warum?«

»Na ja, wenn einer wie Elard diese Vorgehensweise an den Tag legt, soll das schon etwas heißen.«

»Und was, bitte schön?«, frage ich verwundert.

»Ich glaube, er meint es ernst. Du hast ihn irgendwie beeindruckt«, gibt sie kleinlaut zu.

Na, da wird doch der Hund in der Pfanne verrückt. Elard von Lauenberg hat Interesse an mir. Nicht zu fassen. Und meine von den Männern umschwärmte und erfolgsverwöhnte Schwester hat von ihm einen Korb bekommen beziehungsweise wurde von ihm abserviert. Das nenne ich mal verdrehte Welt!

Mit mühevoller Beherrschung, denn ich kann meine Schadenfreude kaum verbergen, frage ich: »Und, was sagst du dazu? Deine Meinung über ihn ist ja nicht die beste.«

»Stimmt. Ich kann dir nur raten, die Finger von ihm zu lassen. Männer wie ihn hat man nicht für sich allein.« Und um mir noch eins reinzuwürgen, sagt sie mit kalter Stimme: »Er ist nicht wie Stefan.«

Als sie Stefans Namen erwähnt, ist meine euphorische Stimmung schlagartig dahin. Das hat sie mit Absicht gemacht. Pia ist eine herzensgute Seele, aber eine schlechte Verliererin. Dabei hat sie nicht mal gegen mich verloren. Er hat sie bereits vor Monaten abserviert, da kannte er mich noch gar nicht.

Ich schlucke den Schmerz hinunter und sage erbost: »Das reicht jetzt, Pia. Trage es einfach mit etwas mehr Würde, okay?«

»Du willst doch nicht wirklich etwas mit ihm anfangen? Lisa, wie kannst du nur, nachdem er mich so behandelt hat?«, keift sie mich an.

»Wie hat er dich denn behandelt?«, frage ich scheinheilig. »Du bist verheiratet und hast ein Abenteuer gesucht. Genau das hast du bekommen. Nun lass es gut sein. Pia, ich spanne dir nicht deinen Ehemann aus. Ich weiß nicht einmal, ob Elard sich melden wird. Noch hat er es nicht getan. Also, beruhige dich! Ich kann verstehen, wenn du von ihm enttäuscht bist, aber du liebst doch Mathias, oder?«

»Natürlich liebe ich Mathias«, gibt sie kleinlaut zurück. »Es ist nur so … ich hatte gehofft, Mathias würde es herausfinden. Ich wollte ihm einen Denkzettel verpassen, aber Elard hat es zu früh beendet.«

»Einen Denkzettel?«, frage ich fassungslos. »Weswegen?«

Sie seufzt. Ich höre, wie sie gegen ihre Tränen ankämpft. »Mathias betrügt mich seit Jahren. Ich glaube sogar, dass er schon mit ihr zusammen war, bevor wir uns kennenlernten. Er denkt, ich merke es nicht. Er hält mich tatsächlich für so oberflächlich und ignorant.«

Ich bin entsetzt. Was ist nur in dieser Familie los? »Pia, das ist ja schrecklich! Warum schickst du ihn nicht zum Teufel?«

»Ich kann es nicht. Ich liebe ihn. Außerdem, wovon soll ich leben? Ich kann nur den Job Vorzeigegattin, und ich habe die Hoffnung, dass er endlich merkt, wie blöd sie ist.«

»Kennst du sie?«, frage ich vorsichtig, denn ihre Bemerkung, sie sei blöd, lässt es vermuten.

»Ja. Du übrigens auch. Du magst sie ebenso wenig wie ich.«

Wie ein Hammer knallt die Erkenntnis auf meinen Kopf. »Bille!«, platzt es aus mir heraus. »Diese Billigtussi aus dem Büro?«

»Genau die«, antwortet sie resigniert.

Ach du Scheiße! Was findet er nur an dieser blöden Kuh? Ich kann es kaum glauben. Wie kann er dieses geistige Würstchen meiner wunderschönen Schwester vorziehen? »Du musst ihn zur Rede stellen. Lass dir das nicht gefallen«, stachele ich sie an und denke dabei hasserfüllt an die eingebildete Bille-Blödtussi. »Wenn du es nicht tust, mache ich es!«

»Bist du wahnsinnig? Das wirst du lassen. Ich werde schon einen Weg finden. Wenn er sie gewollt hätte, wäre er jetzt wohl kaum mit mir verheiratet, sondern mit ihr. Aber irgendetwas zieht ihn immer wieder zu ihr. Ich habe schon daran gedacht, ob sie ihn unter Druck setzt. Vielleicht hat sie etwas gegen ihn in der Hand. Mir kommen manchmal die seltsamsten Ideen«, sagt sie mehr zu sich als zu mir.

»Ich könnte ja mal im Büro meine Ohren offen halten. Vielleicht ist das Verhältnis zwischen beiden der Grund, weshalb Mathias einen Rückzieher machen wollte, als es um meine Einstellung ging. Was denkst du?« Mein Sherlock-Holmes-Syndrom ist geweckt.

»Ja. Das könntest du tun. Einfach mal die Ohren offen halten. Vielleicht bekommst du ja etwas mit. Ich bräuchte irgendeinen Ansatzpunkt. Ich kann nicht einfach nur den Verdacht äußern. Er würde mich auslachen und als völlig überspannt abblitzen lassen. Und ja, das könnte der Grund sein, weshalb er dich dann doch nicht einstellen wollte. Die Sache wurde ihm wahrscheinlich zu heiß.«

Das leuchtet mir ein. Was sie braucht, sind Beweise. Die werde ich ihr liefern! Ich sage ihr meine volle Unterstützung zu und merke, wie sie sich langsam entspannt. Elard hat sie nur als Vorwand vors Loch geschoben. Das eigentliche Problem ist Mathias. Den werde ich ab heute wie ein Detektiv beschatten.
Was für ein aufregender Sonntag. Erst Andreas' Offenbarung in Bezug auf unseren Vermieter und nun Pias Beinahe-Zusammenbruch wegen dieses Ehebrechers. Na warte, Bürschlein, dich werde ich an den Eiern packen. Meine Schwester zu betrügen und ihr so viel Kummer zu bereiten, dass sie sich in die Arme deines Tennisfreundes stürzt. Du kannst was erleben, denke ich boshaft und male mir dabei äußerst fantasievoll aus, wie ich Bille und Matze auf dem Schreibtisch erwische und ihn dabei gehässig angrinse.
Eigentlich mag ich Mathias gern, aber damit hat er sich soeben extrem unbeliebt bei mir gemacht.

Es klingelt an der Eingangstür. Instinktiv ist mir klar, wer draußen steht. Andreas, wer sonst? Also öffne ich völlig ungeniert die Tür – ich trage immer noch meinen Bikini von vorhin, als wir uns gemeinsam sonnten –, um anschließend in zwei honigfarbene Augen zu blicken, die nicht zu Andreas gehören. Ach du Schreck, Elard!

»Hi«, stammele ich und versuche ungeschickt, meine Blöße zu verbergen. Elard lächelt mich gespielt unschuldig an. Er lässt seine Augen aufmerksam an meinem Körper entlanggleiten. Als er wieder bei meinen Augen angelangt ist, was mir wie eine halbe Ewigkeit erscheint, lächelt er immer noch, nur irgendwie anders – anzüglicher.

»Hallo, Lisa. Ich glaube, ich habe dich mit meinem spontanen Besuch überfallen. Sorry. Ich wollte nicht stören«, entschuldigt er sich formvollendet und hält mir einen Strauß mit bunt gemischten Blumen entgegen. Ein prachtvoller Blumenstrauß, denke ich und nehme ihn erfreut aus seiner Hand.

»Danke. Du störst nicht. Komm doch herein«, sage ich mit möglichst fester Stimme. Ich bin mir meiner spärlichen Kleidung voll bewusst.

Er tritt ein und lässt unauffällig den Blick durch meine Wohnung schweifen. »Schön hast du es hier. Ich mag helle Farben.«

»Danke«, entgegne ich unsicher und gebe vor, eine Vase für die Blumen suchen zu wollen. »Setz dich doch bitte ins Wohnzimmer. Ich bin gleich bei dir«, stammele ich und entferne mich mit schnellen Schritten.
In der Küche stopfe ich die Blumen in eine Glasvase und stolpere dann in mein Schlafzimmer, um ein Sommerkleid aus dem Schrank zu zerren. Puh, jetzt ist mir wohler. Halb nackt vor Elard zu stehen, war mir unangenehm. Würde ich wie eines der Topmodels aus der Werbung aussehen, hätte ich kein Problem damit. Meine rundliche Figur mit der dazu vorhandenen geringen Körpergröße lässt jedoch null Selbstbewusstsein zu. Wenigstens sitzen die Haare halbwegs, und mit einigen Kniffen in die Wange verschaffe ich mir einen rosigen Teint.
Zurück im Wohnzimmer erwische ich Elard, wie er das Foto von Stefan und mir auf dem Sideboard betrachtet.

»Dein Verehrer?«, fragt er neugierig.

»Nein. Mein damaliger Freund in Berlin«, antworte ich ausweichend. Mehr muss er zum jetzigen Zeitpunkt nicht wissen.
Die Situation ist merkwürdig. Gerade eben habe ich noch mit Pia über ihn gesprochen, und jetzt steht er wahrhaftig in meinem Wohnzimmer. Was mich zu der Frage drängt, woher

er meine Adresse hat. Ich habe ihm auf der Feier nur meine Handynummer gegeben.

Elard kommt mir zuvor: »Mathias hat mir deine Adresse gegeben. Ich hoffe, es ist dir recht. Natürlich hätte ich vorher anrufen sollen, aber ich war zufällig in der Gegend und dachte, es wäre schön, dich wiederzusehen«.

Ich fühle mich geschmeichelt, vor allem, weil er es geschafft hat, in dieser Einöde am Sonntag Blumen aufzutreiben.

»Ich bin schon etwas überrascht«, gebe ich zu. »Aber ich freue mich auch, besonders über die schönen Blumen.«
Mein Kompliment gefällt ihm. Er setzt sich auf mein Sofa und streckt die Beine lang aus.
»Magst du etwas trinken? Ein Glas Selters oder Wein?«

»Ein Glas Wein, bitte, aber nur, wenn du auch ein Glas trinkst«, sagt er und zwinkert mir zu.
Wow! Ich werde mit Elard, dem Herzensbrecher, auf meinem Sofa Wein trinken. So wie es aussieht, konnte er es nicht abwarten, mich wiederzusehen, und ich bin begeistert von ihm, seiner Erscheinung und seinem Charme.
Nach unserem Erlebnis mit dem Igel habe ich mir über ihn zuerst keine Gedanken gemacht. Erst später ist mir seine lange Narbe auf der Brust zu Bewusstsein gekommen. Ich frage mich, was dieser sanftmütig erscheinende Mann bereits erlebt haben mag.
Nun sitzt er in meiner Wohnung. Ich habe ihn zwar zuerst falsch eingeschätzt, denn er scheint mir viel selbstbewusster zu sein, als ich anfänglich annahm, doch dieser Elard gefällt mir auch. Vor allem sein Äußeres. Er ist gut gebaut, wirkt sportlich, und seine Augen haben einen sanften und sehnsüchtigen Blick. Die honigfarbene Iris wirkt sanftmütig, aber dennoch lässt sie keinen Zweifel daran, dass der Inhaber ein Wolf im Schafspelz ist. Seine Haare hat er genauso wie auf der Feier glatt zurückgekämmt. Damals im Wald waren sie zerzaust und wirkten wilder.

»Ich bin gleich zurück«, zwitschere ich und eile in die Küche. Um nicht gestört zu werden, schreibe ich Andreas mit dem Handy eine kurze Nachricht: *»Bitte heute Abend nicht mehr stören, Erklärung folgt später!«*

Prompt kommt die Antwort: »*Bin nicht blind und blöd schon gar nicht. Der Porsche vor dem Haus fällt selbst mir auf (grins frech)!*«

Wie bitte? Porsche? Im Wald, bei der Igelaktion, fuhr er einen alten kleinen Toyota. Seltsam. Na, egal, jedenfalls ist Andreas im Bilde, und ich kann mich nun ganz meinem Gast widmen.

Auf einem Tablett balanciere ich zwei Gläser – natürlich meine besten Weingläser –, eine Flasche Weißwein, Knabberzeug und Servietten ins Wohnzimmer. Elard springt sofort auf und nimmt mir galant das Tablett ab.

»Danke«, stammele ich verlegen.
Er stellt das Tablett auf den Couchtisch, dreht sich um und ergreift meine Hände. Dann sieht er mich bewundernd an und sagt: »Sehr hübsch. Das Kleid unterstreicht die femininen Konturen deines Körpers auf perfekte Weise. Bitte entschuldige, wenn ich dich so intensiv ansehe, aber seit Langem warte ich auf eine Frau wie dich, und nun stehst du vor mir. Ich kann es kaum glauben.«

Puh ... wow, und Wahnsinn! Wenn einem von so einer Ansprache nicht schwindelig wird, weiß ich nicht, wovon sonst. Mr. Perfekt steht in meinem Wohnzimmer, und zum ersten Mal seit zwei Jahren habe ich nicht schuldbewusst Stefans Gesicht vor Augen, wenn ich mit einem anderen Mann zusammen bin. Meine Sinne sind vollends damit beschäftigt, das Gesagte zu verarbeiten und den Kuss, der sich anbahnt, zu erwidern.
Im ersten Moment wirkt der Kuss unschuldig, ja fast ein wenig schüchtern. Doch dann drängt Elard sich an mich und erobert meinen Mund. Da wir immer noch am Tisch stehen und ich Elards fordernder Art schließlich nachgebe, landen wir ungebremst auf dem Sofa.

»Lisa, es tut mir leid, aber du machst mich verrückt«, haucht er mir entgegen und schiebt seine Hand unter mein Kleid.

Moment, das geht zu schnell, denke ich misstrauisch. Für einen One-Night-Stand bin ich mir zu schade. Auch wenn die bisherige Situation durchaus für ihn sprach, spricht sein rasantes Vorgehen nun eher gegen ihn. Will er doch nur eine schnelle Eroberung, oder liegt ihm tatsächlich etwas an mir? Noch während ich darüber nachdenke, halte ich seine Hand fest und sage laut: »Stopp!«

Elard sieht mich verwundert an und grinst ertappt, als wäre ihm die Situation peinlich. Er fängt sich jedoch schnell und rappelt sich hoch. Er reicht mir seine Hand und hilft mir ebenfalls auf. Unangenehm berührt sortiere ich mein Kleid. Ich schäme mich ein wenig und mag ihn nicht ansehen.

»Lisa? Lisa, bitte sieh mich an«, flüstert er mit schuldbewusster Stimme.

Ich hebe den Kopf und sehe in seine hellbraunen Augen, die mich förmlich um Verzeihung anbetteln. Er hat es fein raus, eine Frau zu vereinnahmen, denn diesem Blick könnte selbst die größte Emanze nicht standhalten. Wie macht er das? Er sieht mich nur an, und ich habe ein schlechtes Gewissen deswegen, ihn abgewiesen zu haben. Ich glaube, er ist tatsächlich mit allen Wassern gewaschen. Pia hat es ja bereits lauthals verkündet. Ein Herzensbrecher und Frauenheld, einer, den man nicht für sich allein hat.
Verwirrt versuche ich, die Situation mit einem Lächeln zu entschärfen, und fingere an der Weinflasche herum.

»Lass mich mal«, bittet er mich und nimmt mir die Flasche aus der Hand. »Ich habe mich kurzzeitig vergessen. Entschuldige bitte.«

»Schon vergessen«, lüge ich, denn vergessen werde ich es nicht.

Um das Thema zu wechseln, spreche ich unser erstes Treffen im Wald an. Eigentlich ist mir schleierhaft, wie er sich an mich nicht erinnern kann, wo ich doch anscheinend seine volle Aufmerksamkeit auf Pias Party geweckt habe. Man rettet ja nicht alle Tage gemeinsam einen Igel. »Als wir uns damals zum ersten Mal sahen, war es schon eine merkwürdige Situation. Findest du nicht?«, beginne ich zaghaft.

Er sieht mich nachdenklich an, drückt mir mein Weinglas in die Hand und antwortet: »Damals? Das war gestern, wenn ich mich recht erinnere, und merkwürdig war es auch nicht.«

Dann prostet er mir zu und nimmt einen Schluck aus seinem Glas.

Verunsichert erwidere ich: »Nein, das war nicht gestern. Es war an einem Montagmorgen im Wald. Das mit dem Igel, das war ich. Ich war ganz fasziniert, weil ein Mann für einen Igel gebremst hat, um ihn zu retten. Gut, vielleicht hast du mich nicht richtig wahrgenommen, aber ...«

Er fällt mir ins Wort und macht mit der Hand eine entschuldigende Geste. »Ach ja, natürlich, der Igel. Ja, stimmt. Das bist du gewesen. Ich hatte die Geschichte völlig vergessen. Die Woche war sehr turbulent, aber jetzt, wo du es erwähnst ... natürlich kann ich mich erinnern.«

Mir fällt ein Stein vom Herzen. Also war der Vorfall doch nicht so bedeutungslos für ihn. »Hast du dir Ungeziefer eingefangen? Ich meine, dein Shirt, war es sauber? Ich habe es zwar gründlich ausgeschüttelt, aber es ging alles so schnell.«

»Nein. Kein Ungeziefer, warum auch?«, grinst er mich fragend an, und ich bin erleichtert.

»Nun ja, Igel haben meistens Läuse oder Flöhe. Du hast so schnell dein Shirt ausgezogen und es mir entgegengehalten, damit ich den Igel damit aufheben kann.«

Ungläubig starrt er mich an. Ich überlege, ob ich es besser nicht hätte erwähnen sollen, doch dann fragt er: »Ich habe mein Shirt ausgezogen und du hast damit den Igel eingewickelt?«

Also jetzt verstehe ich gar nichts mehr. Er war doch dabei, er sollte es doch am besten wissen. Also antworte ich verwirrt: »Ja, genau! Ich habe den Igel in dein Shirt gewickelt, weil seine Stacheln so gepikt haben.«

Elard lässt das Gehörte eine Weile auf sich wirken und zieht dann eine Augenbraue hoch, nachdem er sein Weinglas in einem Zug geleert hat. Dann sagt er wie zu sich selbst: »Ich habe tatsächlich mein Shirt vor dir ausgezogen. Ich habe riskiert, mir Läuse oder Flöhe einzufangen, als du das Vieh damit hochgenommen hast. Das ist verrückt!« Dann sieht er mich eindringlich an und fragt: »Hast du mich angesehen, als du das Shirt gegriffen hast?«

Etwas verschämt nicke ich, und Elard macht einen entsetzten Gesichtsausdruck. »Ist dir etwas an mir aufgefallen?«

Natürlich weiß ich, dass er auf seine Narbe anspielt. Am Montag sagte er verlegen: Ist kein schöner Anblick. Vielleicht hat er die ganze Geschichte deswegen verdrängt. Er schämt sich für diese Narbe und denkt wahrscheinlich, sie würde seinen Oberkörper entstellen. Ich mochte seinen Anblick. Ich sah einen gut gebauten und durchtrainierten jungen Mann mit leicht gebräunter Haut. Daher war mein Kommentar dazu: Sieht doch gar nicht schlecht aus. Heute ist mir dieser Kommentar unangenehm, war ich doch damals nur auf das Gesamtbild fixiert. Also antworte ich zerknirscht: »Natürlich ist mir aufgefallen, dass du gut gebaut bist, und … na ja, die Narbe stört überhaupt nicht. So etwas in der Art habe ich damals gedacht.«

Elard macht einen unruhigen Eindruck. Er fährt sich mit der Hand durchs Haar und springt dann auf. »Ich muss jetzt gehen. Ist schon spät. Danke für den Wein. Ich rufe dich an.«

Entsetzt stehe ich ebenfalls auf und kann gar nicht begreifen, weshalb er es plötzlich so eilig hat. Ist es wegen der Narbe, oder habe ich etwas Falsches gesagt?
Mit schnellen Schritten eilt er zur Tür, bleibt abrupt stehen und sieht mich prüfend an, nachdem er sich zu mir umdreht. Ich kann gerade noch abbremsen, um ihn nicht umzurennen.

»Was hast du denn auf einmal, Elard? Habe ich etwas Falsches gesagt? Wenn ja, tut es mir leid. Ich wollte dich nicht verletzen«, bringe ich eilig heraus. Meine Angst, er könne auf Nimmerwiedersehen durch diese Tür verschwinden, ist größer, als ich mir eingestehen möchte.

Er schüttelt bedauernd den Kopf und flüstert: »Nein, es ist nur … Ach, nichts. Du mochtest den Kerl aus dem Wald, stimmt's?«

»Ja«, antworte ich verwundert.

»Ich rufe dich an, versprochen«, sind seine letzten Worte, bevor er die Tür öffnet und Hals über Kopf meine Wohnung verlässt.

Wie versteinert stehe ich da und sehe ihm hinterher. Er wird sich nicht melden, da bin ich mir sicher. Ein leichter Tränenschleier trübt meinen Blick. Seit der Sache mit Stefan habe ich dicht am Wasser gebaut, und der Verlust meiner Eltern war der Anfang dazu. Verlassen zu werden, in jeglicher Form, bringt mich an den Rand meiner Belastbarkeit. Und die Szene von eben hatte definitiv den Geschmack von *verlassen werden*. Traurig schließe ich die Tür.

Fünf

Zwei Wochen sind seit Elards spontanem Besuch vergangen. Er hat sich nicht gemeldet. Ich habe mit mir gerungen, Pia um seine Nummer zu bitten, aber diese Blöße wollte ich mir dann doch nicht geben. Ist es falscher Stolz oder ein instinktiver Selbstschutz? Ich weiß es nicht.

Meine Undercover-Recherche bezüglich der angeblichen Affäre zwischen Bille und Mathias hat bisher nichts ergeben. Bille benimmt sich Mathias gegenüber zwar wie ein unterwürfiger Hund, doch ihr Verhalten lässt nicht auf eine sexuelle Beziehung zu ihm schließen. Ich halte Bille nicht für ausgekocht genug, das vor uns anderen Angestellten zu verheimlichen. Frauen ihres Typs posaunen so etwas gern laut in die Welt hinaus. Sie ist einfach eine loyale Mitarbeiterin und kennt Mathias von früher. Trotzdem werde ich weiterhin meine Augen offen halten, denn irgendetwas ist zwischen den beiden.

An meinem freien Samstag schlendere ich durch die Neumärker Straße in Helmstedt und sehe mir die Geschäfte in der Fußgängerzone an. Mit Berlin kann Helmstedt natürlich nicht mithalten, aber ich mag die Atmosphäre. Besonders, wenn ich auf dem Marktplatz stehe und mein Blick auf das Rathaus mit seinen roten Geranien vor den Fenstern fällt, fühle ich mich wie im Urlaub. Davor plätschert ein Brunnen, und zwei ältere Damen sitzen auf einer Bank und plaudern. Alles wirkt so friedlich, nicht so hektisch wie in Berlin.

Ich werfe einen Blick in das große Bekleidungsgeschäft, welches auch die Marken vertreibt, die ich gern trage. Eine Jeans erweckt mein Interesse, und ich beschließe, auf dem Rückweg hineinzusehen und die Hose anzuprobieren. Jetzt werde ich mir aber erst einmal beim Italiener ein Eis gönnen. Mal sehen, vielleicht bestelle ich auch einen Kaffee und setze mich draußen an einen Tisch. Das Wetter ist herrlich. Ein wundervoller Sommertag.

Meine Gedanken schweifen wieder ab zu Elard. Manchmal überkommt mich die Wut, wenn ich an ihn denke. Mr. wichtiger Autodesigner aus Wolfsburg, denke ich dann boshaft. Sicherlich war ich unter seiner Würde. Eine Ärztin oder eine Anwältin würde eher zu ihm passen als eine einfache Büroangestellte. Anderseits kennt er Mathias vom Tennis und wusste, wer ich bin. Na, egal, es sollte eben nicht sein, schade.

Ich habe das Wort schade kaum zu Ende gedacht, da sehe ich Elard in der Schlange beim Italiener stehen. Mir stockt der Atem. Er sieht gut aus. Nicht so geschniegelt wie sonst, eher etwas wild wie an dem Tag im Wald. Unsicher gehe ich weiter. Soll ich mich dazustellen? Ihn ansprechen? Ich fühle mich verunsichert. Was, wenn ich eine erneute Abfuhr erhalte? Kann mein bereits angeschlagenes Ego das wegstecken? Andererseits will ich mich auch nicht unterkriegen lassen. Ich entscheide, auf vollen Konfrontationskurs zu gehen. Was bildet er sich denn ein? Ich tue einfach so, als würde es mich völlig kaltlassen, was bisher geschehen ist, und werde ihn höflich begrüßen wie einen netten Bekannten. Na, dann mal los!

»Hallo, nett, dich hier zu sehen. Wie geht es dir?«, frage ich und hoffe insgeheim, abgeklärt genug rüberzukommen.

Mein Gegenüber stutzt und sieht mich nachdenklich an. Das verwirrt mich.

»Bitte? Äh ... gut. Danke, es geht mir gut«, ist seine verwunderte Antwort. Dann wendet er sich von mir ab und tut so, als würde er nach den Eissorten in der Auslage sehen.

Jetzt bin ich völlig verunsichert. Macht er das mit Absicht, um mich auf den Arm zu nehmen? Also führe ich die Unterhaltung fort und frage, jetzt etwas ungehaltener: »Möchtest du gar nicht wissen, wie es mir geht?«

Er dreht sich zu mir, sieht mich freundlich an und sagt mit höflichem Abstand: »Ich freue mich, Sie wiederzusehen, und ich hoffe, es geht Ihnen gut. Entschuldigen Sie bitte, aber mir ist entfallen, dass wir uns das Du angeboten haben.«

Ich könnte ihm eine runterhauen vor Wut. Was soll dieses Spiel? »Nun gut, was habe ich dir getan, oder nicht getan, dass du mich so behandelst? Auch wenn es mit uns nicht geklappt hat, kannst du dich doch wenigstens normal benehmen, wenn wir uns zufällig begegnen. Oder ist das unter deiner Würde?«, schnaube ich wütend.

Jetzt fängt mein Gegenüber an, frech zu grinsen. Mein Adrenalinspiegel steigt in den Himmel, und dann sagt er amüsiert: »Erfreut, Sie kennenzulernen. Mein Name ist Elias. Soweit ich mich erinnern kann, haben wir einander damals nicht vorgestellt.«

Jetzt ist der Zeitpunkt, wo man in einer Fernsehserie wahrscheinlich das Publikumslachen einspielt. Tosendes Gelächter hallt in meinem Kopf wider. Ist das ein schlechter Film? Oh Mann, ist das peinlich. Aber wie kann es sein, dass sich zwei Menschen so ähnlich sehen?

Elias bemerkt meine Verwirrung und klärt mich mit zwei Wörtern sachlich auf: »Eineiige Zwillinge.«

Jetzt sind wir an der Stelle der heiteren Sendung, wo mir ein Eimer kaltes Wasser über den Kopf gegossen wird. Alle jubeln und lachen in meiner Fantasie, nur ich stehe da wie ein begossener Pudel und ringe um meine Fassung. Mein Gegenüber scheint das komisch zu finden und lacht lauthals, fast ein wenig boshaft.

Es dauert eine Weile, bis alle Details zu mir durchgedrungen sind. Wald und Elias, Party und Elard ... Zwillinge. Peng! Jetzt ist die Glühlampe in meinem Kopf angegangen. Peinlich, peinlich und noch mal peinlich! »Zwillinge«, wiederhole ich monoton, und Elias nickt bestätigend.

»Was darf es sein?«, reißt der Verkäufer hinter dem Tresen uns aus unserer Unterhaltung. Wir bestellen unabhängig voneinander und Elias wartet ab, bis auch ich mein Eis in den Händen halte. Dann gehen wir ein Stück gemeinsam die Straße entlang.

Plötzlich sagt er: »Zwei Zecken ... ich hatte zwei Zecken und musste bis gestern Antibiotika nehmen.«

»Oh, das tut mir leid. Ehrlich«, bringe ich mitfühlend heraus. »Ehrlich gesagt hatte ich Angst, Sie ... oder du? ... fangen sich Läuse oder Flöhe ein. Igel sind ja dafür bekannt, solche Parasiten mit sich herumzutragen.«

Er lacht. »Nein. Zum Glück nicht. Auf Läuse kann ich gut verzichten. Die Zeckenbisse haben mir schon gereicht.« Er macht eine kurze Pause und leckt genüsslich an seinem Eis.

In dem Moment, als er seine Zunge über das cremige Eis gleiten lässt, schmelze ich fast dahin und verspüre den starken Drang, ihn zu küssen. Irgendetwas hat er an sich, was mich fasziniert und zu ihm zieht. Jetzt spüre ich auch diesen Sog, der von ihm ausgeht, den ich bei Elard nicht gefühlt habe, als ich noch dachte, er sei Elias. Verschämt beobachte ich ihn dabei, wie er konzentriert sein Eis verspeist, ich kann nicht anders. Ich fühle mich unglaublich zu ihm hingezogen.

»Wie heißt du eigentlich?«, fragt er beiläufig, und ich zucke aus meiner Träumerei. In Gedanken hat er gerade über meine Lippen geleckt statt über sein Eis.

»Lisa ... Lisa Arnstedt.«

»Pass auf, dein Eis tropft«, sagt er, und im selben Moment hält er seine Hand darunter, damit ich mich nicht bekleckse.

Ich lasse zu, dass er fürsorglich ein Taschentuch um den unteren Teil meiner Eistüte wickelt. Anschließend sieht er mich an und stellt fest: »Du kommst nicht von hier. Ich tippe auf Magdeburg oder Berlin.«

Erstaunt schmunzele ich. Auf mein Hochdeutsch bin ich bereits in Berlin stolz gewesen. Nur wenige bemerken die kleinen Nuancen in der Betonung der Wörter, die auf Berlin hinweisen. »Ja, das stimmt. Berlin ist meine Heimatstadt. Am Monatsanfang bin ich nach Schöppenstedt gezogen.«

»Du hattest sicherlich einen triftigen Grund dafür«, sagt er abgelenkt und hebt die Hand zum Gruß, als eine ältere Dame an uns vorbeigeht. Anschließend wendet er sich wieder mir zu und verabschiedet sich. »So, ich muss jetzt weiter. Ich wünsche dir viel Glück. Ist gewiss nicht einfach, neu anzufangen. Und dann der Sprung von der Großstadt aufs Land – na ja, mach's gut, Lisa Arnstedt. Man sieht sich.« Elias legt mir noch kurz die Hand auf die Schulter, dann dreht er sich um und verschwindet.
Geh ihm nach, ruft mein Verstand mir zu, aber ich bleibe wie angewurzelt stehen und sehe ihm hinterher. Ich habe nicht den Mut, ihm zu folgen, denn er machte auf mich den Eindruck, als hätte er kein Interesse daran, mich näher kennenzulernen. Ich beobachte, wie er erneut stehen bleibt, um mit einem Mann zu plaudern, dann verabschieden beide sich, und er biegt in eine Seitenstraße ein.

Das war's! Chance verpasst, denke ich wehmütig. Aus welchem Grund fasziniert mich dieser Mensch nur so? Erst habe ich, abgesehen von seiner Narbe und seinem gut gebauten Oberkörper, nicht viel von ihm bemerkt, doch nun spukt er ständig durch meine Gedanken, und ich sehe seine schönen hellbraunen Augen vor mir. Er wirkte sehr distanziert und auf eine melancholische Weise in sich gekehrt. Ich möchte ihn unbedingt wiedersehen, aber wie stelle ich das nur an?

Mein Eis ist fast weggeschmolzen. Der Appetit darauf ist mir vergangen. Wieder einmal wurde ich abgelehnt. Diesmal tat es tief in mir noch mehr weh als in dem Moment, als Elard meine Wohnung verließ. Merkte ich unbewusst bereits, dass da etwas nicht stimmt? Dass Elards Äußeres zwar passte, aber innen etwas fehlte? Möglich ist es.

Ich konzentriere mich wieder auf die Geschäfte und gehe zurück in den Laden, wo ich die Hose im Schaufenster sah. Wenn sie passt, werde ich sie kaufen, und anschließend fahre ich wie verabredet zu Pia.

»Mathias meint, du würdest dich in der Kanzlei gut machen. Entgegen seinen ersten Befürchtungen arbeitest du organisiert und konzentriert. Ich bin nur heilfroh, dass er seine vorgefasste Meinung revidiert hat. Seine Nörgelei in Bezug auf dein chaotisches Wesen hängt mir nämlich zum Hals raus«, beendet Pia ihren Vortrag mit tragisch herausgestreckter Zunge.

»Mir gegenüber hat er noch nie durchblicken lassen, dass er mich chaotisch findet. Nur du sagst mir das bei jeder Gelegenheit, die sich bietet. Und was meine Arbeitsweise angeht, so hatte ich in Berlin genügend Zeit, meine Erfahrungen zu sammeln. Die Fälle in der Kanzlei, in der ich gearbeitet habe, waren viel interessanter und vor allem umfangreicher. Hier komme ich mir vor wie in der Spielschule. Langweilige Steuervergehen, öde Nachbarschaftsstreitereien und Verkehrsdelikte. In Berlin hatten wir Steuerbetrug in großem Stil, Mordfälle, Vergewaltigungen und Trickbetrügereien. Jetzt mal ehrlich, Pia, Mathias kann froh sein, dass er eine Rechtsfachwirtin wie mich zum Schnäppchenpreis bekommen hat, mit meiner Erfahrung!«, motze ich unwirsch.

Pia verzieht ihr Gesicht. Sie weiß, ich habe recht. Im Namen von Mathias auf mir rumzuhacken, macht sie, so glaube ich, nur deswegen, weil sie es beruflich zu nichts gebracht hat. Sie ist Hausfrau und hat damit alle Hände voll zu tun, doch trotzdem beneidet sie mich um meinen beruflichen Erfolg und die Tatsache, in jeglicher Hinsicht unabhängig zu sein. Wenn ich mir eine neue Hose kaufen möchte, so wie heute, geht das nur mich etwas an.

»Ich konnte hinsichtlich deiner Vermutung in Bezug auf Bille noch nichts herausfinden. Sie ist zwar eine eingebildete Schnepfe, aber arbeitstechnisch kann man ihr nichts vorwerfen. Sie ist fleißig, freundlich zu den Mandanten und Mathias gegenüber vollkommen loyal«, nehme ich das Thema Fremdgehen auf.

»Vielleicht habe ich überreagiert. Eine Zeit lang hat sie ihn oft privat angerufen.«

»Woher weißt du das?«

»Ich kontrolliere sein Handy«, sagt sie unwirsch und begutachtet gleichzeitig ihre frisch manikürten Fingernägel. Ich bin fassungslos darüber, wie tief Pia gesunken ist. »Meinst du nicht, es geht ein bisschen zu weit, sein Handy zu kontrollieren?«, frage ich sie mit einem Unterton in der Stimme, der ihr zeigt, wie armselig ich das finde.

Sie atmet schwer aus und flüstert dann: »Ich liebe Mathias, und ich bin von ihm abhängig. Nicht nur finanziell, sondern vor allem emotional. Sollte er mich je verlassen, nehme ich mir einen Strick.«

Schockiert schließe ich sie in meine Arme. »Pia, wer denkt denn gleich an so etwas? Ich glaube nicht, dass Mathias dich hintergeht. Bille ist auch gar nicht sein Typ. Du bist seine Traumfrau und alles, was er sich wünscht. Er trägt dich auf Händen. Ich glaube, du hast einfach zu viel Zeit zum Grübeln.«

»Vielleicht«, seufzt sie und lässt den Blick durch ihren perfekten Garten schweifen. »Am Anfang hatte ich alle Hände voll zu tun, diese Ruine in ein Haus und das Gestrüpp in einen Garten zu verwandeln. Mathias war immer in seiner Kanzlei, und ich habe hier alles allein bewältigt. Jetzt ist alles fertig ...«, lässt sie den Satz unvollendet.

»Verstehe. Du langweilst dich«, stelle ich fest, und Pia nickt traurig.

Eine Weile sitzen wir schweigend auf ihrer Terrasse und genießen die Sonne. Ich glaube, Pia ist froh, mich jetzt hier zu haben. Sie hat zwar bereits viele Menschen kennengelernt, aber Freunde hat sie darunter keine. Nur Geschäftskontakte aus der Kanzlei und Sportfreunde von Mathias. Viele der Frauen hier kennen sich schon seit der Grundschule, da ist wenig Platz für eine Berlinerin, die sich auch noch einen der begehrtesten Junggesellen im Ort geschnappt hat.

»Wusstest du, dass Elard einen Bruder hat?«, beende ich die Stille.

Erstaunt sieht sie mich an. »Nein!«

»Doch! Er heißt Elias.«

»Elias«, wiederholt sie den Namen. »Klingt prophetisch ... biblisch. Woher weißt du das? Hat Elard es dir erzählt?«
»Nein, Elard hat nichts verraten. Langsam dämmert mir auch, weswegen er geschwiegen hat.«

»So?«

»Ja! Ich habe Elard am Anfang für Elias gehalten, den Typen aus dem Wald.«

Pia sieht mich verwundert an. »Sorry, aber jetzt komme ich nicht mehr mit. Du kanntest Elias vor Elard?«

Genervt erkläre ich ihr unsere gemeinsame Igelrettung und mache ihr klar, dass ich bis dato nichts von ihm wusste. Dann habe ich Elard bei ihr getroffen und war der Annahme, er sei Elias. Als ich Elard gegenüber die Narbe auf der Brust erwähnte, muss ihm ein Licht aufgegangen sein, und er verschwand aus meiner Wohnung. Vorher tat er jedoch so, als sei er der Mann aus dem Wald, erst nach Erwähnung der Narbe war ihm klar, dass ich den Schwindel spätestens dann bemerken würde, wenn wir uns nackt gegenüberstünden. Dieser Feigling hat einfach einen Rückzieher gemacht.

Pia kichert. »Das sieht ihm ähnlich. Obwohl ich glaube, er meldet sich bei dir. Die Sache wurde ihm an dem Abend nur zu kompliziert. Deshalb hat er einen Rückzieher gemacht.«

»Er hätte es doch richtigstellen können. Woher will er denn wissen, ob ich ihn oder Elias besser finde? Vielleicht wäre meine Wahl auf ihn gefallen.«

»Nein, nein, Lisa. Er muss es gespürt haben. Elias scheint dich mehr beeindruckt zu haben. Er hat dir mit Absicht nichts von ihm erzählt.« Sie grübelt kurz und fragt dann: »Wie hast du denn nun von ihm erfahren, wenn Elard es nicht verraten hat?«

Ich seufze und berichte von meinem heutigen Erlebnis in der Fußgängerzone in Helmstedt.

»Und er hat keinerlei Interesse bekundet?«, fragt sie, nachdem ich ihr alles haarklein erzählt habe.

»Nein, nichts ... niente!«, gebe ich resigniert zurück.
Wir verfallen erneut in ein langes Schweigen. Jede von uns ist in ihre eigenen Gedanken vertieft. Ich denke an Elias, an seine schönen Augen, die etwas heller als Elards Augen sind. In seiner rechten Iris befindet sich eine kleine goldfarbene Stelle, wie ein winziger Stern in einem Honigtopf ...

»Denkst du noch oft an Stefan?«, reißt Pia mich aus meinen mädchenhaften Träumen.

Ich muss mich sammeln. Jedes Mal wenn der Name Stefan fällt, bekomme ich für kurze Zeit Luftnot. Gequält antworte ich: »Jeden Tag, jede Nacht, er ist immer präsent.«

Nachdenklich gibt sie ein leises »Mmh« von sich und dann: »Ich finde es schön, wenn du beginnst, an andere Jungs zu denken. Stefan hätte nicht gewollt, dass du allein bleibst.«

»Ja, vielleicht. Mir wäre es trotzdem lieber, er hätte mich nicht verlassen.«

Pia korrigiert mich unsanft: »Er hat dich nicht verlassen, er ist gestorben. Nenne es endlich beim Namen. Verlassen ist etwas anderes, das hier ist endgültig.«

Wütend blaffe ich sie an: »Das alles ist Wortklauberei! Ist doch scheißegal! Er ist fort! Er ist tot! Zerquetscht von einem Lastwagen!« Plötzlich kommt alles hoch, und ich beginne zu zittern. Wie aus weiter Ferne kommt die Vergangenheit näher und näher. Mit weit aufgerissenen Augen sitze ich in meinem Liegestuhl, und schlagartig spielt sich erneut alles in meinem Kopf ab. Die ganze Tragödie ...

Es war elf Uhr am Vormittag, als Stefans Eltern endlich bei mir zurückriefen. Ich hatte eine schlaflose Nacht hinter mir, und da Stefan mir weder eine Nachricht auf dem Anrufbeantworter noch auf dem Handy hinterlassen hatte, war ich völlig am Ende. Die ganze Nacht hatte ich unter Tränen versucht, ihn zu erreichen. Sein Handy war abgestellt. Ich hinterließ unzählige Nachrichten auf der Mailbox, von flehend bis drohend. Nun war sein Vater am Telefon.
»Hallo, Lisa«, begann er mit dieser kühlen und sachlichen Stimme eines Politikers. »Wir haben deine Nachricht auf dem Anrufbeantworter abgehört. Stefan wird nicht nach Hause kommen ... er hatte einen Unfall.«

Ich brach fast zusammen bei dieser Nachricht, die er mir mitteilte, als sei sein Nachbar von einem Hund gebissen worden. Keine emotionale Regung in seiner Stimme. Eiskalt und aalglatt.

»Wie schlimm ist es? Wo ist er jetzt? Im Krankenhaus? In welchem? Kann ich zu ihm?«, platzte es aus mir heraus. Ich war kurz vor dem Durchdrehen.

Stefans Vater räusperte sich und schmiss mir mit fester Stimme entgegen: »Nein, Lisa. Du kannst ihn nicht sehen. Wir haben verfügt, dass niemand zu ihm darf, bis alle Formalitäten geklärt sind.«

Jetzt verstand ich gar nichts mehr. Sie lassen mich nicht zu ihm ... sie tun mir das tatsächlich an, dachte ich verzweifelt. »Wie schlimm ist es? Was ist denn überhaupt geschehen? Ich will ihn aber sehen – sofort!«, brüllte ich Stefans Vater verzweifelt an.

»Nein, Lisa. Es ist besser so. Er kommt nicht mehr nach Hause. Bitte begreife das endlich«, sagte er mit rauer Stimme, und zum ersten Mal hatte ich den Eindruck, er würde mit seinen Tränen kämpfen.

»Ich sehe gar nichts ein!«, brüllte ich aus Leibeskräften. Die Verzweiflung übermannte mich. »Ich will sofort zu ihm! Ihr könnt mich nicht daran hindern! Verdammt noch mal, sag endlich, in welchem Krankenhaus er liegt!«

Die Antwort war ein Klicken in der Leitung. Er hatte einfach aufgelegt. Wie in Trance brachte ich es zustande, bei Pia anzurufen. Dann brach ich zusammen.

Pia und Mathias fuhren sofort los. Am frühen Nachmittag standen sie in meiner Wohnung in Berlin, und Mathias begann sofort mit der Recherche. Die Tatsache, dass er als Rechtsanwalt auftrat, öffnete einige Türen. So erfuhren wir, dass Stefan von einem Lkw-Fahrer auf seinem Motorrad übersehen worden war. Er wurde unter den Hinterrädern zerquetscht. Er hatte keine Chance. Mit etwas Überredungskunst durften wir in sein Krankenzimmer auf der Intensivstation. Der Anblick war schrecklich, aber noch viel schrecklicher war die Tatsache, dass er bereits hirntot war. Sein Körper wurde nur noch versorgt, weil man bei seinen Ausweispapieren einen Spenderausweis gefunden hatte. Darum wollten seine Eltern mich nicht zu ihm lassen, und die Worte von Stefans Vater bezüglich der ›Formalitäten‹ schossen mir wie ein brennender Pfeil ins Herz. Sie werden ihn ausschlachten wie eine Weihnachtsgans, war mein erster Gedanke. Dann übergab ich mich und bekam anschließend einen Tobsuchtsanfall. Ich schrie: »NIEMALS! NUR ÜBER MEINE LEICHE! KEINER RÜHRT IHN AN! IHR VERDAMMTEN AASGEIER! NEIN!«

Pia zog mich gewaltsam aus dem Krankenhaus. Mathias debattierte mit dem anwesenden Arzt. Ohne Erfolg. Ich hatte keine Handhabe, da wir nicht verheiratet waren, und wer denkt in diesem Alter schon daran, dass etwas so Schreckliches geschehen kann? Wir dachten an unsere Zukunft, wir begannen gerade, eine aufzubauen, und von einer Sekunde auf die andere war alles verloren – schlagartig!

Nach Stefans Beerdigung musste ich mein Leben neu ordnen. Auch wenn Stefans Eltern mich nie als ihre zukünftige Schwiegertochter akzeptierten, verhielten sie sich fair. Ich durfte all seine Möbel behalten. Das Auto, welches er mir zur bestandenen Prüfung gekauft hatte, ebenso. Stefans Eltern zahlten fast zwei Jahre seinen Anteil an den Mietkosten, damit ich in der Wohnung bleiben konnte. Auch auf mehrfaches Drängen von Pia und Mathias konnte ich die Wohnung nicht aufgeben. Es war unsere Wohnung – unsere Zukunft. Ich konnte lange Zeit nicht loslassen.

Ganz allein in Berlin zog ich mich mehr und mehr zurück. Einzig und allein meiner Arbeit ging ich nach und versuchte so gut wie möglich, mein Bestes zu geben. Doch irgendwann schaffte ich auch das nicht mehr. Ein Arzt diagnostizierte eine schwere Depression und empfahl mir eine stationäre Therapie. Ich lehnte ab.

Pia setzte mir die Pistole auf die Brust: »Du kannst da nicht allein bleiben. Erst Mama und Papa ... und jetzt Stefan. Ich habe Angst um dich, Lisa. Bitte komm zu uns. Du kannst bei Mathias in der Kanzlei arbeiten. Eine schöne Wohnung für dich finden wir auch. Entweder du kommst zu uns, oder wir lassen dich wegen Suizidgefahr einweisen. Du hast die Wahl.«

Da ich wusste, sie würde Ernst machen, sollte ich nicht kommen, gab ich schließlich nach und zog nach Schöppenstedt. Heute bin ich froh über diese Entscheidung. In Berlin hätte ich die Kurve nicht bekommen. Hier erhalte ich jede denkbare Unterstützung von Pia und Mathias. Auch wenn ich ihn manchmal insgeheim verfluche, bin ich ihm sehr dankbar. Er ist ein feiner Kerl ...

Pia kommt zu mir und nimmt mich behutsam in den Arm. »Tut mir leid, Kleines. Mitunter bin ich damit überfordert. Ich weiß ja, dass du Zeit brauchst. Und die sollst du dir nehmen. Alle Zeit der Welt.«

Dankbar klammere ich mich an ihr fest. Sie ist alles, was ich noch habe. Auch wenn ich mein Leben bereits halbwegs im Griff habe, überkommt mich doch von Zeit zu Zeit diese Schwermut. Heute war Pia der Auslöser. Ich bin ihr deswegen nicht böse. Es ist für sie ebenfalls schwer. Der frühzeitige Verlust unserer Eltern nagt an ihr genauso wie an mir, und es fällt ihr nicht immer leicht, für mich die starke große Schwester zu sein.

Am Abend grillen wir mit Mathias. Ich glaube, Pia hat sich bezüglich Bille in etwas hineingesteigert. Mathias vergöttert Pia. Ich erkenne es in jeder Geste. Es erscheint mir unmöglich, dass er sie betrügen könnte.

Sechs

Heute habe ich richtig lange geschlafen. Der Abend bei Pia war schön. Nicht mehr so allein zu sein, ist wundervoll. Es sind nur wenige Gehminuten zu ihrem Haus. Das Bewusstsein, einen vertrauten Menschen in der Nähe zu haben, ist fabelhaft. Insgeheim schelte ich mich dafür, Pias Angebot nicht schon früher angenommen zu haben. Aber alles braucht seine Zeit. Die Liebe, die Trauer und die Veränderung.

Minka miaut kläglich. Sie möchte raus. Also öffne ich die Terrassentür und sofort springt sie aufgeregt in meinen kleinen Garten. Ich rekele mich ausgiebig vor der offenen Tür und atme die frische Morgenluft tief ein. Die Vögel zwitschern, und es geht ein leichter Wind. Himmlisch! Nie im Leben hätte ich gedacht, dass mich so etwas einmal faszinieren könnte.

Berlin war meine Stadt. Am Tag genauso wie in der Nacht. Dort war immer etwas los. Die Stadt stand nie still. Aber hier ticken die Uhren etwas langsamer, und ich genieße es in vollen Zügen. Es ist wie Urlaub. Du trittst vor die Tür und stehst im Grünen. In Berlin hatten wir einen Grünstreifen vor der Tür. Allerdings war dieser mit Tretminen gepflastert und stank im Sommer bestialisch. Die Berliner Hundebesitzer sind diesbezüglich nicht nur stur, sondern vor allem beratungsresistent. Einen Kotbeutel für die Tretminen nahm keiner mit.

»Mahlzeit«, trällert es über mir. Ich blicke hoch und sehe Andreas mit erwartungsvollem Blick.

»Morgen«, antworte ich verschlafen. »Komm schon runter, es gibt gleich Kaffee.«

Darum lässt er sich nicht zweimal bitten und steht mit seinem Kaffeepott Sekunden später vor der Tür.

Gemeinsam nehmen wir unser Frühstück ein und dösen anschließend in der Sonne. Was für ein Glück ich doch habe. Meine Schwester wohnt nicht weit von mir, und über mir habe ich einen Freund gefunden, den keine Freundin der Welt ersetzen könnte.

Beim Dösen erscheint mir Elias, und ich beginne, über ihn nachzudenken. Über seine Narbe und was er vielleicht alles durchgemacht hat. Seit Stefans Tod habe ich zu dem Thema Organspende ein zwiespältiges Verhältnis. Einerseits bringt mich der Gedanke der Leichenfledderei eines geliebten Menschen fast um. Andererseits kann ich es verstehen, wenn ein Mensch um sein Überleben kämpft und auf das für ihn so wichtige Organ wartet. Kann man zu diesem Thema überhaupt eine eindeutige Meinung haben? Es kommt immer auf die Situation an, in der man sich befindet. Damals kämpfte ich wie eine Löwin darum, Stefan nicht aufschneiden zu lassen, ihm keine Organe entnehmen zu lassen. Vergebens. Ich hatte keine Legitimation. Der Spenderausweis, von dem ich nichts wusste, war gültig.

Wenn ich Elias betrachte und mir vorstelle, wie er verzweifelt auf das lebensrettende Organ gewartet hat, welche Qualen er durchlitt, wie viel Hoffnung er aufbrachte und welch grausame Niederschläge er vielleicht erlebte, weint mein Herz für ihn. Obwohl ich nicht mal genau weiß, ob ihm ein Herz transplantiert wurde. Es ist nur eine Vermutung aufgrund der Größe der Narbe.

Plötzlich überkommt mich eine tiefe und unsagbare Zuneigung zu diesem Menschen. Und nicht nur Zuneigung, nein, auch Hochachtung davor, wie er das alles gemeistert hat.

Bisher hatte ich nur Verachtung dafür, dass es Ärzte gibt, die einen geliebten Menschen zu einem Stück Fleisch degradieren, seine Organe entnehmen und sie einfach weitergeben. Heute sehe ich die Medaille zum ersten Mal von der anderen Seite, von Elias' Seite. Ich schlucke hart, und Tränen treten in meine Augen.

Andreas bemerkt mein Schniefen und greift nach meiner Hand. »Elard ist verrückt, wenn er sich eine Frau wie dich entgehen lässt«, tröstet er mich in der Annahme, ich weine wegen ihm.

»Es ist nicht wegen Elard. Es ist wegen Elias ... und Stefan ... und wegen allem!«, schniefe ich weiter.

»Ach, nicht doch. Lisalein ... lass das sein ... und achte auf den Sonnenschein«, reimt er zu meiner Überraschung, und ich muss lachen.

»Na also. Ist doch gar nicht so schlimm, oder?«

Na ja, wie schlimm es um mich und meine Seele steht, habe ich ihm noch nicht erzählt, nur andeutungsweise. Darum überschütte ich ihn nun mit dem vollen Programm. Andreas fällt von einer Ohnmacht in die andere und fühlt in einer Art und Weise mit mir, die mich stark berührt. Angefangen bei dem Tod meiner Eltern, über Stefans grausames Ableben, den Organspendeausweis, Elard und letztendlich Elias, der mir nicht mehr aus dem Kopf geht und auf seltsame Weise mit meinen Gefühlen und mit Stefan verknüpft ist.

Als ich fertig bin mit meinem Gefühlsausbruch und der Redeschwall abgeebbt ist, fühle ich mich auf erstaunliche Art erschöpft und gleichzeitig erleichtert. Andreas hat mir aufmerksam zugehört, mich reden lassen, ohne mich zu unterbrechen. Jetzt nimmt er einen großen Schluck aus seinem Kaffeepott und sieht mich mitfühlend an.

»Ich dachte immer, ich hätte Probleme«, ist sein Kommentar dazu. Dann sucht er meine Hand und hält sie einfach nur fest. Wieder vergeht eine gefühlte Ewigkeit, bevor er mich erneut ansieht und feststellt: »Stefan hat dich also nicht wegen der Frau auf dem Bild verlassen. Das war bisher meine Annahme. Ich weiß, wie sich so etwas anfühlt, aber das ... ich meine, einen geliebten Menschen zu verlieren, so kurz nach dem Verlust deiner Eltern, und dann auch noch die Geschichte mit der Organspende ... ich glaube, mich hätten sie nach Königslutter bringen müssen.«

Verständnislos sehe ich ihn an und frage: »Königslutter?«

Er grinst verlegen. »Ja, Königslutter. Eine Klinik für Psychiatrie und Psychotherapie.«

Jetzt fällt bei mir der Groschen, und ich erinnere mich an Pias Worte, mich in genau solch eine Klinik einweisen zu lassen. Suizidgefahr nannte sie es, und aus jetziger Sicht muss ich zugeben, dass ihre Bedenken berechtigt waren. In Berlin hätte ich es nicht geschafft. Nicht in dieser Wohnung, an der ich bis zuletzt festgehalten habe.

»Bonnies Ranch«, antworte ich tonlos.

»Hä?«

Ich schmunzele und erkläre ihm: »Ja, Bonnies Ranch. Das ist der Spitzname für die Karl-Bonhoeffer-Nervenklinik in Berlin. Wahrscheinlich so etwas Ähnliches wie bei euch Königslutter.«

»Ja, gut möglich. Aber ich denke, du kommst auch so gut zurecht, oder?«

Empört gebe ich energisch »Aber natürlich!« von mir. Mit dem ich in erster Linie mich zu überzeugen versuche.

Andreas nickt verständnisvoll, und wieder setzt eine Phase des Schweigens ein. Nachdem ich meine Augen geschlossen habe, schweifen meine Gedanken zu Elias. Andreas lässt bald ein leises Schnarchen hören, und entspannt lasse ich mich in einen Traum fallen, der mit steigender Intensität ein Szenario heraufbeschwört, welches mich peinlich berührt nach einiger Zeit erwachen lässt.

Noch nie hatte ich einen erotischen Traum mit einem anderen Mann als Stefan. In diesem Traum jedoch war Elias allgegenwärtig und liebkoste mich auf eine sanfte Weise, die mich dazu brachte, mein schüchternes Wesen zu überwinden und mich seinen Händen hinzugeben. Allein seine zarten Berührungen riefen in mir eine Gier nach mehr hervor, die mir bis dato fremd war. Im Traum einen Orgasmus zu haben, ist mir definitiv noch nie passiert, und verschämt sehe ich zu Andreas hinüber, um herauszufinden, ob er etwas bemerkt hat. Nein, er schnarcht weiterhin leise und gleichmäßig in seinem Liegestuhl.

Die Sonne brennt unbarmherzig, also rappele ich mich auf, um den Schirm aufzuspannen. Neben mir miaut Minka in einer Tonlage, die ich noch nie zuvor von ihr gehört habe. Als ich nach ihr sehe, hält sie eine zappelnde Maus in ihrer Schnauze und streift mir dabei um die Beine. Dann legt sie die halb tote

Maus vor mir auf den Boden und will gelobt werden. Mir entgleitet ein schrilles »Ihh!«.

Andreas schreckt hoch und sieht sich erschrocken um. Ich deute mit dem Zeigefinger und hilflosem Gesichtsausdruck auf die im Todeskampf zuckende Maus. Andreas reagiert sofort. Er ergreift das kleine Tier, noch bevor Minka es erneut packen kann, und wirft es mit aller Kraft auf den Boden.
Genickbruch! Die Maus ist sofort tot. Erleichtert und dankbar atme ich geräuschvoll aus. Das arme Tier muss sich nicht mehr quälen. Minka wickelt sich um meine Beine, und Andreas sagt: »Du musst sie loben. Das war ein Liebesbeweis. Sie versorgt dich mit Futter.«

Fassungslos bringe ich ein »Niemals!« hervor, und Andreas schüttelt verständnislos den Kopf.

»Auch wenn es dir schwerfällt, es zu glauben, aber sie zeigt dir damit ihre Zuneigung. Wenn sie dir kleine Geschenke macht, ist das ein Liebesbeweis.«

»Sie ist eine grimmige Mörderin. Nichts weiter«, erwidere ich bockig.

»Du hast nicht viel Ahnung von Katzen, oder? Wenn sie jetzt hier draußen ihre Freiheit genießt, ist es völlig normal, dass sie dich beschenkt. Nimm es an, und vor allem, gewöhne dich daran. Mach ihr ein Glöckchenhalsband um, wenn du nicht möchtest, dass sie dir Vögel bringt. Katzen sind nun mal Raubtiere. Auch wenn Minka bisher in einer Wohnung gelebt hat, ist es trotzdem ihre Natur, zu jagen. Je eher du dich damit abfindest, desto besser.«

Ich schlucke hart. Die kleinen Tiere tun mir leid, und Minka macht nur das, was in ihrer Natur liegt. Egal, ob es mir gefällt oder nicht. »Okay, ich werde ein Halsband für sie kaufen«, gebe ich resigniert zurück.

***

Am Abend bereite ich mich auf den nächsten Arbeitstag vor. Ich lege meine Sachen zurecht, damit ich nicht am Morgen Zeit mit der Suche nach dem richtigen Outfit vergeude. Die farblich passende Handtasche wird bereitgestellt und die dazu passenden Schuhe. Da ich oft Kontakt mit Mandanten habe, lege ich viel Wert auf ein korrektes Äußeres. Turnschuhe, Jeans und Outdoorjacke sind daher ein absolutes Tabu, wenn ich ins Büro gehe. Für morgen lege ich ein hellblaues Kostüm zurecht, bestehend aus einem meine Knie umspielenden Rock und der dazu passenden stark taillierten Jacke. Passende Pumps im selben Farbton und eine weiße ärmellose Bluse. Auch wenn ich mich in Jeans und T-Shirt wohler fühle, ist es doch ein inneres Bedürfnis, mich zur Arbeit gut zu kleiden. Meine langen blonden Haare binde ich entweder zu einem strengen Zopf oder zu einem Haarknoten. Offene Haare trage ich nur selten im Büro. Ich mag den strengen Businesslook. Allerdings muss es nicht immer Grau oder Schwarz sein. Eine fröhliche Farbe wie Hellblau oder Zartgrün ist mir lieber.

Das Telefon klingelt. »Arnstedt«, melde ich mich fragend.

»Von Lauenberg«, informiert mich die freundliche Stimme am anderen Ende der Leitung.

Elias, schießt es durch meinen Kopf, aber dann höre ich den Zusatz: »Elard, hier ist Elard.«

Für einen Moment stockt mein Atem. Als ich mich kurz darauf gefangen habe, gebe ich ein freundliches, aber reserviertes »Hallo« zurück.

»Ich glaube, ich bin dir eine Erklärung schuldig.«

Ich stutze. Elard ist mir eine Erklärung schuldig? Allerdings!

»Lisa … ich weiß nicht, wie ich beginnen soll. Erst wollte ich dich zu Hause besuchen, aber dann dachte ich, ein erneuter überfallartiger Besuch ist nicht angebracht. Es fällt mir schwer, darüber zu sprechen … ich war noch nie in einer Situation wie dieser. Also, als ich aus deiner Wohnung stürzte, wusste ich mir nicht anders zu helfen. Du hast mich für jemand anderen gehalten. Es hat mich sehr verletzt, festzustellen, dass nicht ich deine Aufmerksamkeit erweckt hatte, sondern mein Bruder. Es tut mir leid, ich habe mich wie ein Idiot benommen.«

Oh, wow! Elard, der Herzensbrecher, hat sich nackig gemacht. Einerseits gibt es mir das Gefühl, als hätte ich ein außergewöhnliches Kompliment erhalten, ich fühle mich geschmeichelt. Andererseits ruft es einen inneren Zwiespalt hervor, der mich eiskalt erwischt. Elard scheint ein aufrichtiges Interesse an mir zu haben, während das eigentliche Objekt meiner Begierde mich kaum wahrgenommen hat. Sollte ich Elard eine Chance geben? Er ist nett, auch wenn Pia etwas anderes behauptet, und er hat mir von seinem Bruder erzählt, obwohl er zuerst so tat, als sei er der Mann aus dem Wald.

»Danke für deine Offenheit, Elard. Allerdings hast du dich in meinen Augen nicht wie ein Idiot benommen. Schön, dass du ehrlich zu mir bist.«

»Sehen wir uns wieder? Darf ich hoffen?«

Seine Wortwahl erstaunt mich. Etwas altmodisch, aber mit Stil. Beeindruckend. Ich bin hin- und hergerissen. »Gerne«, antworte ich versöhnlich, und er atmet erleichtert aus. Ob es ein Fehler ist, weiß ich noch nicht, aber ich möchte herausfinden, ob er tatsächlich das Arschloch-Gen in sich trägt, wie Pia so schön sagte. Die Hoffnung auf ein Wiedersehen mit Elias habe ich bereits aufgegeben.

Elard freut sich hörbar am anderen Ende der Leitung und sagt: »Gut! Ich hole dich morgen nach der Arbeit ab. Im Ratskeller in Helmstedt kann man halbwegs gut essen.«

»Okay. Ich freue mich.«

»Bis morgen, Lisa.«

»Bis morgen, Elard.«

»Lisa?«

»Ja?«

»Danke!«

»Nicht dafür. Ich freue mich wirklich.«

Sieben

Im Büro herrscht heute eine explosive Stimmung. Mathias hat einen wichtigen Mandanten verloren. Eine Frist wurde nicht eingehalten und somit die Zahlung einer beträchtlichen Summe veranlasst, die sonst hätte verhindert werden können. Sein Mandant hat mit Konsequenzen für die Kanzlei gedroht und sich einen anderen Rechtsanwalt gesucht.

Bille steht heute neben sich, was nichts mit der versäumten Frist zu tun hat. Ihr Gesicht ist blass, ihre Augen sind verquollen, und sie schleicht umher wie ein getretener Köter. Normalerweise ist mir ihr Befinden egal, aber heute sieht sie so jämmerlich aus, dass selbst bei mir ein Anflug von Mitleid aufkommt.

Nach einer längeren Diskussion in seinem Büro schickt Mathias sie kurzerhand nach Hause. Als sie aus seinem Büro kommt, höre ich, wie er ihr unwirsch hinterherruft: »Wenn du mehr Geld für ihn brauchst, dann sage gefälligst rechtzeitig Bescheid, nicht erst, wenn das Internat ihn rausschmeißen will!«

Bille bricht in Tränen aus und eilt hektisch an mir vorbei, ohne die Bürotür zu schließen. Durch die offene Tür sehe ich Mathias, der sich mit den Ellbogen auf dem Schreibtisch abstützt und sich dabei die Haare rauft. Ich schließe leise die Tür. Was ich soeben gehört habe, gibt mir zu denken. Hat Bille ein Kind, welches in einem Internat lebt? Und was hat Mathias damit zu tun? Eine Vermutung steigt in mir auf, und ich beginne zu zittern. Hoffentlich irre ich mich.

Das laufende Tagesgeschäft lässt mir keine Zeit, weiter über den Vorfall nachzudenken. Hintereinander arbeite ich meine Aufgaben ab und verpasse um ein Haar meinen Feierabend. Bei einem Blick aus dem Fenster sehe ich bereits Elards Porsche auf der gegenüberliegenden Straßenseite parken. Er schlendert lässig über die Straße und sieht dabei zu den oberen Fenstern der Kanzlei auf. Als er mich erblickt, winkt er freudig und lässt ein wundervolles Lächeln sehen. Mein Herz hüpft vor Aufregung. Er sieht gut aus. Die Jeans sitzt perfekt, und die Knöpfe seines Poloshirts hat er offen gelassen. An seinem

Finger hängt eine leichte Sommerjacke, die er lässig über die Schulter geworfen hat. Irre, einfach nur irre, denke ich und kann nicht fassen, weshalb er sich ausgerechnet mit mir verabredet hat.

»Hallo, Lisa«, begrüßt er mich mit einem charmanten Lächeln und gibt mir einen Kuss auf die Wange, nachdem er das Büro betreten hat. Ingo grinst breit im Vorbeigehen.

»Hallo«, gebe ich zurück und bugsiere ihn dabei aus der Tür zurück in den Flur.

»Nicht so schnell, ich wollte erst noch Mathias kurz Guten Tag sagen, wenn ich schon mal hier bin. Ist er in seinem Büro?«

»Ja, aber er hat heute definitiv keinen guten Tag. Ich glaube, das solltest du dir besser nicht antun.«

»Oh«, gibt er erstaunt zurück. »Na, dann lass uns gehen. Ich habe eh schon großen Hunger. Du auch?«

Ich nicke und lasse mich von ihm zum Wagen führen.

Im Restaurant stelle ich ihm die Frage, die mir seit unserem Telefonat auf den Lippen brennt: »Warum hast du erst so getan, als ob du dein Bruder wärst? Du hättest doch gleich die Wahrheit sagen können.«

Er räuspert sich verlegen und sieht mich ernst an. »Na ja. Das stimmt natürlich. Erklären kann ich es nicht, vielleicht dachte ich, du hättest an mir sonst kein Interesse. Es war ja offensichtlich, dass eure gemeinsame Igelrettung dich sehr beeindruckt hat.«

»Stimmt«, antworte ich abwesend und rufe mir Elias' Gestalt vor Augen. Äußerlich gleichen sie sich ungemein. Nur anhand der Kleidung erkennt man den Unterschied. Auch die Farbe der Augen ist anders. Elard fehlt der goldene Fleck in der Iris ... und natürlich die Narbe auf der Brust. Elias wirkt zarter im Gegensatz zu Elard, der mit seiner gesamten Ausstrahlung eine Präsenz vermittelt, die beinahe etwas hochmütig wirkt.

Wir bestellen unser Essen, und die Kellnerin schäkert mit Elard.

»Wir kennen uns aus der Schule. Sie war in meiner Klasse«, rechtfertigt er sich, als er mein Unbehagen bemerkt.

»Hier kennt wohl jeder jeden. Daran muss ich mich erst noch gewöhnen«, gebe ich lächelnd zurück. »In Berlin ist man anonymer, hier jedoch wird bald jeder wissen, dass ich mit dir essen war.«

Elard grinst zufrieden, fast ein wenig selbstgefällig. »Ja, das stimmt. Frau Arnstedt und Herr von Lauenberg werden bald das Stadtgespräch sein.«

»Toll«, gebe ich gespielt erfreut zurück. Das fehlte gerade noch.

Plötzlich wechselt er das Thema und spricht über seinen Bruder. Natürlich erwähne ich nicht, dass ich ihn beim Eisessen getroffen habe, und höre aufmerksam zu.

»Elias ist mein kleiner Bruder. Genau genommen ist er drei Minuten jünger als ich. Seinetwegen wurden wir vor dem eigentlichen Geburtstermin per Kaiserschnitt geholt. Sein Herz zeigte Auffälligkeiten.« Er räuspert sich vielsagend und fährt dann fort: »Er war immer der Kleine oder das Hascherle meiner Eltern. Alles drehte sich um ihn, weil er herzkrank war. Früher habe ich ihn dafür gehasst, dass er die gesamte Aufmerksamkeit meiner Eltern bekam, heute verstehe ich es. Es war sehr unüberlegt von ihm, zu dieser Zeit im Wald herumzuspazieren. Die Zeckenbisse haben ihm schwer zu schaffen gemacht. Sein Immunsystem ist durch die Herzmedikamente geschwächt. Das hätte in die Hose gehen können.« Ein vorwurfsvoller Blick trifft mich, und obwohl ich mir nichts vorzuwerfen habe, fühle ich mich schuldig.

»Ich wusste nichts von seiner Krankheit. Was genau hat er denn?«

»Ein zu kleines Herz. Eine der Klappen war verkümmert. Er hatte als Kind mehrere Operationen. Die letzte OP war vor zwei Jahren. Er bekam endlich ein Spenderorgan.«

Ich schlucke hart. So etwas hatte ich bereits vermutet. Es aber aus Elards Mund zu hören, quasi die Bestätigung zu meiner Vermutung zu erhalten, berührt mich zutiefst.

»Oh«, sage ich leise. Etwas anderes fällt mir nicht ein. Es ist wie ein kleiner Schock – ein Stich in meinem Herzen. Der Wunsch, diesen Mann, der so ein schweres Schicksal erleiden musste, in den Arm zu nehmen und Zärtlichkeiten mit ihm auszutauschen, ist plötzlich so stark, dass es mir fast den Atem nimmt.

»Na ja, ich bin kerngesund. Glück gehabt!«, schließt er das Thema, und ich möchte auch nicht weiter nachhaken. Genau jetzt ist mir bewusst geworden, zu wem ich mich hingezogen fühle. Nicht zu Elard, nein, zu Elias.

Später, vor meiner Haustür, bleiben wir unschlüssig voreinander stehen. Er weiß wahrscheinlich nicht, ob er mich drängen sollte, ihn mit ins Haus zu nehmen, und ich überlege, wie ich das verhindern kann.

»Danke, dass du mit mir über deinen Bruder und dich gesprochen hast. Es erklärt vieles«, sage ich und kann ihm dabei nicht in die Augen sehen. Noch kann ich es ihm nicht sagen, und so lasse ich zu, dass er mir zum Abschied einen Kuss auf den Mund gibt. Was bedeutet schon ein kurzer Kuss auf den Mund? Ich hoffe, für ihn nicht allzu viel.

»Ich hole dich am Samstag ab. Um vierzehn Uhr bin ich bei dir«, teilt er mir mit, und ich ärgere mich insgeheim, weil er nicht mal fragt, ob es mir recht ist. Trotzdem nicke ich und sage: »Okay.«

Die Woche vergeht schnell. Am Freitag treffe ich mich nach der Arbeit mit Andreas im Baumarkt, um das Sichtschutzelement für meine Terrasse zu kaufen. Er legt noch ein pinkfarbenes Katzenhalsband in den Einkaufswagen, und ich sehe ihn fragend an.

»Das bezahle ich, dafür darf ich auch die Farbe aussuchen. Pink ist toll«, beharrt er trotzig auf seiner Farbauswahl, bevor ich einen Einwand erheben kann.

»Okay«, gebe ich überrascht zurück. Pink passt überhaupt nicht zu Minka. Sie ist eine eigenständige kleine Persönlichkeit mit dem Drang zum Morden. Nein, Pink passt definitiv nicht, eher Schwarz mit Nieten, aber ich lasse Andreas seinen Spaß.

In der Schraubenabteilung sucht Andreas nach den passenden Schrauben, und ich bin damit beschäftigt, die im Wagen liegenden Artikel preislich zu überschlagen. Ich muss auf mein Geld achten und darf nicht zu verschwenderisch sein.

»Hallo, so sieht man sich wieder«, werde ich von der Seite angesprochen und blicke in ein Paar honigfarbene Augen mit kleinem Stern in der rechten Iris. Mein Herz klopft bis zum Hals, und ich bringe gerade so ein leises »Hi« zustande.

Elias lächelt freundlich und sagt im Weitergehen: »Schönes Wochenende.«

»Danke, gleichfalls«, stottere ich und blicke ihm verträumt hinterher, während er mit einem Karton unter dem Arm zur Kasse schlendert.

»Wer war das?«

Ich zucke zusammen, als Andreas mich anspricht, und antworte wie in Trance: »Elias.«

»Hübsch«, ist sein kurzer Kommentar. Dann nickt er mit dem Kopf in seine Richtung. Ich verstehe nicht, was er möchte, und er sagt gespielt genervt: »Los, hinterher. Hol dir seine Telefonnummer. Oder willst du ihn dir wieder entgehen lassen?«

Traurig schüttele ich den Kopf und antworte: »Er hat kein Interesse an mir. Das hat er mir deutlich gezeigt.«

Andreas sieht mich mitfühlend an und reimt: »Schade, schade, und noch mehr, kommt sicherlich bald ein anderer Prinz daher. Und Lisas Herz wird hüpfen, als ob es ein Flummi wär. Hab Vertrauen, und glaube an die Liebe, dann sprießen mit dem richtigen Prinzen zarte Triebe.«

Ich lache albern. Andreas ist goldig und schafft es jedes Mal, mich mit seinen Versen davor zu bewahren, Trübsal zu blasen.

»Der andere Prinz holt mich morgen ab«, berichte ich emotionslos, während Elias zum Ausgang hinaus verschwindet und ich ihm sehnsüchtig hinterherblicke.

»Na also! Bleibt doch in der Familie. Er sieht doch genauso gut aus.«

»Ja, aber bei dem hier hüpft mein Herz und schlägt Purzelbäume. Ich gerate wie eine Zwölfjährige ins Stottern und habe schreckliche Angst, mich vor ihm zu blamieren. Der andere Zwilling, Elard, ist hübsch, erfolgreich und hat ein Selbstbewusstsein, das einen porös machen kann. Er ist erfolgsverwöhnt, arrogant und leider äußerst charmant. Ach, ich weiß nicht ... es ist schwierig.«

»Verstehe. Voll verknallt, aber in den falschen Zwilling.«

»Ich glaube, ja«, gebe ich seufzend zu.

Acht

Minka sieht mit ihrem pinkfarbenen Halsband wie die Katze von Barbie aus. Das Glöckchen daran bimmelt leise vor sich hin, und ich hoffe sehnlichst, dass es seinen Zweck erfüllt. Auf keinen Fall möchte ich kleine tote Vögel aus ihrem Maul ziehen.

Andreas hat die Sichtschutzelemente mit Halterungen im Boden verankert. Ich habe mich für zwei schmale Elemente entschieden. Dazwischen hat er etwas Platz gelassen, und ich habe die freie Stelle mit einem Smaragdbaum bepflanzt. Den Abschluss bildet ein großer Holzkübel, in den ich eine kleine Buchsbaumkugel gesetzt habe. Die Elemente und der Holzkübel passen hervorragend zu meinen Terrassenmöbeln.

Nachdem wir mit der Arbeit fertig waren, haben wir uns ein Bier aufgemacht und den neuen Anblick genossen. Andreas meint, er würde mit Herrn Mertens, unserem Vermieter, sprechen, ob er sich an den Kosten beteiligt oder sie sogar völlig ersetzt. Schließlich sei es ja eine Verschönerung seines Grundstücks.

Mit gemischten Gefühlen erwarte ich Elard. Sollte ich ihm besser reinen Wein einschenken? Ich mag ihn, ganz im Gegensatz zu Pia, aber mögen allein reicht nicht für eine Beziehung. Oder ist es noch zu früh, darüber nachzudenken? Noch kennen wir uns nicht lange, und eventuell wird ja doch mehr daraus. Aber was ist mit Elias? Sollte ich mich öfter mit Elard treffen, werde ich es nicht vermeiden können, Elias gelegentlich zu begegnen.

Elard klingelt pünktlich an der Haustür, und ich gehe gleich hinaus, um ihn dort zu begrüßen. Er nimmt mich vorsichtig in den Arm und gibt mir einen zarten Kuss auf den Mund. Im Normalfall sollte jetzt mein Herz höherschlagen, tut es aber nicht. Elard sieht mich sehnsüchtig an. Ich glaube, er würde mich gern richtig küssen. Seine Umarmung ist sanft, aber unmissverständlich. Er will mehr. Doch dazu bin ich nicht bereit. Er spürt es sofort und führt mich galant zu seinem Auto. Er öffnet mir die Tür, damit ich einsteigen kann. Gutes

Benehmen hat er auf jeden Fall. Ein weiterer Pluspunkt für Elard.

Als er neben mir ins Auto gleitet, sagt er: »Wenn es dir nichts ausmacht, fahren wir erst bei meinen Eltern vorbei. Ich habe da etwas zu erledigen. Dauert nicht lange. Und dann fahren wir in den Harz. In Torfhaus hat ein neues Restaurant eröffnet. Eine bayrische Alm. Meiner Meinung nach völlig fehl am Platz, es soll aber sehr gut sein.«

»In den Harz? Ist das nicht ein bisschen zu weit?«

»Nein. Von hier aus ist es circa eine Stunde Fahrzeit.«
»Klingt gut«, gebe ich erfreut zurück. Es wird sicherlich ein schöner Ausflug. Im Harz war ich noch nie.

Seine Eltern wohnen in einem sehr großen alten Stadthaus in der Helmstedter Goethestraße. Er erzählt mir, es sei schon immer in Familienbesitz gewesen. Wir gehen direkt in den Garten hinter dem Haus, der eher einem kleinen Park ähnelt. Das feudale Anwesen schüchtert mich ein wenig ein. Elards Familie scheint sehr wohlhabend zu sein.

Seine Mutter kommt uns aus dem Haus entgegen und schlägt erfreut die Hände zusammen. »Elard, wie schön. Dein Vater wartet bereits.« Dann sieht sie mich fragend an und Elard stellt uns einander vor. Seine Mutter scheint hocherfreut über meine Anwesenheit zu sein, was ich mir nicht erklären kann.

»Ich koche einen Kaffee«, sagt sie und ist schon auf dem Weg zurück ins Haus.

»Nein, Mama, nicht nötig. Wir sind gleich wieder weg.«

Empört dreht sie sich um und sagt in vollem Ernst: »Also, mein lieber Herr von Lauenberg. Da bringst du zum ersten Mal ein Mädchen mit nach Hause und willst gleich wieder verschwinden? Kommt nicht infrage.«

Elard grummelt genervt etwas, und ich stehe stocksteif da. Zum ersten Mal? Auch das noch. Hat das etwas zu bedeuten? Ich kann es einfach nicht fassen.

»Tut mir leid, Lisa. Heute kommen wir nicht mehr in den Harz. Wenn meine Mutter sich etwas in den Kopf gesetzt hat, bringt nicht mal ein Bombenalarm sie davon ab.«

Unsicher antworte ich, es würde mir nichts ausmachen. In Wirklichkeit macht es mir jedoch sehr viel aus. Ich kenne ihn kaum und sitze gleich mit seiner Mutter zum Kaffeetrinken im Garten. Eigentlich könnte ich mir darauf etwas einbilden. Elard, der Herzensbrecher mit dem angeblichen Arschloch-Gen, stellt mich seinen Eltern vor.

Während ich so grübele, höre ich eine Stimme aus dem Haus rufen: »Elard, der Große, bringt ein Mädchen mit. Ich dachte, ich höre nicht richtig, als Mama es erwähnte!«
Und dann steht er hinter mir. Als ich mich umdrehe, entgleiten ihm die Gesichtszüge für den Bruchteil einer Sekunde. Dann flüstert er: »Lisa.«

Elard nimmt mich besitzergreifend in den Arm, als seien wir bereits seit Langem ein Liebespaar, und stellt uns einander vor, obwohl er genau weiß, dass wir uns kennen. »Lisa, Elias. Elias, Lisa.« Dabei zeigt er jeweils auf mich, dann auf Elias.

Mein Herz schlägt ungleichmäßig. Elias muss denken, wir seien bereits ein Paar. Und dann macht er etwas Merkwürdiges. Er sieht seinen Bruder voller Verachtung an. Mir stockt der Atem. Elard greift noch einmal fester um meine Taille und lächelt seinem Bruder kalt entgegen. Nur wer völlig blind und ignorant ist, würde den Hass zwischen den beiden nicht bemerken. Es ist furchtbar. Dann wendet Elias sich zu mir und sieht mich traurig an. Dabei lächelt er niedergeschlagen und schüttelt unmerklich den Kopf. Die ganze Situation verschlägt mir die Sprache, und ich kann Elias nur mit großen Augen anstarren. Er jedoch dreht sich um und eilt zurück ins Haus.

Frau von Lauenberg kommt genau in diesem Moment zurück in den Garten, sodass ich Elard nicht zur Rede stellen kann. Es reicht nur für ein »Ich will jetzt gehen«.

»Jetzt noch nicht. Mama wäre sehr böse«, antwortet er unnachgiebig.

Ich komme mir vor wie im falschen Film, doch Frau von Lauenberg hat es sich in den Kopf gesetzt, mit mir Kaffee zu trinken. Warum auch immer, ich weiß es nicht.

Elard entschuldigt sich für einen Moment, weil er etwas mit seinem Vater zu besprechen hat, und lässt mich mit seiner Mutter allein. Ich bin stocksauer. Vor allem, weil seine Mutter ebenfalls in der Annahme ist, wir seien ein Paar. Sie bittet mich, Platz zu nehmen, und schenkt Kaffee ein.

Aus dem Haus hören wir durch ein geöffnetes Fenster zwei laute Männerstimmen. Elard und Elias streiten sich lautstark. Ihre Mutter versucht, mich mit Small Talk abzulenken, indem sie von ihrem selbst gemachten Kuchen schwärmt und mir mehrmals versichert, wie sehr sie sich freue, mich kennenzulernen. Trotzdem höre ich die Worte klar und deutlich, die aus dem Haus zu uns dringen: »Warum hast du sie hergebracht? Wie eine Trophäe stellst du sie zur Schau, nur um mich zu verletzen. Hätte ich dir doch bloß nichts von ihr erzählt! Bist du deshalb hinter ihr her, weil ich sie mag? Weil du mir damit mal wieder eins reinwürgen kannst? Du elender Scheißkerl! Und so etwas nennt sich Bruder!«

Elard schreit zurück: »Du verdammter kleiner Krüppel hast dich ja nicht mal getraut, nach ihrer Telefonnummer zu fragen! Jetzt habe ich sie mir geschnappt, und es ist mir scheißegal, wie sehr du darunter leidest. Ist es meine Schuld, wenn du keinen Arsch in der Hose hast?«

»Du bist widerlich, Elard. Wem willst du damit etwas beweisen? Für dich ist sie doch nur eine weitere Kerbe in deinem Bettpfosten!«

»Und du bist erbärmlich. Ein erbärmlicher kleiner Jammerlappen, der wie ein kleines Mädchen Igel rettet. Du kotzt mich an!«

Jetzt wird das Fenster mit einem lauten Knall geschlossen, und ich zucke unweigerlich zusammen. Was ich eben gehört habe, lässt das Blut in meinen Adern gefrieren. Die Erkenntnis, dass Elard mich anscheinend nur benutzt hat, um seinen Bruder zu demütigen, läuft mir eiskalt den Rücken herunter. Und was ist mit Elias? Lag ihm doch etwas an mir? War er zu schüchtern, es sich anmerken zu lassen? Genau das war mein erster Eindruck. Schüchtern, zurückhaltend und verunsichert.

Frau von Lauenberg sagt etwas zu mir, doch ich registriere es nur am Rande. Ich gehe nicht darauf ein und bitte sie höflich, mir ein Taxi zu rufen. Ich halte es nicht eine Sekunde länger hier aus. Wir stehen fast zeitgleich auf. Ohne Kommentar, mit peinlich berührtem Gesichtsausdruck, begleitet sie mich zum Eingang des Grundstücks.

»Ich rufe Ihnen ein Taxi. Es wird in wenigen Minuten da sein … Es tut mir leid, sehr leid, Fräulein Lisa«, sagt sie einfühlsam und streicht mir mit der Hand über den linken Arm.

Ich nicke dankend wegen des Taxis und verlasse das Grundstück. Von außen an die Gartenmauer gelehnt, ringe ich um meine Fassung. Die ersten Tränen kullern, und ich schnäuze undamenhaft in ein Taschentuch. Elard hat ein gemeines Spiel mit mir getrieben und ein noch gemeineres mit seinem Bruder. Vielleicht hätte er mich sogar so weit bekommen, mit ihm ins Bett zu steigen. Pia hat recht. Er trägt das Arschloch-Gen in sich!

Ich denke wehmütig an Elias. Weshalb hat er mir sein Interesse nicht signalisiert? Weswegen hat er nicht nach meiner Telefonnummer gefragt? Hatte er Angst, abgewiesen zu werden? Er ist doch hübsch und hat ein freundliches Auftreten, aus welchem Grund ist er so zurückhaltend? Wieder kullern Tränen über meine Wangen, und vor meinen Augen taucht ein Taschentuch auf, an dessen Ende Elias steht. Peinlich berührt bringe ich ein Lächeln zustande. Die Situation ist mir sehr unangenehm.

»Darf ich dich nach Hause fahren?«, fragt er mit weicher Stimme.

Nickend stimme ich zu und nehme das Taschentuch aus seiner Hand. »Was ist mit Elard?«, frage ich zögerlich.

»Meine Mutter hat erzählt, ihr hättet alles mit angehört. Es tut mir leid. Möchtest du trotzdem lieber von ihm gefahren werden?«, erkundigt er sich zaghaft.

Ich schüttele deprimiert den Kopf und blicke verschämt auf den Boden. Ohne Vorwarnung ist er plötzlich bei mir und nimmt mich behutsam in den Arm. Mein Herz hüpft, als ich seine Nähe, seinen Körper an mir spüre. Ich schmiege meinen Kopf an seine Brust und schlinge meine Arme um ihn. Er atmet erleichtert aus und nimmt mich noch fester in den Arm. So stehen wir lange Zeit da und sagen kein Wort, halten uns einfach nur fest. Es ist wundervoll. Als hätten wir noch nie etwas anderes getan, als uns zu halten. Die Schmetterlinge in meinem Bauch schlagen Purzelbäume, und mein Herz hüpft dazu in freudiger Erregung.

Neben uns in der Einfahrt heult ein Motor auf. Dann wird der Wagen unwirsch mit zu viel Gas zurückgefahren und kommt mit quietschenden Reifen neben uns zum Stehen. Elard ruft mit fester Stimme: »Lisa! Kommst du bitte? Wir müssen reden.«

Elias lässt mich schlagartig los, doch ich halte ihn weiterhin fest umschlungen. »Nein, fahr ohne mich. Es gibt nichts mehr zu sagen.«

»Das werden wir noch sehen«, schnaubt er wütend und fährt mit durchdrehenden Reifen davon.

Elias nimmt mich an die Hand. Wir gehen ohne Worte zu seinem Auto, einem alten Toyota. Ich schmunzele bei dem Anblick und denke an den Tag im Wald zurück, als ich ihn zum ersten Mal sah. Damals nahm ich ihn nicht bewusst wahr, doch jetzt hat seine Erscheinung eine unauslöschliche Präsenz in meinem Bewusstsein.

Unterwegs im Auto frage ich: »Woher wusste Elard, dass du heute bei deinen Eltern bist?«

»Ich bin immer da. Meine Wohnung befindet sich im Dachgeschoss.«

»Ach so, er wusste also, wenn er mit mir dort auftaucht, wird er dich damit treffen.«

»Ja.«

»Deine Mutter tat so, als sei ich die Erste, die Elard je mit nach Hause gebracht hat.«

»Das stimmt.«

Ich drehe den Kopf zur Seite und sehe ihn an. Sein Profil ist wunderschön – ausdrucksstark. Markante Wangenknochen, ein männliches Kinn und volle Lippen. »Du bist sehr einsilbig.«

»Tut mir leid. Ich bin etwas unsicher!«

»Ich auch«, flüstere ich.

Er legt zögerlich seine Hand auf meine und lächelt zufrieden. »Ich bin froh, dass Elard mich heute kränken wollte, indem er so tat, als wärst du seine Freundin, und wir oben im Haus unsere Beherrschung verloren.«

»Ich auch«, gebe ich erleichtert zurück.

***

Elias begleitet mich zur Haustür, bleibt vor dem Treppenabsatz stehen und sieht mich liebevoll an. »Mach's gut. Sei nicht böse auf Elard. Er kann nicht anders. Er ist halt so. Kalt wie ein Fisch.«

»Elard ist mir absolut egal. Ich dachte, das hättest du bereits gemerkt. Ich habe ihn anfangs für dich gehalten«, gebe ich verschämt zu.

Ein schüchternes Lächeln ist die Antwort. Ich schmelze sofort dahin. Elias hat eine wahnsinnig anziehende Ausstrahlung. Auf eine zurückhaltende Weise erotisch und verführerisch. Vor meinem inneren Auge laufen gerade im Zeitraffer verschiedene Versionen ab, wie wir uns auf dem Bett rekeln, auf dem Küchentisch Sex haben oder uns in der Badewanne lieben – unglaublich.

»Magst du für einen Moment hereinkommen?«, frage ich unsicher. Denn ich befürchte, dass er mich für zu forsch hält.

85

Er zuckt mit den Schultern, sieht mich fragend an und sagt: »Nur, wenn du wirklich möchtest.«

»Ich möchte«, antworte ich mit fester Stimme.

»Dann gerne.«

In meiner Wohnung angekommen, stolpere ich über die Kiste, die ich heute Abend auf den Boden schaffen wollte. Sie beinhaltet alte Sachen, von denen ich mich noch nicht trennen möchte, die ich aber auch nicht in meiner neuen Wohnung in den Schrank räumen mag. Manchmal ist man ja froh, das alte Paar schwarze Stiefel neu zu entdecken oder in die geliebte Jeans mit dem Loch in der Tasche wieder reinzupassen.
Elias versucht, mich zu halten, und stürzt mit mir zu Boden. Lachend bleiben wir liegen und ich denke, super, da bekommt er ja gleich den richtigen Eindruck von mir.

»Lisa?«

»Ja?«

Plötzlich ist er über mir und küsst mich zart auf den Mund. Mir stockt fast der Atem bei dem Gefühl, das jetzt durch meinen Körper rast. Eine Mischung aus Glück und unendlicher Zuneigung erfasst mich, und ich erwidere seinen Kuss mit aller Leidenschaft. Ein Rauschen durchströmt mich wie ein reißender Fluss, und Elias drängt sich behutsam an mich.

Verliebt streift sein Blick mein Haar, mein Gesicht und bleibt auf meinen Lippen haften. »Diesen Mund wollte ich bereits im Wald küssen. Seit damals geisterst du durch meine Gedanken, denn dein Anblick mit den hohen Schuhen und dem kurzen Rock hat mich verrückt gemacht. Für Sekunden dachte ich darüber nach, die Einsamkeit des Waldes auszunutzen. Aber natürlich hätte ich das niemals getan.«

»Warum hast du nichts gesagt? Spätestens, als wir uns in Helmstedt an der Eisdiele trafen, hättest du die Chance dazu gehabt. Du hättest mich um ein Treffen bitten können.«

Unsicher schüttelt er den Kopf. »Ich bin völlig aus der Übung, oder besser gesagt, ich habe gar keine Übung in so etwas. Ich hatte nie die Möglichkeit.«

Ungläubig sehe ich zu ihm auf und streichle sein Haar. »Warum?«

Mit brüchiger Stimme antwortet er: »Ich hatte selten die Gelegenheit – aus gesundheitlichen Gründen.« Dann beugt er sich erneut zu mir und fragt unsicher: »Gibst du mir die Gelegenheit, dich näher kennenzulernen?«

»Gerne«, erwidere ich und schmiege mich erneut an ihn, um ihn leidenschaftlich zu küssen. Es ist wie ein Wunder. Ich fühle mich in seinen Armen unendlich geborgen und die Zartheit, mit der er mich hält, vermittelt mir Wärme und Zuneigung. Nach langer Zeit ist da wieder jemand, dem ich mich emotional öffnen kann. Es ist unbeschreiblich.

Vorsichtig tastet er an der Knopfleiste meiner Bluse entlang und öffnet Knopf für Knopf. Ich lasse es zu, ich wünsche mir sogar, von ihm berührt zu werden. Jetzt schiebt er eine Hand in meine Bluse und streicht zart mit den Fingerspitzen über meinen BH. Die kleine Knospe wird sofort hart. Er seufzt leise. Sein verschleierter Blick sieht fragend zu mir herab. Er möchte mehr, möchte die Hand unter den BH gleiten lassen. Ich richte mich auf, und mit flinken Fingern streife ich die Bluse über den Kopf und öffne den BH. Er richtet sich ebenfalls auf und sieht mir voller Begierde zu. Als ich meine Hand an den Saum seines Shirts lege, hält er sie fest und schüttelt den Kopf. »Nein, bitte nicht.«

Fragend sehe ich ihn an. Ich will ihn sehen, seine Haut an meiner spüren, daher sage ich möglichst einfühlsam: »Ich habe dich bereits gesehen. Ich mag dich so, wie du bist.«

Erleichtert und doch etwas widerspenstig lässt er sich sein T-Shirt über den Kopf ziehen, dann nimmt er mich in den Arm, und wir gleiten wieder auf den Boden zurück. Behutsam nimmt er meine Brust in die Hand und streichelt mit dem Daumen über die kleine Knospe, dann rutscht er ein Stück tiefer und küsst meine andere Brust. Mir entfährt ein Stöhnen. Es erregt mich ungemein, seine zarten Berührungen auf meiner Haut zu spüren. Mich überkommt der unbändige Drang nach mehr – nach viel mehr.

Ich gleite mit den Fingerspitzen über seinen Oberkörper, die kräftigen Arme und zur Mitte zurück, zu seiner Narbe. Er hält kurz die Luft an. Ich hebe den Kopf zu ihm und küsse ihn zärtlich, bevor ich Zentimeter für Zentimeter seine Narbe mit meinem Mund erkunde. Er hält ganz still, erspürt das Gefühl meiner Lippen auf seiner narbigen Haut und entspannt sich langsam. Ich drehe ihn vorsichtig auf den Rücken herum und drücke ihn auf den Boden. Dann lege ich meinen Kopf sanft auf seine Brust und streichle entlang seiner Narbe weiter hinunter bis zu seinem Bauchnabel. Die Haut ist weich. Ein leichter Schweißfilm bedeckt sie. Ich lasse meine Hand langsam tiefer gleiten. Er atmet aufgeregt, und als ich erneut seine Narbe küsse, stöhnt er fast schmerzhaft auf. Es ist eine Mischung aus Angst und Begierde. Ich fühle seine Unsicherheit aufgrund dieser Narbe. Er scheint sie zu hassen, hat sie noch nicht als zu sich gehörend angenommen. Meine Hand gleitet unter seinen Hosenbund, und er biegt seinen Rücken lustvoll durch.

»Lisa ...«, flüstert er, legt behutsam seine Hand an meinen Kopf, während ich seine Narbe sanft mit den Lippen liebkose. Meine Hand schiebt sich wie von unsichtbaren Fäden gezogen in seine Hose. Er öffnet den Hosenknopf und den Reißverschluss, damit ich freien Zugang habe. Wieder biegt er vor Erregung den Rücken durch, und mich erfasst eine Welle der Leidenschaft, als ich den Beweis seiner Lust in die Hand nehme. Samtig weiche Haut spannt sich über stahlhartem Muskelgewebe. In mir zieht sich alles zusammen. Meine Gier nach ihm beängstigt mich.

»Bitte küss mich, Lisa, bitte«, flüstert er, und ich küsse ihn voller Begierde, während meine Hand an seiner Erektion entlanggleitet. Er stemmt mir die Hüften entgegen und bettelt leise: »Mehr ... mehr!«

Verführerisch frage ich: »Mehr?«
Und er antwortet mit vor Lust zitternder Stimme: »Bitte schlaf mit mir, bitte, Lisa.«

»Nicht hier, komm ins Bett«, hauche ich.

Er dreht sich auf mich, küsst erregt mein Gesicht, den Hals und meine Brüste. »Bist du dir sicher?«, fragt er erwartungsvoll.

»Hundertprozentig«, entgegne ich liebevoll und schiebe ihn von mir. »Komm«, flüstere ich und rappele mich hoch. Er ist schneller, springt auf und hält mir seine Hand entgegen, um mir aufzuhelfen.

Im Schlafzimmer ziehen wir den Rest unserer Kleidung aus. Es ist helllichter Tag. Wie immer versuche ich, meine üppigen Kurven zu verbergen. Mein Selbstwertgefühl hätte gern eine Kleidergröße weniger. Elias sieht mich durchdringend an und nimmt vorsichtig meine Hände, die ich ungeschickt um meinen Körper geschlungen habe, zur Seite. »Lass dich ansehen. Du bist sehr schön, Lisa. Versteck dich nicht.«

Ich lächle unsicher und lasse mich zu ihm ziehen. Er schmiegt sich eng an mich, und ich kann seine Erektion an meinem Bauch spüren. Ich bin mir nicht sicher, wer von uns beiden größere Komplexe hat. Er wegen seiner Narbe oder ich wegen meiner fraulichen Kurven.

Wir landen auf dem Bett. Elias ist stark erregt, ergreift aber nicht die Initiative. Irgendetwas hält ihn zurück. Ich spüre seine Leidenschaft, seinen Drang, mich nehmen zu wollen, aber dennoch zögert er.

»Was hast du?«, frage ich verunsichert.

»Es tut mir leid. Ich bin völlig überdreht. Du machst mich verrückt, Lisa. Ich habe Angst, etwas falsch zu machen.«

Ich bin baff. Eine so ehrliche Antwort hätte ich nicht erwartet. »Du machst bestimmt nichts falsch. Bisher war alles richtig«, ermutige ich ihn.
Er seufzt zufrieden und legt sich auf mich. »Darf ich?«, fragt er unsicher, und mir wird langsam klar, weshalb er so zögerlich ist, lasse mir aber nichts anmerken. Er zittert leicht, als ich nicke und seinen Schaft vor meiner Mitte platziere. Seine Eichel drückt zuerst zaghaft gegen mich, doch dann presst er stärker, und ich stemme mich ihm entgegen. Ich will ihn endlich in mir fühlen.

Langsam dringt er in mich ein. Das Gefühl ist kaum zu beschreiben. Ein Rauschen dröhnt durch meinen Kopf, und ich höre sein leises Stöhnen, während mein Blut tosend durch meine Adern fließt. Mit jedem Stoß wird er wilder, und auch ich verliere meine Scham. »Fester!«, schreie ich berauscht von dem Gefühl, ihn in mir zu spüren, und er treibt sich mit stetig wachsender Intensität in mich hinein, bis wir um Luft ringend einander festhalten und der Orgasmus über uns zusammenbricht wie eine tosende Welle.

Grundgütiger, denke ich ergriffen. Zu mehr bin ich im Moment nicht fähig. Erst langsam finde ich wieder zu mir und nehme Elias' leises Wimmern wahr. Verunsichert drücke ich ihn an mich.

Er sagt leise: »Entschuldige bitte. Ich wollte nicht grob sein. Es ist einfach über mich gekommen. Ich konnte nicht aufhören, es war wie ein innerer Zwang.«

»Du bist nicht grob gewesen, es war wunderschön, für mich jedenfalls«, erwidere ich liebevoll.

Es muss auch für ihn ein umwerfendes Erlebnis gewesen sein, und meine Vermutung von vorhin bestätigt sich, als er sagt: »Du bist meine erste Frau, Lisa. Ich war noch nie mit einer anderen zusammen. Ich wollte alles richtig machen, aber dann überkam mich diese unendliche Lust. Ich konnte sie nicht stoppen. Es tut mir leid.«

Ich kraule sein zerzaustes Haar und flüstere ihm zu: »Es war sehr schön für mich, Elias. Ehrlich. Du hast alles richtig gemacht.« Es ist unvorstellbar für mich, dass dieser, in meinen Augen hocherotische, Mann heute zum ersten Mal mit einer Frau geschlafen hat. Und diese Frau war ich.

»Es ist ungewöhnlich, wenn ein Mann in deinem Alter noch nie ... na, du weißt schon ...«, beginne ich, meine Neugier kundzutun.

Er zieht sich aus mir zurück und legt sich neben mich. Dabei stützt er den Ellbogen auf das Bett und legt seinen Kopf in die Hand. Verträumt lässt er seinen Blick über mich schweifen und sieht mir anschließend tief in die Augen. »Ich war sehr unsicher, schon immer. Elard ist anders. Er geht über Leichen und setzt sich immer durch. Manchmal auch mit unlauteren Mitteln. Er ist gesund. Er ist stark, was ich nie war.«

Er macht eine kurze Denkpause, und mir ist voll bewusst, dass ich jetzt etwas zu hören bekomme, was mein emotionales Gleichgewicht ins Schwanken bringen wird.

»Nach unserer Geburt, es war ein Kaiserschnitt, wurden wir sofort getrennt. Die Geburt wurde auf Anraten des Arztes früher eingeleitet, da Unregelmäßigkeiten in meinem Herzrhythmus festgestellt wurden. Elard war gesund, er strotzte nur so vor Energie, erzählte meine Mutter später. Ich kam in den OP nebenan. Mein Herz war zu klein, konnte meinen Körper nicht zur Genüge versorgen. Ich wog fast nur die Hälfte von Elard und war zu klein für mein Alter. Eine Herzklappe funktionierte nicht optimal, und ein operativer Eingriff war notwendig. Meine erste Operation fand eine halbe Stunde nach meiner Geburt statt.«

Ich könnte heulen und habe das Bedürfnis, ihn zu halten, ihn zu beschützen, vor was auch immer. Trotzdem lasse ich mir meine Bestürzung nicht anmerken. Ich glaube, das Letzte, was er will, ist mein Mitleid. Ich streiche mit meinem Zeigefinger vorsichtig die Narbe entlang und lasse ihn weiterreden.

»Ich lag noch wochenlang zur Beobachtung in der Kinderklinik in Braunschweig. Als ich dann endlich nach Hause durfte, machten meine Eltern von Anfang an den Fehler, mich vor allem zu behüten, sogar vor Elard, der mich schnell überragte und immer kräftiger wurde. Ich war ein dünnes, schwächliches Kind und musste immer Medikamente für mein Herz einnehmen. So wie andere Kinder rumtoben durfte ich nie, obwohl ich es gern getan hätte. Eines Tages, wir waren gerade sechs Jahre alt, überredete ich Elard, mich mitspielen zu lassen. Er tollte den ganzen Tag mit den Kindern aus der Nachbarschaft herum. Mit mir hatte er nicht viel am Hut, ich konnte nie mit ihm mithalten. Weder konditionsmäßig noch auf verbaler Ebene. Er überrollte mich in jeder Hinsicht, und irgendwann fing er an, mich zu hassen, dafür, dass ich immer im Mittelpunkt stand. Was hätte ich dafür gegeben, wenn es nicht so gewesen wäre. Nun lässt es sich nicht mehr ändern. Na ja, auf jeden Fall überredete ich ihn, mich diesmal mitzunehmen. Er tat es entgegen dem Verbot unserer Eltern.

Die anderen Kinder behandelten mich von Anfang an wie einen Schwächling, und Elard unternahm auch nichts dagegen. Um zu ihrer Bande zu gehören, musste ich eine Mutprobe bestehen. Sie bestand darin, den Hund des alten Herrn Böhme – er mochte keine Kinder, und wir Kinder mochten ihn nicht – zu fangen und mit einer Schnur am Baum festzubinden. Der Hund war bissig und ein alter Kläffer. Ich tat es. Ich kletterte über den Zaun und nahm allen Mut zusammen, den ich brauchte, um den Köter zu fangen. Was ich nicht wusste, war, dass die anderen Kinder währenddessen einen Klingelstreich beim alten Herrn Böhme machten. Er kam lauthals schreiend aus dem Haus gerannt und erwischte mich in seinem Garten. Mein Herz schlug mir bis zum Hals, als er mich packte und an den Ohren in seinen muffigen Keller schleifte. Zu dem Zeitpunkt bekam ich bereits schwer Luft, und der alte Böhme merkte, dass etwas nicht stimmt. Er war der Meinung, ich sei Elard, der ihn häufig ärgerte, und mit Schrecken stellte er fest, dass ich der kleine, kränkliche Elias bin. Er rief bei meinen Eltern an. Zu dem Zeitpunkt war ich bereits ohne Bewusstsein. Ich erwachte im Krankenhaus. Elard hat eine Tracht Prügel bezogen und die anderen Kinder nannten mich später Verräter, weil ich meinen Eltern die Namen aller beteiligten Kinder nennen musste. Von dem Tag an war unser Verhältnis vollkommen zerrüttet. Ich war der Krüppel, das Weichei und die Petze.«

»Und dann«, fordere ich ihn auf, fortzufahren.

»Ja, und dann kam die Schulzeit und wenig später die nächste OP an der Herzklappe. Eine Klasse musste ich wiederholen, da ich oft lange Zeit fehlte. Ständig wurde ich von meinen Eltern zu Ausdauersport und Belastungsübungen gedrängt, um mein Herz zu stärken. Ich glaube, dass sie es übertrieben, denn eine Besserung stellte sich nicht ein. Es ging sogar so weit, dass meine Mutter mich nur mit Mundschutz nach draußen ließ, um mich vor Infektionen zu schützen. Aus heutiger Sicht völliger Blödsinn. Elard ging seinen Weg, und ich humpelte irgendwie hinterher. Nicht einmal als feststand, dass ich ein Spenderherz benötigen werde, konnte er zu mir halten. Nach außen, wenn er nach mir gefragt wird, tut er so, als sei er der besorgte Zwillingsbruder. In Wirklichkeit bin ich in seinen Augen daran schuld, dass er all die Jahre zu wenig Aufmerksamkeit erhalten hat.«

»Aber das ist doch völlig normal, wenn man deine Lebensgeschichte betrachtet«, werfe ich empört ein.

Er lacht resigniert. »Ja, vielleicht. Aber ich kann ihn verstehen. Daher machte ich ihm nie Vorwürfe. Na, jedenfalls ist es dann dazu gekommen, dass ich mich in ein Krankenhaus begeben musste und an eine Herzmaschine angeschlossen wurde. Fast zwei Jahre habe ich gewartet, bis ein geeignetes Spenderherz gefunden wurde. Ich hatte die Hoffnung bereits aufgegeben, doch am zwanzigsten August vor zwei Jahren kam der ersehnte Anruf von Eurotransplant. Alle Daten stimmten überein. Noch in der Nacht wurde ich in Hannover operiert und bekam mein neues Herz. Das ist jetzt etwas über zwei Jahre her, und so, wie es aussieht, hat mein Körper seinen Frieden damit gemacht – meine Seele jedoch versucht es noch. Manchmal habe ich Angst, nicht mehr ich selbst zu sein.«

Ich schlucke hart. Der zwanzigste August vor zwei Jahren war Stefans Todestag. An diesem Tag wurde er für hirntot erklärt, und sein Vater stimmte der Organentnahme zu, weil Stefan einen Spenderausweis besaß. Es war sein Wunsch, sollte der Fall der Fälle eintreten, dass anderen Menschen geholfen wird, dass sie eine zweite Chance erhalten, wenn ihm nicht mehr zu helfen ist. Stefan hat immer rational gedacht, nur selten wurde er von Emotionen gesteuert. Für ihn war der Körper nur eine Hülle, die nach dem Tod zu Kompost wird, warum also nicht anderen eine Chance einräumen? Ich war damals entsetzt und beschimpfte die Ärzte als Leichenfledderer. Die Vorstellung, sie würden ihn ausweiden wie ein Tier bei der Schlachtung, hat mir damals wie heute fast den Verstand geraubt.

Unwillkürlich fange ich an, zu schluchzen. Sosehr ich mich auch bemühe, ich kann es nicht aufhalten. Stefan ist so präsent in meinen Gedanken wie schon lange nicht mehr, und die Tatsache, dass die Daten übereinstimmen, wirft mich in ein ungeahntes schwarzes Loch der Verzweiflung. Kann es sein, dass Elias sein Herz hat? Ist so etwas möglich? Wäre es nicht ein grausames Spiel des Schicksals? Ich bin völlig verzweifelt. Sollte es so sein, könnte ich nicht weiter mit Elias zusammenbleiben. Das wäre zu viel verlangt. Ich könnte es nicht ertragen. Doch wie will ich es herausfinden? Es wird immer als großes Fragezeichen zwischen uns stehen. Wenn ich ihn ansehe, werde ich auch immer Stefan sehen. Nein, ich muss es beenden, bevor es richtig angefangen hat.

Neun

Es ist Anfang Herbst. Die Blätter der Bäume zeigen ihr erstes Gelb, und die Blüten meiner Hortensien werden braun. Elias meldet sich oft, aber ich vertröste ihn jedes Mal. Ich kann mich nicht mit ihm treffen. Jetzt nicht mehr. Noch habe ich keinen Mut, es ihm zu sagen, aber ich werde es nicht mehr lange vor mir herschieben können.

An warmen Abenden sitze ich mit Andreas auf meiner Terrasse. Wir reden über alles, ganz ungeschminkt. Das Vertrauen zwischen uns übersteigt mittlerweile alles, was ich mir je vorstellen konnte. Ich erzählte von meinem ersten Mal mit Elias, und er berichtet über die Fortschritte in seiner Beziehung zu Axel. Doch eines kann auch Andreas mir nicht nehmen: die Zweifel, die mich in Bezug auf die übereinstimmenden Daten plagen. Andreas meint, ich müsse mich davon frei machen. Jeden Tag sterben auf der Erde Menschen, und die Wahrscheinlichkeit, dass ausgerechnet Elias Stefans Herz bekommen hat, liege bei unter zwei Prozent.

Einige Tage nach meinem letzten Gespräch mit Andreas bin ich dabei, die verwelkten Hortensienblüten abzuschneiden, als es klingelt. Minka streift mir schnurrend um die Beine, und ich falle fast über sie, während ich ins Haus eile. Als ich die Tür öffne, steht Elias aufgelöst vor mir. Er sieht schlecht aus, irgendwie grau. Mein Herz blutet bei seinem Anblick.

»Hallo«, bringe ich verschämt heraus, und eine irre Mischung aus Zuneigung und Ablehnung schwillt in meiner Brust an. Ich will ihn so sehr, und dennoch steht etwas zwischen uns, das ich nicht überwinden kann.

»Hi«, erwidert er unsicher und tritt von einem Fuß auf den anderen. Es muss ihn viel Mut gekostet haben, einfach hierherzukommen.

Ich bitte ihn herein. Er kommt zögerlich in den Flur und zieht sich die Schuhe aus. Als er meinen ungepflegten Gartenlook bemerkt, fragt er unruhig: »Störe ich dich gerade? Ich kann auch später wiederkommen.«

»Nein, nein, du störst nicht. Ich bin gleich fertig. Komm mit in den Garten. Magst du etwas trinken?«

»Nein, danke.«

Die Stimmung ist angespannt, und während ich die restlichen Blüten abschneide und die Erde harke, sitzt er auf einem der Gartenstühle und sieht mir abwesend zu.

»Wenn ich etwas falsch gemacht habe, tut es mir leid. Lisa, bitte rede mit mir. Ich dachte, zwischen uns ist etwas – etwas, was ich noch nie fühlte, und du auch nicht. Es brauchte große Überwindung für mich, einfach herzukommen. Ich komme mir ein wenig vor wie ein Bettler«, sagt er verzweifelt.

Mein Herz schlägt bis zum Hals. Es muss schrecklich für ihn sein, von mir so behandelt zu werden. Ich sollte es kurz und schmerzlos machen. Es wird mir zwar das Herz zerreißen, aber diese Ungewissheit der übereinstimmenden Daten wird immer zwischen uns stehen. Ich werde mich immer fragen, ob er Stefans Herz in sich trägt.

Ich lege die Gartenschere aus der Hand und streife die Handschuhe ab, dann knie ich mich vor ihn und sage möglichst einfühlsam: »Es liegt nicht an dir. Es liegt an mir. Ich kann keine feste Bindung zu dir eingehen. Wir sollten vergessen, was war. Es ist besser so.«

Völlig verwirrt und von seinen Gefühlen übermannt ringt er um Fassung. Seine Finger gleiten nervös durch sein Haar und dann zerrt er daran, als wolle er es ausreißen. Schockiert halte ich seine Hände fest und versuche, sie aus seinen Haaren zu lösen, doch er macht immer weiter damit.

»Hör auf damit, Elias, bitte«, flehe ich ihn an. »Du musst dich beruhigen.«

»So? Muss ich das? Warum ... warum nur? Ich dachte, du magst mich, Lisa!«, ruft er verzweifelt und springt plötzlich auf.

Ich muss an sein Herz denken und habe Angst, es könne durch die Aufregung Schaden nehmen. Darum bitte ich ihn eindringlich, sich zu beruhigen, doch er lacht verbittert. »Du bist nicht anders als Daniela. Einen Krüppel will keine Frau. Auch du nicht. Ich hätte nicht so ehrlich sein und dir alles über meine Vergangenheit erzählen sollen. Ich bin selbst schuld.«

Bestürzt stehe ich ebenfalls auf. Wer ist Daniela? Er hat sie nie erwähnt. »Elias, sei doch vernünftig, bitte. Es liegt nicht an dir, und ich denke auch nicht, dass du ein Krüppel bist. Du bist ein wundervoller Mensch, aber ich kann nicht mit dir zusammen sein. Es geht nicht, leider.«

»Leider, leider! Scheiße! Ich habe schon zu viele leider gehört«, erwidert er erbost, und zum ersten Mal sehe ich Wut in seinen schönen Augen aufblitzen. Dann dreht er sich um und geht ohne ein weiteres Wort. Mein Herz krampft sich zusammen. Am liebsten würde ich ihm hinterherrennen und ihn in meine Arme reißen, aber was würde es ändern? Die Ungewissheit, was an diesem zwanzigsten August vor zwei Jahren wirklich geschehen ist, würde immer zwischen uns stehen. Wir würden es nie erfahren.

Nachdem Elias wutentbrannt meine Wohnung verlassen hat, setze ich mich auf meinen XXL-Sessel, stütze meine Ellbogen auf die Knie und halte meinen Kopf in den Händen. Ich habe es getan – ich habe es tatsächlich getan. Ich habe den einzigen Menschen fortgeschickt, der mir nach Stefan etwas bedeutet hat, mit dem ich eine wundervolle Beziehung hätte aufbauen können.

Nach der Arbeit gehe ich Lebensmittel einkaufen. Es regnet in Strömen, und ich bin froh, dass am Magdeburger Berg so ziemlich alle Geschäfte unter einem Dach sind. Als ich durch die große Drehtür stürze, um mich vor dem Regen in Sicherheit zu bringen, dringt mir klägliches Kindergeplärr entgegen. Ich sehe Bille, die völlig am Boden zerstört ist und mit letzter Kraft versucht, dem kleinen Quälgeist Einhalt zu gebieten. Als sie mich sieht, nickt sie mir zum Gruß entnervt zu und widmet sich wieder dem Kind.

»Hallo, Frau Neunert«, sage ich mit bewusster Betonung auf Neunert. Sie hat mir ja an meinem ersten Tag im Büro zu verstehen gegeben, dass wir uns außerhalb der Kanzlei nicht duzen werden.

»Oh, hallo, Frau Arnstedt«, gibt sie zermürbt zurück und versucht, das Kind zu beruhigen. Interessiert bleibe ich stehen und sehe den Jungen an. Noch kann ich nicht erklären, warum, aber im nächsten Augenblick wird es mir bewusst. Er sieht aus wie Mathias! Ach du heiliger Bimbam, das darf doch nicht wahr sein! Mein Sherlock-Holmes-Syndrom ist geweckt, und ich denke an Pias Vermutung, zwischen Bille und Mathias läuft etwas. Bewusst fürsorglich bücke ich mich zu dem schlaksigen Quälgeist und frage mit einem breiten Lächeln: »Hey, kleiner Mann! Was hast du denn?«

Der Junge sieht mich grimmig an und hört sofort auf, zu plärren. Bockig verschränkt er die Arme vor der Brust und dreht mir den Rücken zu. Oh, oh! Ein kleiner Gnatzkopf, denke ich amüsiert. Mathias kann hin und wieder auch gnatzig sein.

»Ganz schön starrsinnig, der kleine Herr«, gebe ich amüsiert von mir und sehe Bille dabei herausfordernd an. Es macht mir Spaß, sie damit zu provozieren.

»Er ist nicht anders als andere Kinder in seinem Alter«, gibt sie zickig zurück.

»Das habe ich auch nicht behauptet. Ich meine, dass er anders ist. Ich wusste gar nicht, dass Sie ein Kind haben«, sage ich neugierig und werfe einen erneuten Blick auf das bockige Ungetüm. Er sieht genauso schlaksig aus wie Mathias. Unglaublich!

»Wir sprechen ja auch nicht über private Dinge«, sagt sie kurz angebunden und ich überlege, wie ich sie dazu bewegen kann, mir mehr anzuvertrauen. Ich muss ihr Vertrauen gewinnen, doch wie? Am besten tue ich so, als würde ich das schlaksige Scheusal mögen.

»Darf ich dem Kleinen ein Stück Kuchen spendieren? Ich wollte gerade beim Bäcker einen Kaffee bestellen. Mögen Sie auch einen?«

Verdutzt sieht sie mich an, und ich kann spüren, wie es in ihrem Kopf rattert.

»Au ja, Mami, eine Streuselschnecke, bitte«, quengelt das kleine Ungeheuer.

Bille sieht entnervt zu dem Kind, dann misstrauisch zu mir.

»Okay. Einen Kaffee und eine Streuselschnecke«, gibt sie sich geschlagen. Mein Plan geht auf.

Wir schlendern zum Bäcker und bestellen Kaffee, eine Streuselschnecke und für mich ein Stück Pflaumenkuchen. Dann setzen wir uns an einen Tisch, und das kleine Monster wartet erstaunlich brav vor dem Tresen auf seine Schnecke.

»Wie heißt er?«, frage ich mit einem Nicken in seine Richtung.

»Max. Eigentlich heißt er Maximilian, aber alle sagen Max zu ihm«, antwortet sie mit einem zaghaften Lächeln. Der Stolz einer Mutter ist dabei jedoch deutlich zu erkennen.

»Maximilian klingt schön. Ich mag klassische Namen. Alexander finde ich auch gut«, führe ich den Small Talk fort.

»Ja, stimmt. Alexander klingt auch nicht schlecht.«

Die Bedienung bringt unseren Kaffee, und Max trägt seine Schnecke an den Tisch. Er setzt sich brav hin und beginnt, zu essen. Ich sehe ihm zu, und meine Vermutung festigt sich. Er hat kaum Ähnlichkeit mit Bille, aber Mathias könnte ihn nicht verleugnen. Heiliges Kanonenrohr, was für eine Entdeckung!

»Sind Sie verheiratet?«, frage ich direkt und indiskret.

»Nein«, antwortet sie und rührt mit dem Löffel auffällig angestrengt in ihrem Kaffee. Die Frage war ihr unangenehm.

»Und Sie? Haben Sie einen Ehemann?«

»Nein. Ich lebe allein. Meine Schwester und mein Schwager haben eine hübsche kleine Wohnung in Schöppenstedt für mich gefunden. Vorher lebte ich in Berlin.«

»Ach!«, wirft sie erstaunt ein. »Das wusste ich nicht. Dann sind Sie erst vor Kurzem hierhergezogen?«

»Ja. Ich wollte in der Nähe meiner Schwester leben. Wir verstehen uns gut«, antworte ich wahrheitsgemäß, verschweige aber, dass Mathias mein Schwager ist, und wundere mich ein wenig über ihre Verblüffung bezüglich meiner Herkunft. Ich dachte, in der Kanzlei ist bekannt, woher ich komme.

»Schöppenstedt ist schön«, sagt sie begeistert. »Nicht zu vergleichen mit Berlin, aber die Welt ist da noch in Ordnung. Ich bin dort aufgewachsen«, enthüllt sie ihr nächstes Geheimnis.

Jetzt bin ich diejenige, die erstaunt »Ach!« sagt. Dann muss sie Mathias ja lange kennen, wenn sie im selben Ort wohnten. Vielleicht sind sie sogar auf dieselbe Schule gegangen.

Wir unterhalten uns freundlich über dies und das. Zu Anfang mit dem gebührenden Abstand, aber das Eis fängt an zu schmelzen. Auch wenn Bille äußerlich nicht mein Fall ist und am Anfang eingebildet erschien, muss ich meinen ersten Eindruck revidieren. Sie scheint ganz nett zu sein und bei Weitem nicht so blöd, wie ich anfänglich dachte. Nur weil sie aufgedonnert ist wie eine Hafennutte, heißt das ja nicht, dass sie nichts im Hirn hat.

»Ich habe Jura an der Juristischen Fakultät in Hannover studiert, als ich schwanger wurde. Leider habe ich nach der Geburt das Studium nicht beendet. Maximilian war ein kränkliches Kind, und ich hatte niemanden. Mein Vater ist vor vielen Jahren gestorben, und meine Mutter hatte wieder geheiratet. Sie lebt seit Langem in Nürnberg.«

Ich bin erstaunt. Ein Jurastudium hätte ich ihr nicht zugetraut, und das Gefühl, allein mit allem zu sein, kenne ich aus Berliner Zeiten nur zu gut, ich habe es praktisch erfunden!

»Haben Sie später eine Ausbildung gemacht? So wie ich?«, frage ich interessiert. Denn sie beherrscht ihren Job aus dem Effeff. Das muss ich ihr neidvoll zugestehen. Mathias hat in ihr eine hervorragende Büroangestellte.

»Nein. Eigentlich habe ich keinen Abschluss. Mathias, also Herr Buchwald, kennt mich von früher. Mein älterer Bruder war mit ihm befreundet. Sie sind zusammen zur Schule gegangen. Er hat mit Mathias gesprochen, und nach einer kurzen Einarbeitung in der Kanzlei durfte ich dortbleiben. Ich habe Herrn Buchwald viel zu verdanken«, sagt sie mit einer unmerklichen Bitterkeit.

Ich glaube, er wollte sein schlechtes Gewissen beruhigen. Wenn Max von ihm sein sollte, hat er auch allen Grund dazu. Aber wie konnte er es bis jetzt vor Pia geheim halten? Er zahlt doch sicherlich Unterhalt für das Kind, und so, wie es aussieht, auch das Internat, wenn ich an das belauschte Gespräch der beiden zurückdenke.

»Also ehrlich, Frau Neunert. Ich bin erstaunt, wie Sie das alles schaffen. Vollzeit berufstätig und ein schulpflichtiges Kind. Vor solchen Frauen ziehe ich meinen Hut«, schmeichle ich ihr bewusst, um eventuell etwas mehr über Max und das Internat zu erfahren.

Sie lächelt aufrichtig erfreut, und ihr verhärmtes Gesicht sieht plötzlich jugendlich frisch aus.

»Danke. Sehr lieb von Ihnen. Nun ja, in der Woche wohnt Max in einem Internat in Braunschweig. Er ist nur am Wochenende zu Hause.«

»Na, dann hätten Sie doch Zeit, Ihr Studium wieder aufzunehmen. Haben Sie daran mal gedacht?«, frage ich neugierig.

»Nein, das ist finanziell nicht zu stemmen. Wenn es so bleibt, wie es ist, will ich mich nicht beklagen. Wenn Max in die Oberschule kommt, soll er auch wieder nach Helmstedt zurück. Es ist schwer, sein Kind nur am Wochenende sehen zu können. Anfänglich war es anders geplant. Ich sollte mein Studium beenden, aber dann hat der Vater von Max eine andere Frau kennengelernt. Na ja, wie das Leben so spielt ...«, lässt sie den Satz unbeendet. Wahrscheinlich bemerkt sie gerade, dass sie mir mehr anvertraut hat, als ihr lieb ist.

Ich glaube, ich habe jetzt ein ziemlich genaues Gesamtbild. Mathias hat Bille geschwängert, während sie Jura studierte. Dann hat er Pia kennengelernt, sich in sie verknallt und gab Bille den Laufpass. Wahrscheinlich bezahlt er das Internat, um Bille eine Aufnahme ihres Studiums zu ermöglichen, doch sie begnügt sich mit Unterhalt für Max und einem guten Gehalt in seiner Kanzlei. Weshalb sollte sie sich den Stress machen und das Studium fortsetzen? Sie hat Mathias in der Hand. Er wird sie auf keinen Fall rausschmeißen, denn berechnende Frauen wie Bille können dann richtig böse werden, denke ich boshaft. Mathias müsste sich dann warm anziehen.

Nach unserem Gespräch verabschieden wir uns freundlich. Ich streichle Klein Mathias über den Kopf und setze meinen Einkauf fort. So richtig bin ich jedoch nicht bei der Sache, weil ich am Zweifeln bin, ob ich es Pia sagen sollte. Sie wird enttäuscht sein, und Mathias wird mir diese Einmischung in sein Leben nie verzeihen. Was mache ich nur? Sollte ich einfach den Mund halten und so tun, als wüsste ich nichts? Vorerst werde ich es jedenfalls so handhaben. Es ist niemandem damit geholfen, wenn ich die Bombe platzen lasse.

Am Gemüsestand spricht mich eine Frau an. »Hallo, Lisa. Wie geht es Ihnen?«

Frau von Lauenberg, rast es durch mein Hirn. Ich versuche, mein Unbehagen zu verbergen, und antworte freundlich: »Danke, gut. Und Ihnen?«

»Auch gut. Danke. Treffen Sie sich noch mit Elias?«

Peng – Volltreffer! Geschockt sehe ich sie an. »Woher wissen Sie das?«

»Er erzählt mir alles.«

Alles? Na, ich hoffe, nicht wirklich alles. »Wie meinen Sie das, alles?«, frage ich vorsichtig. Er wird ihr hoffentlich nicht von seinem ersten Mal berichtet haben.

»Die Begegnung mit dem Igel, die Eisdiele, na, und einiges mehr.« Sie lächelt mich freundlich und durchdringend an. Als wolle sie auf etwas Bestimmtes hinaus.

»Wir treffen uns nicht mehr«, gebe ich zu. Nun sollte alles klar sein, und sie lässt mich hoffentlich in Ruhe.

»So etwas dachte ich mir bereits«, sagt sie wehmütig.

»Warum?«

»Er hat sich zurückgezogen. Manchmal sehe ich ihn tagelang nicht. Er kommt nicht mal zum Essen herunter, wenn ich sein Lieblingsgericht koche.«

Das ist seine Sache, denke ich. Wie er es am besten verarbeitet, muss sie schon ihm überlassen.

Ich will gerade ansetzen, mich zu verabschieden, da fragt sie völlig unerwartet: »Haben Sie anschließend Zeit? Ich möchte gern mit Ihnen reden.«

Ich wüsste nicht, was es zwischen uns zu bereden gäbe. Ich möchte weder über Elard noch über Elias mit ihr sprechen. Ich habe genug mit mir selbst zu tun. Elias geht mir nicht aus dem Kopf, und die Tatsache, er könne Stefans Herz in sich tragen, bringt mich an den Rand der Verzweiflung. Also sage ich möglichst freundlich: »Leider nein. Ich habe keine Zeit. Auf Wiedersehen.«

»Nicht so schnell, bitte«, hält sie mich zurück. »Vielleicht könnten wir telefonieren. Hier ist meine Telefonnummer, bitte.« Sie legt mir eine Visitenkarte in die Hand und lächelt mich erwartungsvoll an.

Ich möchte sie nicht enttäuschen, bedanke mich und verabschiede mich mit den Worten: »Ja, vielleicht.«

Ich wüsste nicht, weshalb ich mit ihr reden sollte. Elias zu vergessen, wird schwer genug sein, da werde ich mich nicht mit seiner Mutter in Verbindung setzen. Wozu auch?

Zu Hause angekommen, lege ich mich auf die Couch und streichle Minka. Zuvor hat Andreas mir am Telefon erzählt, dass Axel mal wieder einen Rückzieher gemacht hat. Das ewige Hin und Her der beiden zermürbt mich zusätzlich. Andreas leidet wie ein Hund, und Axel ist sich offenbar nicht schlüssig, wie er sein Leben in Zukunft auf die Reihe bekommen soll. Schrecklich. Laut Andreas ist Axel sehr abgemagert. So oft er kann, besucht er Andreas, kann aber öffentlich nicht zu ihrer Beziehung stehen, geschweige denn zu seiner Homosexualität. Sie hätten laut Andreas den geilsten Sex miteinander und könnten über alles reden, doch trotzdem sitzt diese tief verwurzelte Angst in Axel, man würde mit dem Finger auf ihn zeigen.

Besteht das Leben nur aus Dramen? Selbst in Billes Haut möchte ich nicht stecken. Tagtäglich mit dem Mann zusammenzuarbeiten, der mich und mein Kind für eine andere sitzen ließ, grenzt doch an Masochismus, oder?

Der heutige Tag war anstrengend. Viel Arbeit, denn Mathias schont mich nicht im Geringsten, Bille und Max, Frau von Lauenberg und immer wieder Elias. Ich denke ständig an ihn. Es lag mir fern, ihn zu verletzen, doch ich kann nicht über meinen Schatten springen. Auch wenn Andreas meint, die Chance, dass Elias Stefans Herz hat, sei verschwindend gering, kann ich mich von dem Gedanken nicht frei machen. Eines ist jedoch sicher. Seitdem ich Elias kenne, ist die Erinnerung an Stefan ein wenig mehr in die Ferne gerückt. Ist das gut? Ich weiß es nicht! Ich will Stefan nicht vergessen, ich habe Angst davor. Erst wenn ich ihn vergesse und die letzte Erinnerung an ihn vergangen ist, ist er wirklich tot.

Das Telefon schreckt mich aus meinen Grübeleien. Zum Telefonieren habe ich definitiv keine Lust, quäle mich aber trotzdem von der Couch, um zum Telefon zu gehen. Wie immer steckt es auf der Ladestation im Flur, anstatt griffbereit auf dem Tisch zu liegen. Minka miaut empört über die Störung, und ich lasse ein entschuldigendes »Schon gut, Süße« hören.

»Hallo?«, melde ich mich unfreundlich, und am anderen Ende höre ich ein korrigierendes »Meldet man sich so am Telefon?«.

»Oh, Inge. Hallo«, stottere ich wie immer, wenn ich von Stefans Eltern, in diesem Fall von seiner Mutter, belehrt werde. »Ich wollte mich erkundigen, wie es dir geht.«

Donnerwetter! Ich dachte, aus den Augen, aus dem Sinn. Ihre Traumschwiegertochter war ich ja nie, also ist meine Verwunderung groß, als ich ihre Stimme vernehme.

»Danke. Geht so. Und dir? Äh, ich meine, euch?«

»Es ist schwer für uns«, gibt sie zu. Früher haben wir nie über Gefühle gesprochen.

»Für mich auch«, antworte ich wahrheitsgetreu und ergänze meine Antwort mit der Spitze: »Besonders die Sache mit dem Spenderausweis geht mir nicht aus dem Kopf. Ich muss immer daran denken, wie sie ihn ... aber ihr konntet ja anscheinend nichts dagegen unternehmen.«

Sie stöhnt betroffen auf, und ihre Stimme hört sich weinerlich an. »Es war sein Wille, Lisa. Hätten wir uns darüber hinwegsetzen sollen? Für uns war es schwer, dem zuzustimmen, aber, verdammt noch mal, er wollte es so! Du weißt doch, wie er war. Er hat solche Dinge absolut rational betrachtet. Je mehr wir darüber nachdenken und je mehr Zeit vergeht, desto mehr wird der Gedanke, dass er somit anderen Menschen das Leben retten konnte, ein Trost für uns. Kannst du es nicht auch so sehen?«

»Ich weiß nicht. Vielleicht, vielleicht auch nicht. Hat man euch gesagt, welche Organe entnommen wurden?«, frage ich zögerlich.

»Nein. Darüber haben wir keine Auskunft erhalten. Nur so viel, er wollte nur lebenserhaltende Organe spenden. Es stand so auf dem Spenderausweis. Niere, Lunge, Herz und so weiter.«

Herz – Herz – Herz, hallt es in meinem Ohr nach. »Gibt es eine Möglichkeit, zu erfahren, wer eventuell eines seiner Organe erhalten hat? Oder wenigstens, wo in etwa diese Person ansässig ist?«

»Auf keinen Fall, Lisa. Weder die Hinterbliebenen noch der Empfänger der Spende werden je etwas darüber erfahren. Es ist auch besser so, glaube mir. Wir können uns nur damit trösten, dass woanders auf der Welt oder vielleicht sogar hier in Deutschland ein Mensch eine zweite Chance erhalten hat. Vielleicht ein Familienvater, der sonst Frau und Kinder zurückgelassen hätte, oder eine alleinerziehende Mutter ... wer weiß das schon. Aber ich tröste mich mit dem Gedanken, dass Stefan mit seiner Entscheidung für andere etwas Gutes getan hat. Bitte versuche du es auch, Lisa.«

Es ist erstaunlich, wie ehrlich und einfühlsam sie mit mir über dieses Thema spricht. Damals in Berlin haben beide absolut abgeblockt, haben mich dazu nicht befragt und meine Bedenken nicht anerkannt.

»Warum konntet ihr damals nicht mit mir darüber sprechen? Ich hätte mir so gewünscht, von euch mehr einbezogen zu werden, aber weder im Krankenhaus noch als es um die Beisetzung ging, habt ihr mir eine Chance gegeben. Ich weiß genau, dass ihr euch immer eine andere Frau für Stefan gewünscht habt, aber hättet ihr nicht wenigstens ein Mal über euren Schatten springen können? Ich bin ein Mensch, ich habe Gefühle«, werfe ich ihr vor.

»Es tut mir leid, Lisa. Wir haben uns dir gegenüber nicht richtig verhalten. Endlose Abende diskutieren wir seitdem darüber, warum es so gekommen ist. Ich weiß es nicht und habe keine Ahnung, wie wir es wiedergutmachen können. Ich schäme mich dafür, dich so behandelt zu haben, und wünsche mir, du könntest uns verzeihen. Wir haben es nie so gesehen, wie es ist, dass wir eine Tochter dazugewinnen und nicht den Sohn verlieren. Jetzt haben wir euch beide verloren. Das ist wohl die Strafe für unsere Kaltherzigkeit.«

Mir schießen Tränen in die Augen und ich kann hören, dass es Inge genauso ergeht. Eine Weile weinen wir still vor uns hin. Trauern gemeinsam um verpasste Chancen, ein zerrüttetes Familienleben und um ihn, um Stefan. Ich hätte mir so sehr gewünscht, dass das, was in diesem Augenblick stattfindet, bereits damals in Berlin stattgefunden hätte. Aber ich freue mich ebenso darüber, dass sie den Mut aufgebracht hat, sich bei mir zu melden.

Nachdem ich mich beruhigt habe, hauche ich ein »Danke, Inge« ins Telefon.

»Das war längst fällig, Lisa. Kannst du uns verzeihen?«

»Sicher. Es war für uns alle schwer.«

»Bleiben wir in Kontakt?«

»Gerne.«

Inge ist erleichtert, und ich bin es ehrlich gesagt auch. Einerseits haben sie sich mir gegenüber durchaus fair verhalten, was die finanzielle Seite betraf. Andererseits versagten sie auf emotionaler Ebene vollkommen. Ich freue mich jedenfalls, wenn wir in Kontakt bleiben, und genau das habe ich ihr gesagt.

Nach unserem Telefonat denke ich noch lange über das Thema Organspende nach. Zum ersten Mal beschäftige ich mich mit dem Inhalt, ohne mich emotional von dem Vorfall mit Stefan beeinflussen zu lassen. Im Internet suche ich einschlägige Seiten und Foren auf, auf denen Betroffene der einen oder der anderen Seite ihre Erfahrungen niedergeschrieben haben. Ich bin beeindruckt, wie sachlich einesteils mit dem Thema umgegangen wird und wie emotional trotzdem einige darüber berichten. Wie viele Schicksale sich dahinter verbergen. Erst wenn man selbst betroffen ist, fängt man an, sich damit auseinanderzusetzen.
Damals war ich strikt gegen eine Organentnahme, aber bereits durch Elias' Schicksal begann ich, meine Meinung darüber zu revidieren. Ich glaube, Inge hat recht, wenn sie sagt, wir sollten Trost darin suchen, dass Stefan durch seine Entscheidung anderen zu einer zweiten Chance verhalf.

Ich möchte jetzt unbedingt mit Elias sprechen, der Wunsch ist so stark, dass ich trotz der späten Stunde einfach seine Nummer wähle.

Zehn

Nach langem Klingeln höre ich die Stimme von Elias' Mutter am anderen Ende der Leitung. Himmel, wie peinlich! Sie meldet sich verschlafen mit ihrem Nachnamen.

»Hier ist Lisa Arnstedt. Es tut mir leid, ich wollte nicht stören. Ich hatte Elias' Nummer gewählt ...«

Frau von Lauenberg lässt mich nicht aussprechen, und ich kann trotz ihrer Müdigkeit und der späten Stunde ihre Freude hören. »Ist nicht schlimm, Lisa. Ich bin nur froh, dass nichts passiert ist. Wenn Elias nicht zu Hause ist, werden seine Telefonate automatisch zu uns weitergeleitet. Es kann ja immer mal etwas sein, und so können wir schneller reagieren«, erklärt sie mir.

»Oh, dann ist er wohl nicht da. Schade. Auf jeden Fall bitte ich um Entschuldigung für die späte Störung. Auf Wiederhören.«

»Halt!«, ruft sie in den Hörer und ich horche verdutzt auf. »Es ist schön, dass Sie sich melden. Er ist mit Elard und seinem Vater oben am Teich. Manchmal gehen sie angeln und bleiben dann über Nacht draußen in der Hütte. Mein Mann hat vor ewiger Zeit in der Nähe von Grasleben einen Fischteich gepachtet, und ab und zu fahren sie raus, um mal unter Männern zu sein. Soll ich Ihnen erklären, wie Sie hinkommen?«

Etwas verwirrt frage ich: »Jetzt?«

Sie antwortet lachend: »Nein, nicht jetzt. Es ist doch viel zu spät. Aber vielleicht morgen früh? Sie könnten frische Brötchen mitnehmen.«

Die Idee ist gar nicht schlecht, aber den Gedanken verwerfe ich sofort wieder. Elard ist schließlich auch dort, und ihm möchte ich keinesfalls begegnen.

»Nein, danke. Aber vielleicht richten Sie ihm aus, dass ich angerufen habe.«

»Gerne, Lisa, und eine gute Nacht.«

»Danke, Ihnen auch«, verabschiede ich mich höflich. Wie es scheint, mag sie mich und freut sich darüber, dass Elias und ich anscheinend befreundet sind.

Nach dem Telefonat fahre ich den Rechner herunter, knipse das Licht aus und gehe ins Bett. Minka kuschelt sich neben mich und schnurrt laut. Toll, denke ich genervt. Wie ein Trecker.

Lummerland macht gerade seine Türen auf, da piept mein Handy. Mist, denke ich wütend. Schon wieder habe ich vergessen, das Ding stumm zu schalten! Also raus aus dem Bett, was Minka mir sehr übel nimmt, und ab ins Wohnzimmer. Es ist Elias!

»Hallo, Elias«, rufe ich freudig, und er fragt nur knapp: »Meine Mutter hat eben auf dem Handy meines Vaters angerufen. Was wolltest du?«

Mein Erstaunen darüber lasse ich mir nicht anmerken und sage: »Reden ... ich wollte einfach nur reden.«

»Jetzt?«

»Ja, wenn du magst?«, erwidere ich hoffnungsvoll. »Aber ich will euren Angelausflug nicht stören.«

»Okay, lass uns reden. Ich bin in zwanzig Minuten bei dir. Bis gleich.« Und schon hat er mich weggedrückt.

Verdutzt bleibe ich einen Moment sitzen. Dann überschlagen sich die Gedanken in meinem Kopf. Er kommt zu mir, das heißt: Zähne putzen, mich etwas frisch machen, Wein kaltstellen, das neue sexy Nachthemd überwerfen und Kerzen anzünden. Na, dann mal los. Zwanzig Minuten sind schnell um. Plötzlich ist mir alles egal. Ich will ihn nur zurückhaben.

Zwanzig Minuten sind gar nichts. Ich bin gerade mit allem fertig, da klingelt es an der Eingangstür. Elias ist kaum drinnen, da verliere ich jegliche Art von Beherrschung und falle ihm um den Hals. Er umschlingt mich mit einem erlösenden

Seufzen, und wir halten uns eine ganze Weile einfach nur fest. Als wir uns langsam voneinander lösen, flüstere ich ein schuldbewusstes »Sorry«, und er haucht erleichtert in mein Haar: »Angenommen.«

Der Kuss, der jetzt folgt, übertrifft alles, was ich je über Küsse wusste. Eine tosende Mischung aus zärtlicher Zuneigung und besitzergreifender Gier überkommt mich. Elias presst mich mit seinem Körper an die Wand, und seine ungezügelte Leidenschaft lässt mich erbeben. Unsere Hände sind überall und zerren an der Kleidung des anderen. Mein Verlangen, ihn zu spüren, ist unvergleichlich. Noch nie habe ich eine solche Lust auf einen Menschen verspürt wie in diesem Augenblick.

Elias stöhnt vor Begierde, als ich mich an ihn drücke. Seine Erektion ist deutlich zu spüren, und nun erwidert er mein ungestümes Verhalten mit derselben Leidenschaft.

»Himmel, Lisa! Was machst du mit mir? Wie ist so etwas möglich?«, haucht er dicht an meinem Ohr. »Ich will dich, bitte!«, höre ich ihn stöhnen. Mit seinen Händen umschließt er mein Gesicht und küsst mich gierig, während sein Unterleib sich immer fester an mir reibt.

Ich fahre mit den Händen unter sein Hemd, dann ziehe ich es aus seiner Hose. In Windeseile streift er die Schuhe von den Füßen, öffnet seinen Hosengürtel und knöpft unbeholfen und zitterig sein Hemd auf. Meine Finger gleiten zu seinem Hosenschlitz und spielen erotisierend mit der Beule, die sich mir prall entgegenwölbt.

Endlich hat er sein Hemd ausgezogen und legt seine Hände über meine, um sie an seinem Schritt entlangzuführen. Einen Moment gibt er sich dem Gefühl voll hin und stöhnt, als er seine Erektion gegen meine Hände drückt. Dann hält er sie fest, legt meine Arme um seinen Hals und küsst mich zart auf den Mund, auf die Wangen, den Hals, meine Schlüsselbeine, bis hinab zu meinen Brüsten. Vorsichtig zieht er das Negligé über meinen Kopf und lässt sich anschließend auf die Knie sinken. Er liebkost meinen Bauch und streicht zärtlich mit den Händen über meinen ganzen Körper.

»Du bist wunderschön, Lisa, so zarte Haut, ein betörender Duft, einfach fantastisch«, flüstert er und verteilt dabei zärtliche Küsse auf meinem Körper.

Ich fühle mich wie berauscht. Eine Sehnsucht durchflutet mein Innerstes, wie ich sie noch nie zuvor erlebt habe. Dieser Mann verführt mich auf eine Art und Weise, die mich alles um mich herum vergessen lässt. Ich sehe nur ihn, fühle nur ihn, begehre nur ihn!

Langsam zieht er meinen Slip herunter und hilft mir, aus ihm herauszusteigen. Seine Hände gleiten an meinen Waden entlang, und seine Fingerkuppen streicheln zart meine Kniekehlen. In mir zieht sich alles zusammen. Seine Berührungen sind unschuldig und forschend. Dann widmet er sich vorsichtig, fast zaghaft dem Dreieck in meiner Mitte. Ein zarter Kuss auf meine empfindliche Stelle folgt einer sachten Berührung mit den Fingerspitzen, und ich lasse mich mit dem Rücken gegen die Wand fallen. Meinen Unterleib schiebe ich ihm entgegen und spüre die leichten Berührungen seiner Finger und seines Mundes. Wie ein Entdecker auf einer lang ersehnten Expedition tastet er sich behutsam voran. Ich halte ganz still, voller Verzückung für sein zärtliches Treiben. Ihn zu erleben, wie er mich Stück für Stück entdeckt, ist unbeschreiblich.

Seine Finger finden die Öffnung zwischen meinen Beinen und er spielt aufreizend mit der Zunge an meiner angeschwollenen Mitte. Ich greife in sein Haar und bewege stöhnend meine Hüften im Takt. Er spürt mein Verlangen und gleitet mit zwei Fingern in mich hinein. Dabei saugt er vorsichtig an mir, und ich stoße einen Schrei der Lust aus. Er steigert sein Tempo. Seine eigene Erregung lässt ihn zittern, und ich flüstere, dem Höhepunkt nahe: »Ja ... nicht aufhören ... Elias!« Fast gequält kommen die Worte aus meinem Mund, und als ich ihn stöhnen höre, löst es eine Welle von Gefühlen in mir aus, die ich nicht mehr bremsen kann. Der Orgasmus fegt über mich hinweg wie ein Feuersturm, und mein zuckendes Inneres lässt ihn erneut aufstöhnen.

Ich brauche einen Moment, um wieder klar denken zu können. Elias leckt ein letztes Mal zärtlich über meinen Kitzler und umschlingt dann meine Taille. Dabei drückt er seine Wange an meinen Bauch und fragt unsicher: »War es schön für dich?«

Ich lache fast hysterisch auf und antworte atemlos: »Schön? Es war unvergleichlich, Elias!«

Er seufzt erleichtert und fragt verschmitzt: »Dann habe ich alles richtig gemacht?«

»Absolut!«, bestätige ich, und er schmiegt sich zufrieden an mich.

Nachdem wir uns voneinander gelöst haben und er sich erhoben hat, ziehe ich ihn zu mir, um ihn zu küssen und seine Hose zu öffnen.

»Nein, bitte warte.«

»Worauf?«, frage ich verführerisch. »Ich möchte dich jetzt auch verwöhnen.«

Er lacht verschämt und sagt: »Ich komme vom Angeln und fühle mich verschwitzt. Darf ich mich erst frisch machen?«

Ich grinse ihn an und erwidere: »Ja, natürlich. Du kannst meine Dusche benutzen. Ich helfe dir dabei.«

Er lacht wissend und zieht mich an sich. »Lisa Arnstedt, du wirst mich überfordern. Dein Tempo macht mich verrückt. Bitte vergiss nicht, ich bin ein blutiger Anfänger.«

»Ein *talentierter* blutiger Anfänger«, korrigiere ich ihn lobend und ziehe ihn ins Bad.

Unter der Dusche zeige ich ihm, was man mit ein wenig Schaum alles anfangen kann. Meine glitschigen Hände gleiten an seinem Körper entlang, und er kann seine Hände nicht von meiner Haut nehmen. Ich winde mich unter seinen Bewegungen und heize ihn so noch mehr an. Dann halte ich seine Hände fest und lege sie auf seinen Po. »Nicht wegnehmen, schön da liegen lassen«, sage ich mit Nachdruck, und er stöhnt erwartungsvoll auf.

Ich nehme einen dicken Klecks Duschcreme und verteile ihn zwischen meinen Händen. Er sieht mir gebannt zu. Seine Augen wirken vor Lust leicht verschleiert. Nun lege ich meine

Hände an seinen Penis, der sich mir freudig entgegenstreckt, und beginne, ihn zu massieren. Er gibt einen kehligen Laut von sich und nimmt mich in den Arm. Ich lasse sofort von ihm ab. Er sieht mich verständnislos an.

»Hände auf den Po«, flüstere ich gespielt streng, und er folgt meiner Anweisung mit erwartungsvollem Blick.

Ich gleite erneut mit glitschigen Händen an ihm entlang. Er streckt mir seine Hüften entgegen und schreit: »Lisa ... das halte ich nicht lange aus! Ahh ... das ist der Wahnsinn!«

Jetzt lasse ich etwas warmes Wasser über seine Spitze laufen, und als der Schaum abgespült ist, gehe ich in die Hocke, nehme seine Krone in den Mund und sauge zart an ihr. Er stößt einen Schrei aus und versucht, sich von mir zu lösen. Ich packe seinen Hintern und zwinge ihn, in meinem Mund zu bleiben.

»Nein ... nein ... ich komme!«, stöhnt er verzweifelt, doch ich gebe ihm zu verstehen, dass es okay ist.

Elias kommt so heftig in meinem Mund, dass ich Sorge habe, es könne ihn überfordern. Die Angst um sein Herz habe ich immer im Hinterkopf. Aber er ist so in das Gefühl vertieft, welches ihn jetzt übermannt, dass ich meine Bedenken sofort verwerfe. Er ist kräftig, und er weiß, was er sich zumuten kann.

Nach unserer gemeinsamen Dusche lächelt er verschämt. »Das war irre, Lisa. So hätte ich es mir nie vorgestellt. Ich dachte, so etwas sieht man nur im Film. Aber es mit dir zu erleben, ist unbeschreiblich. Im Flur und in der Dusche ... ich finde keine Worte dafür.«

Ich lache über seine unbekümmerte Art, seine Gedanken preiszugeben. In puncto Sex hat er einiges nachzuholen. Er ist so supersüß, ich könnte ihn ständig umarmen.

»Bleibst du über Nacht?«, frage ich hoffnungsvoll.

»Natürlich. Mich wirst du nicht mehr los«, antwortet er zärtlich und gibt mir einen flüchtigen Kuss, dann dreht er sich um und sagt: »Ich gebe nur rasch meinem Vater Bescheid, damit er sich keine Sorgen macht.«

»Okay«, erwidere ich verständnisvoll. Ich kann die Angst seiner Eltern verstehen. Sein Leben lang war er aufgrund seiner Krankheit das Sorgenkind und musste seine Eltern immer informieren, wo er sich aufhält. Es war lebensnotwendig für ihn.

Als er seine SMS eingetippt hat und wir gemeinsam schmusend im Bett liegen, gesellt Minka sich zu uns. Sie beäugt den Störenfried in meinem Bett argwöhnisch und entschließt sich, genau zwischen uns ihr Nachtlager aufzuschlagen.

»Ganz schön dreist von dir, du Fellnase«, scherzt Elias, und ich sage amüsiert: »Minka. Ihr Name ist Minka.«

»Okay, Minka. In dieser Nacht darfst du zwischen uns liegen, aber nur in dieser, dann nie wieder«, sagt er zu dem Fellknäuel zwischen uns und streichelt ihm den Rücken.

Minkas Antwort ist ein Schnurren, welches dem Lärm eines Treckers gleichkommt. Wäre sie ein Mensch, hätte sie sicherlich gesagt: »Wir werden sehen …«

An Schlaf ist nicht zu denken. Die Nähe, die wir uns geben und gemeinsam genießen, gibt mir einen inneren Frieden, den ich lange nicht mehr hatte.
»Weshalb hast du mich fortgeschickt? Ich war am Boden zerstört. Ich konnte es nicht verstehen.«

Die Frage ist mir unangenehm, denn um sie wahrheitsgemäß zu beantworten, muss ich ihm Details von Stefan erzählen, die ich lieber für mich behalten würde. Ich räuspere mich vielsagend und deute damit an, dass es mit einer kurzen Antwort nicht getan ist.

Elias ergreift meine Hand und streichelt zart mit dem Daumen über meinen Handrücken. »Ich bin ganz Ohr, wir haben die ganze Nacht Zeit, wenn du möchtest«, sagt er liebevoll.

Ich lächle ihn unsicher an. Soll ich es ihm wirklich sagen? Soll ich ihm meine Zweifel hinsichtlich des identischen Datums ernsthaft gestehen? Sicherlich würde es ihn verletzen, aber irgendwann müssen wir darüber sprechen, über seine und meine Vergangenheit.

»In Berlin hatte ich Stefan. Wir kannten uns seit unserer Kindheit. Ich dachte immer, nichts könnte uns trennen, und so zogen wir nach dem Tod meiner Eltern zusammen. Mein Schwager und Stefans Eltern unterstützten uns finanziell. Stefan war der einzige Mensch, den ich hatte. Pia ist zu Mathias nach Schöppenstedt gezogen, und meine Freunde nahmen Abstand von mir, da sie nicht wussten, wie sie auf meine Veränderung nach dem Tod meiner Eltern mit mir umgehen sollten. So viel zum Thema Freunde, es waren keine.«

Elias sieht mich mitfühlend an und bedeutet mir mit einem leichten Händedruck, weiterzureden.

»Mein Verhältnis zu Stefans Eltern war auch nicht besonders. Akademiker aus der sogenannten Oberschicht, die nicht damit einverstanden waren, dass ihr einziger Sprössling seine Schulfreundin aus der Mittelschicht heiratet. Es gibt tatsächlich noch Menschen, die so drauf sind. Und das in diesem Jahrhundert.« Ich schüttele unmerklich den Kopf und rede dann weiter. Meine Kehle wird eng, und ich presse die Worte schmerzhaft heraus. »Stefan verunglückte am zwanzigsten August vor zwei Jahren mit dem Motorrad. Er wurde unter einem Lastwagen zerquetscht, er hatte keine Chance.«
Elias wird unruhig, als er das Datum hört. Zwanzigster August vor zwei Jahren in Berlin. Er seufzt schmerzhaft und sieht mich entsetzt an.
Ich berichte weiter, jetzt muss es raus. »Doch das ist noch nicht alles. Stefan hatte einen Spenderausweis, ich konnte nichts dagegen tun. Sie haben ihn ausgeschlachtet! So habe ich es jedenfalls damals empfunden.«

Ein grausames Schweigen setzt zwischen uns ein. Elias dreht sich schwer atmend von mir weg und legt sich auf den Rücken. Er sieht starr an die Zimmerdecke. Sein Atem geht hektisch. Sein Brustkorb hebt und senkt sich in einem schnellen Rhythmus. Dann presst er verzweifelt seine Handballen gegen die Augen und fragt stockend: »Und wie empfindest du es heute? Ausschlachten ... was für ein Gedanke! Fürchtest du, die Möglichkeit besteht, dass ... Scheiße, was für eine Scheiße!«

Mein schlechtes Gewissen nagt an mir. Ich hätte es ihm nicht erzählen dürfen. Jetzt quält auch ihn die Ungewissheit. Der

Spender muss auf jeden Fall anonym bleiben, und nun wird er sich genauso wie ich fragen, ob er Stefan sein Leben zu verdanken hat.

»Es tut mir leid, Elias. Ich hätte es für mich behalten sollen. Es war dumm von mir, darüber zu sprechen«, sage ich schuldbewusst und lege meinen Kopf auf seine Brust.

Er legt den Arm um mich und fragt: »Kannst du damit leben? Ich meine ... wir werden nie erfahren, ob es so ist ... Ich möchte dich nicht verlieren, Lisa ... bitte!«

Ich dränge mich an ihn und schluchze: »Heute sehe ich es anders. Selbst wenn es so wäre ... ich danke wem auch immer für diese zweite Chance für dich. Elias, zwischen uns entsteht gerade etwas sehr Besonderes. Ich möchte dich auch nicht verlieren.«

Wie zwei verlassene Kinder klammern wir uns Schutz suchend aneinander. Minka zieht beleidigt von dannen und sucht nach einem ruhigeren Schlafplatz. Elias drückt meinen Kopf in seine Halsbeuge und hält mich so stark fest, dass ich fast zerquetscht werde.
»Es ist etwas Besonderes, Lisa. Ich habe bereits im Wald gespürt, dass wir auf seltsame Weise irgendwie miteinander verbunden sind. Ich habe keine Erfahrung mit Mädchen oder Frauen machen können. Ich konnte nie mit anderen Jungs diesbezüglich mithalten, und mit einem Schwächling gibt sich keine gern ab. Erst nach der Transplantation habe ich angefangen, zu leben, ich meine, richtig zu leben. Bis dahin war es nur Überleben und der stetige Kampf um ein weiteres Jahr.«

Wieder breche ich in Tränen aus. Er tröstet mich liebevoll. Er ist so stark ... nicht nur physisch, nein, vor allem psychisch. Er hält mich behutsam im Arm, und wir kuscheln uns aneinander. Seine Hand streift eine Haarsträhne aus meinem Gesicht, und er küsst mich auf die Stirn. Langsam beruhige ich mich.

»Du hast jemanden namens Daniela erwähnt und dass sie dich für einen Krüppel gehalten hat. Dachtest du deswegen, ich halte dich auch für einen Krüppel?«, frage ich vorsichtig, und er seufzt.

»Daniela war meine erste richtige Freundin. Wir lernten uns im Krankenhaus kennen. Sie ist Krankenschwester. Sie wusste über meinen Krankheitsverlauf Bescheid. Wir trafen uns oft und gingen spazieren oder ins Kino. Ich wollte mehr, doch sie nahm immer auf mein Befinden Rücksicht. Ich bin mir nicht sicher, ob ich Aktionen wie unsere von vorhin damals überlebt hätte. Es blieb beim Streicheln oder Petting. Ein Versuch, mit ihr zu schlafen, schlug fehl. Ich bekam keine Luft. Der Notarzt musste gerufen werden. In diesem Moment bin ich mir wirklich wie ein Krüppel vorgekommen. Doch Daniela hielt zu mir, lange Zeit.« Er schluckt hart und erzählt verletzt weiter: »Als ich in Hannover im Herzzentrum lag, ließ Elard schließlich die Katze aus dem Sack. Ich hatte einen Zusammenbruch und wäre fast gestorben. Elard war es egal. Ich glaube manchmal, er hasst mich wirklich oder ist einfach nur gefühlskalt, ich weiß es nicht. Na, jedenfalls teilte er mir voller Hohn am Telefon mit, er würde Daniela seit Monaten vögeln, da ich offensichtlich in dieser Hinsicht nicht zu gebrauchen wäre. Ich glaube, wenn der Vorfall nicht von meinem Kampf ums Überleben überschattet worden wäre, könnte ich behaupten, es sei das Schlimmste, was mir je zugestoßen ist. Von zwei nahestehenden Menschen so verraten zu werden, ist hart.«

Ich drücke ihn zärtlich an mich und flüstere: »Ich hasse Elard für das, was er dir angetan hat und immer noch antut. In der Hölle soll er dafür schmoren.«

»Sei nicht so streng, Lisa. Er wird seine Gründe dafür haben. Unsere Eltern hatten viel mit mir zu tun. Er kam oft zu kurz«, sagt er verständnisvoll.

»Nein, Elias. Du siehst das falsch. Sicherlich kann man einem Kind keinen Vorwurf machen, aber heute ist er erwachsen und sollte sein Gehirn einschalten.«

Elias lacht und stimmt mir zu. »Ja, das stimmt. Aber manche Verletzung sitzt eben tief, und Elard ist ein kaltherziger Mensch, er verzeiht nie.«

»Dann sollte er uns leidtun, denn ihm entgeht vieles«, sage ich abschließend, und Elias raunt mir zu: »Ja, du bist ihm entgangen. Das ärgert ihn am meisten. Er ist immer noch der

Meinung, er könne dich umstimmen und für sich gewinnen. So hat er sich jedenfalls beim Angeln ausgedrückt.«

Empört lasse ich einige unflätige Worte fallen, und Elias lacht verschmitzt.

Irgendwann schlafen wir ein. Durch das Fenster ist bereits die Morgendämmerung zu sehen, aber wir sind so müde, dass wir erst gegen Mittag erwachen.

Elf

Es ist schön, in den Armen eines geliebten Menschen zu erwachen, auch wenn es spät am Nachmittag ist. Elias springt erschrocken aus dem Bett. »Jesses Maria und Joseph!«, ruft er entsetzt und ich bekomme einen Lachanfall wegen seiner Wortwahl.

»Ich hätte meine Tabletten längst nehmen müssen! Mist!«

Unruhig folge ich ihm in den Flur, wo er in seiner Jacke nach einer kleinen Pillendose sucht.

»Hast du sie?«, frage ich ängstlich, und er nickt.

Ich begleite ihn in die Küche und gieße ihm ein Glas Selters ein, damit er die Tabletten schlucken kann.

»Wofür sind die?«, frage ich besorgt.

»Damit das Organ nicht abgestoßen wird«, erklärt er knapp, und mir wird seine Wortwahl siedend heiß bewusst. Er sagt das Organ, nicht *mein Herz* oder *das Herz*. Schlagartig wird mir klar, dass er es genauso wie seine Narbe noch nicht als zu sich gehörend akzeptiert.

»Wie lange musst du die Medikamente noch nehmen?«, frage ich vorsichtig.

»Mein Leben lang, oder besser gesagt, bis mein Körper es abstößt.«

»Was?!«, rufe ich entsetzt. »Warum sollte er es jetzt noch abstoßen? Nach zwei Jahren?«, frage ich ungläubig.

Elias nimmt mich in den Arm und sagt liebevoll: »Mach dir keine Sorgen. Ich stehe unter ständiger Beobachtung, und die Dosierung der Immunsuppressiva wird ständig kontrolliert. Wenn ich sie regelmäßig einnehme und zu den Kontrollen gehe, kann nichts geschehen. Dennoch ist es ein Fremdkörper für meinen Organismus, und durch die Herabsetzung der Immunabwehr verringert man die Abstoßungsgefahr. Normalerweise stößt unser Immunsystem alles ab, was nicht zu uns gehört. Viren, Bazillen, Bakterien und auch fremde Organe.«

Ich lasse das Gehörte eine Weile auf mich wirken. Er lebt also mit der ständigen Gefahr, dass sein Körper das neue Herz abstößt. Es ist grauenvoll und schrecklich. Wie soll sein Verstand etwas annehmen, was sein Körper permanent bekämpft?

»Elias?«

»Ja?«

»Bitte versprich mir, dass du deine Medikamente regelmäßig nimmst, ja?«

Er lacht amüsiert. »Jetzt klingst du wie meine Mutter.«

Ich grinse zerknirscht. Wie seine Mutter wollte ich mich nicht anhören. Trotzdem mache ich mir Sorgen und werde in Zukunft darauf achten, dass er seine Pillen immer dabeihat.

Minka unterbricht unser ernstes Morgengespräch und miaut jämmerlich mit einem vorwurfsvollen Blick in ihren leeren Fressnapf. Ach herrje, es ist ja schon spät, und sie musste die ganze Zeit hungern. Armes Ding. Ich fülle ihren Napf, und

Elias fragt schelmisch: »Und ich? Bekomme ich auch etwas zu essen?«

»Wenn du brav bitte sagst«, antworte ich anzüglich.

Er grinst frech und kommt auf mich zu. Dann legt er einen Arm um meine Taille und wirft mich nach hintenüber. Ich kreische vor Schreck. Mit gespielt strenger Miene sieht er mich von oben herab an und sagt gebieterisch wie ein Burgherr im Mittelalter: »Ich habe Hunger, Weib, wo bleibt mein Essen?«

Ich pruste vor Lachen, und zu allem Elend kitzelt er mich auch noch. Ich kreische und juchze, aber er hört nicht auf damit. Erst als ich um Gnade winsele, lässt er von mir ab. Plötzlich zieht er mich zu sich und sagt aus der Tiefe seines Herzens: »Ob du es glaubst oder nicht, ich liebe dich, Lisa Arnstedt, als wäre es nie anders gewesen. Es ist, als ob du immer bei mir warst – immer.«

Ich küsse ihn zärtlich. Er hätte für diese wundervolle Liebeserklärung viel mehr verdient, doch der Hunger lässt mich in die Realität zurückfinden. Wir stellen alles, was wir im Kühlschrank finden können, auf ein Tablett und gehen in den Garten. Die Nachmittagssonne ist noch warm und lädt zum Draußensitzen ein. Minka geht sofort ihr Revier erkunden, und ich sehe ihr hinterher. Sie hat sich schnell an die Freiheit gewöhnt. Das freut mich.

»Wie alt bist du eigentlich?«, frage ich ganz ungeniert. Schon oft habe ich mir darüber Gedanken gemacht. Er ist schwer zu schätzen. Ich glaube, er sieht jünger aus, als er ist. Genauso wie Elard ist er ein jungenhafter Typ.

»Zwei Jahre, vier Wochen und drei Tage«, ist seine präzise Antwort.

Ich grinse wissend. Er ist echt goldig. »Und davor? Ich meine, wenn du davor und danach zusammenrechnest?«, hake ich nach.

»Insgesamt achtundzwanzig Jahre. Und du?«

»Zweiundzwanzig. Bis heute Nacht um zwölf Uhr, dann werden es dreiundzwanzig Jahre.«

Erstaunt macht er große Augen und sagt ungläubig: »Morgen hast du Geburtstag? Das sagst du erst jetzt? Ganz beiläufig?«, empört er sich, und von oben kommt ein strenger Pfiff.

Ruckartig schnellen unsere Köpfe hoch, und Andreas grinst uns von seinem Balkon an. »Du wolltest es wohl verschleiern, trotzdem werden wir reinfeiern. Mit Jubel und Trompeten werden wir bei dir feten!«, reimt er, und ich könnte mich kringeln vor Lachen.
Elias macht große Augen und sieht mich fragend an. Als ich mich halbwegs beruhigt habe, stelle ich die beiden einander vor. Natürlich ist Andreas neugierig und bettelt herzzerreißend um einen Kaffee. Selbstverständlich darf er zu uns herunterkommen.

»Er ist meine beste Freundin«, erkläre ich Elias leise und male bei dem Wort Freundin Anführungszeichen in die Luft.

»Ach«, gibt er erstaunt zurück. »So ist das? Na, dann ist ja gut. Ich dachte schon, ich müsste mir ernsthaft Sorgen machen.«

Als ich kurz im Haus verschwinde, stecken die beiden Männer ihre Köpfe zusammen. Weswegen erfahre ich etwas später. Pia und Mathias haben ebenso an ein Reinfeiern gedacht, ohne dass ich nur ein Wort erwähnt habe. Eigentlich wollte ich gar nicht feiern, aber daraus wird wohl nichts.

***

Elias ist mit Andreas für einige Zeit verschwunden, und ich räume meine Wohnung auf. Falls, wie ich befürchte, am Abend Gäste eintreffen, sieht es dann wenigstens ordentlich aus.

Am frühen Abend füllt sich meine Terrasse tatsächlich mit Gästen. Pia, Mathias, Andreas, Elias und sogar unser Vermieter stehen in meinem Garten und unterhalten sich angeregt. Ich verteile die Getränke, die Andreas mit Elias vorhin eingekauft hat. Pia bewundert die Lampions an meinen Trennwänden, und Herr Mertens bietet mir das Du an.

Andreas zieht mich zur Seite und flüstert mir zu: »Das mit Axel und mir muss niemand wissen, okay?«

Empört versichere ich ihm, dass ich mir darüber voll im Klaren bin. Wie kann er nur annehmen, ich würde etwas verraten? Andreas ist beruhigt, und Axel nickt mir aus der Ferne dankbar zu.

Um zwölf Uhr macht Mathias eine Flasche Champagner auf und befüllt die Gläser. Wir prosten uns zu und stoßen auf mein Wohl an. Mittlerweile ist es kühl geworden, und ich bitte alle in mein Wohnzimmer.
»Moment!«, sagt Pia und verschwindet mit Mathias hinter dem Haus. Kurz darauf kommen sie mit einem Feuerkorb und Brennholz zurück. »Happy Birthday! Der ist für deine Terrasse an kühlen Abenden.«

Ich schlage vor Freude die Hände über dem Kopf zusammen. Dann fangen die Jungs an, den Korb aufzubauen und anzufeuern. Ich hole von drinnen ein paar Decken, und wir machen es uns mit Bier und Wein um das Feuer herum gemütlich.

Ein tiefes Glücksgefühl überkommt mich, und ich kuschele mich an Elias. Über uns sieht ein sternenklarer Nachthimmel auf uns herab, und das knisternde Feuer wirft warme Schatten an die Hauswand. Die Nacht ist wundervoll, und ich freue mich über den gelungenen Abend. Spontan und ungeplant wird eine Feier oft am schönsten.

Axel und Andreas sitzen mit gebührendem Abstand voneinander entfernt, doch ich kann das Knistern zwischen ihnen spüren. Axel wirft Andreas verliebte Blicke zu. Sicherlich würden sie auch gern Arm in Arm vor dem Feuer sitzen. Ich hätte nichts dagegen, und Elias, Pia und Mathias mit Sicherheit auch nicht. Trotzdem kann ich Axel ein wenig verstehen. Sollte es herauskommen, wäre er bei der Mehrheit der konservativen Bewohner des Ortes unten durch. Es wäre für jemanden, der hier lebt und sogar aufgewachsen ist, mit Sicherheit ein harter Schlag.

Pia gibt mir zu verstehen, dass sie mit mir unter vier Augen sprechen möchte, und so ziehen wir uns für einen Moment ins Haus zurück.

»Mathias hat mir erzählt, dass Elard sauer war, weil Elias dich ihm ausgespannt hat. Da scheint ja ein Früchtchen dem anderen sehr ähnlich zu sein, nicht nur äußerlich«, witzelt sie, und ich stemme wütend meine Hände in die Hüften. Elard stiftet Unfrieden, wo er nur kann. Daher kläre ich Pia auf, so gut es in der Kürze der Zeit geht. Mit offenem Mund hört sie gebannt zu. Ich erzähle alles. Angefangen bei dem Igel im Wald bis hin zu dem Datum, welches uns beiden einen herben Schrecken versetzt hat. Ich erkläre ihr, dass Elias nichts, absolut gar nichts mit seinem Bruder gemeinsam hat. Von den Äußerlichkeiten mal abgesehen.

»Wow!«, entfährt es ihr. »Er sieht genauso gut aus wie Elard. Nur dass er im Gegensatz zu ihm ein netter Kerl zu sein scheint. Ich freue mich für dich, Lisa.« Sie nimmt mich in den Arm und drückt mich. Sie freut sich aufrichtig für mich, und ich bin ihr unendlich dankbar. Für alles, was sie bisher für mich getan hat.

Draußen wird es lauter. Die Jungs lachen über typische Männerwitze, und als ich mich an die Terrassentür lehne und Elias betrachte, bin ich glücklich. Er strahlt eine Lebensfreude aus, die mich tief berührt. Er ist mittendrin, kein Außenseiter wie früher. Ich kann seine Freude darüber spüren und fühle mich auf eine Art und Weise mit ihm verbunden, die beinahe unheimlich ist, wenn man bedenkt, wie kurz wir uns erst kennen.

Pia streichelt mir den Rücken und geht dann wieder zu Mathias. Elias sieht mich an, und in diesem Moment fühlen wir es beide. Eine tief wurzelnde Verbundenheit. Es hat etwas Magisches. Er streckt die Hand nach mir aus, und ich gehe zu ihm und setze mich auf seinen Schoß.

Ich glaube, nein, ich weiß, ich liebe ihn. Es ist eine Liebe, die tiefer geht und alle Zeit zu überdauern scheint. Eine Liebe, die mich zittern lässt. Sollte ich ihn je verlieren, werde auch ich aufhören, zu existieren. Wie kann das sein? Wie kann ein Mensch, den man erst so kurze Zeit kennt, einem so viel bedeuten? Ich weiß es nicht. Ich kann es nur spüren. Und nicht nur ich fühle es – er auch. Unsere Seelen sind miteinander verbunden – wir sind eins und waren es schon immer. Jetzt haben wir uns gefunden und werden uns nie wieder loslassen.

Zwölf

Sonntag – mein Geburtstag. Wir haben noch lange zusammengesessen, und nun erwache ich das zweite Mal neben Elias. Es ist unbeschreiblich, ihn schlafend neben mir zu sehen. Wie ein Engel, denke ich verzückt und streichle mit den Fingerspitzen über sein schönes Gesicht. Ich mag seinen Körper und die Konturen seiner vollen Lippen. Er ist gut trainiert, kräftig und fest. Er treibt viel Sport, um sein Herz fit zu halten, und ernährt sich gesund.

»Mein Engel«, flüstere ich voller Ehrfurcht, denn er ist mein Engel. Er hat mich gerettet – meine Seele geheilt. Er kann nur ein Engel sein.

Er regt sich leicht, als würde er fühlen, dass ich ihn betrachte. Dann schlägt er die Augen auf. Ich lächle ihn an und er zieht mich zu sich. Gemeinsam schmusen wir eine Weile, und Minka gesellt sich zu uns. Laut schnurrend legt sie sich auf Elias' Bauch und kringelt sich zusammen.

Er schüttelt nachgiebig den Kopf. »Sie ist echt hartnäckig.«

»Kann man so sagen«, stimme ich ihm zu und schwinge mich aus dem Bett, um Frühstück zu machen.

»Wann musst du deine Tabletten nehmen?«, rufe ich aus der Küche.

»Morgens und abends!«

»Vor dem Essen oder danach?«

»Danach!«

»Wo sind sie?«

»Im Bad. In der herzförmigen roten Dose, Mami«, verspottet er mich, und ich schmunzele. Ja, ich sollte das lassen. Er ist ja schon groß.

Ich decke den kleinen Esstisch im Wohnzimmer. Um draußen zu frühstücken, ist es bereits zu kalt. Die Tablettendose lege ich neben seinen Teller. Im Rausgehen fällt mein Blick auf das Bild von Stefan. Es steckt in einem verchromten Rahmen, der sich massiv um das Foto legt. Heute empfinde ich den Rahmen merkwürdigerweise als zu klobig. Ein zarter Rahmen hätte besser gepasst. Ich streiche mit dem Zeigefinger gedankenverloren über das Foto, welches neben anderen Fotografien auf einem Bord des Wohnzimmerschranks steht. Es scheint eine Ewigkeit her zu sein, und doch ist es noch ganz nah – das Gefühl, wenn ich ihn ansehe. Doch es tut nicht mehr so weh. In meinem Inneren hallt die Frage durch meinen Kopf: Hat er dein Herz?, und eine tiefe Trauer erfasst mich, denn er kann nicht mehr antworten. Ich will ihn nicht vergessen, doch trotzdem verblasst die Erinnerung jeden Tag etwas mehr. Ich sehe seine Augen, höre seine Stimme, fühle seine Wärme nur noch, wenn ich mich darauf konzentriere.

»Ist er das?«

Ich schrecke so heftig zusammen, dass mir für einen Augenblick die Luft wegbleibt. Elias legt von hinten beruhigend seine Arme um mich und drückt sich an mich. Gemeinsam betrachten wir das Bild, ohne etwas zu sagen. Jeder von uns hat seine eigenen Gedanken dazu.

»Ja. Das ist Stefan.«

Wieder entsteht eine lange Pause, in der Elias sich einfach nur an mich schmiegt. Ich lege den Kopf nach hinten an seine Brust und genieße die Wärme, die von seinem Körper ausstrahlt.

»Vermisst du ihn?«

»Es wird weniger.«

»Das ist normal.«

»Warum ist das so?«

»Damit wir nicht verrückt werden. Die Natur hat es so eingerichtet.«
»Es liegt nicht nur an der Natur.«

»Woran noch?«

»An dir – ich habe dich gefunden.«

»Ja, das hast du – endlich. Ich habe lange Jahre auf dich gewartet.«

Seufzend dreht er mich zu sich herum und küsst mich voller Zärtlichkeit. Es liegt so viel Liebe und Zuneigung in diesem Kuss, und ich fühle mich eins mit ihm. Genau in diesem Augenblick, genau hier vor Stefans Foto, der uns beiden entgegenlächelt. Es ist gespenstisch.

Als wir am Tisch sitzen, erzählt Elias, er hätte sich oft darüber Gedanken gemacht, ob sein neues Herz in irgendeiner Weise auf ihn Einfluss hätte. Oder besser gesagt, ob er Gefühle und Gedanken oder Empfindungen des Spenders dadurch wahrnehmen könne. Manchmal habe er den Eindruck, emotional empfindsamer geworden zu sein, aber das könne auch mit der seelischen Belastung einhergehen. Dem stimme ich zu. Was er bis zu der Transplantation durchgemacht hat und auch anschließend durchmachen musste, hat mit Sicherheit Spuren hinterlassen.

»Wie war Stefan? Sehr emotional?«, fragt er vorsichtig.

»Nein. Er war realistisch. Das soll nicht heißen, er hätte keine Gefühle gehabt. Nur hat er sie nicht immer gezeigt oder sie in Worte gefasst. Ich glaube, er ist davon ausgegangen, ich wüsste, dass er mich liebt.«

»Ich habe ständig das Bedürfnis, dir meine Zuneigung zu zeigen, und ich könnte es dir ständig sagen. Am liebsten würde ich es auch noch aufschreiben und an die Rathaustür hängen. Es ist seltsam, aber solche Anwandlungen hatte ich früher nie, erst seitdem ich dich zum ersten Mal sah. Es ist, als müsse ich etwas nachholen, was ich früher nicht getan habe«, gibt er arglos zurück.

Verdutzt sehe ich ihn an, und er vergisst vor Schreck, von seinem Toast abzubeißen. Dann beißt er doch ab und starrt mich langsam kauend ungläubig an.
»Elias – das ist doch verrückt«, flüstere ich. Weiß er, was er da gerade gesagt hat?

»Nein, Lisa, das klingt jetzt so, als würde ich ... Ach Quatsch ... das ergibt doch keinen Sinn«, versucht er, das Gesagte zu relativieren. Doch mir ist eben, genauso wie ihm, ein kalter Schauer über den Rücken gelaufen. Es hörte sich an, als würde sein Herz etwas nachholen wollen, was es früher versäumt hat, nämlich, mir seine Liebe zu offenbaren.
Soll das jetzt ewig so weitergehen? Werden wir alles, was er sagt, in Zukunft auf die Goldwaage legen, nur weil er nach der Transplantation etwas anderes empfindet als davor? Nein, es wäre ein fataler Fehler. So etwas gibt es nicht – es ist unmöglich, dass die Seele des Spenders auf ihn Einfluss hat.

»Ich glaube nicht, dass du von der Seele des Spenders beeinflusst wirst. Es ist völliger Blödsinn«, versuche ich, ihm klarzumachen und vor allem mich selbst zu beruhigen.

»Mmh«, gibt er gedankenverloren zurück und rührt mit dem Löffel in seiner Kaffeetasse, als würde sie das Geheimnis lüften können.

Den gesamten Vormittag faulenzen wir auf der Couch im Wohnzimmer. Zwischendurch klingelt ab und zu das Telefon. Stefans Eltern und sogar Elias' Eltern gratulieren mir zum Geburtstag. Inge, Stefans Mutter, hat angedeutet, ein Päckchen sei zu mir unterwegs. Sie scheint es ernst zu meinen mit: in Kontakt bleiben.
Minka ist auf Streifzug durch die Nachbarschaft. Somit muss ich Elias nicht mit ihr teilen.

»Ich möchte etwas ausprobieren ...«, sagt er plötzlich verschmitzt.

»So? Was denn?«

»Ich möchte dir die Augen verbinden und dann …«, lässt er den Satz unbeendet und sieht mich mit erotisch verschleiertem Blick an.

Die Wirkung ist enorm. In mir zieht sich wie auf Kommando alles zusammen, und ich lecke lüstern über meine Oberlippe. »Und dann?«, will ich es genauer wissen.

»Dann kannst du nur fühlen, was ich mit dir mache, aber nichts sehen«, flüstert er geheimnisvoll. Als würde uns jemand belauschen.

»Nur die Augen verbinden?«, frage ich ebenso leise, damit es niemand hört.

Er grinst frech und flüstert ganz leise in mein Ohr, ich kann ihn kaum hören: »Deine Hände musst du über dem Kopf lassen, wenn du vor mir liegst. Du darfst sie nicht bewegen oder mich anfassen. Nur ich darf dich berühren und streicheln.« Seine Augen glänzen, und ich habe den Eindruck, der kleine helle Fleck in seiner rechten Iris funkelt heller, wie ein Sonnenstrahl, der auf eine Glasscheibe trifft.

»Wo soll ich mich hinlegen?«

»Auf die Couch.«

»Jetzt?«

Er nickt schelmisch. Ich könnte ihn von oben bis unten abküssen, weil er so süß ist. Er beginnt, sich in einem Tempo zu entdecken, welches mich beinahe empört. Auch für mich sind solche Spiele neu, doch ich wäre zu verlegen, meine Wünsche zu äußern. Elias nicht. Er bringt mich behutsam dahin, mich ihm auf eine völlig neue Art zu öffnen. Nicht nur er entdeckt sich, nein, ich mich ebenso.

Liebevoll streift er die Träger des Negligés von meinen Schultern und küsst meine Brüste, als ich fast nackt vor ihm sitze. Er nimmt sie in die Hand und spielt mit ihnen, drückt sie leicht und fährt mit der Zunge um die Brustwarzen herum. Ab und zu beißt er leicht hinein, und ich biege vor Lust den

Rücken durch. Elias beobachtet meine Reaktionen auf seine Berührungen, und ich spüre die Erregung, die langsam in ihm aufsteigt.

Er zieht das luftige Nachthemd über meine Schultern und platziert mich der Länge nach auf der Couch. Dann schlingt er es um meine Augen und legt meine Hände über dem Kopf ab. Ich winde mich unter ihm, und er bedeckt meinen Körper erneut mit zarten Küssen. Seine Berührungen sind elektrisierend, denn ich kann nichts sehen, nur fühlen. Es ist berauschend. Mit den flachen Händen streicht er hinab zu meinem Slip und lässt ihn langsam über meine Beine gleiten, zieht ihn aber nicht aus, sondern lässt ihn an den Knöcheln liegen. Er drückt meine Knie leicht auseinander. Seine Zunge leckt die Innenseiten meiner Schenkel, und ich werde fast wahnsinnig, als er sich dem Dreieck in meiner Mitte nähert.

»Ja, so ...«, flüstert er, und ich frage irritiert: »Was?«

»Genau so habe ich es mir in der Nacht nach unserer ersten Begegnung im Wald vorgestellt. Aber jetzt ist es viel schöner, viel intensiver«, gesteht er mit zitternder Stimme. Die Vorstellung, wie er in seinem Bett liegt und bei dem Gedanken an mich Hand an sich selbst anlegt, schiebt mich auf die nächste Ebene meines Verlangens.

»Elias, bitte komm zu mir, bitte. Ich möchte dich spüren«, flehe ich ihn an. Ich kann es kaum noch aushalten, ihn nicht anfassen zu dürfen.

»Warte noch ein wenig, Lisa, gleich«, haucht er mir erregt entgegen. Das Zittern seiner Stimme und die kehlige Tonlage senden eindeutige Signale.

Langsam gleitet eine seiner Hände an meinem Bein hinab zu meinem Slip und schiebt ihn vorsichtig über die Füße. Dabei leckt er langsam über meine Klitoris, und ich stöhne vor Lust laut und biege erneut den Rücken durch.
»Bitte! Elias! Ah ... ja!«, bettele ich und zwinge mich mit aller Kraft dazu, die Hände über dem Kopf zu behalten. Ich möchte ihn auf mich ziehen – ihn spüren. Mein Verlangen nach ihm ist beinahe quälend, und ich winde mich unter ihm wie eine schamlose Dirne.

Plötzlich ist er weg. Ich spüre ihn nicht mehr. Am liebsten würde ich mir das Nachthemd von den Augen reißen, um nachzusehen, wo er ist. Doch dann fühle ich seine warme Hand an meinem Knöchel. Er legt mein linkes Bein über die Lehne und schiebt das rechte Bein von der Couch. Er spreizt meine Beine weit auseinander. Ich liege weit geöffnet vor ihm, und mein Atem geht rasend schnell. Was hat er vor?

»Jetzt, Lisa«, stöhnt er laut, und in diesem Moment dringt er in mich ein. Ich schreie vor Lust, während er mit gleichmäßigen Stößen in mich drängt. Es ist ein unglaubliches Gefühl, und ich flehe ein letztes Mal: »Ich will dich anfassen, bitte.«

»Ja, jetzt«, flüstert er dicht an meinem Ohr, und in dem Moment, als ich ihn in meine Arme schließe, ist es wie eine Erlösung. Eine nicht enden wollende Welle des Verlangens flutet über mich hinweg, und Elias schreit meinen Namen, als er kommt: »Himmel! Lisa! Lisa!«

Erschöpft sinkt er auf mich herab. Langsam kommt mir zu Bewusstsein, dass ich mich vollkommen vergessen habe. So etwas ist mir noch nie passiert. »Ich bin eine schamlose Schlampe«, stelle ich laut fest, und Elias schüttelt sich vor Lachen.

»Soso, du hast also etwas Neues über dich gelernt, ja?«

»Ich glaube, ja.«

»Und was?«

»Dass ich dir nichts abschlagen kann.«

»Mehr nicht?«

Ich grinse schief und antworte: »Und dass ich dir, wenn du so weitermachst, sexuell hörig werde.«
Elias lächelt zufrieden. »Ich war also gut?«

»Mehr als das. Phänomenal trifft es besser.«

Glücklich schiebt er mich auf die Couch zurück und kuschelt sich neben mich. Ich ziehe die Baumwolldecke über uns, und wir halten uns im Arm. Kurze Zeit später schlafen wir erschöpft und zufrieden ein.

Es ist ein tiefer Schlaf, und im Traum erscheint mir Stefan. Er ruft aus weiter Ferne: »Babymaus! Babymaus!«, und noch einmal: »Babymaus!«, dann herrscht Ruhe. Er ist verschwunden. Ich wache verstört auf und sehe zu Elias, der unruhig neben mir träumt. Seine Augen rollen unter den geschlossenen Lidern hin und her. Sein rechter Arm zuckt. Dann bäumt er sich auf, und es kommen unverständliche Worte aus seinem Mund. Als er beginnt, abwehrend mit den Armen zu fuchteln, und mich dabei fast trifft, versuche ich vorsichtig, ihn zu wecken. In einer Zeitschrift habe ich mal gelesen, man soll stark träumende Menschen behutsam wecken, also gebe ich mir Mühe, ihn nicht allzu stark zu schütteln.

»Elias, wach auf!«

»Was? Was ist denn? Warum bist du ... Lisa, was ist denn?«, fragt er verstört.

»Du hast geträumt, schon gut«, erkläre ich fürsorglich.

»Ja ... nur ein Traum ... zum Glück.«

***

Am Abend lege ich mein Outfit für den nächsten Tag zurecht, lackiere meine Fingernägel – was Elias mit einer Mischung aus Interesse und Unverständnis verfolgt – und bereite meine Brote für die Brotbox vor. Alles in allem reine Routinearbeiten.

Elias sieht Nachrichten und knabbert Chips. Ab und zu wandert ein Kartoffelchip in Minkas Schnute, den sie gierig verspeist. Eine chipsfressende Katze, auch das noch. Ich wäre nie im Leben auf die Idee gekommen, ihr Chips anzubieten, aber anscheinend mag sie die stark gewürzten Stückchen.

Es ist seltsam. Wir kennen uns noch nicht lange, und trotzdem habe ich das Gefühl, er sei schon immer da gewesen. Wenn ich ihn so betrachte, wie er mit Minka auf der Couch liegt, kommt es mir absolut normal vor. Er fügt sich mit einer Selbstverständlichkeit in das Bild meines Wohnzimmers ein, die mir unheimlich ist.

»Was machst du morgen?«, frage ich, um zu erfahren, ob er irgendwelche Termine hat.

»Nichts Besonderes.«

»Was ist nichts Besonderes?«, frage ich mit Nachdruck.

»Kontrolluntersuchungen«, lässt er gelangweilt hören.

Na gut, wenn er es so sieht, werde ich keine Staatsaffäre daraus machen und meine Angst unterdrücken. Was, wenn die Ergebnisse nicht zufriedenstellend ausfallen oder etwas anderes Schlimmes passiert? In meinem Kopf entstehen soeben die schlimmsten Szenarien, und ich sehe gedankenverloren in den bereits fast dunklen Garten. Dabei kaue ich an einem meiner frisch lackierten Nägel und starre vor mich hin.

»Es sind Routineuntersuchungen. Mach dich nicht verrückt«, sagt er liebevoll. Er hat meine Gedanken erraten. Ich sehe zu ihm, und er lächelt mir aufmunternd entgegen. Ich wünschte, ich könnte seinen Optimismus teilen.

In der Nacht wache ich ständig auf und prüfe, ob er noch atmet. Der Gedanke, es könnte etwas mit ihm geschehen, macht mich wahnsinnig. Eine tief verwurzelte Angst, ihn zu verlieren, überfällt mich. Ist das normal? Mit Sicherheit nicht. Pia würde jetzt sagen, ich projiziere meine Vergangenheit in ihn. Den Tod unserer Eltern und den von Stefan. Es sei also durchaus verständlich, wenn ich Angst habe, verlassen zu werden. Wow, jetzt stelle ich meine Diagnosen schon selbst. So geht das nicht weiter. Ich muss lernen, damit umzugehen. Er wird mich nicht verlassen, dafür werde ich sorgen. Ich werde auf ihn aufpassen – werde dafür sorgen, dass er seine Medikamente rechtzeitig einnimmt – werde ihm jegliche Aufregung vom Hals halten – werde ihn lieben, wann immer er danach verlangt – werde immer für ihn da sein, egal was kommt. Ich will ihn nicht verlieren, ich glaube, ich liebe ihn ... mehr als alles andere ... fast mehr, als ich ertragen kann.

Am Morgen, während der Wecker klingelt, erwache ich völlig unausgeruht. Sofort haue ich auf die nervtötende Uhr und schleiche mich leise aus dem Zimmer, um Elias nicht zu stören. Ich knipse das Licht im Flur an und werfe noch einen Blick ins Schlafzimmer. Er liegt auf der Seite, mit halb geöffnetem Mund, wie ein Baby. Ein Schmunzeln überkommt mich, und ich muss mich zwingen, die Tür endlich zu schließen. Ich könnte ihn stundenlang betrachten. Sein Haar schimmert kupferfarben und steht in alle Himmelsrichtungen ab. Er ist wunderschön, er weiß es nur nicht.

Der Ablauf am Morgen wird langsam geschmeidiger. Alle Handgriffe sitzen. Kaffee kochen, Minka füttern und rauslassen, frühstücken, waschen, anziehen, Minka wieder reinholen und ab zur Arbeit. Elias lasse ich schlafen. Warum soll er sich so früh aus dem Bett quälen, wenn er doch alle Zeit der Welt hat?

Im Büro angekommen, empfängt Bille mich mit einem vielsagenden Blick. »Können wir mal kurz unter vier Augen sprechen?«

»Na klar, wo drückt denn der Schuh?«, gebe ich verwundert zurück. Ihr Gesicht lässt nichts Gutes ahnen.

Sie zieht mich in mein Büro und fängt sofort an, mich zu bombardieren. Es sei ihr sehr unangenehm, dass sie so redselig war, und ich dürfe jetzt keinen falschen Eindruck von ihr bekommen. Sie bittet mich, nichts weiterzuerzählen, und in ihrer Stimme ist ein Hauch von Panik zu hören. Donnerwetter, also so schlimme Sachen hat sie mir ja nun auch nicht anvertraut, als wir gemeinsam Kaffee getrunken haben. Oder vermutet sie bereits, dass ich ihren Max mit Mathias vergleiche und die Ähnlichkeit bemerkt habe?
»Bille, ganz ruhig bleiben. Wenn wir uns privat unterhalten, bleibt das natürlich unter uns. Egal, ob wir als Bille und Lisa miteinander reden oder als Frau Neunert und Frau Arnstedt«, beruhige ich sie.

Sie atmet erleichtert aus und drückt mir dankbar die Hand. »Du hast was gut bei mir, Lisa. Ich glaube, du bist ganz in Ordnung«, stellt sie allen Ernstes fest, und ich ziehe nachdenklich eine Augenbraue hoch, als sie mein Büro verlässt.

Ingo streckt neugierig seinen Kopf durch den Türspalt und fragt, was die Ziege am frühen Montagmorgen bereits Wichtiges wollte. Ich mache eine wegwerfende Handbewegung und sage nur knapp: »Nichts, was den Lauf der Welt verändern würde.«

Er grinst zufrieden und schließt die Tür.

Auf meinem Schreibtisch finde ich eine Notiz mit dem Hinweis, bitte sofort im Büro des Chefs zu erscheinen. Ich erkenne Mathias' energische Handschrift, und mir läuft es kalt den Rücken herunter. Habe ich einen Fehler gemacht, oder hat sich ein Mandant über mich beschwert? Die fürchterlichsten Dinge fallen mir ein, und mit einem flauen Gefühl im Magen mache ich mich auf den Weg in sein Büro. In der Kanzlei herrscht Totenstille. Oh Gott, hoffentlich ist nichts Schlimmes passiert. Vielleicht hat er alle anderen bereits zum Rapport antreten lassen, und alle warten nur auf mich, schrecklich!

Vor seiner Tür bleibe ich stehen und klopfe zaghaft.

»Herein!«, donnert es von drinnen, und ich öffne schuldbewusst die Tür. Ich weiß zwar nicht, warum, aber wenn Mathias so laut brüllt, muss ich wohl etwas angestellt haben. Ich blicke in ernste Gesichter und laufe knallrot an. Wie peinlich. Jetzt bekomme ich vor versammelter Mannschaft eins auf den Deckel. Mist!

Er erhebt sich von seinem Schreibtischstuhl und zieht etwas hinter seinem Rücken hervor. Ich stehe da wie ein Mondkalb, als er mir einen Strauß Blumen in die Hand drückt und Ingo einen Eimer mit Konfetti, oder besser gesagt mit Schredderstreifen, über mir auskippt.

»Alles Gute zum Geburtstag ... alles Gute für dich ... alles Gute, liebe Lisa, alles Gute und viel Glück!«, singen meine Kollegen aus voller Kehle. Mir fällt ein Stein vom Herzen, und meine Augen werden vor Rührung glasig. Anschließend werde ich gedrückt und geherzt. Ich bin ergriffen von ihrem Lied und den freundlichen Worten. Was für eine Überraschung!

In der Pause flitze ich schnell zum Bäcker an der Ecke und kaufe Kuchen für meine Kollegen. Die Verkäuferin sieht mich nachdenklich an. Sie ist in meinem Alter, und ich fühle mich dabei unwohl. Weshalb mustert sie mich so frech? Sie soll mir nur Kuchen verkaufen, oder braucht man hier einen Bodycheck, bevor man einkauft? Sie mustert mich ganz unverblümt.

»Sind Sie Lisa?«, platzt es dann aus ihr heraus, und ich drehe mich schnell um, um zu sehen, ob noch weitere Kunden im Laden sind.

»Wie bitte? Das geht Sie gar nichts an!«, entgegne ich überrascht von so viel Unverfrorenheit.

»Doch, Sie sind es! Elard hat ein Foto von Ihnen auf Facebook gepostet. Also herzlichen Glückwunsch jedenfalls. Hat er nun doch endlich die Richtige gefunden. Freut mich für Sie.«

Mir fällt vor Schreck mein Portemonnaie aus der Hand. »Wie bitte? Was hat er denn gepostet?«, frage ich verwundert, und sie schüttelt verständnislos den Kopf, während sie mir von meiner angeblichen Verlobung mit Elard von Lauenberg berichtet.

Kann mir mal bitte jemand Luft zufächeln? Sonst werde ich gleich ohnmächtig. Was denkt er sich nur dabei? Wenn das die Runde macht, werden die Leute bald mit dem Finger auf Elias und mich zeigen ... Ja, genau so ist es. Genau das wird sein Plan gewesen sein. Dieser Widerling schreckt doch tatsächlich vor nichts zurück. Wenn die Leute mit dem Finger auf Elias und mich zeigen, ist er fein raus. Der arme betrogene Zwilling, wie bedauernswert!
Ich lasse mir möglichst wenig anmerken und bezahle meinen Kuchen, nachdem ich mit fester Stimme meine Bestellung aufgegeben habe. Dann verlasse ich ohne Kommentar den Laden. Der ist doch krank im Kopf, denke ich wutentbrannt und stapfe zurück in die Kanzlei.
Mathias sieht mich entgeistert an, als ich mit wütendem Gesicht und einem riesigen Kuchenpaket durch den Flur fege.

»Welche Laus ist dir denn über die Leber gelaufen?«, fragt er amüsiert, und ich antworte mürrisch: »Die Laus heißt Elard von Lauenberg. Laut Facebook ist er mit mir verlobt!«

Mathias bricht in schallendes Gelächter aus und kann sich kaum beruhigen. »Na, das wird Elias kaum gefallen, es sei denn, ihr bittet ihn, euer Trauzeuge zu sein«, macht er sich darüber lustig.

Mittlerweile ist mein Puls bei einhundertachtzig angekommen. »Denk doch mal an Elias' Herz!«, fauche ich ihn an. »Findest du das dann immer noch komisch? Er darf sich nicht aufregen!«

Betreten hört er sofort auf, zu lachen, und wird stockernst. »Wenn Elard sauer ist, kann das sehr unschön werden. Sieh zu, dass du es aus der Welt schaffst, wenn du Angst um Elias hast.«

Also, jetzt reicht es! Er tut ja so, als sei es meine Schuld. Ich werfe die Arme in die Luft und brülle wütend: »Männer! Zu nichts nutze, außer, um einem Ärger zu machen!«

Mathias fängt mit einem schnellen Griff das Kuchenpaket auf und blafft zurück: »Bockige Kröte!«

Also, jetzt ist Schluss! Ich stemme die Hände in die Hüften und sehe ihn zornig an. Es ist der arnstedtsche Zornesblick, den kennt er bereits von Pia. Es funktioniert, er entschuldigt sich für seinen rauen Tonfall, und ich nicke zufrieden. Doch eines ist gewiss: Jeder in dieser Kanzlei hat mitbekommen, wie wir uns aufgeführt haben, und jedem wird nun klar sein, dass wir nicht nur Chef und Angestellte sind. Das lässt Spielraum für Spekulationen. Spekulationen, welche die Gerüchteküche anheizen werden. Dagegen war Elards Facebook-Eintrag eine Lachnummer.

Trotz des unschönen Wortwechsels mit Mathias wird meine kleine Geburtstagsfeier noch sehr nett. Alle in der Kanzlei haben mit Kohlrabiblatt-großen Ohren gekonnt weggehört. Birgit, die andere Anwältin, hat eine Flasche Sekt geköpft und versorgt uns mit ständigem Nachschub. Leider ufert die ganze Geschichte etwas aus, und wir müssen die verlorene Zeit nacharbeiten. Aber das stört niemanden.

Mein Geburtstag war für alle ein Anlass, mal wieder ein Stück zusammenzurücken. Bille hat mit mir Brüderschaft getrunken, was so viel bedeutet wie, dass ich sie jetzt auch außerhalb der

Kanzlei duzen darf. Ingo hat mir leicht beschwipst in den Po gekniffen. Ich habe es ignoriert, um späteren Diskussionen aus dem Weg zu gehen. Sekt macht mutig, jedenfalls, was Ingo betrifft. Mathias hielt sich dezent im Hintergrund und beobachtete mich unauffällig. Was ist nur mit ihm los?

Kurz bevor ich die Kanzlei verlasse, rufe ich Elias an, um mich nach seinen Untersuchungsergebnissen zu erkundigen und um zu erfahren, ob wir uns heute sehen. Erfreut teilt er mir mit, dass es nicht besser sein könnte. Alle Ergebnisse seien mehr als zufriedenstellend. Das Organ sei zu einhundert Prozent funktionsfähig und die Medikamente seien gut eingestellt. Es gäbe keinen Grund zur Sorge. Ich bin erleichtert, denn ich mache mir ständig Sorgen um ihn.

»Wann bist du zu Hause? Ich bringe Döner für heute Abend mit. Du magst doch Döner, oder?«, fragt er unsicher.

Ich schmunzle. Wenn er zu Hause sagt, meint er meine Wohnung, und ich antworte freudig: »Klar mag ich Döner. Gegen sechs Uhr bin ich zu Hause. Ich freue mich auf dich!«

»Ich bin pünktlich«, ist seine knappe Antwort, und: »Ich kann es kaum abwarten!«

Wow, denke ich erfreut. Ein Elias-Döner-Kuschelabend ist genau nach meinem Geschmack, doch der Vorfall mit Elard bringt mich schnell aus meiner euphorischen Stimmung zurück in die Realität. Ich muss es ihm schonend beibringen. Er darf sich nicht aufregen, wenn er die Gemeinheiten seines Bruders erfährt.

Der Döner, den Elias mitgebracht hat, ist superlecker, und Minka lässt uns nicht in Ruhe, bis sie ihren Teil davon abbekommen hat. Ihr Pfötchen wandert vorsichtig tastend an meinen Arm, als wolle sie sagen: »Vergiss mich nicht, gib mir auch etwas ab!«

Wir haben kaum aufgegessen, da klingelt es an der Tür. Andreas steht mit einem großen Paket vor mir. Ich bitte ihn verwundert herein. Natürlich sind Elias und ich jetzt abgeschrieben. Andreas ist definitiv Minkas bester Freund, egal, welche Leckereien sich auf unserem Teller befinden.

»Hat der Postbote bei mir für dich abgegeben«, sagt er und gibt mir einen Begrüßungskuss auf die Wange, als er hereinkommt, als würde er ebenfalls hier wohnen. Elias kneift wachsam die Augen zusammen. Ich grinse in mich hinein. Er ist eifersüchtig, süß!

»Oh«, gebe ich erstaunt zurück, und dann fällt mir mein Telefonat mit Inge, Stefans Mutter, ein. Sie hat ein Paket erwähnt. Ich knie mich damit im Wohnzimmer auf den Boden und beginne, es zu öffnen. Andreas geht in der Zwischenzeit in die Küche, holt sich ein Glas mit Milch und kehrt zu uns ins Wohnzimmer zurück. Elias verfolgt es mit Misstrauen. Die Tatsache, dass Andreas sich in meiner Wohnung bewegt, als sei es seine, irritiert ihn.

»Von wem ist das Paket?«, fragt er abwesend, weil er mit der Beobachtung meines Nachbarn beschäftigt ist.

»Von Stefans Eltern«, gebe ich mit belegter Stimme zurück. Es ist ein merkwürdiges Gefühl, mit dem Mann in meinem Wohnzimmer zu sitzen, der mir in kurzer Zeit das Wichtigste geworden ist, und dabei ein Paket von den Eltern des Mannes auszupacken, mit dem ich einmal alt werden wollte.

Es schnürt mir fast die Kehle zu, und Andreas fängt es aufmunternd mit einem Reim ab: »Und bist du auch noch so fern, Stefans Eltern haben dich trotzdem gern. Öffne das Paket etwas schneller, dann wird dein Gesicht bald strahlen etwas heller!«

Ich breche in albernes Gelächter aus. Andreas ist einfach unglaublich, und selbst Elias lacht, obwohl er immer noch damit beschäftigt ist, meine Beziehung zu Andreas zu erkunden.
Elias versucht, das Unbehagen zu überspielen, aber ich weiß, dass nicht nur Andreas ihn beunruhigt, sondern vor allem das Paket, welches wie ein Relikt aus meiner Vergangenheit in voller Größe in meinem Wohnzimmer steht. Es ist von Stefans Eltern, von den Menschen, von dessen Sohn er möglicherweise sein Herz erhielt, doch das werden wir nie erfahren. Die Ungewissheit wird weiterhin zwischen uns stehen, und Elias wird sich immer die Frage stellen, ob das neue Organ Einfluss

auf sein Empfinden, sein Handeln und seine Persönlichkeit hat – und ob es von Stefan ist.

Ich fördere drei Flaschen von meinem Lieblingswein zutage. Alle Achtung, der ist nicht billig. Des Weiteren finde ich diverse erlesene Lebensmittel wie in einem Präsentkorb, einen großen Plüschteddy und einen Umschlag. Gespannt reiße ich das Kuvert auf und finde eine Karte sowie Papiere, die ich erst mal aufmerksam durchlesen muss. Dann stockt mir der Atem, und meine Hände beginnen zu zittern. Aufgeregt lese ich die Karte mit dem Text: *»Liebe Lisa, zu deinem Ehrentag senden wir dir die allerherzlichsten Glückwünsche. Sei glücklich und zufrieden, das ist unser größter Wunsch. Bitte nimm unser Geschenk an. Wir haben die Aktien damals für Stefan gekauft. Es sollte sein Startpaket in die Zukunft sein. Wir haben sie auf dich überschreiben lassen, denn du bist seine Zukunft gewesen, wir haben es nur nie erkannt. Stefan hat dich über alles geliebt, und er hätte ebenso gewollt, dass du abgesichert bist. Wir hoffen, mit dir in Kontakt bleiben zu dürfen – es gibt viel gutzumachen.*
Alles Liebe für dich. Von Herzen, Inge und Holger«

Zitternd halte ich die Karte in meinen Händen, und Elias kommt verstört zu mir. Die Situation ist belastend für ihn. Doch wenn er mit mir zusammenbleiben möchte, muss er meine Vergangenheit akzeptieren. Eine Vergangenheit, die auf bizarre Weise mit seiner Zukunft verknüpft zu sein scheint.

Andreas sieht uns mitfühlend an. Er kennt meine Ängste, meine Gefühle, und es ist ein Leichtes für ihn, die Emotionen von Elias zu erkennen. Er ist sensibel und kann sich in andere Menschen hineinversetzen, so auch in den Mann, der es geschafft hat, mir in kurzer Zeit so viel zu bedeuten.

Langsam nimmt Elias mir die Karte aus der Hand und drückt mich an sich, ohne ein Wort zu sagen. Seine Wärme zu spüren, beruhigt mich, auch wenn der Gedanke an Stefan zu diesem Zeitpunkt allgegenwärtig ist. Trotzdem bin ich erstaunt, dass Elias genau jetzt all meine Aufmerksamkeit besitzt. Stefan ist eine Erinnerung, die ich immer in meinem Herzen tragen werde, aber Elias ist mein Leben, meine Zukunft, das, worum ich kämpfen werde.

Meine beiden Männer sind liebevoll um mich besorgt. Jeder auf seine Weise. Andreas rein freundschaftlich und Elias mit der Entschlossenheit eines Löwen, der sich waghalsig vor mich wirft. Er ist so viel stärker, als ich mir anfangs eingestehen wollte.

»Einhunderttausend Euro«, bringe ich gequält heraus. »Kann ich das annehmen?«, stelle ich den beiden die Frage, die jedoch eher an mich selbst gerichtet ist. Und nachdem ich den Text der Karte vorgelesen habe, sind sich beide einig. Ich kann es annehmen. Einerseits wäre ich ja sowieso in den Genuss gekommen, sollte Stefan noch leben, und andererseits wollen seine Eltern etwas gutmachen, vielleicht auch ihr Gewissen reinwaschen. Egal. Sie möchten den Kontakt zu mir aufrechterhalten, koste es, was es wolle.

»Es kommt mir vor, als wollten sie sich aus ihrer Schuld freikaufen, und einhunderttausend ... also ich bitte euch, das kann ich nicht annehmen. Es geht nicht. Ich möchte ihnen gegenüber keine Verpflichtungen haben«, gebe ich entschlossen zurück. Ich werde die Aktien nicht annehmen, den Wein und den Teddy schon.

»Es ist deine Entscheidung, Lisa, und ich glaube, sie ist richtig. Wenn sie weiterhin ein Teil deines Lebens sein sollen, wird es nicht von großen Geschenken abhängig sein. Vielmehr davon, wie ihr in Zukunft miteinander umgehen werdet«, bestärkt Elias mich in meinem Entschluss. Andreas verdreht die Augen. Ich glaube, er ist da ganz anderer Meinung.

Wir verbringen den Abend gemeinsam vor dem Fernseher. Elias hat sich, was Andreas betrifft, bereits entspannt. Ich versuche, mich ebenfalls zu entspannen. So recht will es mir jedoch nicht gelingen. In meinem Kopf schwirrt zu viel umher. Mein Engel, wie ich Elias heimlich getauft habe, kuschelt sich auf der Couch an mich, während Andreas es sich mit Minka in meinem XXL-Sessel gemütlich macht.

Ich bin zufrieden. Zufrieden mit mir, zufrieden mit meinem Leben und vor allem mit der Beziehung zu ihm – zu meinem Engel. Niemals hätte ich gedacht, mich so schnell einer anderen Person öffnen zu können. Elias ist wie ein Geschenk für mich, doch tief in mir sitzt die Angst vor dem Tag, an dem seine Untersuchungsergebnisse nicht mehr gut sein werden. Ein Spenderorgan hält nicht ewig. Im besten Fall zehn bis fünfzehn Jahre? Und dann? Was passiert dann? Wird er wieder das Glück haben, ein fremdes Herz zu erhalten, oder werde ich auch ihn viel zu früh verlieren? Der Gedanke daran macht mich wahnsinnig.

Elias spürt, dass ich unruhig werde, und streichelt sacht meine Schultern. Ich fühle seine Berührung auf meiner Haut, aber noch viel intensiver empfinde ich sie in mir – in meinem Herzen. Ich drücke mich an ihn und blicke sehnsüchtig zu ihm auf. Auch er sieht mich an, sieht mir lange und tief in die Augen. Seine Augen sind braun, mit zarten Goldfäden durchwirkt, und in seiner rechten Iris blitzt der goldfarbene Fleck, der mir wie ein kleiner Stern erscheint. Sie sind faszinierend – magisch – und ziehen mich in ihren Bann. Ich wusste bis heute nicht, welche Wirkung Augen auf mich haben können.

»So, Leute, ich sag dann mal Tschö mit ö. Muss morgen zur ersten Stunde, und wenn ich nicht ausgeschlafen bin, tanzt mir die Rasselbande auf dem Kopf herum. Ich sage euch, die haben eine Energie, diese kleinen Racker ... Na ja, wir waren auch nicht anders, oder?«, scherzt Andreas und erhebt sich aus seinem Sessel.

Ich bringe ihn zur Tür und verabschiede ihn mit einem Küsschen auf die Wange. Anschließend springen Elias und ich ebenfalls ins Bett. Der Tag war sehr ereignisreich, und ich schlafe wie ein Baby in seine Arme gekuschelt ein. Von dem Eintrag bei Facebook sage ich nichts, dazu ist morgen auch noch Zeit.

Dreizehn

Wenn Mathias mich ansieht, achte ich mehr als zuvor darauf, wie er es tut. Seitdem er mich gestern im Büro bei meiner kleinen Feier so merkwürdig betrachtet hat, ist mir unwohl, wenn ich allein mit ihm in einem Zimmer bin. Habe ich mir das nur eingebildet? Kann man sich so täuschen? Nein, ich denke nicht. Der Blick, den er mir zuwarf, war definitiv von Zweifel geprägt. Ach was, sicherlich alles nur Einbildung. Ich werde mich ihm gegenüber so wie immer benehmen. In seinen Augen bin ich ja doch nur eine chaotische Göre.

Ich spreche ihn auf mein Erlebnis beim Bäcker an und erzähle von Elards Frechheit. Eventuell kann er ihn dazu bewegen, alles rückgängig zu machen oder jedenfalls zu dementieren. Wenn Elard nicht spurt, kann er als Anwalt doch gleich ein wenig Druck machen. Das fände ich toll.
Natürlich ist Mathias nicht begeistert. Schließlich spielen sie seit Jahren gemeinsam Tennis und sind gut befreundet. Dennoch stimmt er mir zu, dass Elard mit dem Facebook-Post zu weit gegangen ist.

»Vielleicht kann Elard es rechtzeitig löschen, dann muss ich es Elias nicht erzählen. Er würde sich schrecklich aufregen, und genau das will Elard. Er schadet ihm, wo er nur kann. Ja, ich glaube sogar, er hasst Elias«, stachele ich Mathias auf.

»Das ist doch Unfug, Lisa. Ich weiß genau, wie besorgt er immer um seinen kleinen Bruder war und ist. Manchmal, wenn es Elias schlecht ging, ist er sogar zu Hause geblieben, anstatt mit uns am Wochenende durch die Diskotheken zu ziehen. Glaube mir, er hasst ihn nicht.«

»Ach, und warum schreibt er solche Lügen, die dann jeder lesen kann?«, frage ich erbost. Denn es liegt doch auf der Hand, welches Ziel er damit verfolgt. Elias soll sich darüber aufregen und somit sein Herz überanstrengen.

»Hast du dir bereits angesehen, was er geschrieben hat?«, fragt er knapp und leicht genervt.

»Nein«, gebe ich kleinlaut zurück.

»Dann basiert der ganze Ärger einzig und allein auf der Aussage einer fremden Frau, die dir beim Bäcker Kuchen verkauft hat?«, fragt er und lässt dabei den überheblichen Juristen voll heraushängen. Wenn er sich so aufführt, könnte ich ihm vor Wut ins Gesicht schlagen. Es juckt bereits in meinen Fingern, doch es ist so, wie er vermutet. Ich habe den genauen Wortlaut noch nicht gelesen.

»Gut, Lisa, dann lass uns mal Elards Seite ansehen«, bietet er mir an und verweist auf den Stuhl an seinem Schreibtisch, den ich um den Tisch herumziehe und mich neben ihn setze. Ich wusste nicht, dass die Kanzlei einen Account bei Facebook hat. Ich besitze keinen Account dort, weil es meiner Meinung nach die reinste Zeitverschwendung ist.

Mit ein paar Klicks ist er auf Elards Seite, und siehe da, wir finden auch gleich den Eintrag des Anstoßes. Über einhundertsiebzig Leute fanden den Beitrag gut, und viele haben dazu etwas geschrieben. In mich gekehrt lese ich, was Elard gepostet hat: *»Es ist so weit! Ms. Right ist in mein Leben getreten. Vollkommen unverhofft stand sie bei einer Gartenparty vor mir, und zum ersten Mal in meinem Leben hatte ich Schwierigkeiten, mich korrekt zu artikulieren. Ich will verdammt sein, wenn ich nicht bis spätestens Ende des Jahres mit ihr verlobt bin!«*

Ich schlucke laut und Mathias lässt ein erstauntes »Puh ...« hören.

»Also ehrlich, Lisa, ich weiß nicht, aber das klingt für mich ... also, er scheint total verknallt in dich zu sein. Ich kenne ihn, das hier ist kein Scherz. Und er hat auch nicht behauptet, bereits verlobt zu sein. Das ist für Elards Verhältnisse eine wundervolle Liebeserklärung, und jede zweite Frau in der Region wird sich jetzt die Augen aus dem Kopf heulen. Ich bin baff, ehrlich.«

In mir krampft sich alles zusammen. Ich muss unbedingt verhindern, dass Elias etwas davon erfährt. Meine Gefühle spielen verrückt. Habe ich Elard verkannt? Hat ihm doch mehr an mir gelegen, als mir bewusst war? Lieber Himmel, auch das noch. Mein schlechtes Gewissen plagt mich. Elias hat behauptet, Elard würde ihn hassen, und Mathias sagt, es sei genau das Gegenteil der Fall. Wem kann ich glauben? Ich reibe mit den Fingerspitzen fest an meiner Stirn entlang, als würde es helfen, Klarheit in dieses Wirrwarr zu bringen.

»Was soll ich denn jetzt machen?«, frage ich resigniert.

»Erst mal gar nichts. So wie es aussieht, hat Elard das einen Tag nach unserer Party an seine engsten Freunde gepostet, also vor ungefähr sechs Wochen. Danach gab es keine Einträge mehr zu dem Thema. Wahrscheinlich hat er begriffen, dass du kein Interesse an ihm hast. Mach dir also keine Sorgen.«

»Ich werde Elias nichts davon erzählen. Es wird ihn zu sehr aufregen«, beschließe ich laut, und Mathias sagt: »Er weiß es schon. Da, sieh mal, er hat sogar darauf geantwortet.«

Erstaunt folge ich dem Finger von Mathias auf dem Monitor. »Tatsächlich. Das war, bevor Elard mich mit zu seinen Eltern nach Hause nahm. Elias hat also zu diesem Zeitpunkt bereits gewusst, wie ernst es seinem Bruder mit mir ist. Er tat an dem Tag so, als sei ich nur ein Spielzeug für Elard, völlig unbedeutend. Er hat nie erwähnt, dass er es gelesen hat«, gebe ich ungläubig zurück und lese den kurzen Text, den Elias dazu geschrieben hat: »*Vergiss es!*«

In mir bricht gerade eine Welt zusammen. Elias hat mich belogen. Er wusste bereits an dem Tag meines Besuchs mit Elard bei seinen Eltern, dass Elard in mir mehr sieht als nur ›eine weitere Kerbe in seinem Bettpfosten‹, wie er es lauthals herausbrüllte, so laut, dass ich es unweigerlich hören musste. Verdammt! Im Moment bin ich mir nicht sicher, wer von beiden der schlimmere Zwilling ist. Elard oder Elias. Elard hat mir gegenüber nie schlecht von seinem Bruder gesprochen, im Gegenteil. Im Ratskeller hörte er sich sehr besorgt an. Elias jedoch hat schreckliche Dinge von Elard erzählt. Aus der Kindheit und ihrem späteren Leben.

Ich bekomme Kopfschmerzen, es hämmert erbarmungslos von innen gegen meine Schläfen. Wie kann das sein? Ist Elias gar nicht das harmlose Schäfchen, für das ich ihn immer gehalten habe? Ich beginne zu zittern, und Mathias nimmt mich fürsorglich in die Arme, um mich zu beruhigen. Ich bin völlig verwirrt, und er scheint es zu merken.

»Du solltest deinem lieben Elias mal auf den Zahn fühlen, Lisa. Versuche nicht, ihn ständig zu schonen. So wie es aussieht, ist er belastbarer, als du denkst.«

Ich nicke stumm, etwas anderes geht im Moment nicht. Aber Elias werde ich zur Rede stellen, schonungslos!

Es klopft an der Tür, und Mathias sagt laut: »Herein!«, lässt mich aber nicht sofort los. Ingo sieht uns verschämt an und stottert, er würde später wiederkommen. Doch Mathias fordert ihn auf, zu bleiben.

»So, Lisa, ich hoffe, du siehst die Sache jetzt etwas klarer«, sind seine abschließenden Worte, während er mich aus seiner Umarmung freigibt. Ingo sieht verlegen weg. Ich hoffe, Mathias stellt es klar, nicht, dass noch in Bezug auf Mathias und mich Gerüchte verbreitet werden. Er sollte einfach allen mitteilen, dass ich seine Schwägerin bin, dann müsste ich auch nicht mehr das Gefühl haben, meine Kollegen zu belügen.

Am frühen Abend komme ich abgehetzt nach Hause und lasse Minka sofort raus. Sie hat den ganzen Tag in der Wohnung verbracht, und Andreas hat, so wie es aussieht, auch nicht nach ihr gesehen. Manchmal lässt er sie schon raus, wenn er vor mir zu Hause ist. Da ich mit dem Einräumen meines Einkaufs beschäftigt bin und bereits an die zu waschende Wäsche denke, kommt mir nicht in den Sinn, weshalb er noch nicht hier unten war. Erst als ich die Waschmaschine mit Waschpulver befülle, kommt mir Andreas wieder in den Sinn. Ich tippe auf die Kurzwahltaste, unter der seine Nummer gespeichert ist, und lasse es ziemlich lange klingeln. Niemand geht ran. Okay, denke ich. Vielleicht hat er nach dem Unterricht auch noch etwas zu erledigen, also widme ich mich wieder meiner Hausarbeit.

Um einundzwanzig Uhr höre ich ihn laut die Treppe hochtrampeln. Oje, der scheint ja super Laune zu haben. Hoffentlich ist nichts Schlimmes passiert. Er muss gerade oben angekommen sein, da klingelt das Telefon. Ich nehme wie immer mit den Worten »Arnstedt, ja bitte?« ab.

Am anderen Ende höre ich eine atemlose Stimme: »Lisa ... hast du Zeit? Ich muss mit jemandem reden, sonst platze ich!«

»Sicher, für dich habe ich immer Zeit, Andreas. Das weißt du doch!«, gebe ich beruhigend zurück, denn er scheint mächtig in Fahrt zu sein.

»Okay, ich bin gleich bei dir unten! Danke, Lisa.«

Ich erwähne noch: »Nicht dafür«, aber er hat schon aufgelegt.

In Windeseile beseitige ich das Chaos in meinem Wohnzimmer, stelle zwei Weingläser auf den Tisch, fülle die Glasschüssel mit Knabberzeug und schüttele die Sofakissen auf. Andreas mag es gemütlich und ordentlich, also bemühe ich mich, alles zu tun, damit er sich wohlfühlt. Ich glaube, er hat etwas Schreckliches erlebt, und ich möchte ganz für ihn da sein. Eventuell erzähle ich ihm auch von dem Facebook-Eintrag und wie Elias darauf geantwortet hat. Zum Schluss schlüpfe ich noch in etwas Bequemes, was so viel bedeutet wie, dass ich mich auf einen langen Abend einrichte. Mir ist zwar jetzt schon klar, dass ich morgen in der Kanzlei durchhängen werde, aber Freunde gehen vor. Die Arbeit werde ich schon bewältigen, ich bin ja noch nicht achtzig!

Andreas fängt an zu heulen, als ich ihm die Tür öffne. Er sieht aus wie ein Häuflein Elend und fällt mir schluchzend in den Arm. »Ich habe es getan ... ich habe ihn verlassen, ihm gesagt, er solle sich zum Teufel scheren und dass er meiner nicht würdig ist. Ich habe ihn verletzt und gedemütigt, aber ich konnte nicht anders! Er kann einfach nicht aus seiner Haut, er würde nie mit mir zusammenziehen. Er denkt nur daran, was die Leute sagen könnten, aber nie an mich!«

Verzweifelt ziehe ich ihn in meine Wohnung und begleite ihn fürsorglich ins Wohnzimmer. Dort angekommen, lässt er sich auf die Couch fallen und zieht mich zu sich herunter. Ich halte ihn eine Weile einfach nur fest und lasse ihn weinen. Diesmal scheint es endgültig zu sein. Dieses ewige Hin und Her zwischen den beiden Jungs hat selbst mich zermürbt. Wenn

Axel nicht dazu stehen kann, einen Mann zu lieben, sollte er Andreas die Chance geben, mit jemand anderem glücklich zu werden. Nun hat Andreas ihm den Laufpass gegeben. Ein schwerer Schritt, aber meiner Meinung nach längst überfällig.

Ich lasse ihn vorsichtig los und schenke den Wein ein. Andreas trinkt sein Glas gierig wie ein trotziges Kind in einem Zug aus. Nachdem er auch den letzten Tropfen heruntergespült hat, hält er mir sein Glas entgegen, damit ich erneut einschenken kann. Mit einem unmerklichen Kopfschütteln gieße ich sein Glas voll, und er stürzt es ebenso hastig herunter wie das erste Glas.

»Und? Fühlst du dich jetzt besser?«, frage ich teils belustigt, teils besorgt.

Er sieht mich verschämt an und erwidert: »Nein. Whisky wäre jetzt besser, aber Wein tut es auch.«

»Also, jetzt noch mal zum Mitschreiben. Du hast Axel ein für alle Mal in den Wind geschossen. Habe ich das richtig verstanden?«

»Ja«, schnieft er sichtlich verstört über seine Tat.

»Und es tut dir bereits leid, stimmt's?«

»Ja«, erwidert er verschämt.

»Andreas«, sage ich anteilnehmend. »Du musstest dich irgendwann so entscheiden. Wie lange willst du dich noch von ihm hinhalten lassen? Er wird sich nicht ändern. Er wird nie zu seiner Homosexualität stehen, und du wirst immer sein großes Geheimnis bleiben. Willst du das?«, frage ich eindringlich.

»Nein, natürlich nicht. Ich habe es ihm auch immer wieder gesagt. Aber er hat so geweint und mich angefleht, ihm noch mehr Zeit zu geben. Trotzdem habe ich die Nerven verloren und ihn angebrüllt. Ich habe scheußliche Dinge gesagt. Dass er ein Versager wäre und nichts auf die Reihe bekäme ... Ach Lisa, ich war echt gemein zu ihm«, jammert er.

Ich versuche, ihn zu überzeugen, dass er trotzdem das Richtige getan hat. Auch wenn es zu einer unschönen

Auseinandersetzung kam. Einer bleibt immer auf der Strecke. In diesem Fall Axel. Später eventuell er, wenn es so weitergegangen wäre. Er musste diesen Schlussstrich ziehen, sonst wäre er daran zerbrochen.

Er nickt zustimmend, aber wenig überzeugt. Ich glaube, er würde am liebsten zu Axel fahren und alles revidieren. Doch er muss jetzt stark bleiben, wenn er nicht daran zugrunde gehen möchte. Und eine kleine Chance besteht ja noch, dass Axel doch einlenkt, wenn er nun merkt, wie wichtig es Andreas ist, aus diesem Schattendasein herauszutreten.

Wir reden noch lange miteinander, und ich spüre, wie er sich nach und nach entspannt. Von meinen Sorgen erzähle ich nichts. Heute ist er wichtig, und dieser Abend ist nur für ihn.

Es ist schon lange dunkel, als Minka zurückkommt. Mit lautem Miauen macht sie auf sich aufmerksam und legt uns eine tote Maus vor die Couch. Wie ich von Andreas gelernt habe, bedanke ich mich überschwänglich bei ihr und sehe dann zu, das tote Vieh sofort zu entsorgen. Andreas bekommt von all dem nichts mit. Er ist eingeschlafen, und ich lasse ihn liegen. Es ist spät, und ich bin froh, dass er zur Ruhe gekommen ist.

Nachdem ich ihn mit einer Decke zugedeckt habe, schleiche ich in mein Schlafzimmer. Mittwochs muss er erst zur zweiten Stunde, somit kann er sich ruhig hier ausschlafen. Minka bleibt wie selbstverständlich bei ihm. Ich glaube, sie liebt ihn mehr als mich.

Gegen Morgen schrecke ich aus dem Schlaf, weil es vom Flur her laute Geräusche gibt. Jemand klingelt bei Andreas Sturm, was deutlich zu hören ist, wenn im Haus Stille herrscht.

Verschlafen quäle ich mich aus meinem Bett, um zu sehen, was da los ist. Ich schiele aus dem Küchenfenster, von dem ich einen guten Blick auf den Hauseingang habe. Vor dem Haus parkt ein Polizeiwagen, und zwei Beamte stehen vor der Tür. Schlagartig bin ich hellwach und renne zur Eingangstür. Ich drücke auf den Summer, um die Tür zu öffnen, dann warte ich auf die zwei Polizisten.

»Hallo, was gibt es denn so Wichtiges am frühen Morgen?«, frage ich vorwurfsvoll.

»Wir möchten zu Herrn Roth. Bitte entschuldigen Sie die Störung«, erwidert ein kleiner Mann mit Bauch. Beide Polizisten rauschen an mir vorbei, um die Treppe zu Andreas hochzugehen.

»Moment!«, sage ich unwirsch. »Herr Roth ist bei mir. Er schläft.«

»Oh ... gut. Dann wecken Sie ihn bitte«, sagt der große, dünne Uniformträger förmlich. Pat & Patachon, denke ich grimmig und deute ihnen an, vor der Tür zu warten.

Andreas ist sofort hellwach, als ich ihm vorsichtig beibringe, dass draußen zwei Beamte in Polizeiuniform auf ihn warten.

»Was? Was wollen die denn von mir?«, fragt er verstört, und ich helfe ihm von der Couch hoch und bugsiere ihn Richtung Eingangstür.

»Das weiß ich doch nicht. Die haben bei dir Sturm geklingelt. Davon bin ich wach geworden«, gebe ich mürrisch zurück. Ist ja auch unerhört, arbeitende Menschen, um diese Zeit zu stören.

Die Polizisten möchten mit ihm allein sprechen, aber er besteht darauf, mich dabeizuhaben. Also bitte ich die beiden Herren herein und höre mir an, was sie zu sagen haben. Anfangs stellen sie Fragen über ihn, über sein Verhältnis zu mir und dann über sein Verhältnis zu Axel.

»Herr Mertens war also Ihr Vermieter, ja?«

»Wieso war?«, fragt Andreas brüskiert. »Er ist mein, nein, unser Vermieter«, korrigiert er den Beamten.

Dieser beäugt ihn abschätzend und fragt dann ganz unverblümt: »War er für Sie mehr als nur Ihr Vermieter?«

Andreas rutscht unruhig auf dem Sofa hin und her. »Wir sind befreundet ... aber was soll das denn alles? Sie sagen ständig war ... waren, was soll das?«

Der kleine Dicke räuspert sich, und ihm ist anzusehen, wie unangenehm ihm dieses Gespräch ist. »Herr Roth, Herr Mertens hat sich heute Nacht in seiner Garage erhängt. Seine Haushaltshilfe fand ihn bei Dienstantritt. Er hinterließ einen Abschiedsbrief, der an Sie gerichtet ist.«

Neben mir ist ein lautes »NEIN!« zu hören. Im Bruchteil einer Sekunde springt Andreas auf und schreit wie ein Wilder: »Niemals! Nein! Wie können Sie so etwas behaupten?« Dann sieht er mich flehend an, als könne ich das Gesagte entkräften. Ich kann es nicht, ich kann nur aufstehen und zu ihm gehen, ihn halten, einfach für ihn da sein.

Mit betretener Miene verfolgen die Beamten, was gerade geschieht, dann strafft der Dürre seine Schultern und sagt sachlich: »Herr Roth, es tut uns leid, aber da Herr Mertens seine letzten Worte an Sie gerichtet hat und nicht an seine getrennt lebende Ehefrau, war es für uns wichtig, Sie sofort aufzusuchen.«

Natürlich ist den beiden Beamten klar, was für eine Tragödie hier gerade stattfindet, dass Andreas nicht nur der gute Kumpel war, sondern viel mehr, ein geliebter Mensch, nein, DER geliebte Mensch. Eine äußerst delikate Angelegenheit, die Fingerspitzengefühl verlangt und keine kleinkarierten Vorurteile.

Der Dicke redet beruhigend auf Andreas ein und bringt ihn dazu, sich wieder zu setzen. Dann schiebt er ihm das Stück Papier zu, auf dem Axel seine letzten Worte formuliert hat. Sie sind die Erklärung seines Letzten Willens. Andreas nimmt es mit zitternder Hand auf, doch als er es in den Händen hält, beginnt er erneut zu weinen und reicht es mir mit der Bitte, es für ihn zu lesen. Ein dicker Kloß verstopft meine Kehle, und ich sehe die Beamten fragend an. Der Dünne nickt mir zu, um mir zu bestätigen, dass es rechtens ist. Also beginne ich, mit belegter Stimme die Worte auf dem Papier vorzulesen. Ein Gefühl der Ehrfurcht überkommt mich. Es sind die letzten Worte eines Menschen, Worte, die er an seinen Geliebten gerichtet hat. Worte, die so intim sind, dass sie eigentlich nur für Andreas' Ohren bestimmt sind. Und trotzdem bittet er mich, sie zu lesen, für ihn, weil er es nicht kann.

Zaghaft beginne ich: »*Andy, mein Andy! Ich bin ein Narr, einer, der Dir viel Kummer bereitet hat, weil ich nie zu Dir stand. Weder zu unserer Liebe noch zu uns als Paar. In dieser Beziehung bist Du mir immer weit voraus gewesen. Du wolltest zu mir stehen – vor unseren Familien und vor dem Rest der Welt. Ich bewunderte Dich für deinen Mut, den ich nie aufbringen konnte. Ich habe mich hinter alten Moralvorstellungen versteckt, habe versucht, es zu verleugnen. Doch wenn ich bei Dir war, ist alles um mich herum unwichtig gewesen. Ich fühlte mich glücklich – und frei. Frei von Zwängen, die uns bereits als Kind auferlegt werden und denen ich mich bis zuletzt unterwarf. Andy, Du bist alles für mich. Doch ich kann nicht anders. Zu stark ist der gesellschaftliche Druck, und ich bin schwach – zu schwach, um dem Druck standzuhalten. Bitte verzeih mir. Ich bin ein Feigling, doch eines bin ich nicht. Ich bin nicht gefühllos, wie Du es mir oft vorgeworfen hast. Ich liebe Dich über alles. Mit Dir verbrachte ich die schönsten Momente meines Lebens. Behalte uns in guter Erinnerung – bitte vergiss mich nicht.*

Trotzdem möchte ich Dir den Weg frei machen. Den Weg in ein Leben ohne Leid und Zweifel. Du hast oft an meiner Liebe gezweifelt. Verständlicherweise. Aber glaube mir, kein Zweifel war berechtigt, nur meine Feigheit war grenzenlos.

Mein größter Wunsch ist es, Dich versorgt zu wissen. Ich hatte immer das Bedürfnis, Dich zu umhegen, Dir jeden Wunsch von den Augen abzulesen. Mein strahlender süßer Dichter – Du hast mit Deinem sonnigen Gemüt meine tristen Tage erhellt.

Das Haus, in dem Du wohnst, soll Dir gehören. Ich will es so. Bringe diesen Brief schnell zum Amtsgericht, damit der Drache nicht dazwischenfunkt. Mein letzter Wille ist: Du sollst das Haus erben. Es ist abbezahlt, es liegen keine Hypotheken darauf. Nun ist es Dein. Verzeih mir, mein Schatz, ich kann nicht anders. Es ist besser so. Für uns beide!

Lebe wohl – ich liebe Dich.
Dein Axel.«

Mit Tränen in den Augen lege ich den Brief zitternd auf den Tisch. Andreas sitzt mit schockgeweiteten Augen neben mir und schaukelt den Oberkörper in einem schnellen Takt vor und zurück. Dabei hat er seine Hände so stark ineinander verkrallt, dass die Nägel ins Fleisch schneiden und die ersten Blutstropfen sichtbar werden.

Einer der Beamten fordert einen Sanitäter an. Andreas steht unter Schock. Es scheint, als würde er die Welt um sich herum nicht mehr wahrnehmen. Wie eine Holzpuppe schaukelt er vor und zurück. Sein Gesicht ist ausdruckslos auf einen imaginären Punkt im Raum gerichtet. Der andere Beamte nimmt mit meiner Hilfe die wichtigsten Daten auf. Andreas ist nicht ansprechbar. Anschließend versorge ich seine blutende Hand mit einem Taschentuch. Er lässt es sich gefallen, als würde es nicht ihn betreffen.

Es ist furchtbar. So kurz nach seiner Auseinandersetzung mit Axel all das durchzumachen, muss schrecklich für ihn sein. Macht er sich Vorwürfe? Mit Sicherheit. Wird er darüber hinwegkommen? Ich weiß es nicht. Nur eines ist sicher: Ich werde für ihn da sein. Ich weiß, was es heißt, einen geliebten Menschen zu verlieren und dadurch in ein bodenloses Loch zu fallen.

Vierzehn

Andreas wird mit dem Krankenwagen ins Helmstedter Krankenhaus gebracht. Er steht unter Schock und bedarf ärztlicher Versorgung. Die Sanitäter hielten es für besser, ihn vorerst nicht allein zu lassen.

Ich rufe in der Schule an und entschuldige ihn auf ungewisse Zeit. Anschließend mache ich mich unlustig für die Arbeit fertig. Am liebsten würde ich auch zu Hause bleiben, aber mein Pflichtbewusstsein treibt mich aus dem Haus.

Es ist Mitte September. Die dunkle Zeit des Jahres beginnt. Die Tage werden kürzer, und morgens ist es bereits sehr frisch. In der scharfen Biegung bergab in Richtung Eitzum springen mir zwei Rehe vors Auto. Nur in letzter Sekunde kann ich bremsen. Der Spuk ist schnell vorbei, und die Tiere laufen flink auf die andere Straßenseite. Mit klopfendem Herzen fahre ich weiter. Ich könnte es nicht ertragen, ein Tier anzufahren.

In Eitzum steht die Zeit still. Der Ort ist klein und meiner Meinung nach äußerst unansehnlich. Allerdings sind die Anwohner bemüht, das Beste daraus zu machen. Die Durchfahrtstraße scheint ein Problem darzustellen, daher bastelten sie aus Holz Kinderattrappen, mit denen sie um Tempo dreißig bitten. Sehr einfallsreich und hoffentlich effektiv. Ich gehe jedenfalls immer vom Gas, wenn ich durch den Ort fahre.

Der Morgennebel liegt tief in den Senken, und die Blätter im Elm färben sich allmählich gelb. Ich mag den Duft nach Waldboden und feuchtem Laub, wenn ich durch den Wald fahre. Am Kreisel reduziere ich die Geschwindigkeit und denke an den Tag zurück, an dem ich mit Elias den Igel gerettet habe. Damals ist er mir nicht bewusst aufgefallen, nur seine Narbe blieb als Erinnerung an ihn zurück. Sein Gesicht nahm ich kaum wahr.

Verträumt summe ich das Lied im Radio mit. Ich werde ihn nachher anrufen und mich mit ihm verabreden. Er ist so süß. Auf entwaffnende Weise unschuldig und doch männlich. Eine Mischung aus schüchterner Anziehung und selbstbewusster Stärke umgibt ihn. Und er ist hübsch, doch ich glaube, er weiß es nicht.
Im Büro erwartet mich ein Aktenberg, und als ich den PC starte, blinkt mir gleich die Erinnerung an eine Besprechung mit einem Klienten entgegen. Hallo, du schöne Arbeitswelt!

Normalerweise begrüßt Ingo mich mit einer Tasse Kaffee, doch an diesem Morgen lässt sich niemand bei mir sehen. Ich denke mir nichts dabei und bereite alles für den Termin mit dem Klienten vor, der als Erster auf dem Terminplan steht. Sicherlich finde ich anschließend Zeit, um mit Elias zu telefonieren.

In der Kaffeeküche stelle ich Kekse, Tassen und eine Kanne mit frisch gebrühtem Kaffee auf ein Tablett und balanciere alles vorsichtig in mein Büro. Immer noch ist niemand zu sehen.

Merkwürdig. Bin ich heute Morgen die Erste im Büro, oder was ist los? Gedankenverloren gehe ich zurück, um den Zucker und ein Kännchen Milch zu holen, da begegnet mir Bille.

»Guten Morgen«, trällere ich möglichst freundlich, denn Bille ist ganz schön launisch, und man weiß nie, wie sie gerade drauf ist.

»Morgen«, antwortet sie knapp, ohne mich anzusehen, und eilt weiter.

Was ist der denn über die Leber gelaufen? Sie zieht ein Gesicht wie nach einem herzhaften Biss in eine Zitrone! Unmöglich, diese Launen von ihr!

Der Vormittag vergeht wie im Flug. Ein Termin jagt den anderen, und dann noch die viele Korrespondenz, die zu erledigen ist, kaum Zeit, Luft zu holen. Erst zur Mittagspause zwinge ich mich, mal hochzusehen und meine Arbeit zu unterbrechen. Mein Magen knurrt bereits, und so schnappe ich mir meine Jacke und die Handtasche, um Ingo und Bille zu fragen, ob wir gemeinsam in die Pause gehen. Beide sind schon weg, Mist! Warum haben sie mir nicht Bescheid gesagt? Sonst holen sie mich immer ab, aber heute scheint alles anders zu laufen als sonst. Ich strecke meinen Kopf in Mathias' Büro und frage, ob er mitkommen möchte, aber er verneint und bittet mich lediglich, ihm etwas mitzubringen.

Ich gehe zum Chinesen, da gibt es immer günstige Angebote zum Mittagstisch. Als ich das Restaurant betrete, sehe ich Bille und Ingo an einem Tisch am Fenster sitzen. Ich hänge meine Jacke an die Garderobe und setze mich dazu.

»Weshalb habt ihr nicht Bescheid gesagt?«, frage ich vorwurfsvoll und greife nach der Speisekarte.

Die beiden wechseln einen schnellen Blick miteinander, und Ingo räuspert sich vielsagend. »Wir dachten, du gehst lieber mit Mathias allein zu Tisch.«

»Warum das denn? Ihr wisst doch, dass Mathias selten mitkommt und sich meistens etwas mitbringen lässt«, gebe ich zurück, ohne mir etwas dabei zu denken.

»Na, vielleicht möchtest du ja auch mit ihm allein in der Kanzlei speisen«, bemerkt Bille mit spitzer Zunge.

Ich lasse die Speisekarte sinken und starre sie verständnislos an. »Wie meinst du das?«, frage ich verwirrt.

»So, wie ich es sagte. Wir hatten den Eindruck, ihr möchtet vielleicht unter euch sein«, antwortet sie mit zusammengekniffenen Augen, und Ingo sieht peinlich berührt weg.

Also, die spinnen doch! Alle beide. »So ein Unfug. Wir haben doch immer gemeinsam gegessen. Warum sollte sich daran etwas ändern?«

»Lisa, mach uns doch nichts vor. Jetzt wissen wir wenigstens, weshalb du so schnell die Jobzusage erhalten hast. Normalerweise prüfe ich eingehende Bewerbungen, bevor sie auf Mathias' Schreibtisch landen, aber in deinem Fall wusste ich nicht mal, dass wir jemanden einstellen werden«, knallt sie mir eiskalt vor die Füße.

Ich laufe knallrot an. Das ist unerhört!

»Gute Tag. Was dalf sein heute zu esse?«, fragt in diesem Moment die Kellnerin mit chinesischem Akzent. Wir geben unsere Bestellung auf, und ich bitte zusätzlich um ein Lunchpaket mit Ente kross und Sojasprossen für Mathias. Bille sieht mich böse an, als bestätige sich ihre Vermutung gerade.

»Viele Dank. Esse kommt gleich«, trötet die Bedienung mit einer ehrfürchtigen Verbeugung und verlässt unseren Tisch.

Immer noch knallrot, versuche ich, mich zu rechtfertigen, denn so langsam dämmert mir, woher der Wind weht. »Also, ich glaube, ihr habt da etwas in den falschen Hals bekommen«, beginne ich meine Verteidigung, doch Ingo fällt mir mit enttäuschter Miene ins Wort.

»Ich glaube nicht. Mathias hat ja nicht mal versucht, etwas zu verheimlichen, nachdem ich euch Arm in Arm in seinem Büro erwischt habe. Wirklich, Lisa, das hätte ich nicht von dir gedacht. Er ist verheiratet!«

Das ist doch nicht zu glauben. Die denken tatsächlich, ich hätte etwas mit Mathias. Unfassbar! Ich atme tief durch und sage dann möglichst leidenschaftslos, um die beiden bloßzustellen: »Er ist mein Schwager, alles klar?«

Beide sehen mich verschämt an, und nun sind sie es, die rot anlaufen. Ja, schämt euch nur, denke ich gehässig. Für euer mieses Kopfkino müsstet ihr vor Scham im Erdboden versinken.

»Ach du lieber Himmel, Lisa ... also ehrlich ... es tut mir leid ... ich dachte ...«

»Ich weiß, was du dachtest, Ingo«, sage ich wütend. »Mir wäre es lieber gewesen, wenn du vorher mit mir darüber gesprochen hättest, als hinter meinem Rücken Gerüchte zu verbreiten.«

Ingo ist es sichtlich unangenehm, und Bille sieht mich ratlos an. »Sorry, Lisa, aber es sah wirklich so aus, als hättet ihr ... ein Verhältnis.«
»Haben wir nicht. Ich bin die chaotische kleine Schwester seiner perfekten Frau«, gebe ich witzelnd zurück, um die Lage zu entspannen. Allerdings liegt meine Betonung auf perfekte Frau, um Bille zu kränken. Irgendwie muss ich ja meine Wut kanalisieren.
Beide lachen angestrengt und beteuern mir, wie sehr es ihnen leidtäte, so etwas von mir gedacht zu haben. Ich kann nicht verstehen, weshalb Mathias nichts gesagt hat. Hätte er von Anfang an mit offenen Karten gespielt, wäre es nicht zu diesem Zwischenfall gekommen. Ich bin nur froh, dass ich es aufklären konnte, bevor es noch weitere Kreise zieht.

Zurück in der Kanzlei überreiche ich Mathias sein Essen mit den Worten: »Sieh zu, dass du deine Mitarbeiter über unser familiäres Verhältnis aufklärst, oder du holst dir in Zukunft dein Essen selbst!«

Natürlich reagiert er mit Unverständnis, und ich kläre ihn über die Gerüchte auf, die bereits über uns in Umlauf sind. Er tut es mit einer genervten Handbewegung ab und kommentiert es mit: »Wenn nicht über dich geredet wird, bist du bereits tot.«

»Na toll!«, gebe ich wütend zurück. »Dir mag das egal sein, mir nicht. Ich will nicht, dass die Leute mit dem Finger auf mich zeigen. In Berlin wäre es mir egal gewesen, da kennt keiner keinen. Aber hier kennt jeder jeden, das ist etwas anderes!«

»Ist ja gut, beruhige dich«, grummelt er genervt und packt sein Essen aus, ohne weiter darauf einzugehen. »Die Stäbchen fehlen«, bemerkt er vorwurfsvoll und sieht mich an, als sei ich eine begriffsstutzige Dreijährige, die immer alles falsch macht. Ich könnte ihm den Hals umdrehen und antworte wütend: »Leck mich!«, während ich mich umdrehe, um sein Büro zu verlassen.

»Mal sehen ...«, gibt er betont emotionslos zurück, und mir stockt der Atem. Mit einem lauten Knall lasse ich die Tür hinter mir ins Schloss fallen und höre noch, wie er laut lacht. Er hat es mal wieder geschafft, mich aus der Reserve zu locken. Wie immer fühle ich mich von ihm nicht ernst genommen. Die kleine Schwester eben, die man wohl oder übel mit am Hals hat. Blödmann, denke ich bockig und stampfe in mein Büro.

Kaum angekommen, geht die Tür wieder auf, und ein gut aussehender braunhaariger Frauenschwarm mit hellbraunen Augen streckt seine Kurzhaarfrisur in mein Büro. Ich stutze ... Wow! Er war beim Friseur und hat sich die Haare kurz schneiden lassen. Nur das obere Deckhaar ist etwas länger geblieben, die Seiten sind stufig rasiert, und eine Strähne fällt verführerisch über seine Stirn. Ich muss den Reflex unterdrücken, sofort zu ihm zu springen, um sie aus seiner Stirn zu streichen. Er sieht irre aus, wahnsinnig männlich. Schlagartig ist der ganze Ärger des Vormittags vergessen, und ich sage hingebungsvoll: »Komm rein. Du siehst toll aus!«

»Danke«, flüstert er und kommt auf mich zu. Seine Erscheinung ist wie immer lässig und hat einen Touch von wildem, unzähmbarem Jungen im Männerkostüm. Seine schwungvollen Lippen kommen mit den kurzen Haaren noch mehr zur Geltung, ebenso wie sein markantes Kinn. Ich eile ihm entgegen und küsse ihn gierig. Er erwidert meinen Kuss leidenschaftlich und drückt mich besitzergreifend an sich. Erst nach und nach wird sein Kuss liebevoller. Er streift mit seinen Lippen über mein Gesicht, als würde sich ein lang ersehnter Traum verwirklichen, als würde er mich zum ersten Mal in den

Armen halten, um mich zu liebkosen. Es ist berauschend, ihn so zu erleben, als würden wir uns zum ersten Mal nahekommen.

»Lisa«, raunt er in mein Ohr. »Du bist umwerfend, wie für mich gemacht. Spürst du es? Es kann nicht falsch sein.«

Etwas in seiner Stimme lässt mich aufhorchen. Ich kann es nicht beschreiben, aber da ist etwas, ich weiß nur nicht, was. Langsam schiebe ich ihn auf Abstand, um seine neue Frisur zu bewundern. Er schlägt verschämt die Augen nieder und sieht mich nicht direkt an. Ich mag es, obwohl ich nun nicht mehr in seinen Haaren wühlen kann. Er sieht damit gepflegter aus und auf gewisse Weise männlicher, dominanter. Ja, es gefällt mir! »Sieht gut aus. Ich wusste nicht, dass du etwas verändern wolltest. Hat es einen speziellen Grund?«

»Unterscheidung – Differenzierung – Abgrenzung – Autonomie.«

»Aha«, gebe ich respektvoll zurück. »Und wovon willst du dich unterscheiden?«

»Nicht wovon ist die Frage, sondern von wem!«, gibt er belehrend zurück, und da dämmert es mir. Er will sich von seinem Bruder nicht nur durch seine Kleidung unterscheiden, sondern auch durch etwas anderes.

Ich lächle verstehend und ziehe ihn zu mir. Es gibt noch zwei weitere Merkmale, die beide ausdrücklich unterscheiden. Seine Narbe und der kleine helle Fleck in seiner rechten Iris. Ein Fleck, der in derselben goldenen Farbe glänzt wie die kleinen Linien, die sich wie dünne Fäden in Richtung Pupille ziehen. Ich versuche, in seine Augen zu blicken, um den kleinen Stern, wie ich ihn nenne, zu erspähen. Er dreht seinen Kopf weg und küsst meinen Hals, fährt mit diesen erotischen Lippen an ihm entlang, und in mir macht sich ein verlangendes Pochen breit. Es ist anders als sonst, fügsam, gierig auf das, was folgen könnte.

»Elias …«, flüstere ich hingebungsvoll, und er beißt leicht in meine Halsbeuge, um mich noch mehr zu reizen.

Für einige Augenblicke vergesse ich, wo wir uns gerade befinden. Ich vergesse alles um mich herum und genieße seine zarten Berührungen. Seine Hände gleiten an meinem Körper entlang bis zu meinem Po, und in dem Moment, als er meine Pobacken drückt, lässt er mich seine Härte spüren. Ein Stöhnen entrinnt mir, woraufhin er zu keuchen beginnt. »Verdammt, was machst du mit mir? Es ist unbeschreiblich«, haucht er in mein Haar. Mit einem Ruck hebt er mich hoch und presst mich an die Wand. Sein Körper, der sich nun an mich schmiegt, hält mich an der Wand gefangen. Er schiebt eines seiner Beine zwischen meine, zwingt sie auseinander und gleitet mit seiner Hand dazwischen. Ich bin hin- und hergerissen. Einerseits will ich mehr, doch andererseits ist mir durchaus bewusst, wo wir uns befinden.

»Mehr ... mehr, ich will mehr«, stöhne ich in seinen Mund.

»Jetzt nicht. Später, wenn du möchtest ...«, flüstert er. Dann lässt er langsam von mir ab und sieht mir bewusst tief in die Augen. Fast etwas herausfordernd. Als wolle er mir etwas zeigen, mich auf etwas aufmerksam machen, was ich übersehen habe.

Ich habe etwas übersehen! Den kleinen Stern in seinem rechten Auge. Er ist nicht da. Das ist nicht Elias! Das ist Elard! Entsetzt versuche ich, mich von ihm zu befreien, doch er hält mich weiterhin fest und sagt mit einer gewissen Genugtuung: »Du hättest es niemals bemerkt. Du kannst uns nicht unterscheiden. Siehst du nun, dass es keinen Unterschied macht? Du könntest genauso gut mich nehmen. Nimm mich, Lisa! Ich bin gesund, ich kann dir etwas bieten, wir hätten eine Zukunft!«

Wie paralysiert liege ich in seinen Armen und fange an, an mir selbst zu zweifeln. Er hat mir auf untrügliche Weise vor Augen geführt, wie schnell ich mich täuschen lasse. Wie wenig ich Elias kenne. Aber etwas hat mich verunsichert. Ich konnte nicht sagen, was es war. Es war nur ein Gefühl. Mein Innerstes sagt mir, was richtig und was falsch ist. Ich muss in Zukunft besser darauf hören, mich nicht nur von Äußerlichkeiten leiten lassen.

Elard gibt mich schließlich frei und sieht mich nachdenklich an. »Wirst du darüber nachdenken? Gib uns eine Chance, Lisa. Ich verspreche dir, dich nicht zu enttäuschen.«

Ich schüttele den Kopf und bin entsetzt darüber, wie ich mich hinters Licht führen lassen konnte. Wenn Elard es darauf angelegt hätte, wäre ich nicht abgeneigt gewesen, noch einen Schritt weiter zu gehen. Selbstzweifel kommen in mir auf. Was genau ist es, was Elias in mir auslöst? Warum könnte es nicht ebenso gut Elard sein, auf den meine Wahl fällt?

Elard lehnt lässig am Schreibtisch und sieht meinem inneren Kampf zu. Ich glaube, er weiß genau, welche Flut an Gefühlen in diesem Moment über mich hinwegfegt. Sollte ich ihn dafür hassen? Nein. Er hat mir die Augen geöffnet. Bin ich genauso oberflächlich wie Pia? Nein, das kann nicht sein. Meine Gefühle für Elias sind echt, tief und innig. Elard wollte mich bewusst täuschen. Er hat es darauf angelegt. Sein Outfit gleicht dem von Elias, er würde sich normalerweise niemals so anziehen. Trotzdem bleibt eine Unsicherheit in mir zurück, die mich ängstigt.

Elard gibt mir einen Kuss auf die Wange und verabschiedet sich. »Bis bald, Lisa. Wir werden uns in Zukunft öfter sehen. Ob so oder so. Du wirst dich ab heute immer fragen müssen, ob es Elias ist, dem du dich hingibst, oder ich. Wir unterscheiden uns nur durch die Narbe und unser rechtes Auge. Die Frisur kann sich ändern, du wirst es sehen.«

»Raus!«, brülle ich ihn an. Es ist die Verzweiflung, die aus mir herausschreit, nicht die Wut. Die Verzweiflung, dass er recht haben könnte. Ich werde in Zukunft auf die Signale achten, die mein Bauch aussendet, und auf sein rechtes Auge! Er wird es wieder versuchen. Weshalb, weiß ich nicht. Aus reiner Freude, mich zu quälen, oder um mir begreiflich machen zu wollen, dass er mich genauso begehrt wie Elias. Es ist zum Verzweifeln.

Nach der Arbeit besuche ich Andreas im Krankenhaus. Er sieht gelinde gesagt schrecklich aus. Blass, mit tiefen Ringen unter den Augen. Sie sind vom vielen Weinen verquollen, und seine Hände zittern. Als er mich sieht, fängt er sofort wieder an zu schluchzen, und ich stürze zu ihm, um ihn in den Arm zu nehmen. Ich fühle mich hilflos, kann nichts tun, außer ihn zu halten. Sein ganzer Körper zittert wie Espenlaub, als er in meinen Armen liegt. Es erschüttert mich, ihn so zu erleben, und auch mir treten Tränen in die Augen. Ich kann seinen Schmerz nachempfinden. Den Schmerz, etwas verloren zu haben, von dem man noch nicht weiß, wie man ohne es weiterleben soll. Alle Hoffnungen und Träume für die Zukunft sind plötzlich zerplatzt. Eine betäubende Leere bleibt zurück, die von einer Stille erfüllt ist, die einem die Luft zum Atmen nimmt.

Bald wird diese Hilflosigkeit in Wut umschlagen, die noch verheerender sein wird als die Trauer, die er empfindet. Die Wut über die eigene Machtlosigkeit, die einen dazu verbannt, das Geschehene hinnehmen zu müssen, ohne es ändern zu können. Es wird lange dauern, bis er wieder zu sich selbst findet, vor allem, weil Axel seinem Leben selbst ein Ende gesetzt hat, ihn einfach zurückließ, ohne ihm die Chance zu geben, ihn daran zu hindern.

Nur langsam beruhigt er sich, und ich streiche mit einer Hand sacht über sein Haar. »Möchtest du, dass ich jemanden verständige? Deine Eltern oder jemand anderen?«

Er schüttelt den Kopf und wischt sein nasses Gesicht mit der Bettdecke trocken, dann sieht er mich bedrückt an und sagt: »Meine Eltern müssen das nicht wissen. Wir haben schon lange keinen Kontakt mehr, genau genommen, seitdem sie wissen, dass sie niemals eine Schwiegertochter und Enkelkinder bekommen werden.«

Ein weiterer Stich trifft mein Herz. Warum machen Menschen sich nur das Leben so schwer? Warum verstoßen Eltern ihr Kind, nur weil es nicht in ihre enge kleine Schablone passt? Ich schüttle resigniert den Kopf und nehme seine Hand. »Okay. Sag einfach, wenn du es dir anders überlegst. Ich werde auf jeden Fall für dich da sein.«

Dankbar lässt er seinen Kopf an meine Schulter sinken und fragt: »Wie lange wird es wehtun? Wann werde ich wieder ich sein?«

»Noch sehr lange. Vielleicht wird es nie aufhören und kommt von Zeit zu Zeit wieder durch. Doch der Schmerz lässt nach, und irgendwann wirst du wieder ins Leben zurückfinden. Nimm dir dafür Zeit. Trauere, so lange du trauern möchtest. Sei wütend, wenn dir danach ist, und lass dich hängen, oder ziehe dich zurück. Nur eines darfst du nicht tun: deine Freunde verbannen. Lass sie an deinem Schicksal teilhaben. Gib ihnen die Chance, dir zu helfen, und vor allem lass dir helfen. Das Leben geht weiter, auch wenn du es dir zu diesem Zeitpunkt noch nicht vorstellen kannst.«

Andreas schnieft und seufzt an meiner Schulter, dann drückt er mich plötzlich so heftig an sich, dass mir fast die Luft wegbleibt. »Sie sagen, ich soll mir helfen lassen – in Königslutter ... Ich will da nicht hin!«
Ich kann seine Verzweiflung spüren. Wer will schon gern in eine Klinik für psychisch Kranke? »Wenn du nicht magst, kann dich keiner zwingen, aber vielleicht ist es ja besser, am Anfang nicht allein zu bleiben.«

»Was würdest du an meiner Stelle machen?«

»Mmh ... das ist schwierig. Was hältst du davon, wenn du erst mal bei Minka und mir unten bleibst? Dann solltest du so schnell wie möglich wieder arbeiten, das lenkt dich tagsüber ab, und die Abende verbringen wir gemeinsam«, schlage ich vor.

»Und Elias? Was, wenn er bei dir bleiben möchte oder du bei ihm? Wir können ja nicht zu dritt im Bett liegen, oder?«, fragt er schelmisch, und ich bin froh, dass er mal lächelt.

»Nein, natürlich nicht. Aber in ein paar Tagen kann ich dich sicherlich auch mal mit Minka allein lassen, oder?«

»Mal sehen ... danke jedenfalls. Ich bin froh, dich zu haben, Lisa. Dich hat der Himmel zu mir geschickt.«

Ich grinse verlegen und gebe ihm einen Stups unters Kinn. »Du schaffst das schon, Andreas. Ganz bestimmt«, flüstere ich. Doch ich weiß genau, was auf ihn zukommt, und nehme mir fest vor, für ihn da zu sein.

Erschöpft komme ich am frühen Abend nach Hause. Andreas wird noch zwei Tage im Krankenhaus bleiben. Dann werde ich ihn abholen. Gedankenverloren suche ich nach meinem Hausschlüssel, nachdem ich das Auto an der Straße geparkt habe. Der Wagen müsste mal wieder gewaschen werden, denke ich und schließe die Haustür auf.

Von hinten drückt sich jemand an mich und sagt beleidigt: »Du vernachlässigst mich. Darum werde ich dich heute nicht mehr loslassen.«

Mein Herz macht einen Sprung. Vor Schreck und vor Glück gleichermaßen. Elias hält mich fest und reibt seine Nase an meinem Hals. Ich genieße für einen Augenblick das Gefühl, ihn an mir zu spüren, und neige meinen Kopf zur Seite, damit er meinen Hals küssen kann. Er versteht die Aufforderung und lässt seine warmen Lippen an mir entlanggleiten. Eine Hand schiebt er über meinen Bauch hinab und spreizt die Finger, dann drückt er seinen Unterleib von hinten gegen mich. Hoffentlich sieht uns niemand!

Ich spüre sein Verlangen, und mir wird heiß. Obwohl ich ihn wegen seiner Reaktion auf Elards Facebook-Eintrag zur Rede stellen wollte, zerfließe ich unter dem Druck seiner Hände an meinem Körper. Wenn er mich berührt, ist es, als würde alles um mich herum verschwinden, und ich nehme ihn dadurch noch intensiver wahr. In mir sehnt sich alles nach ihm.

Vorsichtig löse ich mich von ihm und drehe mich um, um ihn in die Arme zu schließen. Doch als ich zu ihm aufsehe, stockt mir der Atem. Es ist schon wieder Elard mit seinem neuen Haarschnitt. Ich stoße ihn von mir und herrsche ihn an: »Schön, dass du noch Zeit zum Umziehen gefunden hast. Wenigstens trägst du jetzt deine eigenen Klamotten!«

Er sieht mich verständnislos an. »Aber Lisa ... was hast du denn? Was meinst du mit 'meine eigenen Klamotten'?«

»Na was wohl! Willst du mir jetzt ständig auflauern, oder gibt es auch nur die geringste Chance, dass du bald den Spaß daran verlierst?«, blaffe ich ihn an.

»Ich ... ich weiß nicht, was du meinst. Ich wollte dich doch nur überraschen und ... ich dachte, dir gefällt es ...«, stottert er und sieht mich erschrocken an.

Nun, ich muss zugeben, wenn Elias vor mir stehen würde, könnte ich diesem Blick nicht widerstehen. Er sieht aus wie ein getretener Hund, und für einen Augenblick packt mich das Bedürfnis, ihn an mich zu drücken. Aber das da ist Elard, und der ist mit allen Wassern gewaschen.

»Verschwinde!«, zische ich ihn an, doch er steht wie versteinert da, als würde er nicht fassen, was gerade mit ihm geschieht. Ich warte mit böser Miene, dass er sich endlich umdreht und abhaut. Dabei nehme ich im Augenwinkel Elias' altes Auto wahr und sehe mich Hilfe suchend nach ihm um.

»Lisa, bitte nicht. Schick mich nicht weg. Was hast du denn? Rede mit mir, bitte. Habe ich etwas falsch gemacht?«, fragt er wehmütig und fasst sich an seine linke Brust. Seine Augen wirken glasig, und dann durchzuckt mich die Erkenntnis wie ein Stromschlag, als er verzweifelt die andere Hand nach mir ausstreckt. Das ist nicht Elard, das ist tatsächlich Elias. Er hat den gleichen Haarschnitt wie sein Bruder, und er hat sich für mich hübsch angezogen. In der Stoffhose mit dem Hemd und dem Sakko sieht er aus wie Elard.

»Verdammt noch mal! Ihr beide macht mich wahnsinnig, du und dein verfluchter Bruder!«

»Lisa, bitte ... ich kann sie ja wieder wachsen lassen, wenn es dir nicht gefällt.«

»Komm erst mal her, und sieh mich an«, gebe ich versöhnlich zurück. Ich muss erst in seine Augen sehen, um sicherzugehen, dass er es wirklich ist.

Er ist es, und sofort tut mir leid, wie ich ihn behandelt habe. »Komm rein«, flüstere ich und gebe ihm einen zarten Kuss auf die Wange. Wenn das so weitergeht, lande ich bald in Königslutter und nicht Andreas.

Drinnen empfängt Minka uns mit kläglichem Miauen. Ihre Futterschüssel ist leer, und der Wassernapf ist umgekippt. Zwei

Tassen liegen zerbrochen auf dem Boden in der Küche, und die Tapete neben der Küchentür hängt zerfetzt von der Wand. Ich seufze erschöpft. Ich kann nicht mal mit ihr schimpfen. Sie war den ganzen Tag allein und konnte nicht raus. Also mache ich die Terrassentür auf, um sie hinauszulassen. Wie ein Torpedo schießt sie an mir vorbei und verschwindet im Gebüsch. Ich sollte über eine Katzenklappe nachdenken, damit sie tagsüber rausgehen kann, wie sie möchte.

Elias hat in der Zwischenzeit die Scherben aufgehoben und begutachtet gerade den Schaden an der Wand. Ich nehme ein Küchentuch, um das Wasser aufzuwischen. Anschließend sehe ich ihn skeptisch an. Er erwidert meinen Blick unsicher.

»Habt ihr euch abgesprochen?«, frage ich zweifelnd mit einem Blick auf seine neue Frisur.

»Woher weißt du, dass Elard auch beim Friseur war?«, fragt er im Gegenzug, ohne auf meine Frage zu antworten.

»Weil er heute im Büro aufgetaucht ist und sich für dich ausgegeben hat, beziehungsweise meinen Irrtum nicht klargestellt hat. Er sah aus wie du, ich meine, seine Garderobe war lässig wie sonst deine, und er hat mich innig geküsst.«

Elias macht vor Staunen kugelrunde Augen, und ich muss lachen.

»Das ist nicht lustig, Lisa«, grummelt er, und ich antworte wütend: »Genau! Alles andere als lustig. Wollt ihr mich zum Narren halten, oder was soll dieses Spiel?«

»Aber ich wusste doch nicht, was er vorhat, Lisa. Wir hatten heute unseren gemeinsamen Friseurtermin. Wie jeden Mittwoch im Abstand von vier Wochen. Anschließend Kaffee trinken, quatschen und geschwisterliche Gemeinheiten austauschen. Diesmal har er mein Äußeres bemängelt. Ich solle mich seiner Meinung nach besser kleiden. Also waren wir im Outletcenter in Wolfsburg. Er hat mich beraten.«

»Das bist du nicht«, gebe ich wütend zurück. »Du bist nicht so ein geschniegelter Lackaffe wie Elard. Sei doch einfach nur du selbst, Elias. Ich mag dich so, wie du bist, mit Jeans und Pulli oder Shirt. Deine abgewetzte Lederjacke mag ich auch und die Sneakers ebenso.«

»Und die Haare? Was ist denn nun mit den Haaren?«, fragt er verunsichert.

Ja, was ist mit den Haaren? Die Frisur steht ihm gut. »Die sind toll«, grinse ich versöhnlich und ziehe ihn zu mir.

»Gott sei Dank«, stöhnt er erleichtert und küsst mich ungestüm. Wie vorhin an der Eingangstür vergesse ich alles um mich herum und gebe mich seinem Verlangen hin. Er ist stürmisch in seiner Lust, hat Mühe, sich zu zügeln, wenn ihn diese Gier übermannt, mich zu berühren. Wie ein brodelnder Vulkan, der jede Sekunde ausbrechen könnte, stürzt er über mich her – will mich entdecken und nimmt sich beinahe rücksichtslos, was er will.

»Hier … in der Küche. Ich will es hier«, nuschelt er in meinen Mund und öffnet meine Hose.

In Windeseile entkleidet er mich und zieht sich dann die Hose runter. Mit einem starken Griff setzt er mich auf den Küchentisch und stellt sich zwischen meine Beine. Ich fühle mich wie benommen von seiner Leidenschaft und staune über seinen Forscherdrang, alle möglichen Orte für unser Zusammensein auszuprobieren.

Vor mir steht ein Mann, der plötzlich alles andere als verletzlich und zurückhaltend wirkt. Ein Mann, der genau weiß, was er will, nämlich mich, auf dem Küchentisch. Sofort! Erotisch sieht er auf mich hinab und öffnet seine prallen Lippen ein wenig, während er seine Augen hypnotisch in meine vertieft. »Hast du das schon mal gemacht? Auf dem Küchentisch?«, fragt er neugierig stöhnend.

Ich schüttele den Kopf und lecke vorsichtig mit meiner Zungenspitze an seinen Lippen entlang. Sie sind wahnsinnig erotisch und verführerisch, voll und weich. Sie versprechen alles und sind bereit, es auch zu geben.

»Dann bin ich der erste Mann, der es dir auf dem Küchentisch besorgt!«, haucht er triumphierend und stößt in mich hinein.

»Fühl mich!«, befiehlt er, und ich lasse mich nach hinten fallen und spüre dem Gefühl nach, ihn in mir zu haben. Seine Hände halten meine Schenkel fest, und er genießt den Anblick, wie ich nackt vor ihm auf dem Tisch liege und mich von ihm nehmen lasse.

Wir sehen uns tief in die Augen, als er sich langsam und tief in mir versenkt, um sich anschließend fast vollständig aus mir zurückzuziehen. Immer wieder stößt er in mich, und ich stöhne auf vor Verlangen. Mein Rücken schmerzt auf dem harten Tisch, aber das Gefühl, ihn in mir zu spüren, ist stärker als alles andere. Ich schließe die Augen und konzentriere mich voll und ganz auf die Körperteile, die uns soeben vereinen. Er ist kräftig, hart und unerbittlich in seinem Verlangen, in mich zu stoßen. Ungezügelt steigert er das Tempo, wobei er meine Beine um sich schlingt, um seine Hände frei zu haben, damit er meine Brüste liebkosen kann. Ich höre ihn stöhnen und verzückt seufzen, dann sagt er mit fester Stimme: »Sieh mich an, Lisa. Sieh mir dabei zu, wie ich dich nehme. Präge dir das Gefühl ein. Präge dir den Ausdruck in meinen Augen ein. Ich will, dass du weißt, wer dich nimmt, damit niemals Zweifel in dir entstehen, wer ich bin. Sieh mich an, wenn ich komme!«

Als er ruft: »Sieh mich an, wenn ich komme«, wird das Gefühl in mir so stark, dass ich laut schreie. Elias treibt sich heftig in mich, und ich biege vor Lust meinen Rücken durch. Er wirft seinen Kopf in den Nacken und stöhnt laut: »Jetzt, Lisa ... jetzt!«

Eine Welle von Schauern überflutet mich, und Elias gräbt seine Finger in das weiche Fleisch meiner Hüften, während er kommt. Wieder und wieder presst er sich mit starkem Druck in mich, bis er sich auf mich fallen lässt und sein Gesicht zwischen meinen Brüsten vergräbt.

In sexueller Hinsicht hat er sein anfänglich zurückhaltendes Wesen schnell überwunden, denke ich schmunzelnd. Dann meldet sich mein geschundener Rücken, und ich rappele mich mühevoll auf. »Du wirst mich eines Tages totvögeln, wenn du so weitermachst«, tadele ich ihn gespielt streng.

Er lacht zufrieden und sieht mich herausfordernd an. »Gib zu, dass es dir gefällt und dass du immer mehr davon willst. Egal wo, wann oder wie.«

»Egal, Hauptsache, mit dir«, gebe ich liebevoll zurück, womit wir wieder beim Thema wären. »Ich weiß auch schon, wie. Ich verpasse dir eine blonde Haarsträhne, genau hier«, bestimme ich über sein Äußeres und zupfe an einer Strähne, die in sein Gesicht hängt.

»Wie du willst«, antwortet er schnurrend und hebt mich vom Tisch. Es dauert einen Moment, bis ich wieder festen Stand auf meinen Füßen habe.

Während unseres gemeinsamen Abendessens spreche ich seine Antwort auf Elards Chat-Eintrag an. Er rutscht unangenehm berührt auf seinem Stuhl umher.

»Warum schreibt Elard so etwas?«, frage ich.

»Weiß nicht.«

»Oh doch, du weißt es.«

»Vielleicht.«

»Und?«

»Du weißt es doch auch.«

»Nein.«

Er sieht mich herausfordernd an. »Natürlich weißt du es. Er ist voll verknallt in dich, aber ich habe dich zuerst gesehen ... damals im Wald.«

Mit offenem Mund starre ich ihn an. »Ach, und deshalb hast du ältere Rechte an mir, ja?«, blaffe ich wütend.

»Ja«, antwortet er knapp und verdreht die Augen.

Jetzt platzt mir der Kragen: »So! Und deshalb willst du mich? Weil du mich zuerst gesehen hast und es deinem Bruder nicht gönnst, mit mir zusammen zu sein?«

Er knallt wütend sein Trinkglas auf den Tisch, und die Brause schwappt über. »Nein! Weil er immer alles bekommt, was er möchte, und ich auch mal etwas für mich haben will!«

»Also, ihr spinnt ja wohl«, blaffe ich zurück. »Ich bin also nur zufällig etwas in eurem perversen Spiel, worum ihr euch wie beschissene verzogene Bengel zankt?«, brülle ich mit schriller Stimme. Jetzt ist mir doch glatt der Appetit vergangen.

Elias sieht mich mit zusammengekniffenen Augen an, und ich spüre die Wut in ihm aufsteigen. Plötzlich packt er mein Handgelenk und zerrt mich vom Stuhl hoch. Ich wehre mich verzweifelt, kann nicht fassen, was in ihn gefahren ist, doch er packt mich fest und presst mich gegen den Türrahmen der Küchentür. »Ich habe dich zuerst gesehen. Ich wollte dich zuerst haben, und ich bin es, den du wolltest, nicht Elard.«

Es stimmt. Ich wollte ihn und habe Elard am Anfang nur mit ihm verwechselt. Aber im Moment bin ich nicht sicher, ob ich ihn behalten möchte. Er macht mir Angst. »Lass mich los, bitte.«

Bestürzt lässt er von mir ab. Es erinnert mich an Stefan. Auch er war fürchterlich erschrocken, wenn ihm eine impulsive Handlung bewusst wurde, weil er normalerweise immer sehr überlegt vorgegangen ist. Doch wenn er sich dazu verleiten ließ, hat es ihn verschreckt.

»Entschuldige bitte«, sagt er, jedoch ohne rechte Reue zu zeigen.

»Nein. Ich will keine Trophäe sein, die der eine Blödmann dem anderen nicht gönnt.«

»Das bist du auch nicht«, gibt er gekränkt zurück.

»Ach, na dann ist ja alles gut«, sage ich sarkastisch, brülle wütend: »Raus! Sofort raus hier!«, und zeige mit dem Finger in Richtung Wohnungstür. Ich kann mich kaum noch beherrschen. Am liebsten würde ich laut losheulen, aber die Blöße werde ich mir vor ihm nicht geben.

»Bist du dir sicher?«, fragt er tonlos und starrt mir herausfordernd in die Augen. Fast wie Elard. Genauso kalt.

»Ja«, antworte ich heiser. Er soll gehen! Schnell, bevor er meine Tränen sieht. Er hat nicht mit einem Wort erwähnt, er würde mich lieben oder wenigstens mögen. Es war nur ein verdammtes Spiel. Der Konkurrenzkampf zweier Brüder, mehr nicht.

Elias strafft seine Schultern und wirft mir einen vernichtenden Blick zu. »Du bist es nicht wert. Du kannst uns ja nicht mal auseinanderhalten, ohne uns in die Augen zu sehen. Für dich ist es wirklich egal, wer über dich klettert. Er oder ich.«

Mir bleibt die Luft weg. Nicht nur wegen dem, was er soeben gesagt hat, sondern wegen seiner kalten Art, mit der er mich abfällig behandelt. Ich komme mir benutzt vor und kann nicht glauben, was gerade passiert. Wie kann er nur so gemein zu mir sein?

Wie versteinert stehe ich in der Küche und registriere wie in Trance, dass er geht. Dann knallt die Eingangstür zu, und ich bleibe allein zurück. Vorbei – aus – zu Ende – Mist! Benommen decke ich den Tisch ab. Die Bewegungen haben eine beängstigende Automatik, wie aufgezogen, nicht bewusst ausgeführt, eher mechanisch. Erst als ich die Küche verlasse, finde ich zu mir zurück, und jetzt brechen die Tränen aus mir heraus. Er war in kürzester Zeit der Inbegriff meines Lebens und hat sich nun mit einer Wucht herauskatapultiert, die mich zittern lässt. Wie konnte ich mich so täuschen? Ich dachte, er sei genauso verletzlich wie ich. Ich dachte, wir könnten uns gegenseitig halten, doch es war ein Irrtum. Ich glaube, ich kannte ihn nie wirklich.

Erschöpft lösche ich das Licht, nachdem ich mich gewaschen habe und in mein Nachthemd geschlüpft bin. Verwirrt laufe ich noch einmal durch die Wohnung und bleibe gedankenverloren vor dem Küchenfenster stehen. Draußen steht sein Auto. Sein Auto?! Was macht er noch hier? Seit vorhin sind mindestens drei Stunden vergangen. Panik bricht in mir aus. Hoffentlich ist ihm nichts passiert ... sein Herz könnte ... Scheiße!

Im Nachthemd stürze ich aus der Wohnung und bleibe überrascht im Flur stehen. Auf dem Treppenabsatz zu Andreas' Wohnung sitzt Elias. Er sitzt mit hängendem Kopf auf der Treppe und weint still in sich hinein. Mein Herz krampft sich unnatürlich zusammen, und in mir macht sich eine Mischung aus Beschützerinstinkt und Erleichterung darüber breit, dass ihm nichts zugestoßen ist. Gott sei Dank!

Ich bleibe vor ihm stehen, und er hebt verschämt den Kopf. »Es ist nicht so, wie du denkst«, stammelt er reumütig.

»Was denke ich denn? Dass du ein verdammter Idiot bist? Dass du eventuell doch etwas für mich empfindest oder dass du hier auf den nächsten Bus wartest?«, gebe ich erzürnt zurück und frage mich im selben Augenblick, weshalb ich so giftig zu ihm bin. Es ist doch offensichtlich, warum er hier sitzt. »Sorry, Elias. War nicht so gemeint.«

Ich helfe ihm auf, und er lässt sich ins Schlafzimmer führen. Dort angekommen, ziehe ich ihn behutsam aus. Dann befördere ich ihn ins Bett. »Hast du deine Tabletten dabei?«

Er nickt und deutet auf seine Jackentasche.

»Du hast nach dem Abendessen noch keine genommen, stimmt's?«, frage ich besorgt. Er nickt nur unbekümmert.

»Elias, die Dinger sind wichtig. Du bist bereits drei Stunden überfällig«, gebe ich besorgt zurück, und er schnieft: »Na und? Wenn du mich wegschickst, brauche ich sie nicht mehr. Wozu auch?«

Ich renne ins Bad und lasse Wasser in den Zahnputzbecher fließen, dann schiebe ich ihm seine Tabletten in den Mund, warte, bis er sie geschluckt hat, und küsse ihn anschließend liebevoll. Er zieht mich zu sich ins Bett und atmet erleichtert aus. Für diesen Tag hatte ich genug Aufregung und kuschele mich an ihn.

Er muss noch viel lernen. Er darf nicht immer bockig reagieren, wenn er von mir in die Enge getrieben wird. Er muss sich mit mir auseinandersetzen. Bei seinen Eltern scheint das über Jahre gut geklappt zu haben und sogar bei Elard. Aber mit mir muss er sich auf Augenhöhe unterhalten. Ich lasse ihm nichts durchgehen. Als ich an seine Eltern denke, fällt mir ein, dass er dort immer Bescheid sagt, wenn er über Nacht wegbleibt. Also greife ich nach meinem Handy und rufe seine Mutter an. Frau von Lauenberg bedankt sich erleichtert. Wir plaudern noch kurz, und dann falle ich in einen unruhigen Schlaf.

Elias schlummert bereits tief und fest. Die Aufregung hat ihn total geschafft.

Im Traum sehe ich Stefan. Er ruft nach mir: »Babymaus! Babymaus!«, doch ich kann ihn nur schemenhaft wahrnehmen. Angestrengt versuche ich, mir sein Bild ins Gedächtnis zu rufen, doch sein Gesicht bleibt nebelhaft verborgen. Ich versuche, nach ihm zu greifen, aber immer wenn ich ihn beinahe habe, entwischt er mir und ruft nach mir, als solle ich ihm folgen: »Babymaus ... ich bin hier ... Babymaus!«

Fünfzehn

Heute melde ich mich zum ersten Mal im Büro krank. Mathias war nicht erfreut, aber der gestrige Tag hat mich fertiggemacht. Ich brauche eine Auszeit. Erst das Drama um Axel und das schlimme Schicksal, mit dem er Andreas zurückgelassen hat. Dann das Gerücht, ich hätte ein Verhältnis mit Mathias, und zu guter Letzt das Bäumchen-wechsle-dich-Spiel mit Elard und Elias. Die beiden spinnen doch total. Erst Hund und Katz, dann innig vereint beim Friseur, sich den gleichen Haarschnitt verpassen lassen. Das verstehe noch einer. Pack schlägt sich, Pack verträgt sich, lautet ja bekanntlich das Sprichwort.

Elias schlummert noch und schnarcht leise vor sich hin, also suche ich nach dem Rest Haarfarbe, der noch irgendwo im Bad liegt. Nach dem Frühstück werde ich ihm eine Strähne färben, ob er es will oder nicht. Dieser Psychoterror mit den beiden muss ein Ende haben. Ich kann nicht jedes Mal prüfen, ob wirklich der richtige Zwilling vor mir steht. Wenn Elard wenigstens fair wäre, aber er macht sich einen Spaß daraus, mich zu verwirren. Eigentlich kann ich kaum glauben, dass er in mich verliebt ist. Aber wenn es doch so ist, sollte ich ihm in Zukunft besser aus dem Weg gehen. Ich möchte ihn nicht unnötig verletzen, indem ich Händchen haltend mit Elias in seiner Gegenwart umherstolziere. Elard ist mit allen Wassern gewaschen, wie mir sein Auftritt im Büro gezeigt hat. Er hat sich bewusst für Elias ausgegeben, um sich an mich heranzumachen. Eigentlich ziemlich armselig. Einem Mann seines Kalibers hätte ich das nicht zugetraut.

»Lisa?!«, ruft Elias verschlafen aus dem Schlafzimmer.

»Ich bin im Bad!«

»Gehst du nicht arbeiten?«

»Nein!«

»Warum?«, flüstert er in mein Ohr und beißt dann hinein.

Vor Schreck lasse ich die Haarfarbe fallen und kreische laut auf, als er so plötzlich hinter mir steht. Er lacht frech und zwickt in meine Taille.

»Nach dem gestrigen Tag gönne ich mir heute etwas Ruhe und werde dir diese Haarsträhne färben. Noch mal passiert mir das nicht mit euch, das verspreche ich dir«, grummele ich vorwurfsvoll. »Bist du gar nicht sauer auf Elard, dass er sich unter Vorspiegelung falscher Tatsachen an mich herangemacht hat?«
»Erst schon ... aber jetzt nicht mehr. Ist ja nichts passiert«, antwortet er und macht ein zufriedenes Gesicht. »Geschieht ihm sogar recht, dass er abgeblitzt ist. Ich glaube, deshalb hat er mich zu diesem Haarschnitt überredet. Um dieses Verwirrspiel mit dir zu spielen.«

Ich schüttele resigniert den Kopf. »Wie die Kinder.«

»Genau. Böse kleine Kinder, die es sich zur Aufgabe gemacht haben, dieselbe Frau zu lieben und zu verwirren.«

Erstaunt sehe ich zu ihm auf. »Zu lieben?«

»Ja. Ich jedenfalls. Verliebt bis über beide Ohren, vernarrt, verschossen, hin und weg, Feuer gefangen.« Er macht eine kurze Pause und sagt dann voller Inbrunst: »Hilflos ausgeliefert.«

Ich starre ihn an, ich kann nicht anders. Das war die schönste Liebeserklärung, die ich je bekommen habe. Dann falle ich ihm um den Hals und drücke ihn so fest wie ich kann an mich. Mir fehlen die Worte, aber er versteht mich auch so.

Nach dem Frühstück färbe ich ihm die Strähne. Er hält ganz still und kneift vor Angst die Augen zusammen. »Ihh! Das stinkt ja entsetzlich! So etwas schmierst du dir auf den Kopf?«

»Nur ein Mal, um es auszuprobieren. Sah nicht so gut aus.«

»Ach, aber ich soll so rumlaufen, ja?«, beanstandet er empört.

»Ja! Entweder so oder mit einseitigem Ohrring, du hast die Wahl.«

»Himmel, Lisa! Das wird ja immer schlimmer. Dann lieber die Strähne.«

»Sage ich doch.«

»Ich hoffe, du wirst solche Hilfsmittel bald nicht mehr brauchen.«

»Ich auch. Aber für den Anfang muss es sein.«

»Okay«, gibt er sich geschlagen. Jetzt ist es sowieso zu spät, daran Anstoß zu nehmen. Die Farbe ist bereits zwanzig Minuten drauf und wird gleich abgewaschen.

Nachdem ich Elias die blonde Strähne verpasst habe, erzähle ich ihm von meinem Plan, Andreas vorübergehend bei mir aufzunehmen. Natürlich ist er nicht vollauf begeistert, wie ich mir bereits denken konnte.

»Der schläft aber auf der Couch.«

»Ist doch egal, wo er schläft. Sicherer als neben Andreas kann ich doch gar nicht liegen. Bevor er in Versuchung gerät, mich anzufassen, dreht sich die Erde andersherum.«

»Trotzdem. In dein Bett kommt er nicht. Da liege ich.«

»Aber nicht jeden Tag.«

»Doch. Ab heute schon«, gibt er zurück und grinst mich herausfordernd an. Oh Mann, das kann ja noch was werden. Kindertheater mit Eli und Andy … toll.

Natürlich lässt Elias es sich nicht nehmen, mich ins Krankenhaus zu begleiten. Andreas freut sich. Er sieht heute schon etwas besser aus. Was jedoch nichts mit Selbstheilungskräften zu tun hat, als vielmehr mit hammermäßigen Schlaftabletten und einem leichten Antidepressivum.

»Morgen komme ich raus. Holst du mich ab?«

»Gerne, aber erst nach der Arbeit.«

Andreas macht ein missmutiges Gesicht. »Aber dann muss ich ja noch so lange hier sitzen. Ich könnte normalerweise nach dem Frühstück gehen.«

Ich schüttele innerlich den Kopf. Schlimmer als eine Horde Sechsjähriger. Doch zu meinem Erstaunen bietet Elias sich sofort an, diesen Job zu übernehmen. Auch gut. Dann werden wahrscheinlich beide am Abend auf mich warten, und Mama Lisa kocht dann etwas Feines. Nun ja, mitgefangen, mitgehangen.

Sechzehn

Alles lief wie besprochen, und aus der anfänglichen Notsituation wurde innerhalb der nächsten Wochen ein eingespieltes Team. Elias und Andreas verstehen sich prächtig. Andreas hat sich ein neues Bett für sein Schlafzimmer gekauft. Er hat es nicht ertragen, allein in dem alten Bett zu schlafen. Die Erinnerung an Axel war zu groß. Nun schläft er auch wieder oben in seiner Wohnung. Trotzdem haben wir immer noch dieses WG-Feeling.

Im Ort wird derzeit getratscht, was das Zeug hält. Die böse Hexe, mit der Axel verheiratet war, wollte das Testament anfechten und Andreas aus dem Haus jagen. Mein Schwager, der nicht zum ersten Mal als Brandmeister auftrat, konnte es richten. Die Ziege ging leer aus.

Elias ist nach einigen Diskussionen, ob wir nun bei ihm oder bei mir leben wollen, bei mir eingezogen. Noch nicht offiziell, aber seine wichtigsten Sachen hat er hergeschleppt. Stereoanlage, Fernsehgerät, PlayStation −superwichtig −, Crosstrainer und Hantelbank, den gesamten Inhalt seines Kleiderschrankes und seine Hausapotheke. Andreas mag die PlayStation besonders gern! Beide führen sich wie die Kinder auf, wenn sie abends zusammensitzen und spielen.

Herr und Frau von Lauenberg sehen dem mit gemischten Gefühlen entgegen. Sie mögen mich zwar sehr gern, aber Elias gehen zu lassen und keine Kontrolle über seinen Gesundheitszustand zu haben, wirft sie derzeit in ein schwarzes Loch. Wir haben eingewilligt, dass sie trotzdem weiterhin sein Handy orten dürfen. Es kann ja immer mal etwas mit ihm sein. Elias hat deswegen gemault, nabelt er sich doch endlich von zu Hause ab, was in meinen Augen auch höchste Zeit wird. Der Junge ist ja schließlich keine achtzehn, sondern bereits achtundzwanzig Jahre alt. Natürlich darf man fairerweise nicht die Umstände vergessen, weshalb es bisher so gelaufen ist.
Auf keinen Fall wollte ich bei von Lauenbergs einziehen. Erstens, weil ich dann von Andreas wegmüsste, das geht natürlich nicht. Zweitens, weil Minka dann nicht mehr rauskönnte und im Haus der von Lauenbergs in der

Dachgeschosswohnung ein langweiliges Dasein fristen müsste. Drittens, weil Elias endlich auf eigenen Füßen stehen muss, und viertens, weil ich hier nicht ständig Elard über den Weg laufe.

Elias hat eine Stelle beim Veterinäramt bekommen. Vitamin B, bemerkte Elard gehässig bei einer Familienfeier. Na und? Elias macht der Job Spaß, und es ist ein tolles Gefühl für ihn, nicht mehr von seinen Eltern abhängig zu sein. Obwohl von Lauenbergs das nie an die große Glocke gehängt haben, machte es ihm trotzdem oft zu schaffen.

Alles in allem hat sich mein Leben äußerst positiv entwickelt, seitdem ich aus Berlin wegzog. Elias ist die Liebe meines Lebens. Es ist mit Worten kaum zu beschreiben, wie tief meine Gefühle für ihn gehen. Ich weiß nur eines: Sollte ihm je etwas zustoßen, werde ich daran zerbrechen. Nach dem Tod meiner Eltern ging Stefan ebenfalls kurz danach von mir. Ich zerbrach beinahe daran. Mit Elias ist es etwas anderes. Sollte er jemals von mir gehen, gäbe es für mich keinen Grund mehr, weiterzuleben, so theatralisch das auch klingen mag. Ich würde einfach aufhören zu atmen, denn ich liebe ihn mehr als mich selbst.

Elard benimmt sich mir gegenüber immer höflich und zuvorkommend. Seine Eltern haben ihm eindringlich ins Gewissen geredet, und so wie es aussieht, war es erfolgreich. Er hat nicht nur sein Auftreten mir gegenüber geändert, nein, seit Neuestem hat er eine Freundin. Ich meine damit nicht eine weitere Kerbe in seinem Bettpfosten, nein, eine richtige Freundin. Er behandelt sie ebenso freundlich und zuvorkommend wie mich. Wir waren sogar schon zweimal gemeinsam aus. Einmal im Kino und einmal bei unserem Lieblingschinesen. Demnächst wird er sie seinen Eltern vorstellen. Dass ich diesen Tag noch erleben darf! Wahnsinn!
Pia ist glücklich. Auch wenn ihre Lebensplanung es nicht vorgesehen hat, erwartet sie ein Kind. Mathias ist seitdem um mindestens einen halben Meter gewachsen ... vor Stolz. Nur Bille zickt noch mehr rum als früher. Allerdings ist sie die Einzige. Alle um mich herum sind tiefenentspannt, und das, obwohl der Sommer nun endgültig vorbei ist.

Mit Stefans Eltern stehe ich weiterhin in Kontakt. Sie haben eine Stiftung für Menschen gegründet, die auf ein Spenderorgan warten. Mit den Geldern soll ihnen die bestmögliche Versorgung zukommen, bis ein Spender gefunden wird. Sie haben dafür das Geld der Aktien genommen, welche sie mir damals geben wollten. Mein Vorschlag, eine solche Stiftung ins Leben zu rufen, hat sie erst befremdet, doch als ich ihnen von Elias erzählte und von meinen neuen Erfahrungen zu diesem Thema, waren sie sofort davon angetan. Sie wollen zu meinem Erstaunen Elias gern kennenlernen. Ich bin mir noch nicht sicher, ob ich das möchte.

Ein Großteil der Gelder aus der Stiftung wird jedoch dafür verwandt, die Sensibilität in der Bevölkerung zu stärken. Aufklärung zum Thema Organspende zu betreiben, ist der Schwerpunkt, denn die Fakten sind erdrückend. Alle acht Stunden stirbt allein in Deutschland ein Mensch, weil kein Spender zur Verfügung steht. Insgesamt warten in unserem Land rund zwölftausend Menschen auf ein lebensrettendes Organ. Jeder Vierte wartet vergebens. Nur jeder Fünfte in unserem Land besitzt derzeit einen gültigen Spenderausweis. Das muss sich unbedingt ändern.

Ich schäme mich heute ein wenig dafür, dass ich am Anfang kein Verständnis für die andere Seite aufbringen konnte, doch ich wurde eines Besseren belehrt. Auch wenn meine Vermutung bezüglich des Spenders für Elias' Herz immer noch vorhanden ist, wurde mir doch durch diese Spende das größte Glück zuteil: Elias!

Ich kenne jetzt beide Seiten der Medaille, die des Spenders und die des Empfängers.

Meinen Spenderausweis trage ich gemeinsam mit meinem Personalausweis immer bei mir. Sollte der Fall der Fälle eintreten, so wünsche ich mir, dass meine Organe neues Leben schenken ... dass ein Mensch neue Hoffnung erhält und dass Familien nicht den Schmerz erleiden müssen, einen geliebten Menschen zu verlieren. Die Entscheidung darüber liegt in unseren Händen.

Elard unterstützt diese Stiftung monatlich mit einer beachtlichen Summe. Er hat seinen Frieden mit Elias gemacht, mit seiner Kindheit, in der er leider immer etwas zu kurz kam, und dem ewigen Konkurrenzkampf, der zu nichts führte, außer zu einer beinahe zerrütteten Familie. Es ist wunderbar, die beiden heute zu erleben, denn auch wenn Elard manchmal voller Hass auf Elias war, ist er doch immer sein *großer Bruder* gewesen und hat sich um ihn gesorgt. Er hat ihn immer geliebt, und nur das zählt letztendlich.

Alles scheint kitschig schön zu sein, und so habe ich die Spannungen im Büro nicht wahrgenommen, bis die Situation eines Tages eskalierte und eine gewaltige Bombe platzte.

»Du dreckiges Schwein! So werde ich mich nicht abspeisen lassen!«
»Sybille, schrei hier nicht so rum! Verdammt noch mal!«

Wie lautes Donnergrollen hören wir Bille und Mathias in seinem Büro miteinander streiten.

»Du Dreckskerl machst hier einen auf feine Familie. Ach, wie schön, dass du bald Vater wirst! Und was ist mit deinem ersten Sohn? Mit unserem Sohn?!«

»Verdammt, Sybille! Sei still, oder willst du die gesamte Kanzlei darauf aufmerksam machen?«
»Ist mir scheißegal! Sollen ruhig alle wissen, wie verlogen du bist. Du falscher Hund! Du hast dich doch nie um Max gekümmert, hast ihn nie besucht oder dich wenigstens mal nach seinem Befinden erkundigt. Das Internat zahlst du doch nur, damit er aus der Schusslinie ist und du durch ihn nicht kompromittiert wirst! Herr Saubermann, feiner Anwalt, Arschgesicht!«

»Jetzt reicht es, Bille! Wenn du nicht sofort dein freches Mundwerk hältst, fliegst du raus ... in hohem Bogen! Du bist ohnehin nur hier, weil ich immer ein schlechtes Gewissen dir gegenüber hatte. Ich habe dir von Anfang an deutlich gesagt, dass ich dich nicht liebe, und du warst mit unserem Agreement und den damit verbundenen Annehmlichkeiten zufrieden, bis Maximilian geboren wurde. Also spiele dich nicht wie eine betrogene Ehefrau auf. Hast du ernsthaft geglaubt, ich würde Pia wegen dir verlassen? Du spinnst doch!«

»So, ich spinne also? Na gut, Mathias, wie du möchtest! Wenn du Krieg haben willst, dann bitte! Du kannst ihn haben! Aber eines lass dir gesagt sein: Du wirst nicht nur für seinen Unterhalt aufkommen, nein, du wirst öffentlich zu ihm stehen, sonst werde ich dafür sorgen, dass einige vertrauliche Unterlagen zu deinen Machenschaften mit dem Katasteramt zufällig bei der Helmstedter Zeitung landen. Dann kannst du deine Kanzlei schließen!«

»RAUS! Du frigide Ziege! Oder ich erwürge dich gleich hier. Ich mache dich fertig, du Miststück. Du bekommst kein Bein mehr auf die Erde!«

Als Bille heulend aus dem Büro gerannt kommt, flitzen wir wie Mäuse in alle vier Himmelsrichtungen. Eigentlich ist es egal, denn es muss ihr klar sein, dass wir die Auseinandersetzung mitgehört haben. War ja laut genug. Trotzdem will sich keiner als Lauscher ertappen lassen.

Katasteramt? Was ist denn da gelaufen? Mein lieber und überkorrekter Schwager scheint wohl Dreck am Stecken zu haben. Soso! Hoffentlich hat dieser Punkt der Auseinandersetzung bei den Kollegen nicht den Stellenwert, den er bei mir hat. Ich kann nur hoffen, die anderen Neuigkeiten wiegen weit mehr auf. Ist ja auch besserer Stoff für Büroklatsch. Bille und Mathias haben ein gemeinsames Kind. Viele wussten nicht mal, dass Bille überhaupt ein Kind hat. Und das in einer Kleinstadt wie Helmstedt.

Bille tut mir leid. Wenn ich es mal vollkommen wertfrei betrachte, hat Mathias sich wirklich wie ein Schwein verhalten. Verleugnet das eigene Kind. Unfassbar! Hoffentlich unterschätzt er Bille nicht. Frauen können gemein sein, viel gemeiner, als mancher Mann es sich vorstellen kann. Wenn er klug ist, lässt er noch heute alle Beweise verschwinden.

Ich habe den Gedanken noch nicht zu Ende gedacht, da stürzt er hinter Bille her in ihr Büro.

»Du bist mit sofortiger Wirkung freigestellt. Nimm deine Sachen und verlasse auf der Stelle die Kanzlei. Die Kündigung wird dir per Post zugesandt.«

Gut, normalerweise hätte ich es nicht hören können, aber mit dem Ohr an der Wand hatte ich eine gute Ausgangsbasis. Bille verlässt zwei Minuten später die Kanzlei. Somit hat Mathias verhindert, dass sie sich belastendes Material aneignen kann, um es später gegen ihn zu verwenden. Wenn sie es nicht schon längst getan hat. Ich hätte! Kluges Kerlchen, denke ich mit Hochachtung vor Mathias. Obwohl diese Situation eigentlich jeglicher Achtung entbehrt.

»In mein Büro, sofort!«, brüllt er mir entgegen, als er nur kurz seinen Kopf in mein Zimmer streckt.

Wie ein Mäuschen schleiche ich mich in sein Büro und finde ihn wutentbrannt hinter seinem Schreibtisch sitzend. Dann blafft er mich an: »Kein Wort zu Pia, oder du wirst mich kennenlernen.«

»Das ist nicht nötig. Ich habe dich gerade von einer ganz neuen Seite kennengelernt«, antworte ich schnippisch und beuge mich vor dem Schreibtisch stehend zu ihm hinunter. »Ich gebe dir bis zum ersten Advent Zeit, es mit Pia zu klären«, sage ich drohend. »Wenn nicht, wirst du mich kennenlernen, Mr. Arschgesicht!«

In Nullkommanichts ist er um den Schreibtisch geeilt und packt mich grob am Oberarm. Mit der anderen Hand greift er in mein Haar und zieht meinen Kopf schmerzhaft nach hinten. Ich bin wie gelähmt und starre ihn an.

»Lisa, bitte nicht. Zwinge mich nicht zu Dingen, die ich nicht tun möchte. Du wirst kein Wort sagen. Weder von dem Kind noch vom Katasteramt. Ich will nicht, dass Pia sich aufregt. Nicht jetzt, wo sie schwanger ist. Hast du das verstanden?«

Sein Blick bohrt sich erbarmungslos in meine Augen und dann macht er etwas vollkommen Unerwartetes. Er drückt mich rückwärts auf den Schreibtisch herunter und flüstert in mein Ohr: »Ich könnte dich zerquetschen wie eine Fliege, aber ich liebe Pia über alles und würde ihr das nie antun. Also vergiss, was heute vorgefallen ist. Ihr zuliebe. Es hat keine Bedeutung. Weder für sie noch für mich, und erst recht nicht für dich. Verstehst du das?«

Ich nicke schockiert. Sprechen kann ich gerade nicht. Meine Kehle ist wie zugeschnürt. Langsam lässt er von mir ab und streicht sich, als sei nichts gewesen, sein Hemd glatt, dann hilft er mir galant hoch. Ich richte mein zerzaustes Haar und verlasse völlig perplex sein Büro. Er hat mir gedroht. Er hat es ernst gemeint. Ich hatte schreckliche Angst. So habe ich Mathias noch nie erlebt. Als seine kalten grauen Augen sich in meine bohrten, bin ich fast zu Eis erstarrt. Ich muss versuchen, etwas zu finden. Ich muss etwas gegen ihn in der Hand haben, sollte es hart auf hart kommen, und ich muss mich damit beeilen, bevor er alle Beweise vernichtet.

Eine Viertelstunde später erhalten wir eine interne Mitteilung per E-Mail:

Aus gegebenem Anlass teile ich Ihnen mit, dass das Arbeitsverhältnis zwischen Sybille Neunert und der Kanzlei Buchwald mit sofortiger Wirkung beendet ist. Frau Neunert hat ihre Verschwiegenheitspflicht gegenüber der Kanzlei Buchwald verletzt, was zu einer fristlosen Kündigung führte. Ich bedaure es sehr, sehe mich aber außerstande, über einen derartigen Vertrauensbruch hinwegzusehen.
Bis auf Weiteres wird Frau Arnstedt die Aufgaben von Frau Neunert übernehmen.

Geschäftsleitung
Mathias Buchwald

Mir wird heiß und kalt zugleich. Mathias mutet mir doch tatsächlich zu, noch enger mit ihm zusammenzuarbeiten. Wenn ich auch noch Billes Job übernehmen soll, werde ich kaum noch Freizeit haben. Er könnte auch Ingo mehr einbinden, vor allem, wo er sowieso bald als Anwalt hier tätig sein wird. Welche hinterlistige Gemeinheit brütet er nur aus? Was will er damit bezwecken? Ich könnte ausflippen vor Wut und stampfe in sein Büro. Ohne anzuklopfen, platze ich hinein und blaffe ihn an: »Was soll das?«

»Setz dich«, antwortet er mit kühler Sachlichkeit.

Ich setze mich ihm gegenüber an den Schreibtisch. »Ich sitze ... und nun?«

»Wir werden heute Abend, wenn alle gegangen sind, Dateien löschen, Akten vernichten und einige Dokumente auf gesonderten Festplatten speichern. Ich werde sie in einem Schließfach hinterlegen, welches auf deinen Namen laufen wird.«

»Vergiss es! Nie im Leben!«, antworte ich entsetzt. Er will mich doch tatsächlich in diese Sache hineinziehen.

»Lisa, verdammt! Ich kann nur mit dir gemeinsam diese Situation retten. Ich brauche jemanden aus der Familie, dem ich blind vertrauen kann. Gut, ich habe Dreck am Stecken ... viel Dreck, aber ich konnte Pia mit dem Geld aus diesem *Dreck* ein angenehmes Leben ermöglichen.«

»Mir kommen gleich die Tränen. Natürlich bist du gezwungen gewesen, schmutzige Geschäfte zu machen. Als Anwalt mit einer gut gehenden Kanzlei lebt man ja sprichwörtlich am Existenzminimum«, schmettere ich ihm verachtend entgegen. Es ist eine Frechheit, dass er meine Schwester als Grund für sein Vergehen vors Loch schiebt.

»Lass deinen Sarkasmus, Lisa. Am Anfang war es ein Gefallen, den ich einem alten Schulfreund tat. Daraus hat sich schnell mehr entwickelt. Bis einer den anderen in der Hand hatte und wir somit erpressbar wurden. Manche Dinge verselbstständigen sich ungewollt, und du kommst ohne Blessuren nicht mehr heraus.«

»Dann beende es.«

»Das geht nicht mehr so ohne Weiteres. Es zieht bereits Kreise bis in den niedersächsischen Landtag. Es hängen Politiker und Großunternehmer aus der Geflügelbranche mit drin.«

»Warum erzählst du mir das alles? Brauchst du meine Absolution?«

»Nein, natürlich nicht«, sagt er zerknirscht. »Aber ich komme aus der Sache nicht ohne blaues Auge heraus, oder besser gesagt, unter zehn Jahren Gefängnis. Wir würden alles verlieren, und ich könnte Pia nichts mehr bieten. Um mich geht es dabei nicht, es geht mir einzig und allein um Pia. Ich könnte ihr diese Schande nicht antun.«

»Daran hättest du vorher denken können.«

»Klugscheißer!«, blafft er verächtlich. »Ich wusste nicht, welche Ausmaße die Sache annimmt. Und nun stecke ich mittendrin. Hilfst du mir nun? Nicht wegen mir, wegen Pia.«

Er hat es fein raus, mich mit meiner Liebe zu Pia unter Druck zu setzen. Natürlich würde ich nicht wollen, dass ihr schönes heiles Leben in Schutt und Asche zerfällt. Und wenn ich ehrlich bin, hat Mathias mich immer finanziell unterstützt, ohne mit der Wimper zu zucken. Bereits damals in Berlin. Ich bin es ihm also schuldig. Ihm und Pia.

»Okay. Was die Kanzlei angeht, stehe ich voll hinter dir. Aber die Sache mit deinem unehelichen Sohn solltest du Pia beichten. Sie wird dir nicht den Kopf abreißen. Ich denke, sie wird es mit mehr Fassung aufnehmen, als du dir vorstellen kannst. Ich glaube sogar, sie wird enttäuscht sein, dass du dein Kind verleugnest.«

Mathias macht ein resigniertes Gesicht. »Das kann schon sein. Ich versuche nur immer, alle unangenehmen Dinge von ihr fernzuhalten.«

Ich nicke verständnisvoll. »Du kannst ihr ruhig etwas mehr zumuten. Sie ist nicht aus Zucker.«

Er lacht freudlos. »Nein, sie ist nicht aus Zucker. Aber ich bin nicht gerade der Traumprinz mit athletischer Figur, der auf einem weißen Ross daherkommt. Ich habe Angst, sie könnte sich einen anderen suchen. Einen, der mehr draufhat, mehr hermacht ...«

Also, jetzt bin ich baff. Mathias macht sich ganz schön nackig. Gut, er ist nicht gerade ein Adonis, aber Quasimodo ist er auch nicht. »Sie liebt dich. Du bist erfolgreich, hast Charme, und dein trockener Humor gefällt ihr. Du bist sehr fürsorglich, ausgeglichen und bodenständig. Sie mag schlanke Männer. Auf Muskelprotze steht sie nicht. Aber was rede ich da? Das weißt du doch alles. Sie liebt dich, weil du authentisch bist. Weil du ihr Traummann bist«, versuche ich, ihn aufzubauen.

Verlegen räuspert er sich und sieht mich gewinnend an. »Dann haben wir einen Deal? Du hilfst mir, meine Missetaten zu vertuschen, und ich gestehe Pia, einen unehelichen Sohn mit Bille zu haben.«

»Okay. Wir haben einen Deal.«

Erleichtert lehnt er sich in seinem Schreibtischstuhl zurück und fährt sich mit den Händen übers Gesicht. »Das wird heute eine lange Nacht. Du solltest Elias Bescheid sagen.«

»Mache ich«, sage ich zustimmend und erhebe mich aus meinem Stuhl. »Nur eines noch …«, setze ich an.

»Was?«

»Versuche auch mal, dich in Bille hineinzuversetzen. Sie ist nicht unbedingt meine beste Freundin, aber ihre Situation ist mehr als schwierig. Nicht erst seit vorhin. Denk mal darüber nach.«

»Mache ich. Versprochen.«

Siebzehn

Elias hat am Telefon gemurrt, als ich ihm sagte, es würde spät werden. Aber dann fiel ihm ein, dass Andreas morgen freihat und er somit mit ihm und der Spielekonsole den Abend verbringen kann. Ich grinse zufrieden in mich hinein. Die beiden sind wie große Kinder, und wenn sie zusammen sind, vergessen sie alles andere um sich herum. Hauptsache, spielen.

»Vergiss Minka nicht.«

»Nein.«

»Im Kühlschrank ist noch ...«

»Ich weiß, Mami. Der Bohneneintopf von gestern«, fällt er mir ins Wort.

»Ja«, gebe ich empört zurück. »Ich meine es nur gut mit dir ... und Andy.«

»Und Andy?«, spottet er, indem er mich nachäfft.

Genervt sage ich: »Ja ... und Andy. Vergiss nicht, dass du morgen arbeiten musst.«

»Ja, Mamilein«, zieht er mich auf, und ich könnte platzen vor Wut.

»Ach, mach doch, was du willst. Du bist volljährig«, blaffe ich ihn an.

»Genau! Volljährig, ausgewachsen und unsterblich in dich kleine Nervensäge verliebt«, gurrt er ins Telefon, und ich schmelze dahin.

»Du kleiner Lump. Du schaffst es doch immer wieder, mich einzulullen.«

»Danke, meine Zuckerschnecke, mein Honigkuchen, meine Haselmaus, mein Sonnenschein ...«

»Oh Gott!«, falle ich ihm genervt ins Wort. Ich könnte ihm den Hals umdrehen, wenn er mich so veralbert. Und dennoch wünsche ich mir nichts sehnlicher, als jetzt bei ihm zu sein und in sein schelmisches Gesicht blicken zu können. Seine warmen braunen Augen zu bewundern und mich an ihn zu kuscheln.
»Ich liebe dich, Elias, mehr als du ahnst«, flüstere ich in den Hörer.

»Ich weiß, Lisa. Ich liebe dich noch viel mehr. Mehr als mehr – mehr, mehr und noch mehr – immer mehr – immer wieder mehr und noch mal mehr ...«

»Stopp!«, falle ich ihm erneut ins Wort und könnte mich dabei kugeln vor Lachen. Auch wenn er mich immer noch verspottet, er ist einfach nur süß. »Schon gut. Ich habe es kapiert. Macht euch einen schönen Abend.«

»Danke. Weckst du mich, wenn du kommst?«

»Nein, ich glaube eher, ich werde Andy rausschmeißen müssen, damit du endlich ins Bett gehst.«

»Gut, dann schmeiß Andy raus und zerre mich ins Bett, damit ich dich nach Strich und Faden vernaschen kann.«

»Ich glaube nicht, dass ich dazu nachher in der Lage sein werde.«

»Du wirst«, haucht er ins Telefon und legt auf.

Okay ... wir werden sehen. Aber ehrlich gesagt habe ich nicht viel Hoffnung.

***

Der Abend zieht sich in die Länge, und als wir endlich alles fertig haben, ist es weit nach Mitternacht. Mathias meint, ich könne erst mal ausschlafen und dann später ins Büro kommen.

Elias liegt zu meinem Erstaunen längst im Bett, als ich nach Hause komme. Vor der Tür hat Minka mich bereits erwartet, und ich bin im ersten Moment sauer, weil er sie nicht reingeholt hat. Aber als ich ihn im Bett liegen sehe, ist die Wut sofort verflogen. Er hat sich die Decke abgestrampelt und liegt quer über dem Bett. In voller Länge hat er Arme und Beine von sich gestreckt. Sein Atem geht gleichmäßig. Ich neige mich verzückt zu ihm hinab und streiche sanft über seine Narbe in Richtung Bauch. Er merkt es nicht und schläft entspannt weiter. Ich schmunzele bei dem Gedanken, wie ich ihn am effektivsten in seine Betthälfte zurückbugsieren kann, ohne ihn zu wecken. Am besten ist es wohl, wenn ich mich auch quer übers Bett neben ihn lege.

Gesagt, getan. Nach dem Waschen schlüpfe ich in mein Nachthemd und lege mich vorsichtig neben ihn. Dabei ziehe ich die Decke über uns und höre ihm zu, wie er leise atmet. Ein ... aus ... ein ... aus. Der stete Rhythmus gibt mir ein Gefühl von Sicherheit. Eine Sicherheit, die ich dringend brauche. Denn tief in mir ist diese Angst verwurzelt, ihn zu verlieren. Das Bewusstsein, dass er nicht auf die Art und Weise mit mir alt werden wird, die ich mir so sehr wünsche, zermürbt mich oft. Aber ich muss der Tatsache ins Auge sehen. Sein Herz funktioniert gut, aber die Zeit ist begrenzt. Vielleicht zehn Jahre? Mit etwas Glück vielleicht fünfzehn? Ich weiß es nicht. Ich weiß nur, dass ich die Zeit, die mir mit ihm bleibt, nutzen werde. Dass ich ihm alles, was er möchte, ermöglichen werde ... oder es zumindest versuche.

Ich küsse ihn vorsichtig auf die Wange, auf den Hals und gleite tiefer zu seiner Brust. Sein Brustkorb hebt und senkt sich gleichmäßig. Ich schlinge einen Arm um seine Taille und lege meinen Kopf auf seine linke Brust. Bum-bum ... bum-bum ... bum-bum. Glücklich und zufrieden drücke ich mich fest an ihn. Ich kann nicht dicht genug bei ihm sein und lege noch ein Bein über ihn.

Verschlafen regt er sich und greift nach mir. »Babymaus ... da bist du ja ...«, nuschelt er schlaftrunken, und ich bin im selben Augenblick hellwach.
Erschrocken richte ich mich auf. »Was hast du gerade gesagt?«

»Was? Was ist denn? Komm zu mir«, erwidert er schläfrig und zieht mich wieder zu sich.

Babymaus! Dieses Wort schwebt wie ein Damoklesschwert über uns. Nur Stefan hat mich so genannt. Wegen meiner schiefen Schneidezähne. Elias habe ich es nie erzählt, und meine Zähne sind dank der Zahnspange nun fast gerade. Es gibt also keinen Grund, mich so zu nennen ... es sei denn ... in seiner Brust schlägt ... Stefans Herz. Wie versteinert liege ich neben ihm. In meinem Kopf überschlägt sich gerade alles. Kann es sein? Kann es tatsächlich sein, dass man bestimmte Eigenarten oder Wesenszüge des Spenders übernimmt? Geht das? Oder ist alles nur ein dummer Zufall? Mache ich mich selbst verrückt? Ich muss damit aufhören, es führt zu nichts. Doch sosehr ich mich bemühe, die Gedanken kreisen weiter in meinem Kopf. Bis in die frühen Morgenstunden. Dann schlafe ich endlich erschöpft ein, nachdem für mich eindeutig feststeht, wessen Herz in seiner Brust schlägt. Es muss Stefans sein.

***

»Aufwachen, kleine Schlafmütze. Musst du heute nicht ins Büro?«, weckt Elias mich liebevoll, und der Duft von frischem Kaffee dringt in meine Nase. Ich schlage die Augen auf und sehe, wie er gerade Kaffee und ein Toast mit Marmelade auf dem Nachttisch abstellt. Anschließend schlüpft er zu mir ins Bett. Seine Haare sind noch etwas feucht vom Duschen. Ich liebe es, wenn er frisch rasiert und wohlriechend neben mir liegt.

»Möchtest du nicht aufstehen?«, fragt er verschmitzt, und ich frage ebenfalls: »Und du? Magst du nicht aufstehen?«

Er grinst frech und antwortet mit lüsternem Unterton: »Er steht schon, fühl mal.« Dabei führt er meine Hand zwischen seine Beine, und ich umschließe ihn zärtlich. Ich strecke ihm meinen Mund entgegen, und während ich ihn verwöhne, küsst er mich zart. Wie immer reicht eine leichte Berührung, ein Streicheln, ein kleines Zeichen seiner Lust, um mich sofort zu entflammen. Ich richte mich auf, und er streift das Nachthemd von meinem Körper. Dann drückt er mich zurück in die Kissen und bedeckt meinen Körper mit federleichten Küssen. Ich biege vor Erregung meinen Rücken durch, und er stöhnt verzückt, als er meine Lust wahrnimmt.

»Dein Kaffee wird jetzt leider kalt«, haucht er mir entgegen.

»Damit kann ich leben, solange du nur weitermachst. Hör nicht auf, Elias.«

»Niemals.«

Liebevoll schmiegt er sich an mich, während ich sein erigiertes Glied liebkose. Er streichelt mich mit wachsender Erregung und fährt mit zwei Fingern in mich hinein. Er bewegt sie langsam und tief in meiner feuchten Mitte. Alles in mir zieht sich zusammen, und ich flehe ihn an, mich zu nehmen.

Seine Leidenschaft übermannt ihn und aus dem zärtlichen Vorspiel entfacht sich eine wilde Glut, die wie ein Feuerball über mich rollt. Elias' sexuelle Erregung hat sich zu einem ausbrechenden Vulkan gesteigert. Es beginnt jedes Mal zärtlich, doch dann kann er sich nicht mehr zügeln, er nimmt sich, was er will, und ich lasse mich von ihm nehmen – nur allzu gern.
Ihn zu erleben, wie er von seiner Lust überwältigt wird, berauscht mich und führt mich in eine Ebene, die ich nie zuvor betrat. Ein rauschartiger Zustand erfasst mich, und die Liebe zu diesem Menschen schmerzt mich fast. Ich bin glücklich, ihn zu halten, und gleichzeitig ängstigt mich die Gewissheit, ihn irgendwann zu verlieren.

Elias rollt sich auf mich und drückt meine Beine auseinander. Mit den Ellbogen stützt er sich seitlich an meinem Kopf ab und sieht auf mich herab. Seine weichen braunen Augen sind von Leidenschaft und Lust umwölkt, und ich stöhne bei diesem Anblick unweigerlich auf. Meine Hände greifen in seine Pobacken, und ich ziehe ihn zu mir. Mit einem lauten »Ja, Lisa!« dringt er in mich ein. Wie wild treibt er sich in mich, und ich vergesse alles um mich herum. Ich liebe es, wenn er sich in mir vergisst und gemeinsam mit mir auf eine andere Bewusstseinsebene gelangt, die wir nur gemeinsam erreichen können.
Nie zuvor habe ich so etwas erlebt, und während mein Höhepunkt mein Innerstes zucken lässt, presst er sich fest in mich, um meinen Orgasmus zu spüren und sich in mir zu ergießen.

Es dauert einen Moment, bis ich mich orientiere und weiß, wo ich bin. Jedes Mal, nachdem wir miteinander schliefen, fühle ich mich, als würde ich von einer weiten Reise durch Zeit und Raum zurückkehren. Dann liegt er neben mir und hält mich fest. Ein Glücksrausch durchflutet mich, und ich danke dem Schicksal, uns zusammengeführt zu haben.

Er spielt mit einer meiner Haarsträhnen und dreht sie um seinen Finger. Dann lässt er sie aufspringen und sieht mich überglücklich an. »Du darfst mich nie verlassen.«

»Ich werde dich nie verlassen. Ich verspreche es dir. Niemals.«

Er lächelt zufrieden und ich stelle ihm die Frage, die mir seit gestern auf der Seele brennt: »Gestern hast du mich mit einem Kosenamen angesprochen. Kannst du dich erinnern?«

Er schüttelt den Kopf und sieht mich fragend an. »Welchen Namen meinst du?«, fragt er vorsichtig.

»Du kannst dich nicht erinnern?«

»Nein. War es etwas Schlimmes?«

Ich lächle nachsichtig und winke ab. »Ist nicht wichtig. Du warst verschlafen.« Ich glaube, es ist besser, ihn nicht damit zu konfrontieren. Er macht sich schon genug Gedanken darüber, ob Emotionen oder Eigenheiten des Spenders ihn beeinflussen können. Ich musste ihm viel von Stefan erzählen, und nun horcht er ständig in sich hinein, ob da irgendetwas ist, was vorher nicht da war. Wenn ich ihm nun von dem Kosenamen berichte, wird es ihn nur unnötig aufregen. Und genau das möchte ich nicht. Aber für mich steht es ohnehin fest. Stefan war der Spender. Zeit, Ort, Alter und anatomische Merkmale sprechen dafür.
Musste Stefan sterben, damit Elias leben kann? Damit ich mit ihm dieses Glück erleben darf? Ein Glück auf Zeit. Diesen Gedanken muss ich verbannen. Ich sollte einfach froh sein, dass es Elias gibt. Ich liebe ihn, mehr als mich selbst.

»Komm, iss etwas. Und dann ab zur Arbeit. Wir kuscheln heute Abend weiter, mmh?«

»Mmh, okay. Machen wir.«

Liebevoll füttert er mich mit dem Marmeladentoast und reicht mir anschließend den Kaffeebecher. Dann schwingt er sich aus dem Bett und springt in seine Sachen.

In der Kanzlei herrscht gespannte Stimmung. Jeder geht Mathias aus dem Weg, und auch ich werde als vermeintliches Familienmitglied gemieden. Erst als Ingo in der Kaffeeküche rumzickt, stelle ich ihn zur Rede und erkläre ihm, dass es niemanden etwas angeht, was privat zwischen Bille und Mathias gelaufen ist. Lediglich auf beruflicher Ebene könne er sich überlegen, wie er mir bei dem Wust an Arbeit, der zu erwarten ist, unter die Arme greifen möchte. Er hat es verstanden. Hoffe ich jedenfalls.

Zurück in meinem Büro rufe ich beim Blumenladen an und bestelle einen Strauß für Elias' Mutter. Sie hat am Samstag Geburtstag, und der wird mit viel Tamtam im Kreise der Familie gefeiert. Doch das eigentliche Highlight ist die offizielle Einführung von Elards Freundin in die Familie. Er wird sie an diesem Tag seinen Eltern vorstellen. Sicherlich werden beide, sein Vater und seine Mutter, entzückt sein. Sie könnte Warzen auf der Nase haben oder X-Beine, Hauptsache, endlich eine feste Freundin.

Nach der Sache mit mir und dem Streit der beiden an dem Tag, als ich zum ersten Mal bei von Lauenbergs war, wurde ich immer etwas misstrauisch beäugt. Ich glaube, Elias' Mutter hat insgeheim damit gerechnet, dass ich doch noch eine weitere Kerbe in Elards Bettpfosten werde. Vor allem, nachdem er sich sogar auf Facebook zu unserer angeblichen Beziehung geäußert hatte. Zum Glück konnte ich das klarstellen. Nun bin ich die liebe Schwiegertochter, die ihr den geliebten Sohn abspenstig macht. Elias hat in ihren Augen immer noch den Status eines Sechsjährigen, der umhegt und umsorgt werden muss. Wie selbstständig, eigenverantwortlich und selbstbewusst er geworden ist, seitdem er mit mir zusammenlebt, hat bisher nur Papa von Lauenberg bemerkt. Seine an mich gerichteten Worte waren: »Lisalein, du bist nicht mit Gold aufzuwiegen. Der Junge ist kaum wiederzuerkennen. Und selbst Elard behandelt ihn jetzt mit mehr Respekt. Alle Achtung!«

Natürlich war ich stolz wie Bolle. Ein Lob von Herrn von Lauenberg kommt einem Ritterschlag gleich.

Mathias streckt den Kopf zur Tür herein und fordert mich auf, heute mit ihm zum Essen zu gehen. Er bittet nicht darum, nein, er fordert es. Na gut, denke ich resigniert. Sicherlich hat er noch einiges zu besprechen, das nicht für alle Ohren bestimmt ist. Und genau so kommt es auch.

Im Restaurant, diesmal der Italiener, bei dem man immer am Tisch kleben bleibt, eröffnet er mir, dass er Pia am Wochenende reinen Wein einschenken wird und ich bitte dabei sein soll. Quasi als seelische und moralische Unterstützung. Für ihn natürlich, nicht für Pia. Der spinnt doch. »Am Samstag sind wir bei von Lauenbergs. Elias' Mutter hat Geburtstag.«

»Na dann kommst du am Sonntag zum Brunch.«

»Ich bringe Elias mit.«

»Nein, das geht ihn nichts an.«

»Er erfährt es sowieso. Der Klatsch ist in Helmstedt schneller rum, als dir lieb ist, und er kennt 'ne Menge Leute hier. Du bist so oder so bald in aller Munde.«

»Na schön«, grummelt er genervt und ruft dem Kellner zu: »Giovanni! Noch ein Alster und eine Apfelschorle! Aber kleine Gläser und bitte pronto!«

Giovanni nickt und verschwindet hinterm Tresen. Mir ist schleierhaft, weswegen Mathias hierher geht. Das Essen ist durchschnittlich, und das Ambiente lässt ebenfalls zu wünschen übrig. Na ja, Kleinstadtflair eben. In Berlin hätten die damit keine Chance.

Es entsteht eine Pause, während wir essen. Giovanni bringt die Getränke, und ich spreche Mathias auf seine Arbeitsplanung an. Die gefällt mir nämlich ganz und gar nicht. »Hör mal, Mathias, du kannst nicht die gesamte Arbeit von Bille bei mir abladen. Denk noch mal darüber nach, ob du ihr wirklich kündigen möchtest. Sie leistet gute Arbeit, und dir gegenüber ist sie immer loyal gewesen. Das mit dem angeblichen

Geheimnisverrat ist doch erstunken und erlogen. So kannst du sie nicht behandeln. Das hat sie nicht verdient.«

»Das lass mal meine Sorge sein. Die kommt schon wieder angekrochen. Wirst schon sehen. Dann kann ich immer noch den Nachgiebigen spielen. Wenn ich sie zuerst anrufe, sitzt sie am längeren Hebel. Kommt nicht infrage.«

Ungläubig schüttele ich den Kopf. Männer … Oder sollte ich besser sagen: Anwälte? »Was ist, wenn sie nicht angekrochen kommt? Was ist, wenn du stattdessen einen Brief von ihrem Anwalt erhältst? Damit ist meine Arbeitssituation nicht gelöst. Und vor allem, Mathias, unterschätze eine wütende Frau nicht. Bille wird dich an den Eiern packen. Darauf kannst du dich verlassen, und es wird mehr dreckige Wäsche gewaschen, als dir lieb ist. Möchtest du das wirklich? Denk mal an deine Kanzlei. Diplomatie ist nicht nur ein Wort.«

Mathias sieht mich mit zusammengekniffenen Augen an, als würde er nicht glauben, was er soeben vernommen hat. »Sag mal, wie alt bist du eigentlich, Lisa?«

»Dreiundzwanzig«, gebe ich schnippisch zurück. Ich weiß genau, er hält mich für einen Dreikäsehoch, der nur zufällig frauliche Formen hat.

»Elias sollte sich warm anziehen«, ist sein trockener Kommentar dazu. »Okay, du könntest mit deinen Bedenken recht haben. Bille wäre so etwas zuzutrauen. So einfältig, wie sie sich oft gibt, ist sie nämlich nicht.«

»Ich weiß.«

Mathias seufzt laut, was so viel bedeutet wie: restlos ratlos.

»Möchtest du, dass ich mit ihr Kontakt aufnehme? Ich könnte sie überreden, dich anzurufen. Dann kannst du halbwegs dein Gesicht wahren und dich mit ihr auf Augenhöhe auseinandersetzen.«

Verwundert sieht er mich an. »Das würdest du tun?«

Ich grinse breit und antworte: »Wenn du gaaaanz lieb bitte, bitte sagst, werde ich darüber nachdenken. Und wenn du dich beim Weihnachtsgeld nicht lumpen lässt.«

»Das nennt man Erpressung oder Vorteilsannahme, aber gut, ruf sie an.«

»Gut, was?«, bohre ich nach, und er grummelt: »Bitte, bitte ... und doppeltes Weihnachtsgeld. Aber nur dieses Jahr.«

»Und nächstes Jahr.«

»Nein.«

»Jedes Jahr«, steigere ich meine Forderung.

Mathias seufzt resigniert und stöhnt: »Okay, du hast mich in der Hand.«

Ich mache mit der Faust eine Gewinnerpose und halte ihm dann meine flache Hand hin. »Deal!«

Er schlägt ein und grinst wie ein Vater, der sein Kind glauben lässt, es hätte aus eigener Kraft ein Geschäft abgewickelt. »Deal ... Schlitzohr!«

Nach der Arbeit fahre ich ins Sportstudio. Elias trainiert dort regelmäßig unter Aufsicht, um sein Herz zu stärken. Im Vorraum setze ich mich an den Tresen und lasse mir ein isotonisches Getränk aufschwatzen. Ich finde diese Getränke unsinnig. Naturtrüber Apfelsaft mit Mineralwasser vermischt hat sehr wahrscheinlich die gleiche Wirkung.

Im hinteren Bereich des Geräteblocks sehe ich Elias. Ich liebe es, ihn beim Sport zu beobachten. Sein Körper ist athletischer geworden, und er weiß ihn gut in Szene zu setzen. Früher trug er ein weites Shirt und unförmige Trainingshosen. Heute hat ein perfekt durchgestyltes Outfit die Peinlichkeit von damals abgelöst. Das ärmellose Top bringt seine muskulösen Arme zur Geltung, und die kurze Sporthose lässt Mädchenherzen höherschlagen. Die Beine sind der Hammer.

Eine junge Frau gesellt sich zu ihm und gibt ihm zur Begrüßung einen Kuss auf die Wange. Er erwidert ihn fröhlich und lächelt sie verschmitzt an. Sofort sind meine Alarmglocken auf *DEFCON 1* geschaltet. Ich springe vom Stuhl, um zu ihm zu eilen. Der Trainer hinterm Tresen ist genauso schnell um den Tresen herum gespurtet, wie ich vom Stuhl aufgesprungen bin. »Stopp! Nicht mit Straßenschuhen!«, schreit er.

Wenn Blicke töten könnten, müsste er jetzt auf der Stelle umfallen. Denn ich schenke ihm meinen alles zerschmetternden Leck-mich- wo's-am-schönsten-ist-Blick.

Der Muskelaffe macht sich nichts daraus und grunzt mit einem völlig unpassenden Blick entlang meiner rundlichen Kurven: »Ist nur für Mitglieder. Kannst ja mal eine Probestunde nehmen. Ein bisschen Bewegung schadet dir bestimmt nicht.«

Der Typ ist echt schnell, sonst hätte er jetzt meine flache Hand im Gesicht. »Blödmann!«, blaffe ich ihn an, und er grinst blöd. Der Tumult hat einige Blicke auf uns gezogen und ich könnte vor Scham im Erdboden versinken. So stabil ist mein Selbstbewusstsein nun auch wieder nicht. Ich habe zwar manchmal ein großes Mundwerk, bin aber eigentlich eher zurückhaltend.

Elias winkt mir freudestrahlend zu und mein Gemütszustand ist sofort auf Wolke sieben. *DEFCON 1* sinkt zurück auf *DEFCON 5*. Die kusswütige Blondine sieht fragend zwischen uns hin und her, bevor sie ihr Training wieder aufnimmt. Alles im grünen Bereich. Puh, was für ein Schreck.

Nachdem Elias mit dem Training fertig ist und wir gemeinsam das Studio verlassen, will ich es nun doch wissen. »Wer war das?«

»Wer?«

»Die blöde Blonde, die dich abgeknutscht hat.«

Er lacht auf und bleibt stehen. »Abgeknutscht? Also ehrlich, Lisa. Du machst aus einer Mücke einen Elefanten.«

»Ja, genau. Die war zierlich wie eine Mücke, und ich bin dagegen ein Elefant. Du hast sie auch geknutscht. Bin ich zu dick? Denkst du, ich sollte abnehmen? Wie heißt sie? Kennst du sie schon lange? Und denk jetzt ja nicht, ich sei eifersüchtig!«

Er lässt abrupt die Sporttasche fallen und nimmt mich in den Arm. »Stopp, stopp, stopp, Lisa. Das ist mal wieder typisch Frau. Da komme ich ja kaum mit.«

»Soll ich es für dich wiederholen ... zum Mitschreiben?«, jammere ich. Mir ist natürlich bewusst, dass ich mich wie eine Idiotin aufführe.

»Nein, sollst du nicht. Also ... meine Antwort lautet: Ich finde sie zu dürr. Du bist genau richtig, so, wie ich es liebe. Ich habe nicht geknutscht, nur einen Luftkuss zur Begrüßung gegeben. Du bist nicht zu dick. Du sollst auf keinen Fall abnehmen. Sie heißt Eva. Sie ging in meine Schulklasse.«

Perplex blicke ich zu ihm auf. »Wow! Da soll noch mal jemand sagen, Männer können nicht zuhören.«

»Genau.«

Ich will weitergehen, da hält er mich in seinem Griff gefangen. »Moment, Frau Arnstedt. Da ist noch etwas.«

»Was denn?«

»Du bist mein Mädchen. Alles, was ich brauche. Du machst mich sehr glücklich. Ich liebe dich ... nur dich ... und immer nur dich. Das darfst du nie vergessen, egal was geschieht. Für mich gibt es nur dich.«

Ich blinzele verlegen. Das war die schönste Liebeserklärung seit Adam und Eva. Der Kuss, der jetzt folgt, lässt keine Zweifel an der Richtigkeit seiner Aussage. »So knutsche ich die Frau, die ich liebe«, macht er sich anschließend über mich lustig.

»Okay, ich war eifersüchtig«, gestehe ich kleinlaut.

»Zu Unrecht«, antwortet er liebevoll.

Achtzehn

Lisa-typisch verschlafen wir Samstagmorgen. Heute ist der Geburtstag von Elias' Mutter. Wir müssen noch in den Blumenladen und den bestellten Strauß abholen, bevor wir zu ihr fahren. Elias hat mich gestern so oft gefragt, ob ich auch wirklich den Wecker gestellt habe, dass ich ihn beim ständigen Testen wohl letztendlich aus- anstatt anstellte. Mist!

»Ich habe dich tausendmal gefragt, ob du den verkackten Wecker angestellt hast!«, wirft er mir zornig vor.

»Ja! Und das tausendunderste Mal war dann einmal zu viel!«, blaffe ich zurück. Ich komme mir vor wie bei Szenen einer Ehe. »Stell doch nächstes Mal selbst den Wecker! Klugscheißer!«

»Ja! Werde ich auch!«

»Na, dann ist ja gut!«

»Immer hast du das letzte Wort!«

»Haben Frauen immer ... gewöhne dich daran!«

So langsam steigert sich unser Wortgefecht in ein völlig unsinniges Streitgespräch. Das geht so lange, bis mir plötzlich mein Kopfkissen in den Nacken fliegt. Abrupt drehe ich mich um und blicke in ein kampfwütiges, mit dem Lachen kämpfendes Gesicht. Aufgedreht hopst er vor mir herum und fuchtelt mit den Fäusten wie ein Boxer. »Komm doch – komm doch – traust dich nicht – bist nur ein kleiner Chaotenwicht!«

Perplex starre ich ihn an und mache dann eine abwertende Handbewegung. »Du verbringst definitiv zu viel Zeit mit Andreas. Ihr solltet gemeinsam ein Buch mit unsinnigen Reimen verfassen. Als Abschreckung für jeden normal denkenden Menschen.«

Blitzschnell ist er bei mir und zerrt mich zurück aufs Bett. Sein markantes Kinn hat er besitzergreifend vorgestreckt, als er mich unter sich begräbt und zu meinem Erstaunen einen lustvollen Blick bekommt. »Wenn wir nicht so unter Zeitdruck wären, würde ich dich jetzt vernaschen, du kleine Giftnudel.«

Ich reibe mich aufreizend unter ihm an seiner Mitte und kann spüren, wie ernst ihm die Sache ist. »Du stehst also auf chaotische Weiber, ja?«, ziehe ich ihn lasziv auf, und er schnurrt in mein Ohr: »Ich stehe auf dich. Du machst mich wild, Lisa.«

»Okay ... Quickie«, hauche ich, und er lässt ein erfreutes »Yippie!« hören.

Etwas abgekämpft kommen wir im Haus seiner Eltern an. Papa von Lauenberg wirft uns einen tadelnden Blick zu, als er uns einlässt. Manchmal habe ich das Gefühl, er besitzt telepathische Kräfte, und ich fühle mich ertappt. Weiß er, weshalb wir spät dran sind?

Elias sieht toll aus. Er hat eine lässige Jeans mit einem teuren Hemd und einem modischen Sakko kombiniert. Die Haare hat er mit etwas Gel hochgekämmt, und die blonde Strähne, die ich ihm zur Unterscheidung von Elard gefärbt habe, hängt lässig in sein Gesicht. Wenn ich ihn nicht vorhin schon vernascht hätte, würde ich ihn jetzt in die Besenkammer zerren.
Sein Vater mustert mich amüsiert, und ich laufe rot an, als er mich ganz unverfroren angrinst. Ich glaube, er kann tatsächlich in meinen Kopf gucken.

»Du siehst hübsch aus, Lisa«, lässt er mich wissen und nimmt, ganz Gentleman, meine Hand und gibt einen Kuss darauf. Der veralbert mich doch, schießt es durch meinen Kopf, doch Elias bestätigt es und zieht mich zu sich.

»Das stimmt. Sie sollte öfter ein Kleid anziehen. Sie hat schöne Beine.« In mein Ohr flüstert er: »Und einen geilen Arsch.«

Wieder laufe ich knallrot an und Papa von Lauenberg beginnt, schallend zu lachen. »Ihr zwei seid schon welche ... hui, hui, hui!«, untermalt er seine Aussage mit einer eindeutigen Geste. Mir ist das peinlich.

Als Mutter von Lauenberg majestätisch den Eingangsbereich betritt, herrscht sofort Ruhe. Elias überreicht ihr den Strauß und küsst sie zur Begrüßung auf die Wange. Anschließend überreiche ich die kleine Schachtel mit dem Swarovski-Schwan und wünsche ihr alles Gute. Sie sammelt diese funkelnden Glastierchen, und ich hoffe, er wird ihr gefallen.

Gemeinsam gehen wir ins Esszimmer und nehmen an der üppig gedeckten Tafel Platz, nachdem wir Elard und seine Freundin begrüßt haben. Fragend sehe ich Elias an, und er bückt sich zu mir und flüstert: »Kurzfristig umdisponiert. Nur der engste Familienkreis.«

Okay, ich hatte etwas anderes erwartet.

Wir stoßen mit Sekt an, und Mutter von Lauenberg bittet uns, zuzugreifen. Während des Essens entsteht eine angeregte Unterhaltung. Es geht natürlich um das neueste Projekt von Elard. Das Design für den neuen SUV der gehobenen Klasse. Wie immer scheint alles perfekt, und Elard bekommt fast glasige Augen, als er von seinem neuen *Superbaby* berichtet. In zwei Jahren soll es auf den Markt kommen. Alle folgen gespannt seinen Ausführungen, und ich muss gestehen, auch ich finde es ziemlich spannend, zu erfahren, wie viel Arbeit in der Entwicklung eines neuen Autos steckt.

Elards Freundin hängt an seinen Lippen, als sei er Gott persönlich, und irgendwann wird es mir zu bunt. Also werfe ich ein: »Elias hat jetzt auch ein neues Projekt. Sein erstes eigenes Projekt.«

Alle sehen verwirrt zu mir, und ich berichte voller Stolz über die Geflügelfarm, die im Landkreis Helmstedt geplant ist und bei der Elias die Projektbetreuung übernommen hat.

»Was gibt es denn da zu betreuen?«, tut Elard es abfällig ab. »Wenn sich ein Herr Sowieso in den Kopf gesetzt hat, Arbeitsplätze zu schaffen, kriecht ihm ja doch jeder in den Ar... äh ... Allerwertesten.«

»Nein, das stimmt nicht. Es gibt strenge Tierschutzbestimmungen, und Elias wird die Einhaltung dieser Bestimmungen überwachen«, antworte ich verteidigend.

»Bullshit! Da könnt ihr mit Tierschutzbestimmungen kommen, so viel ihr wollt. Wenn die Anlage Arbeitsplätze schafft, ist sie so gut wie genehmigt. Egal, wie jämmerlich die Viecher dort vor sich hinvegetieren. Stimmt's, Elias?«

Elias sieht unangenehm berührt von einem zum anderen. Vor mir versucht er immer, den Gutmenschen zu geben, ist er ja auch. Besonders, was den Tierschutz angeht. Mir ist auch klar, dass er manchmal Kompromisse eingehen muss, die ihm nicht schmecken. Aber dennoch verkauft er es mir gegenüber immer so, als seien es keine faulen Zugeständnisse.

»Na ja, Elard, ganz so ist es nun auch wieder nicht. Es gibt Vorgaben, an die sich der zukünftige Betreiber der Mastanstalt zu halten hat.«

Bei dem Wort Mastanstalt stellen sich all meine Haare auf. »Mastanstalt?«, frage ich ungläubig. »Ich dachte, das wird ein Ökobetrieb.«

»Wird es ja auch, aber trotzdem werden die Hähnchen dort gemästet. Nur eben in einem längeren Zeitraum, mit etwas mehr Auslauf und weniger Medikamenten.«

»Also doch Massenviehhaltung«, frotzelt Elard gehässig.

»Wenn du so willst ... ja!«, gibt Elias genervt von sich.

Ich bin enttäuscht. Mir gegenüber hat er es immer als das Vorzeigeprojekt für konventionelle ökologische Geflügelzucht angepriesen, und nun scheint die Sache wohl doch anders auszusehen. Um ihn nicht noch mehr in Erklärungsnot zu bringen, wechsle ich erneut das Thema. »Meine Schwester bekommt ein Baby.«

»Oh, wie schön!«, nimmt Mutter von Lauenberg den Themenwechsel dankbar an und erkundigt sich eingehend nach Pias Befinden.

Elard ist sauer. Wie gern hätte er Elias vor mir noch mehr zur Schnecke gemacht. Auch wenn sie sich in letzter Zeit besser verstehen, ist da immer noch dieses Fünkchen Hassliebe, welches sie seit ihrer Geburt und Elias' Diagnose miteinander verbindet. Doch zum Glück besinnt er sich eines Besseren und hört sich brav das Geplänkel der Damen am Tisch an.

Plötzlich steht Elias ganz förmlich auf und klopft vorsichtig mit seinem Löffel an sein Sektglas. Alle sind sofort still. Er räuspert sich umständlich und lächelt allen freundlich zu. Erwartungsvolle Gesichter sind auf ihn gerichtet, und ich überlege, was jetzt kommen könnte. Er hat mir nicht erzählt, eine Rede halten zu wollen. Eine Ansprache zum Ehrentag der lieben Mutter vielleicht? Aber nein, das, was ich jetzt zu hören bekomme, haut mich fast vom Stuhl. Er dreht sich zu mir, nimmt meine Hand und hilft mir auf.

»Lisa. Liebe meines Lebens. Ich möchte dich heute in Anwesenheit meiner Familie darum bitten, meine Frau zu werden, mit mir deine Zukunft zu gestalten und mir zu erlauben, dir jeden Wunsch zu erfüllen. Lisa Arnstedt, möchtest du meine Frau werden und somit mein Glück vervollkommnen?«

Wie vom Donner gerührt stehe ich da und laufe wie immer rot an. Mutter von Lauenberg schluchzt laut auf, und Elard räuspert sich unbehaglich. Elias hat ihm damit die Show gestohlen – eindeutig.

Unter Tränen sage ich zittrig: »Ja«, und falle ihm um den Hals. Ich kann mich kaum noch bremsen und heule wie ein Schlosshund. Elias küsst zart meine Schläfe, um mich zu beruhigen. Papa von Lauenberg ist als Erster bei uns und nimmt uns beide in den Arm. Auch er hat feuchte Augen. »Dass ich das noch erleben darf ... Elias, was für eine Freude, mein Junge!« Er freut sich aufrichtig, und im nächsten Augenblick werden wir auch noch von Elias' Mutter umschlungen.

Elard gratuliert förmlich mit Händedruck und haut Elias anschließend anerkennend auf die Schulter. »Hast du richtig gemacht. Halte sie fest, sie ist etwas Besonderes.«

Ein merkwürdiges Gefühl beschleicht mich bei seinen Worten. Ich meine, einen Funken Wehmut zu erkennen, als ich in seine Augen sehe. Allerdings nur für einen kurzen Moment. Auch

Elards Freundin gratuliert und dann lässt Papa von Lauenberg einen Champagnerkorken knallen.

Elias steckt mir einen filigranen Ring an den Finger. »Der passt zu dir ... so zart wie deine Seele«, flüstert er dabei. Ich mag den Ring. Er passt tatsächlich zu mir. Nicht zu protzig, aber auch nicht schlicht. Weißgold mit einem winzigen Diamanten, der in einer geschlossenen Fassung sitzt.

Ich bin glücklich! Der glücklichste Mensch auf der ganzen Welt! Und ich bin dankbar – dankbar dafür, ihn bei mir zu haben. Ich liebe ihn – mehr als mich selbst!

***

Der Sonntagmorgen danach ist kalt und diesig. Minka überlegt zwei Mal, ob sie wirklich raus möchte. Ich gebe ihr mit dem Fuß vorsichtig einen kleinen Stups, um ihre Entscheidung zu forcieren, aber sie miaut empört und dreht sich um. Eben doch 'ne verwöhnte Stubenmieze, denke ich amüsiert.

Elias und ich haben unsere Verlobungsnacht ausgiebig im Bett genossen. Zum Frühstück steht Andreas vor der Tür. »Kaffee fertig?«, fragt er, als er wie selbstverständlich an mir vorbeimarschiert.

»Kaffee in Arbeit«, gebe ich routiniert zurück. Es wird nicht mehr lange dauern, bis er mit seinem Schlüssel aufschließt und einfach hereinkommt. Aber so ist er eben. Ihm kommt überhaupt nicht in den Sinn, er könne eventuell stören.

Auf dem Weg in die Küche wirft er einen Blick ins Schlafzimmer und ruft: »Ey ... aufstehen. Frühstück ist gleich fertig.« Dann geht er weiter Richtung Küche, macht den Kühlschrank auf und inspiziert ihn eingehend. »Kein Frischkäse?«, fragt er genervt, und ich antworte empört: »Nein.«

»Du solltest es dir mit deinem neuen Vermieter nicht verscherzen, Lisa«, frotzelt er fröhlich, und ich kneife ihm dafür in den Allerwertesten.

»Aha, tätliche Angriffe! Das ist ein Grund für eine fristlose Kündigung, Frau Arnstedt.«

»Nicht mehr lange.«

»Was, nicht mehr lange?«

Ich fuchtele mit meinem Verlobungsring vor ihm herum und schnurre genüsslich: »Nicht mehr lange Arnstedt. Bald Frau von Lauenberg, mein Lieber.«

Mit aufgerissenen Augen wirft er seine Arme in die Höhe und brüllt, was das Zeug hält: »Elias! Du verdammter Mistkerl! Schnappst mir die einzige Frau weg, die mich eventuell hätte umerziehen können!«

Ich breche in albernes Gelächter aus und werfe mich in seine ausgebreiteten Arme. Andy ist mein bester Freund, nein, unser bester Freund.

Verschlafen und blass taumelt Elias in die Küche. Ich sehe sofort, dass etwas nicht stimmt. »Elias, was hast du?«, frage ich besorgt und eile zu ihm.

»Ach, nichts, mir ist nur ein wenig schwindlig. Die Nacht war zu stürmisch«, versucht er, abzulenken, aber ich kenne ihn. Er fühlt sich nicht wohl. Benommen lässt er sich auf einen der Stühle sinken und scheitert bei dem kümmerlichen Versuch, mir ein strahlendes Lächeln zu schenken. Auch Andreas bemerkt seinen Zustand und setzt sich zu ihm.

»Ey, Kumpel, mach jetzt keinen Scheiß. Sonntags hat kein Arzt auf, und ins Helmstedter Krankenhaus möchte ich dich nicht unbedingt bringen, es sei denn, du legst keinen Wert auf deine Gesundheit. Da gibt es, glaube ich, keine kardiologische Abteilung.«

Elias lacht schwach und beteuert: »Es geht gleich wieder«, und mit einem gespielt vorwurfsvollen Blick in meine Richtung ergänzt er: »Lisa hat mir in der Nacht ganz schön eingeheizt ... meine kleine Granate.«

Ich schüttle belustigt den Kopf und gehe zu ihm, um ihn zu umarmen. Da spüre ich, wie er leicht zittert. Ein ungutes Gefühl steigt in mir auf, und ich muss mich zusammenreißen, damit die Panik in mir nicht ausbricht. Elias gegenüber muss ich versuchen, einen kühlen Kopf zu bewahren. Es hilft nichts, wenn ich ihn zusätzlich beunruhige.

»Engel, hast du deine Tabletten gestern genommen?«

»Natürlich«, antwortet er schwach, und die aufsteigende Panik schnürt mir fast den Hals zu.
»Es geht gleich wieder. Manchmal bin ich etwas wetterfühlig, sonst ist nichts weiter. Mach dir keine Sorgen, Babymaus.«

Steif vor Schreck kommt das Wort Buchstabe für Buchstabe in meinem Hirn an. »Du hast es schon wieder getan ... du hast mich schon wieder Babymaus genannt.« Kreidebleich starre ich aus dem Fenster, und Elias greift nach meinen Händen.

»Es ist mir so rausgerutscht. Ich denke nicht darüber nach. Es kommt einfach so in meinen Kopf, und dann ist es auch schon draußen. Bitte verzeih, Lisa.«

Andreas sieht uns verständnislos an. »Also, ich glaube, der Kaffee ist fertig. Ich decke schon mal den Tisch, während ihr euch über eure Kosenamen streitet.«

Gesagt, getan. Andreas hat ja keine Ahnung, was in diesem Moment durch unsere Köpfe geht. Da war sie wieder, diese unheimliche Verbindung zu Stefan. Elias drückt meine Hände an seine Brust und lässt seinen Kopf an meinen Bauch fallen. Ich kann den Kampf in ihm spüren. Den Kampf, etwas zu verstehen, was wahrscheinlich nie irgendjemand verstehen wird. Wofür es keine Antworten gibt. Wie viel hat er durch sein neues Herz vom Spender übernommen? Welche Eigenschaften? Hat er tatsächlich Stefans Herz? Es liegt wie ein großes schwarzes Loch vor uns ... die Ungewissheit, die für mich immer mehr zur Gewissheit wird.

Um vom Thema abzulenken, gebe ich ihm einen zarten Kuss auf den Scheitel und setze mich an den inzwischen gedeckten Tisch. Andreas kaut bereits fröhlich an seinem Brötchen, und Elias hat etwas mehr Farbe im Gesicht. Gott sei Dank.

»Wenn du magst, fahre ich allein zu Pia. Es könnte dort heute etwas hitzig zugehen, und die Aufregung ist bestimmt nicht gut für dich. Mir wäre es lieber, wenn du bei Andy bleibst.«

»Jetzt mach doch nicht so ein Drama daraus. Es geht mir schon besser – ehrlich«, versichert er mir und fügt entschieden hinzu, wobei er seine rechte Hand hebt: »Ehrlich! Ich schwöre es!«

Na gut, er hat mich überzeugt. Aber ich werde ihn im Auge behalten.

Wir sind kaum bei Pia angekommen, da geht es auch gleich voll zur Sache. Mathias setzt seine zerknirschte Unschuldsmiene auf und redet nicht lange um den heißen Brei herum. Mir wird speiübel, als er erwähnt, ich hätte ihm die Pistole auf die Brust gesetzt. Somit macht er mich zur Mitwisserin, und Pia weiß sofort, dass ich es ihr ebenfalls verheimlicht habe. Dieser Misthaken von Mathias, der kann was erleben.

Pia wird ganz ruhig, und plötzlich erscheint mir die Idee, dass Mathias seiner Frau reinen Wein in Bezug auf Bille einschenkt, äußerst fragwürdig. Besonders in ihrem Zustand. Werdende Mütter sind meist sensibler, und Pia hat bereits vorher dicht am Wasser gebaut. Erstaunlicherweise bleibt sie jedoch sehr ruhig und hört sich alles an.

Nachdem Mathias geendet hat, räuspert sie sich vielsagend und wirft ihm einen vorwurfsvollen Blick zu. »Also ehrlich, Mathias. Beinahe könnte man annehmen, du hältst mich für geistig eingeschränkt. Ein wenig enttäuscht bin ich schon. Hast du ernsthaft geglaubt, ich hätte nicht mitbekommen, dass etwas zwischen dir und dieser Dumpfbacke läuft? Nun, dass es gleich ein gemeinsames Kind ist, hätte ich nicht vermutet, aber irgendetwas hat euch verbunden ... das habe ich gemerkt.«

Mathias seufzt hilflos. Wahrscheinlich in der Hoffnung, dass ihr Zorn ihn nicht allzu hart trifft.

Dann wendet sie sich an mich. »Und dass ausgerechnet du ihm auch noch moralische Unterstützung gibst, ist ja wohl mehr als daneben.«

Empört funkele ich sie an. »Ich gebe ihm keine moralische Unterstützung. Ich wollte nur sichergehen, dass er die Tatsachen nicht verdreht. Er ist Anwalt, kein Heiliger.«

Sie nickt bedächtig und fängt dann an, über beide Ohren zu grinsen. »Ihr seid mir schon ein Pärchen. Wenn ihr so auch zusammenarbeitet, könnt ihr damit bald in einer Soap im Vorabendprogramm auftreten.«

Verwirrt sehe ich zwischen ihr und Mathias hin und her. Elias starrt uns als stummer Zeuge ungläubig an. Dann brechen wir alle in albernes Gelächter aus, und Pia wirft übermütig den Kopf in den Nacken. »Diese Familie ist ja noch schlimmer als die Adams Family. Ein uneheliches Kind, und dann auch noch mit dieser ... nun ja, wie soll ich mich ausdrücken?« Sie sucht sichtlich angestrengt nach Worten. »Mit diesem absoluten Fehltritt von Frau. Sag mal, Mathias, wie besoffen warst du damals eigentlich?«

Mathias fühlt sich durch den Kakao gezogen. Dann huscht ein zorniger Blick über sein Gesicht. Natürlich ist er erbost darüber, wie Pia ihn dermaßen aufziehen kann. »Also, mit allem hätte ich gerechnet, aber damit bestimmt nicht. Hast du eigentlich richtig zugehört? Ich habe ein uneheliches Kind ... mit Sybille Neunert. Bist du dir im Klaren darüber, was geschieht, wenn ich offiziell die Vaterschaft anerkenne?«

Pia strafft ihre Schultern und sieht ihn eiskalt an. »Ehrlich gesagt empfinde ich es als Skandal, dass du es nicht bereits damals getan hast. Was bist du nur für ein Mensch? Hast du ernsthaft geglaubt, du könntest dich mit dem Job für Bille und den Zahlungen für die Schule freikaufen? Ich möchte, dass du zu diesem Kind stehst. Nichts anderes würde ich erwarten, wenn ich an ihrer Stelle wäre. Du solltest dich dafür schämen, den Kleinen so lange verleugnet zu haben.«

Mathias sieht schuldbewusst zu Boden. Ich glaube, ihm wird erst jetzt klar, was er Bille all die Jahre angetan hat. Herr Saubermann hat ordentlich Dreck am Stecken – und das nicht nur aus moralischer Sicht. Aber am meisten erstaunt mich Pias Reaktion. Mit so viel Verständnis für Bille und ihr Kind hätte ich nicht gerechnet.

Doch jetzt glaube ich, es wäre besser gewesen, die beiden hätten es allein unter sich geklärt. Darum sage ich mit Unbehagen: »Ich denke, Elias und ich werden gehen. Dann könnt ihr in Ruhe darüber reden.«

Doch Pia pfeift mich scharf zurück. »Das könnte dir so passen. Erst verschweigst du mir diese Tatsache und machst mit Mathias gemeinsame Sache, und nun willst du dich davonstehlen? Kommt nicht infrage. Du bleibst mit deinem Hintern, wo du bist.«

Ich senke ebenfalls schuldbewusst den Blick, und neben mir rumst es, als Elias zusammensackt und vom Stuhl rutscht.

Panisch springe ich auf und kreische wirres Zeug, während ich vor ihm niedergehe und versuche, seinen Kopf auf meinen Schoß zu legen. Pia rennt geistesgegenwärtig zum Telefon und ruft einen Krankenwagen. Mathias rauft sich die Haare und sieht unbeholfen zwischen Pia und mir hin und her. Sollte ich jemals in eine Notlage geraten, möchte ich bitte nicht mit Herrn Buchwald allein sein. Er wirkt völlig hilflos.

Ich tätschele Elias' Gesicht und rufe seinen Namen. Keine Reaktion. »Sein Herz!«, platzt es aus mir heraus, und Pia kniet sich sofort neben uns und legt ihr Ohr an seine Brust.

»Es schlägt! Es schlägt! ... bum – bum – bum ... Es schlägt völlig gleichmäßig!«

Erleichtert brechen Freudentränen aus mir heraus, und ich versuche weiterhin, ihn aus seiner Ohnmacht zu holen. Mathias ist auf Pias Anweisung hin zur Tür geeilt und wartet auf die Ambulanz. Immer noch ist Elias ohne Bewusstsein, und die Angst frisst mich fast auf. Was, wenn er stirbt? Er darf nicht sterben – nicht jetzt! Wir wollen doch heiraten ... Kinder bekommen. Ich will alles mit ihm erleben. Hochzeitsreise – Geburt unserer Kinder – stinkende Windeln – die ersten Zähne – seine Liebe zu mir – gemeinsame Ferien ... alles, das volle Programm! »WACH AUF!«, schreie ich verzweifelt, und dann schüttelt mich ein hysterisches Lachen. Pia sieht mich mit einer Mischung aus Unverständnis und tiefem Mitgefühl an. Dann klatscht ihre flache Hand in mein Gesicht.

»Werd jetzt nicht hysterisch! Lisa, nimm dich zusammen!«

»ELIAS! VERDAMMT! Wenn du jetzt gehst, ist Stefan umsonst gestorben!«, schreie ich ihn an und rüttele an seinen Schultern.

Pia sieht mich fassungslos an, und in dem Moment begreift sie den Zusammenhang. Es ist fast schmerzlich, wie sich die Gedanken in ihrem Kopf zu einem fertigen Bild formen. Erschrocken legt sie die Hand auf den Mund und beginnt, zu würgen. Doch ich nehme es nicht mehr bewusst wahr. Fast zeitgleich mit dem Eintreffen der Ambulanz erwacht Elias, und Pia erbricht sich in die Bodenvase neben der Anrichte. Ich zittere am ganzen Körper, als ein Sanitäter mich zur Seite zieht und sich neben Elias niederkniet. Er scheint ihn zu kennen, denn er fragt besorgt: »Mensch, Elias, was machst du denn für Sachen?«

Elias antwortet schwach. Das Sprechen fällt ihm sichtlich schwer, doch er scheint wieder völlig bei sich zu sein. Ich knabbere aufgeregt an meinen Fingernägeln, und Mathias kniet neben Pia. Wenn ich nicht genau wüsste, dass das eben wirklich passiert ist, könnte es ebenso gut die Szene aus einem dramatischen Blockbuster sein.

Elias wird unter Protest auf eine Trage gelegt und zum Krankenwagen getragen. Ich darf zum Glück mitfahren, und mit Blaulicht geht es Richtung Helmstedt. Der Sanitäter, der meinen fragenden Blick einfängt, erklärt geduldig: »Elias ist stabil. Daher kann er zur weiteren Untersuchung nach Helmstedt. Sollte es notwendig sein, wird er ins Herzzentrum gebracht. Aber erst mal sieht es gar nicht so schlimm aus. Ein kleiner Schwächeanfall, der jetzt untersucht wird.«

Ich nicke sprachlos und halte dabei seine Hand.

»Es geht schon wieder …«, versucht Elias, mich zu beruhigen.

»Das hast du heute Morgen auch gesagt … und nun?«, herrsche ich ihn eine Spur zu forsch an. Der Sanitäter dreht sich grinsend weg. Meine Nerven liegen blank.

Elias wird am nächsten Tag nach Hannover gebracht. Seine Werte geben Anlass zur Sorge. In Hannover sei er in guten Händen, hat man uns versichert. Seine Eltern haben sich dort ein Hotelzimmer genommen, um immer bei ihm zu sein, und Mathias hat mich freigestellt, damit ich ebenfalls bei ihm bleiben kann. Elard kommt so oft wie möglich vorbei und ist mir erstaunlicherweise eine große Stütze. Seine Freundin erwähnt er mit keinem Wort. Wohl doch eine weitere Kerbe im Bettpfosten.

Elias ist wirklich tapfer, was man von mir nicht gerade behaupten kann. Jetzt zeigt sich die jahrelange Übung der Familie mit dieser Situation, die ich zum ersten Mal miterlebe. Aus unerklärlichen Gründen fand eine leichte Abstoßung des Organs statt, was zu dem Schwächeanfall führte. Nun sind die Ärzte bemüht, seine Medikamente neu einzustellen. Das Organ, wie alle es nennen, wurde nicht geschädigt. Ich finde, sie sollten Herz sagen. Organ hört sich so kalt und fremd an.

Mathias hat nach Rücksprache mit Pia Bille wieder eingestellt. Ich kann mir das Getratsche der Kollegen bereits vorstellen, aber da muss Mathias jetzt durch. Bille ist da abgebrühter, glaube ich. Hat sie doch jetzt ihren Willen, was ihr natürlich durchaus zusteht. Es fällt mir nur schwer, es zuzugeben, da Bille nicht gerade meine beste Freundin ist und es auch nie werden wird. Pia ist erstaunlicherweise äußerst tolerant, was Bille und ihr Kind betrifft. Ich kann nur meinen Hut vor ihr ziehen. Pia zeigt sich diesbezüglich von einer ganz neuen Seite, und ihre Charakterstärke beeindruckt mich. Sicherlich spielen die Hormonschwankungen während einer Schwangerschaft dabei eine große Rolle.

Zu welchen Wesensveränderungen Hormone bei mir führen, sollte ich bald am eigenen Leib zu spüren bekommen.

Neunzehn

Nachdem Elias eine Woche im Hannoveraner Herzzentrum lag und Gott sei Dank keine weiteren Komplikationen auftraten, durfte ich ihn nach Hause holen. Die ganze Zeit während seines Klinikaufenthaltes ignorierten wir bewusst das Thema Babymaus, aber nun ist es Elias, der das dringende Bedürfnis verspürt, darüber zu sprechen. Er liegt entspannt im Wohnzimmer auf der Couch und krault Minka, die es mit lautem Schnurren honoriert.

Im Fernsehen läuft gerade ein Bericht über Fauna und Flora niedersächsischer Wälder. Genauer genommen über den Lappwald. Ich knabbere an einigen Salzstangen und verfolge die niedlichen Fuchsbabys, die ausgelassen miteinander spielen, als er plötzlich sagt: »Ich weiß nicht, warum ich es tue. Manchmal denke ich über Dinge nach ... ich meine ... ich weiß nicht, wie ich es sagen soll, aber ich glaube, ich sehe heute manches pragmatischer als früher. Damals machte ich mir über vieles Gedanken, habe alles tausendmal von allen Seiten beleuchtet und mich damit selbst verunsichert. Heute scheint manches viel klarer ... ohne viele Schnörkel ... eben realistisch.«

Verwirrt sehe ich zu ihm. Es dauert einen Moment, bis ich von spielenden Fuchsbabys auf einen das Gespräch suchenden Elias umschalten kann. »Was genau meinst du?«

Er sieht mich mit seinen wunderschönen braunen Augen an, die normalerweise immer etwas Entrücktes, Verträumtes und Wehmütiges haben. Doch jetzt sehen sie mich offen und aufmerksam an, als sei ihm etwas klar geworden. Er wirkt um so vieles reifer als sonst, dass es mich fast erschreckt.

»Na, nehmen wir zum Beispiel meine Beziehung zu Elard. Sie war immer von diesem Konkurrenzkampf überschattet. Einem Kampf, den ich nicht gewinnen konnte. Ich habe mir unzählige Stunden das Hirn zermartert, weshalb er so ist, wie er ist ... wie ich wäre, wenn die Situation andersherum sein würde, und wie ich mich ihm gegenüber behaupten kann. Ich konnte ihm nie das Wasser reichen ... habe ich jedenfalls gedacht. Ich dachte immer, ich sei der vom Leben Benachteiligte. Doch jetzt sehe ich es klar vor mir. Elard hat es nicht weniger schwer gehabt. Ja, sogar noch schwerer. Ich musste nie um die Zuneigung meiner Eltern kämpfen, ich hatte sie in Hülle und Fülle. Elard ist oft zu kurz gekommen. Ich kann verstehen, weshalb er mich manchmal gehasst hat, und dennoch war mir immer bewusst, dass er für mich da sein wird, wenn es darauf ankommt.«

»Es ist schön, wenn du Verständnis für seine Situation aufbringst, aber ich finde, er hat dir manchmal echt übel mitgespielt.«

»Als Kind konnte er nicht anders handeln, er hat es nicht besser gewusst.«

»Aber jetzt ist er erwachsen und trotzdem hat er versucht, dich zu demütigen, indem er sich für dich ausgab. Er wollte dir bewusst wehtun, Elias. Ihm lag gar nichts an mir, er wollte dich damit treffen.«

»Nein, Lisa, das stimmt nicht. Am Anfang habe ich genauso gedacht, doch im Krankenhaus hat er etwas sehr Bedeutendes gesagt.«

Ich sehe ihn fragend an. »Was denn?«

Elias räuspert sich umständlich. Er scheint zu überlegen, ob er es verraten soll. Ich nicke ihm zu, um ihn zu ermutigen.

»Nun, er sagte, und das meinte er hundertprozentig ernst: ›Ich beneide dich darum, wie du bist. Du siehst immer das Gute in jedem Menschen, selbst in mir. Und ich war weiß Gott nicht immer gut zu dir. Und ich beneide dich um deine Beziehung zu Lisa. Am Anfang habe ich dich dafür gehasst und dachte nur, du würdest mal wieder alles bekommen, wie damals die Aufmerksamkeit unserer Eltern. Jetzt weiß ich, du hast es verdient, dass sie dich gewählt hat. Du bist der Bessere von uns beiden. Es hat mir sehr wehgetan, und es wird noch lange wehtun, aber ich habe mich genauso in Lisa verknallt wie du.‹«.

Mir stockt fast der Atem, als Elias die Worte seines Bruders wiederholt, und ich starre ihn mit offenem Mund an. Dann spricht er weiter: »Es ist merkwürdig. Aber ich hatte zum ersten Mal einen echten Draht zu ihm. Konnte es nachempfinden, wie er sich fühlen muss. Und da ist mir zu Bewusstsein gekommen, wie viel Glück ich habe. Trotz meiner Krankheit bin ich so unsagbar glücklich. Lisa, dass ich dich getroffen habe, ist das Größte, was mir je passiert ist. Ich bin so dankbar dafür.«

Zu Tränen gerührt stehe ich auf und gehe zu ihm. Minka macht mir murrend Platz, und ich lege mich zu ihm auf die Couch. »Ich liebe dich«, flüstere ich und lege meinen Kopf auf seine Brust. Bum – bum – bum, höre ich es aus seiner Brust antworten.

Er drückt mich an sich und seufzt, dann flüstert er: »Babymaus. Ich mag das Wort. Noch nie habe ich jemanden Babymaus genannt. Warum auch? Aber wenn ich dich ansehe, kommt das Wort irgendwie von innen aus mir heraus. Es beschreibt meine Empfindungen für dich. Du bist eine niedliche kleine Maus ... ich möchte dich wie ein Baby hätscheln ... Ach, ich weiß nicht, wie ich es beschreiben soll.«

Ich atme tief durch, bevor ich sage: »Stefan hat mich so genannt, wegen meiner grässlichen Vorderzähne. Ich weiß nicht, ob er ein Gefühl damit verbunden hat. Wir kannten uns seit der Schule. Ich war damals pummelig ... eben wie ein molliges Baby ... und ich hatte diese grässlichen Zähne. Ich glaube, mehr steckte nicht dahinter.«

»Also muss es nichts damit zu tun haben, dass ich eventuell sein ... Herz habe?«, fragt er stockend. Es scheint ihn doch mehr zu beschäftigen, als ich dachte.

»Es ist bestimmt Zufall, dass ihr denselben Kosenamen gewählt habt. Und die Tatsache, dass du heute vieles pragmatischer siehst, ist sicherlich dem Umstand geschuldet, dass du insgesamt reifer geworden bist und nach deiner Herzoperation eine neue Lebensperspektive erhalten hast. Ich glaube, es hat wenig mit Stefans Verhalten zu tun. Wie Andreas mal gesagt hat: ›Es ist, als würde man eine Glühlampe von einer Leuchte in die andere schrauben. Sie brennt in beiden Leuchten, egal, woher sie kommt.‹«, beruhige ich ihn. Doch so recht mag er noch nicht daran glauben.

»Das sagst du nur so. Du denkst doch genauso wie ich, dass ich Stefans Herz habe. Angenommen, wir wüssten es genau, würde es für dich einen Unterschied machen? Ich meine, könntest du mich trotzdem lieben?«

Mein Puls beschleunigt sich merklich. Anfangs wäre es das absolute Aus für unsere Beziehung gewesen. Heute ist es eine tröstliche Hoffnung, anzunehmen, Stefan wäre nicht umsonst gestorben und hätte durch seinen Tod Elias ein zweites Leben geschenkt.

»Ich liebe dich, egal wessen Herz in dir schlägt – einfach weil du Du bist. Aber die Annahme, du hättest Stefans Herz, macht es für mich leichter, Stefans Tod zu akzeptieren. Er war nicht umsonst. Manchmal glaube ich, er hat dich auserwählt, bei mir zu sein, jetzt, wo er es nicht mehr sein kann. Er hat mir damit das größte Geschenk gemacht: dich.«

Er drückt mich fest an sich und streichelt mich liebevoll. »Okay, du hast recht. Es ist wirklich egal ... oder sollte es jedenfalls sein. Aber manchmal muss ich daran denken, welche Eigenschaften oder Gefühle des Spenders an mich übergegangen sein könnten. Ob sich dadurch mein Verhalten geändert hat. Ich glaube, diese Gedanken hat jeder, der mit einem neuen Organ lebt. Allerdings ist es mit einem neuen Herzen sicherlich etwas anderes als mit einer Leber oder mit einer Niere. Das Herz ist eben der zentrale Punkt in uns, mit dem wir auch unser Gefühlsleben verbinden. Oder hast du schon mal gehört, dass jemand sagt, ihm würde die Niere wehtun, wenn er Liebeskummer hat, oder es würde jemand an gebrochener Leber sterben?«

Ich kichere albern über seinen Vergleich. Elias ist ein süßer Schelm. Natürlich ist das Herz unser zentraler Punkt. Wir verbinden damit unsere gesamte Gefühlswelt. Das Herz steht, wenn man es mal nicht anatomisch betrachtet, für Liebe, Gefühle und Treue zu einem anderen Menschen. Wir verschenken unser Herz symbolisch, wenn wir lieben, und es zerbricht, wenn wir traurig sind oder unsere Liebsten verlieren.

»Mein Herz wird brechen, sollte dir jemals etwas zustoßen. Ich werde vertrocknen und verkümmern wie ein alter Baum. Ich werde ohne dich niemals weiterleben«, flüstere ich.

Elias packt fest zu und klammert sich an mich, als er panisch hervorstößt: »Nein, Lisa, so etwas darfst du nicht sagen! Mir wird irgendwann etwas zustoßen, das weißt du genau. Wer hat schon das Glück, zweimal ein Organ zu erhalten. Versprich mir, dass du stark sein wirst, wenn es so weit ist. Du bist dann noch jung, dein Leben wird weitergehen ... so wie nach Stefans Tod.«

Ich fange an, laut zu schluchzen. Stefans Tod hat mich fast zwei Jahre lang aus der Bahn geworfen. Ich habe ihn geliebt. Wir kannten uns eine Ewigkeit, und damals konnte ich mir nicht vorstellen, dass uns jemals etwas trennen könnte. Mit Elias ist es anders. Er ist mein Leben. Alles, was ich brauche. Er berührt mich auf eine Weise, die mich tief in meinem Innersten bewegt. Meine Gefühle für ihn sind von einer Intensität, die alles übersteigt, was ich mir je vorstellen konnte. Ich bin nicht mehr nur eine Person. Er ist ein Teil von mir geworden, auf untrennbare Weise mit mir verbunden, und der Gedanke, ich könne ihn eines Tages verlieren, lähmt mich. Es ist so. Ohne ihn werde ich nicht leben, ich weiß es. Es ist eine unausgesprochene Tatsache. Nichts würde für mich einen Sinn ergeben, alles wäre belanglos, völlig unwichtig. Ich werde einfach aufhören, zu atmen.

»Lisa! Du musst es mir versprechen! Ich könnte sonst nicht in Frieden gehen, wenn ich wüsste, dass du dir etwas antun könntest.«

Immer noch heulend, jammere ich: »Ich müsste mir nichts antun. Es wird von selbst geschehen.«

Jetzt packt er mich an den Armen und schüttelt mich. »Verdammt, Lisa. Sag so was nicht. Du machst mir Angst!«

Seine Worte bringen mich zur Vernunft. Natürlich muss ich ihm das Gefühl geben, alles im Griff zu haben. Stark sein, hat er es genannt. Er hat recht. Ich werde stark sein ... stark für ihn! »Natürlich verspreche ich es. Der Gedanke, dich zu verlieren, macht mich nur einfach wahnsinnig.«

»Ich weiß, Lisa. Ich weiß, was ich von dir verlange. Ich kann dir keine normale Zukunft bieten, das macht mir am meisten zu schaffen. Wir werden nicht gemeinsam alt werden, so wie andere Paare. Ich danke dir für jede Sekunde, die du bei mir bist, und der Gedanke, dich eventuell durch einen Unfall zu verlieren, ist für mich genauso schrecklich. Ich weiß, wie sehr du mich liebst und was du mit mir durchmachst. Mit Elard hättest du das nicht gehabt. Du hättest es dir einfacher machen können, wenn du ihn genommen hättest.«

Empört kneife ich ihm in den Bauch. »Ich liebe dich, nicht Elard! Das kommt von innen, nicht vom Kopf!«

»Genau! Von innen ... vom Herzen. Da, wo unsere Liebe zueinander liegt. Egal, wessen Herz in meiner Brust schlägt. Unsere Herzen schlagen füreinander. Im selben Takt. Ich fühle es jeden Tag.«

Ich drücke mich fest an ihn, und wir bleiben wortlos und fest umschlungen im Wohnzimmer liegen. Wir sind eins, ich weiß es!

Langsam erhole ich mich von dem Schreck, den ich bekommen hatte, als es Elias so schlecht ging, und der Alltag kehrt zurück. Genau so, wie ich bereits befürchtet habe, schließt Andreas nun die Tür zu unserer Wohnung selbst auf, als sei es seine. Ich muss ihm allerdings zugutehalten, dass er vorher einmal laut klopft, somit ist gewährleistet, dass ich nicht nackt vor ihm stehe und mich gegebenenfalls schnell in Sicherheit bringen kann. Wir haben uns inzwischen daran gewöhnt, wie in einer Dreier-WG zu leben.

Elias machte in den letzten Wochen einen weiteren Veränderungsschub durch, anders kann ich es nicht bezeichnen. Er ist selbstsicherer geworden, dominanter und zuweilen etwas selbstgefällig. Letzteres ist mir bisher nur bei Elard aufgefallen.

Stefans Eltern halten regelmäßig Kontakt zu mir und ich habe begonnen, mich in meiner Freizeit aktiv für die von ihnen ins Leben gerufene Stiftung zu engagieren. Auch Mama und Papa von Lauenberg sind mit von der Partie. Ich bin überglücklich. Mein Leben ist an einem Punkt angelangt, von dem ich vor zwei Jahren noch nicht zu träumen wagte.

Von Lauenbergs haben mich mit offenen Armen in ihre Familie aufgenommen, und sogar Elard benimmt sich mir gegenüber respektvoll. Ich versuche, nicht daran zu denken, dass er für mich mehr empfindet, als es mir lieb ist. Jedenfalls lässt er sich nichts anmerken, wenn wir uns begegnen.

Bille ist nach dem anfänglichen Getratsche im Büro zu alter Hochform aufgelaufen. Insgesamt ist sie umgänglicher als vorher. Sie lacht viel und scherzt mit uns. Ich glaube, es tut ihr gut, sich und ihr Kind nicht mehr verstecken zu müssen. Manchmal kommt der kleine Max zu uns ins Büro, und Mathias kümmert sich liebevoll um ihn. Wenn ich die beiden sehe, muss ich schmunzeln. Max und Mathias ähneln sich wie ein Ei dem anderen. Bille ist mächtig stolz auf ihren kleinen Jungen. Er ist intelligent und aufgeschlossen. Mein erster Eindruck damals, als ich sie beim Einkaufen traf, war anders. Ich hielt ihn für bockig und verzogen.

Pia hat die Situation mit beachtlicher Leichtigkeit gemeistert. Sie sieht in Bille keine Konkurrenz mehr, im Gegenteil, sie hat sogar Verständnis für sie. Außerdem ist sie sich Mathias' Liebe mehr als sicher. Seit sie schwanger ist, wird sie von ihrem Mann noch mehr verwöhnt. Mathias trägt sie auf Händen.

Alles ist bestens, bis mich Anfang Dezember ein Ziehen im Unterleib dazu nötigt, einen Frauenarzt aufzusuchen.

»Eine Zyste ... nichts, was Sie beunruhigen sollte. Das kommt schon mal vor. Sollten die Beschwerden weiter anhalten, kann sie minimalinvasiv entfernt werden«, beruhigt mein Frauenarzt mich. »Nehmen Sie die Pille?«

»Ja.«

»Gut. Sollten Sie einen Kinderwunsch haben, kann es sein, dass die Zyste diesbezüglich eine negative Auswirkung auf die Empfängnis hat. In diesem Fall sollte sie vorher entfernt werden. Es dauert circa ein halbes Jahr, dann ist einer Schwangerschaft nichts entgegenzusetzen.«

Ich komme ins Grübeln. An eine Schwangerschaft habe ich noch nie gedacht. Aber jetzt, wo der Arzt mich direkt mit der Nase darauf stößt, kommt mir die Idee gar nicht so abwegig vor. Ein gemeinsames Kind mit Elias! Mein Herz hüpft bei diesem Gedanken freudig.

»Ist es denn sicher, dass die Zyste sich negativ auswirkt, oder kann es trotzdem zu einer Empfängnis kommen?«, möchte ich genauer wissen. Der Arzt grinst wissend und erklärt mir die Zusammenhänge.

»Es kann natürlich zu einer Empfängnis kommen. Aber in manchen Fällen findet der Eisprung wegen der Zyste nicht statt, dann wäre eine Entfernung notwendig. In Ihrem Fall sitzt die Zyste am Eierstock. Sie ist nicht besonders groß, aber wie gesagt, in einigen Fällen kann der Eisprung ausbleiben. Sollten Sie einen intensiven Kinderwunsch verspüren, würde ich zur vorzeitigen Entfernung raten. Dann können Sie sicher sein, dass organisch alles im grünen Bereich ist«, erklärt er salopp.

Ich ziehe meine Stirn kraus und denke über seine Worte nach. Er wiederum betrachtet mich väterlich und gibt mir Zeit, das Gehörte zu verarbeiten. Schließlich räuspere ich mich verlegen und sage: »Ich werde mit dem potenziellen Vater des Kindes sprechen – ich meine, wie er dazu steht und so.«

Der Arzt lächelt gütig und antwortet: »Elias wäre bestimmt überglücklich.«

Erstaunt sehe ich ihn mit aufgerissenen Augen an, und er lacht gewinnend. Dann beendet er meine Verwirrtheit mit den Worten: »Elias ist mein Neffe. Ich bin der Bruder seiner Mutter.«

Ich laufe knallrot an. Das wusste ich nicht, als ich mich für diesen Arzt entschieden hatte. Er war einfach der Arzt, bei dem zuerst ein Termin frei war. Nun habe ich meine Beine vor dem Onkel meines Verlobten gespreizt und ihn in mein Inneres blicken lassen. Peinlicher geht es nicht. Scheiße!

»Das ... das wusste ich nicht ... sonst wäre ich ...«, stottere ich unbeholfen, doch der Arzt lächelt immer noch gutherzig, hält mir seine Hand entgegen und sagt: »Kein Problem, Lisa. Geniere dich nicht vor mir. Ich bin Bernhard Lange – Onkel Bernhard für dich.«

Ich schlucke schwer, während er meine Hand hält und mich freundlich anlächelt. Warum hat mir denn keiner von ihm erzählt? So wie es aussieht, scheint er jedoch bestens über Elias und mich im Bilde zu sein.

»Woher wussten Sie ...«, lasse ich den Satz unbeendet.

»Meine Schwester hat mir alles erzählt. Sie war damals so aufgeregt. Wir freuen uns alle sehr für Elias. Margarete meint, du seist ein Engel, der ihren Sohn gefunden hat. Sie hat mir ein Bild von euch gezeigt. Ich habe dich sofort erkannt.«

Wie in Trance höre ich seine Worte, und mir wird zum ersten Mal bewusst, mit wie viel Zuneigung diese Familie mich wahrnimmt und welch hohe Meinung sie anscheinend von mir hat. Natürlich werde ich wieder knallrot, und Onkel Bernhard lacht fröhlich.

»Jaja. Ich bin voll im Bilde. Du glaubst gar nicht, wie ich mich für Elias freue. Er hat viel durchgemacht.«

Ich nicke etwas verschüchtert und rutsche verschämt vom Behandlungsstuhl. Für ihn scheint es normal zu sein, mit seinen Patientinnen locker zu plaudern, während sie mit gespreizten Beinen vor ihm liegen. Ich hingegen fühle mich äußerst unwohl. Nicht nur, weil ich mich immer unwohl beim Frauenarzt fühle, nein, weil dieser auch noch ein Mitglied der Familie ist, in die ich bald einheiraten werde.

Im Rausgehen begleitet er mich zur Tür des Behandlungszimmers und drückt mir belustigt meinen BH in die Hand. Grundgütiger! Ist das peinlich. Vor lauter Aufregung konnte ich mich nicht mal richtig anziehen. Na, da hat er wohl gleich den richtigen Eindruck bekommen. Lisa, Zweitname: Chaoten-Lisa.

Am Nachmittag treffe ich mich mit Elias. Er möchte sich eine neue Jeans kaufen, und so schlendern wir durch die Geschäfte. Die Auswahl ist ... wie soll ich es nur ausdrücken ... äußerst bescheiden. Für Mädels findet man ja noch das eine oder andere Stück, aber für Jungs hat man keine Chance. Resigniert schlage ich vor, nach Wolfsburg zu fahren, dort ist die Auswahl wesentlich größer. Gesagt, getan. In einem der größeren Bekleidungsläden in der Galerie werden wir sogar fündig.

»Die hier kannst du mal anprobieren ... die auch ... und die finde ich auch gut«, teile ich ihm mit und drücke ihm die Hosen in die Hand, die ich in die engere Wahl genommen habe.

Elias trabt brav zur Anprobe, und ich sammele noch zwei Hemden und einen Pullover ein.
Als ich meinen Kopf in die Kabine strecke, sehe ich ihn kritisch vor dem Spiegel posieren. Die Hose sieht toll aus, aber er hat sie unten umgeschlagen, und das gefällt mir gar nicht. Ich zwänge mich in die enge Kabine, bücke mich und schlage den Saum zurück. »Die muss etwas aufliegen und sich schoppen. Das sieht cool aus, und außerdem wird sie noch etwas einlaufen, dann wird sie auch kürzer«, sage ich und sehe dabei zu ihm hoch. Er zupft an der Hose herum und bildet in Höhe des Schenkels eine tiefe Falte. Somit rutscht der Saum wieder höher, und er grinst mich frech an. Ich schüttele den Kopf und versuche, immer noch vor ihm kniend, die Falte an seinem Oberschenkel zu lösen. Er spannt ihn an und ich greife beherzt in das feste Muskelfleisch und hauche lasziv: »Verdammt hart.«

Elias bekommt glasige Augen und seine dichten Wimpern wirken noch länger, als er seine Lider halb schließt und flüstert: »Findest du sie zu eng?« Dabei streicht er mit den Händen an seinen Schenkeln entlang, über seinen Po und dann zu den Seiten.

Mir wird heiß, und ein angenehmes Ziehen stellt sich in meinem Unterleib ein. »Eventuell hier«, gurre ich, als ich mit der Handfläche frontal über den Reißverschluss gleite und eine Härte wahrnehme, die der des Oberschenkels in nichts nachsteht.

Elias greift in meine Haare und schiebt seinen Unterleib in meine Richtung. Mir ist sofort klar, worauf das hinausläuft. Er seufzt bittend und leckt sich über seine vollen Lippen. In dem Moment öffnet sich in meinem Innersten eine Tür, und Tausende von Schmetterlingen flattern hinaus und beginnen einen wilden Tanz in meinem Bauch. Ich beuge mich vor und gebe einen langen Kuss genau auf die Mitte des Reißverschlusses, dann beiße ich zart hinein.

Er stöhnt erregt und bewegt seine Hüften an meinem Mund auf und ab, dann öffnet er den Knopf der Hose. Er will mehr. Das Verbotene der Situation, hier in der Umkleidekabine, heizt ihn an. Ich öffne quälend langsam den Reißverschluss und schiebe dann die Stoffteile auseinander. Seine Erektion wölbt sich mir entgegen und die Spitze ragt keck unter dem Slip hervor. Ich ziehe den weichen Stoff herunter und lecke langsam von unten nach oben über seinen Penis. Er keucht und bildet eine Faust, die er sich in den Mund schiebt, um nicht laut aufzustöhnen. Er beißt dabei fest in den Zeigefinger und stützt sich mit der anderen Hand über mir an der Wand ab. Dann beobachtet er mein intensives Treiben und schiebt dabei seine Hüften vor und zurück.

»Darf es bei Ihnen noch etwas sein?«, fragt von draußen eine freundliche Verkäuferin, und er antwortet mit kehliger Stimme: »Nein, im Moment nicht, ich bin noch nicht fertig.« Dabei schiebt er sich immer heftiger in meinen Mund.

Mir wird heiß und kalt zugleich. Hoffentlich werden wir nicht entdeckt. Mein Herz rast vor Aufregung wie ein D-Zug, doch die Verkäuferin lässt sich zum Glück abwimmeln. »Bitte rufen Sie mich, wenn ich Ihnen helfen kann«, sind ihre Schlussworte und er presst ein »Danke« heraus, welches ich in dieser Tonlage noch nie bei ihm gehört habe.

Plötzlich hält er inne und zerrt mich hoch.

»Was ist?«, frage ich verwirrt.

»Ich will in dir kommen, Lisa«, stöhnt er und öffnet meine Hose so schnell, dass mir fast schwindelig wird. »Jetzt nicht nachdenken, Lisa, einfach machen. Komm, es wird dir gefallen. Bück dich«, raunt er mir zu, dreht mich mit Schwung um, zieht meine Hose runter und drückt mich nach vorn.

Ich bin dermaßen erregt, dass ich wirklich nicht darüber nachdenken kann, wo wir uns gerade befinden. Mein Gesicht ist knallrot vor Aufregung. Neben uns schwatzt ein anderes Pärchen. Er nörgelt an seinem Äußeren herum, und sie faucht ihn an, er sei selbst schuld, wenn sein Bauch zu dick sei, er musse sich halt besser beherrschen und nicht so viel Bier trinken.

Elias schmiegt sich von hinten an mich und haucht: »Du bist feucht. Du stehst auf so was Versautes, hab ich recht?« Dann dringt er in mich ein und ich halte mir die Hand vor den Mund, um meine Lust nicht laut hinauszuschreien. Elias ist wie von Sinnen. Das Aneinanderschlagen unserer Schenkel macht eindeutige Geräusche, und in der Nachbarkabine wird es plötzlich still. Erschrocken halten wir inne, aber können es nicht lange unterdrücken. Die Lust steigert sich ungemein, erst recht, als wir versuchen, ruhig zu verharren. Es geht nicht, ich muss ihn spüren und massiere ihn mit meinen inneren Muskeln. Er spannt sich an, greift fast grob in mein Haar, als er meinen Kopf zurückzieht und mich gierig küsst, während er sich in mir ergießt.

Wow!

Von draußen hören wir das Pärchen wieder über seinen fetten Bauch streiten und ziehen uns rasch an. Ich schlüpfe aus der Kabine und grinse verlegen, als die übergewichtige junge Frau mich empört anstarrt. Ich glaube, die haben voll mitbekommen, was wir eben getrieben haben. Bei ihrem Anblick ist es mir aber überhaupt nicht peinlich, im Gegenteil. Nun grinse ich sie ganz unverfroren an. Ich glaube, sie ist neidisch. Selbst wenn sie wollte, wäre für sie und ihren Mann nicht genug Platz in der engen Kabine. Als dann auch noch Elias mit einem seligen Lächeln im Gesicht den Vorhang zur Seite schiebt und mir lauthals mitteilt, dass diese Hose ab sofort seine neue Lieblingshose sei, breche ich in albernes Gelächter aus.

Während wir in der Schlange an der Kasse stehen, nimmt er mich in den Arm und wiegt mich hin und her. Ich sehe verträumt zu ihm auf, und er flüstert leise: »Ich bin so glücklich.«

Mein Herz hüpft vor Freude. »Ich auch.«

Die Heimfahrt ist anstrengend. Es ist bereits stockdunkel, und ein dichter Nebel hat sich über die Ebenen gelegt. Die Temperatur ist auch rapide gesunken. Es ist halt Ende November. Genauer gesagt der letzte Novembertag. Morgen ist Samstag, der erste Dezember, und übermorgen der erste Advent. Siedend heiß fällt mir ein, dass ich noch kein Adventsgesteck habe.

»Wir müssen noch mal zurück. Wir haben keinen Adventskranz, und übermorgen ist doch der erste Advent«, bringe ich panisch hervor. Das ist mal wieder typisch für mich, aber zum Glück sieht Elias das nicht so verkniffen.

»Wir fahren über Hattorf, da gibt es eine große Gärtnerei. Da finden wir sicherlich etwas«, beruhigt er mich, und ich drücke mich entspannt zurück in meinen Sitz.

Die Gärtnerei ist wirklich groß, aber leider ist das Angebot nur noch spärlich. Die besten Stücke sind natürlich schon weg. Mit etwas Fantasie stelle ich aus dem, was ich finden kann, dann doch noch etwas Brauchbares zusammen, und wir können nun erleichtert die Heimfahrt antreten.

Unterwegs erzähle ich von meinem Erlebnis beim Frauenarzt und lasse Elias wissen, wie unfair ich es finde, dass er mich nicht vorgewarnt hat.

»Ich wollte, dass du gründlich untersucht wirst. Wenn du gewusst hättest, dass er mein Onkel ist, wärst du nicht zu ihm gegangen, stimmt's?«

»Ganz genau! Aber ich hätte ebenso gut woanders einen Termin bekommen können.«

»Aber nicht so früh. Onkel Bernhard hat mir zugesichert, dich gleich dranzunehmen.«

Empört drehe ich mich zu ihm. »Du hast es mit ihm vorher besprochen!«, stelle ich etwas zu schrill fest. »Und hast mich in dem Glauben gelassen, ich hätte meinen Arzt selbst ausgewählt.«

»Hast du ja auch«, antwortet er trocken.

»Habe ich nicht. Du hast es manipuliert!«, werfe ich ihm vor.

»Ein bisschen.«

Kopfschüttelnd falle ich in den Sitz zurück. »Das war gemein von dir.«

»Nein, war es nicht. Onkel Bernhard ist ein guter Arzt. Bei ihm bist du in den besten Händen. Und nur das ist wichtig.«

Wir schweigen eine lange Zeit. Im Radio spielen sie Weihnachtslieder und bei Last Christmas, meiner Weihnachtshymne, singe ich lauthals mit. Elias lacht und meint, wenn er könnte, würde er sich die Ohren zuhalten, aber leider brauche er beide Hände am Lenkrad. Daraufhin atme ich tief durch und trällere noch lauter und übermütiger mit.

Als das Lied endet, atmet er erleichtert auf, und ich drehe den Ton leiser. »Magst du Kinder?«, platzt es aus mir heraus.

Verwirrt durch den Themenwechsel antwortet er: »Ja. Jeder mag Kinder.«

»Ich meine, eigene Kinder.«

Er tritt unmerklich auf die Bremse. Ich glaube, würde hinter uns niemand fahren, hätte er eine Vollbremsung gemacht. Er antwortet nicht – fährt einfach weiter. Ich wiederhole meine Frage: »Eigene Kinder. Magst du welche?«

Nach einer endlosen Weile kommt die Antwort. Klar und deutlich: »NEIN!«

Mir schnürt sich augenblicklich die Kehle zu. Seit meinem Besuch beim Frauenarzt mache ich mir darüber Gedanken, wie es wäre, ein Kind mit ihm zu haben. Sogar sein Onkel war der Meinung, er würde sich freuen. Insgeheim habe ich bereits darüber nachgedacht, sofort die Pille abzusetzen. Und nun das! Ich habe Mühe, meine Tränen zu unterdrücken, und starre wie gelähmt aus dem Fenster. Elias sagt keinen Ton und dreht nach einer Weile das Radio wieder lauter, um die Nachrichten zu hören. Er kommentiert einige politische Beiträge, als sei nichts geschehen. Dass er mir eben einen verbalen Faustschlag versetzt hat, nur in dem er NEIN sagte, hat er gar nicht registriert.

Zu Hause habe ich Mühe, mich normal zu verhalten. Als Andreas zum Abendessen eintrifft, ziehe ich mich unter dem Vorwand zurück, erschöpft zu sein und etwas lesen zu wollen. Minka nehme ich mit ins Bett und überschütte sie mit meiner Traurigkeit. Ich streichle sie ausgiebig, wobei mir immer mehr zu Bewusstsein kommt, wie schön es wäre, ein Kind im Arm zu halten. Minka schnurrt wie ein Trecker und dankt mir somit auf ihre Weise für die Streicheleinheiten.

An diesem Abend weine ich mich zum ersten Mal seit zwei Jahren in den Schlaf.

Zwanzig

Sonntag. Erster Advent. Wir haben über das Babythema nicht mehr gesprochen. Trotzdem habe ich seitdem meine Pille nicht mehr angerührt. Die Wahrscheinlichkeit, schwanger zu werden, ist mit einer Zyste am Eierstock eh gering, und sollte es dazu kommen, werden wir halt weitersehen. Ich will es jedenfalls. Ich will ein Kind von ihm – basta. Es ist meine Entscheidung, denke ich trotzig, weil er so egoistisch ist. Er hat nicht mal gesagt, weshalb er es nicht möchte. Und mir ist jetzt egal, ob er will oder nicht. Ich will! Ich kann mir plötzlich nichts Schöneres vorstellen, als mit dem Mann, den ich so sehr liebe, ein Kind zu zeugen.

Ich schiebe meinen Groll über ihn zur Seite und widme mich intensiv seinem Körper, der unter der Bettdecke lang ausgestreckt und entspannt vor mir liegt. Mit den Fingerspitzen gleite ich über seine Brust und zeichne die Konturen seiner Muskeln nach. Er schmunzelt, weil es kitzelt, und ich hauche eine Spur zarter Küsse hinterher.

»Du willst mich wohl foltern?«, flüstert er mit wachsender Erregung.

»Möchtest du denn gefoltert werden?«, raune ich verführerisch und greife dabei zwischen seine Beine. Seine Hoden liegen warm und prall in meiner Hand. Er lässt ein Verträumtes »Mmh ...« hören, als ich sie vorsichtig knete.

»Ich werde mich nicht wehren, falls du mich auch woanders küssen möchtest«, raunt er mir zu und greift in meine Haare, um meinen Kopf zu sich zu ziehen. Der Kuss, den er mir schenkt, lässt mich erschauern. Ich liebe es, wenn er mit quälender Langsamkeit meinen Mund erobert und an meiner Zunge saugt. Dann sieht er mich durchdringend an und sagt: »Ich möchte, dass du das hier mit meinen Eiern machst«, während er mit seiner Zunge über meine Lippen leckt und anschließend ganz sanft an ihnen knabbert. »Aber zuerst werde ich dir etwas genauer zeigen, was ich meine«, sagt er und legt seine vollen Lippen um eine meiner Knospen und spielt mit der Zungenspitze an ihr. Ich biege wollüstig den Rücken durch und strecke ihm somit meine Brust entgegen.

»Ah ... Frau Arnstedt, Sie mögen es anscheinend, wenn ich Ihre Nippel lecke«, haucht er mir sinnlich entgegen. Dann zupft er mit den Fingerspitzen an der prallen Knospe, bis es fast ein wenig schmerzt. »Mal sehen, ob wir den gleichen Effekt etwas weiter unten erzielen können.«

Er schmeißt die Bettdecke zur Seite und pustet übermütig auf meinen Bauch, dann küsst er sich zwischen meine Beine bergab. Mit den Fingern teilt er meine Schamlippen und lässt wieder ein wohliges »Mmh ...!« hören. Dann saugt er fest an meinem Kitzler, und ich bäume mich ihm entgegen.

Wie immer, wenn Elias meinen Körper erkundet, lässt er sich quälend lange dafür Zeit. Er genießt es, den von mir so heiß ersehnten Höhepunkt hinauszuzögern. Doch er erkundet nicht nur die erogenen Zonen meines Körpers, nein, er spielt auch mit mir und testet meine Empfindungen, um so das bestmögliche Ergebnis zu erzielen. Ein wenig komme ich mir dabei vor wie ein Versuchskaninchen, aber er macht es auf eine solch entzückende Art und Weise, dass mir dabei mein Herz übergeht. Die starken Empfindungen, die ich für ihn hege, gepaart mit dem, was er mit seiner Zunge anstellt, lassen mich unweigerlich auf eine andere Bewusstseinsebene gleiten. Ich bin wie von Sinnen, als er mir auch noch zwei Finger einführt und sie genau über den Punkt gleiten lässt, an dem ich am empfindsamsten bin.

Die Woge schlägt über mir zusammen und ich habe das Gefühl, sie wird niemals enden. Wie aus weiter Ferne nehme ich sein Stöhnen wahr, als meine inneren Muskeln schon fast schmerzlich erschauern und sich um seine Finger herum zusammenziehen.

Als das Gefühl langsam abebbt, ringe ich nach Luft. Noch nie habe ich so etwas erlebt. Noch nie wurde ich von einem Mann auf diese Weise stimuliert und zum Höhepunkt gebracht. Es war berauschend, und für einige Sekunden vergaß ich alles um mich herum. Ich konzentrierte mich nur auf diesen Moment. Dankbar kraule ich sein Haar und flüstere: »Danke. Das war wunderschön, Elias.«

Er lächelt glücklich. Dann löst er sich aus meinem Griff, drückt meine Beine auseinander und dringt mit einem kräftigen Stoß in mich ein. »Du machst mich wahnsinnig, Lisa«, stöhnt er dabei, und ich genieße das Gefühl, ihn in mir zu spüren. Es dauert nicht lange, bis er sich in mir ergießt. Er ist durch unser Vorspiel zu sehr erregt. Ich fühle sein Pumpen und unterstütze es, indem ich meine Muskeln um ihn herum anspanne und löse. Er stöhnt dabei kehlig, und ich denke zum ersten Mal während eines Geschlechtsaktes darüber nach, ob genau dieser mit Erfolg gekrönt sein wird – ob wir genau jetzt ein Kind zeugen.

Am Nachmittag, wie sollte es auch anders sein, kommt Andreas mit einem Christstollen herunter, und ich setze Kaffee auf. Elias zündet die erste Kerze auf dem Adventskranz an, und in Harmonie vereint mümmeln wir den Stollen und trinken Kaffee.

»Wann wollt ihr heiraten?«, fragt Andreas in die Stille.

Elias und ich sehen uns kurz an, dann zucken wir mit den Schultern. »Weiß nicht«, antwortet Elias. »Warum fragst du?«

»Na ja, ich dachte, ihr werdet bald eine größere Wohnung brauchen. Ich könnte einen Durchbruch zur Garage machen und sie ausbauen. Da bekommt man locker ein weiteres Zimmer dazu, eventuell auch zwei kleinere.«

Ich verstehe seine Anspielung sofort und male mir bereits in den schönsten Farben aus, wie die neuen Zimmer aussehen werden.

»Die Wohnung ist groß genug. Sie hat bisher gereicht, sie wird auch in Zukunft reichen«, holt Elias mich mit seinen Worten in die Wirklichkeit zurück. Klatsch, da ist er wieder, der verbale Schlag mit dem nassen Lappen quer über mein Gesicht. Ich schüttele mich innerlich, als wolle ich die Tropfen abschütteln.

Andreas sieht uns entgeistert an. »Okay«, sagt er gedehnt, nachdem er mein Gesicht wahrgenommen hat. »War nur so eine Idee. Ich wollte meine Lieblingsnachbarn nicht wegen einer zu kleinen Wohnung verlieren, aber wenn ihr zufrieden seid, bin ich es auch. Ich erspare mir Arbeit und muss euch keine Mieterhöhung präsentieren. Dann ist doch alles fein, so soll es sein!«, reimt er zum Abschluss und ich springe wütend auf und blaffe: »Nichts ist fein!« Dann renne ich ins Schlafzimmer.

Es dauert nicht lange, da strecken zwei verwundert dreinblickende Jungs ihre Köpfe zur Schlafzimmertür herein. »Was hast du denn?«, fragt Elias mich doch tatsächlich mit kindlich erstauntem Blick.

Ich könnte ihm den Hals umdrehen. So unsensibel kann doch selbst er nicht sein. Weil ich unser Privatleben nicht noch mehr vor Andreas ausbreiten möchte, werfe ich ihm einen bösen Blick zu und deute beiden mit einer Handbewegung an, mich gefälligst in Ruhe zu lassen.

Andreas räuspert sich vielsagend und schiebt Elias aus der Tür. Sobald beide draußen sind, fange ich auch schon an, zu heulen. Warum sträubt er sich nur so dagegen, mit mir ein Kind zu bekommen? Es wäre doch wundervoll! Gut, wir müssten mit allem etwas sparsamer sein, aber wir könnten es finanziell schaffen. Selbst wenn Andreas uns die Miete erhöht, wird er, so wie ich ihn kenne, auf unsere finanzielle Lage Rücksicht nehmen. Wir lieben uns abgöttisch, gibt es einen besseren Grund, ein Kind zu zeugen? Er mag Kinder, das hat er selbst gesagt. Warum nur will er mit mir keines? Liebt er mich doch nicht genug? Denkt er, ich wäre nicht in der Lage, den Alltag mit einem Kind zu bewältigen? Langsam schnürt sich mein Herz immer mehr zu. Während ich verzweifelt darüber nachsinne, weshalb der Mann, den ich so sehr liebe, es für unmöglich hält, ein Kind mit mir zu haben, sitzt genau dieser nebenan und spielt wahrscheinlich völlig unbekümmert mit unserem Nachbarn auf seiner PlayStation.

Aus der Verzweiflung wird ein Gefühl der Machtlosigkeit, welche schleichend in blanke Wut umschlägt. Dieser Feigling hat einfach nicht genug Mumm in den Knochen, um mit mir darüber zu sprechen. Ist ihm nicht klar, dass ein Kind sein größtes Geschenk an mich wäre? Etwas, was bleibt, selbst wenn er eines Tages von mir gehen wird – sein Kind wird für immer bei mir sein, er wird in ihm für mich weiterleben. Kann er es denn nicht erkennen?

Wutentbrannt springe ich vom Bett und wische meine Nase am Jackenärmel ab, bevor ich beherzt die Tür aufreiße und in den Flur stampfe. Entgegen meiner Erwartung, ich würde lautes Computergeheul hören, nehme ich nur die leise Stimme von Andreas wahr, der behutsam auf Elias einredet. Verwirrt bremse ich ab und schleiche lautlos auf die Wohnzimmertür zu. Ich bücke mich und spähe durch das Schlüsselloch, um zu sehen, was die beiden machen. Andreas sitzt Elias zugewandt auf der Couch und redet auf ihn ein. Elias stützt die Ellbogen auf seinen Knien ab und seinen Kopf in die Hände. Du lieber Himmel, das sieht nach einem ernsten Gespräch aus. Angestrengt versuche ich, zu belauschen, was die beiden besprechen, und halte dabei fast den Atem an.

»Wenn es am Geld liegt, sage es ruhig. Ich muss die Miete nicht erhöhen. Das wäre schon okay. Hauptsache, ich werde Onkel Andy«, scherzt Andreas gewinnend, und Elias stöhnt angestrengt auf.

»Darum geht es nicht. Es ist nur ... Scheiße, wie soll ich es sagen? Angenommen, nur mal angenommen, wir bekommen ein Kind. Was, wenn ich bald sterbe? Dann ist sie damit allein. Was, wenn das Kind auch krank ist? So wie ich!«

Andreas schüttelt stumm den Kopf, dann antwortet er: »Aber Elias, dafür gibt es Vorsorgeuntersuchungen.«

Elias sieht ihn mit zusammengekniffenen Augen an, und seine Stimme wirkt bedrohlich, als er sagt: »Ach! Vorsorgeuntersuchungen. Du denkst also, ein Kind mit Herzfehler kann man ja abtreiben ... wegwerfen wie ein kaputtes Spielzeug. Wenn meine Eltern so gedacht hätten, würde ich nicht hier sitzen. Willst du damit sagen, mein Leben ist nichts wert?«

Betreten räuspert Andreas sich und versucht, sich anders auszudrücken. »Aber nein, Elias. Ich dachte nur, du willst kein krankes Kind. Und außerdem muss euer Kind ja nicht zwangsweise das gleiche Schicksal erleiden wie du ...«

Elias unterbricht ihn wütend: »Du willst es nicht kapieren. Die Möglichkeit besteht, dass unser Kind eventuell auch krank sein wird, und wir werden es beide nicht übers Herz bringen, es dann zu töten, denn nichts anderes ist eine Abtreibung. Du tötest einen Menschen, egal wie groß oder klein er zu diesem Zeitpunkt ist. Begreifst du denn gar nicht, was das für Lisa bedeutet? Sie wird mich irgendwann verlieren, das steht fest. Ich will ihr auf keinen Fall zumuten, das Gleiche mit unserem Kind durchzumachen. Kannst du dir auch nur annähernd vorstellen, wie sehr meine Eltern gelitten haben? Das kann ich ihr nicht antun. Begreife das doch endlich!«

Andreas fährt sich zitternd mit den Fingern durch seine Haare und blinzelt auffällig. Ich glaube, er hat feuchte Augen. Die Worte von Elias hallen in meinem Kopf nach ... *Sie wird mich irgendwann verlieren, das steht fest.* Ja, so ist es wohl. Ich werde ihn irgendwann verlieren. Wer hat schon das Glück, zwei Mal ein neues Organ zu erhalten? Zitternd sinke ich vor der Tür zu Boden. Seine Worte, er wolle es mir nicht zumuten, hämmern wie eine Dampfwalze durch meinen Schädel. Ein Rauschen schwillt unerträglich laut in meinem Kopf an und meine Ohren nehmen das Geräusch als dumpf pulsierend wahr. Die Erkenntnis ist niederschmetternd. Er hat Angst, ein krankes Kind zu zeugen, und möchte mir die Qualen, die seine Eltern mit ihm durchmachen mussten, ersparen. Wie kann ich ihn nur davon abbringen? Die Wahrscheinlichkeit, ein krankes Kind zur Welt zu bringen, ist doch verschwindend gering. Doch in ihm scheint die Angst davor alles andere zu verdrängen. Wie durch Watte höre ich sie weitersprechen.

»Hör zu, Elias. So wie Lisa reagiert hat, scheint sie da ganz anderer Meinung zu sein. Ich glaube, ein Kind von dir ist ihr größter Wunsch. Denk darüber nach. Euer Kind wird bestimmt nicht krank sein, und wenn es so ist, wie du sagst, dass du eines Tages nicht mehr da sein wirst, ist es doch ein tröstlicher Gedanke, wenn sie dein Kind bei sich hat. Was kannst du ihr Schöneres hinterlassen als das?«

Elias schüttelt betreten den Kopf. »Natürlich möchte ich ein Kind mit ihr. Ich glaube, jeder Mann, der eine Frau wirklich liebt, hat unweigerlich diesen Wunsch. Etwas zu erschaffen, das die Stärke deiner Liebe bezeugt. Welcher Mann wünscht sich das nicht? Aber ich bin nicht gesund, und die Wahrscheinlichkeit, dass mein Kind auch krank sein könnte, kann ich nun mal nicht verleugnen.«

»Sie ist verschwindend gering. Hast du dich mal diesbezüglich erkundigt? Ich meine, bei einem Fachmann.«

»Nein«, gesteht er kleinlaut. Mein Herz schmerzt dabei, mit anzuhören, wie sehr er sich martert. Allerdings führt kein Weg in die richtige Richtung, sosehr Andreas sich auch bemüht. Elias bleibt bei seiner vorgefassten Meinung, und ich resigniere immer mehr.

Irgendwann beendet Elias das Thema, und ich schleiche zurück ins Schlafzimmer. Das Gehörte zu verarbeiten, fällt mir schwer. Ich kann seine Beweggründe verstehen, doch ich kann sie nicht teilen. Der Entschluss, es einfach darauf ankommen zu lassen, festigt sich immer mehr in mir. Wenn ich erst mal schwanger bin, wird er sich damit anders auseinandersetzen, und wenn er erst mal merkt, dass unser Kind gesund ist, wird er überglücklich sein.

Einundzwanzig

Mein neues Projekt veranlasst mich, Elias an den unmöglichsten Orten zu verführen. Das Motto lautet: schwanger werden um jeden Preis. Elias macht nichts ahnend fleißig mit und genießt meine Zuwendung, die ich ihm auf die unterschiedlichsten Arten zuteilwerden lasse. Allerdings immer mit dem Ergebnis, ihn in mir zum Höhepunkt zu bringen, denn was nützen mir seine kleinen Schwimmer, wenn sie in meinem Magen landen?

Die Vorweihnachtszeit vergeht wie im Flug. Ich arbeite, verführe Elias nach Strich und Faden, gehe mit Pia Weihnachtseinkäufe erledigen, verbünde mich mit Andreas – einer muss ja von meinem Plan wissen, sonst platze ich –, treffe mich mit Stefans Eltern und plane mit ihnen neue Projekte für die Stiftung. So weit, so gut. Dann bleibt endlich meine Regel aus und ich suche sofort einen Arzt auf. Natürlich nicht Onkel Bernhard, ich bin ja nicht dämlich. Ich würde noch nicht mal aus seiner Tür sein, und Elias würde sofort Bescheid wissen. Nein, ich gehe zur Konkurrenz. Ich traue dem Herrn durchaus zu, eine Schwangerschaft festzustellen. Und genau so kommt es. Bingo! Da ist der Sechser im Lotto. Volltreffer! Ich bin so aufgeregt, dass ich es kaum für mich behalten kann. Ich kann zwar außer einem winzigen weißen Punkt nur graues Gewirr auf dem Bild erkennen, aber der Punkt wird wachsen und irgendwann Hände und Füße bekommen. Wahnsinn!

Zu Hause angekommen, schleiche ich zuerst zu Andy hoch, um ihm die Neuigkeit mitzuteilen. Er ist natürlich ganz aus dem Häuschen. Etwas anderes habe ich nicht erwartet. Wir schwatzen aufgeregt, und ich kann spüren, dass da noch etwas anderes ist. Doch Andy versucht, es gekonnt zu verbergen.

»Los, raus mit der Sprache. Was ist passiert?«, frage ich ohne Umschweife.

Er druckst rum und meint: »Ich sage nichts. Ich will dir die Überraschung nicht verderben.«

»Überraschung?«, frage ich aufgeregt.

»Ja, Überraschung. Ich glaube, sie sind heute gekommen.«
»Wer?«, frage ich entgeistert.

»Eure neuen Möbel. Ich habe den kleinen Transporter gesehen, als ich nach Hause kam«, berichtet er, ohne mit Einzelheiten hinterm Berg zu halten.

»Neue Möbel?«, platzt es aus mir heraus und im Nullkommanichts renne ich gefolgt von Andy die Treppen runter. Von neuen Möbeln weiß ich nichts! Als ich die Wohnung betrete, bemerke ich sofort die Veränderung. Es ist wie früher – wie damals, als er noch nicht bei mir war. Panisch renne ich durch die Wohnung und reiße alle Schränke auf. Alles ist weg, all seine Sachen sind verschwunden. Mir wird schwindelig, und ich halte mich an Andreas fest.

»Wann war das?«

»Was?«

»Wann war der Transporter hier?«

»Vor zwei Stunden, aber ...« Er stockt. Erst jetzt wird ihm klar, was geschehen ist. Auf dem Couchtisch steht an eine Vase mit einer roten Rose gelehnt ein Umschlag mit meinem Namen darauf. Der Stich, der durch mein Herz fährt, lässt mich aufstöhnen. Andreas zieht mich in seine Arme, und gemeinsam starren wir den Briefumschlag an, der mein Todesurteil beinhaltet.

»Möchtest du nicht hineinsehen?«, fragt er mit brüchiger Stimme.

»Nein. Wir wissen doch beide, was drinsteht«, gebe ich zitternd zurück.

Andreas löst sich von mir, und ich taste mich zur Couch. Wenn ich nicht schwanger wäre, würde ich jetzt einen Schnaps trinken.

»Darf ich?«, fragt er und hält mir den Umschlag entgegen.

Ich nicke wie benommen. Es scheint, als würde ich es nicht real miterleben – als würde ich ein Schauspiel verfolgen, das sich mit unaufhaltsamen Schritten einem dramatischen Ende nähert.

Andreas zieht den Brief aus dem Umschlag und faltet ihn auseinander, dann beginnt er zu lesen:

»*Ich will fair sein, Lisa. Ich liebe Dich nicht genug, um eine Familie mit Dir zu gründen. Das vorab. Sicherlich hältst Du mich für feige, weil ich es Dir nicht ins Gesicht sage, aber es ist so. Ich bin feige. Die letzten Monate waren sehr schön für mich. Deine Leidenschaft hat mich beflügelt und ich habe es anfangs für Liebe gehalten, doch dann ist mir klar geworden, dass es mehr geben muss. Ich schätze Dich sehr, Lisa. Du hast mir zu einem schwierigen Zeitpunkt in meinem Leben einen neuen Weg aufgezeigt, aber nun ist die Zeit gekommen, den Weg allein weiterzugehen. Es tut mir leid, Lisa, aber ich möchte Dich nicht weiter belügen, denn nichts anderes habe ich getan. Das hast Du nicht verdient. Ich wünsche mir, dass Du den Mann findest, mit dem Du Deine Zukunft planen kannst, so wie es Dir gefällt. Ich weiß, Du möchtest Kinder haben – ich nicht. Du möchtest eine Familie gründen – ich nicht. Bitte betrachte unsere Verlobung als aufgelöst. Den Ring kannst Du behalten. Vielleicht verkaufst Du ihn, dann ist er noch für etwas nützlich. Ich werde unsere gemeinsame Zeit nie vergessen und Dich immer in lieber Erinnerung behalten. Alles Gute für Dich. Lebe wohl.*«

Vor meinen Augen sehe ich ein schönes Schloss, welches Stück für Stück in sich zusammenfällt. Erst bröckelt ein Stein, dann stürzt nach und nach die gesamte Fassade in sich zusammen. Es staubt heftig, und in den Staubwolken sehe ich Andreas mit hängenden Schultern stehen. Der Brief ist aus seinen Händen geglitten, und er starrt mich fassungslos an.

Es dauert einen Moment, bis er die Fassung zurückgewinnt, dann stürzt er zu mir und zieht mich in seine Arme. Ich beginne, hemmungslos und laut zu weinen. All meine Hoffnungen, all meine Träume verpuffen zu Staub. Das werde ich nicht überwinden – niemals. Habe ich mich so in ihm getäuscht? Ich hielt ihn für sensibel und großherzig, aber so wie es aussieht, ist er wirklich der Zwillingsbruder von Elard.

Kalt und herzlos. Ja, HERZLOS, denke ich bestürzt. Das, was in ihm schlägt, ist nur ein Motor, der die Maschine am Laufen hält. Es kann nicht Stefans Herz sein.

Andreas wiegt mich beruhigend in seinem Arm hin und her. Dann hält er plötzlich inne und sieht mich an. »Ich werde mit ihm reden. Er kann das nicht ernst meinen. Das ist unmöglich. Wir können uns doch nicht beide so getäuscht haben. Ich bin mir sicher, er liebt dich. Das kann alles nicht sein.«

Ich schüttele resigniert den Kopf. »Das war keine Kurzschlusshandlung. Er hat das genau geplant. Den Tag, die Stunde, den Transporter, alles vor Weihnachten, damit er sich die Schauspielerei erspart.«

»Weihnachten!«, entfährt es Andreas wehmütig. »Dieser Mistkerl! Ich rufe ihn trotzdem an.«

»Das wirst du schön bleiben lassen, Andreas. Meinst du nicht, dass jemand, der so etwas plant und sich die Zeit nimmt, einen solchen Brief zu verfassen, nicht genau weiß, was er tut?«

Andreas zuckt mit den Schultern. »Ich weiß nicht. Irgendwie passt es nicht zu ihm.«

»Vielleicht ja doch. Vielleicht kannten wir ihn wirklich nicht. Vielleicht ist das sein wahres Gesicht.«

Stumpfsinnig starre ich vor mich hin. Minka bemerkt die Stimmung und kommt zu mir auf den Schoß gesprungen. Ich kraule sie mechanisch, während sich in meinem Kopf ein riesiges Vakuum bildet. Ich kann an nichts denken – ich will an nichts denken. Jeder Gedanke würde unweigerlich bei Elias landen, und genau das würde mich umbringen.

Meine Depression nimmt völlig neue Formen an. Damals, nach Stefans Tod, hatte ich mich trotzdem halbwegs im Griff, aber jetzt sitze ich den ganzen Tag nur stumm auf meiner Couch und schaukele mit dem Oberkörper vor und zurück. Andreas versorgt mich mit dem Notwendigsten. Ab und zu schafft er es, meinen Mund zu öffnen, um etwas Essbares hineinzuschieben. Auch Flüssiges kann er in mich zwängen, indem er mir einen

Strohhalm zwischen die Lippen presst und mich zwingt, zu trinken.

Pia ist in Alarmbereitschaft und versucht alles, um mich aus diesem Zustand zu erlösen. Andreas erzählt, er hätte mit Elias telefoniert, doch der hat ihn abgewimmelt und gesagt, er solle ihn nicht mehr belästigen. Mathias überlegt derweil, wie er Elias verklagen könne, und ich flehe alle Beteiligten an, nichts von meiner Schwangerschaft zu erzählen. Er wollte keine Kinder – nicht mit mir. Das, was ich damals bei seinem Gespräch mit Andreas belauscht habe, erscheint mir heute wie die größte Lüge, die er uns je aufgetischt hat.

Ich nehme rasant ab, und eines Morgens, als ich vor dem Badezimmerspiegel mein desolates Äußeres begutachte und mit den Fingern durch die fettigen, ungepflegten Haare gleite, habe ich plötzlich ein dickes Haarbüschel in der Hand. Seufzend ziehe ich immer mehr Haare aus meinem Kopf, und dann ist sie da … die Panik. Laut schreiend stehe ich vor dem Spiegel und werde hysterisch, während ich immer mehr Haare aus meinem Kopf ziehe. Das ganze Waschbecken liegt voll mit ihnen, und ich befördere immer mehr hinzu.

Aus dem Augenwinkel nehme ich eine Bewegung wahr, dann packen mich zwei kräftige Hände und zerren meine Hände auf den Rücken. »Ganz ruhig, Lisa, ganz ruhig. Ich bin bei dir«, versucht Andreas, mich zu beruhigen. Er hält mich fest, bis der erste Anfall vorbei ist, dann lockert er seinen Griff. »Ich rufe jetzt einen Arzt an. So geht das nicht weiter. Du gefährdest nicht nur deine Gesundheit. Hast du mal an dein Kind gedacht?«

»Mein Kind«, flüstere ich mechanisch, dann kommt der zweite Anfall. Laut schreiend verfluche ich das Arschloch, welches mir dieses Stück Fleisch in den Unterleib gepflanzt hat. Ich verfluche lauthals jeden Moment, in dem ich mit ihm zusammen war. Andreas packt wieder fester zu, und im Spiegel sehe ich sein entsetztes Gesicht. Ich glaube, er hätte es nie für möglich gehalten, welch vulgären Wortschatz er bei mir findet.

Die ganze Szene erscheint mir nach und nach wie ein Exorzismus. Ich schreie mir die Seele aus dem Leib und verfluche Elias in einer Form, die mich selbst erschreckt.

Andreas spricht dabei beruhigend auf mich ein. Bei einem erneuten Blick in den Spiegel sehe ich, wie Andreas mit einem Lachanfall kämpft. Empörung mischt sich in meine Wut, und ein weiterer Wortschwall aus den Tiefen der Hölle richtet sich gegen Andreas. Sofort ist sein Grinsen verschwunden. Ich halte inne und beobachte ihn im Spiegel. Dann ist der Spuk vorbei, und ich breche weinend zusammen. Andreas fängt mich auf und trägt mich ins Bett.

Weinend bekomme ich mit, wie er bei Pia anruft und um Rat fragt. Mit dem Telefon in der Hand kommt er zwischendurch immer wieder zur Schlafzimmertür, um nach mir zu sehen.

Kurze Zeit später sehen drei besorgte Gesichter auf mich herab. Andreas, Pia und Mathias wirken ratlos, als sie das Häuflein Elend, welches einmal meine Wenigkeit war, unsicher beäugen. Was tue ich ihnen nur an? Dieser Gedanke kommt mir zum ersten Mal seit Langem. Wie lange befinde ich mich in diesem Zustand? Verzweifelt versuche ich, mich zu erinnern. Gähnende Leere ist alles, was ich in meinem Kopf finde. Zitternd greife ich wieder in meine Haare – jetzt erinnere ich mich. Andreas springt zu mir und nimmt sie behutsam runter.

»Nein, Lisa. Nicht wieder daran ziehen«, flüstert er einfühlsam.

Fragend blicke ich ihn an und sehe in übernächtigte Augen. Mein Gott, was habe ich nur angerichtet? »Wie spät ist es?«, frage ich verwirrt, und Pia antwortet mit zittriger Stimme: »Gleich drei Uhr.«

»Drei Uhr«, wiederhole ich ungläubig. Ich dachte, es sei früh am Morgen. Durch das Fenster sehe ich draußen die Schneeflocken tanzen und lächele. Pia schluchzt kräftig, dann fragt sie, ob ich Hunger habe.

Ich überlege. Hunger? Ja, eigentlich ja. Ich nicke zaghaft, und Pia flitzt in die Küche. Andreas hilft mir, mich im Bett aufzurichten, und legt mir fürsorglich ein Kissen in den Rücken.

»Ich habe, glaube ich, eure Geschenke noch nicht eingepackt. Welcher Tag ist heute? Es müsste doch bald Heiligabend sein.«

Andreas streicht mir zart mit dem Rücken seiner Finger über die Wange. Mathias setzt sich zu mir aufs Bett und grummelt: »Ich werde dieses Schwein verklagen.«

Ich verstehe gar nichts mehr, dann sagt Andreas ganz langsam, als sei ich ein begriffsstutziges Kind: »Heute ist der siebzehnte Januar, Lisa. Wir haben Heiligabend hier verbracht und auch Silvester. Erinnerst du dich nicht?«

Eine heiße Welle steigt in mir auf. Plötzlich ist mein Puls auf einhundertachtzig. Wie kann das sein? Um Gottes willen! Ich erinnere mich an nichts. Fragend blicke ich beide an, und Mathias erklärt mir, sie hätten einen Arzt gerufen. Der hat gemeint, wenn ständig jemand bei mir bliebe und dafür sorge, dass ich esse und trinke, müsse ich nicht in eine Klinik. Jedenfalls nicht vor Weihnachten. Nun ist es bereits Mitte Januar. Mir fehlt fast ein Monat.

Auch wenn ich es kaum glauben kann, es ist so. Mein Hirn hat die Tatsache, dass ich lebe, völlig verdrängt. Nun scheint es sich eines Besseren besonnen zu haben, und als Pia mit einer dampfenden Kartoffelsuppe in der Tür steht, läuft mir das Wasser im Mund zusammen.

»Mmh«, gebe ich hungrig von mir und blicke in drei glückliche Gesichter.

»Willkommen zurück im Leben«, sagt Pia überglücklich. »Wenn du heute keine Anzeichen gemacht hättest, deinen Zustand zu beenden, hätten wir dich nach Königslutter gebracht.«
Königslutter – Heilanstalt für psychisch Kranke. Nein danke, dann lieber ohne Elias leben. Bei dem Gedanken an ihn empfinde ich merkwürdigerweise keine Wut mehr. Nur unendliche Trauer. Aber er konnte letztendlich nicht die gleichen Gefühle für mich aufbringen wie ich für ihn. Ich lege eine Hand auf meinen Bauch und schließe die Augen. Da drinnen wächst etwas heran, das mich immer an ihn und unsere wunderbare Zeit erinnern wird. Für mich war sie wunderbar ... die schönste Zeit in meinem Leben.

Genauso schnell, wie ich in dieses Nichts gestürzt bin, komme ich nun aus ihm heraus. Ich lese die Weihnachtskarten, die ich erhalten habe, und zögere zunächst, als ich die von Elias' Eltern in den Händen halte. Doch dann überwinde ich mich und öffne sie. Es ist eine hübsche Karte, sehr edel, mit Goldrand und einem geprägten Bild, auf dem das Christkind zu sehen ist. Darunter lese ich die Worte: »Liebe Lisa, wir wünschen dir von ganzem Herzen alles Gute und ein besinnliches Fest. Auch wenn wir es nur schwer glauben können, respektieren wir deine Entscheidung und danken dir für das unendliche Glück, welches du Elias für kurze Zeit geschenkt hast. Herzliche Grüße, Margarete und Ferdinand von Lauenberg.«

Ungläubig lese ich die Zeilen noch einmal. Es steht tatsächlich da: MEINE ENTSCHEIDUNG! Welche Entscheidung? Ich versuche krampfhaft, mich zu erinnern, kann mich aber nicht entsinnen, was sie veranlassen könnte, mir solche Zeilen zu schreiben. Es sei denn ... Nein, das glaube ich einfach nicht. Weshalb sollte Elias seine Eltern anlügen? Es kann nur ein Missverständnis sein, nichts, was mich noch etwas angehen könnte. Verwirrt lege ich die Karte zur Seite und sehe die anderen Briefe durch. Der von Stefans Eltern ist mit viel Liebe verfasst. So wie es aussieht, wussten sie über meinen Zustand Bescheid, und sie versprechen, mich bald zu besuchen. Stefan ..., denke ich wehmütig. Damals dachte ich, er sei die Liebe meines Lebens. Heute sieht das anders aus. Er wird immer einer der wichtigsten Menschen in meinem Leben bleiben, aber meine große Liebe ist Elias – er wird es immer sein.

Nachdem ich die Post durchgesehen habe und Pia die Karte von Familie von Lauenberg reiche, legt sie die Stirn in Falten. »Vielleicht solltest du sie anrufen und das Missverständnis aufklären. Ich finde auch, sie haben ein Recht darauf, zu erfahren, dass sie bald Großeltern werden. Findest du nicht?«

»Nein, finde ich nicht«, antworte ich schnippisch. »Das hier ist allein meine Sache«, beharre ich und lege schützend die Hand auf meinen Bauch, der noch keinerlei Anzeichen für eine Schwangerschaft aufweist. Anders der von Pia. Er wölbt sich nach vorn wie eine kleine Melone.

»Du wirst dick«, necke ich sie, und sie grinst frech.

»Du auch bald«, frotzelt sie belustigt.

***

Als ich am Abend in meinem Bett liege und den heutigen Tag Revue passieren lasse, beschließe ich, es nie wieder so weit kommen zu lassen. Nie wieder einen Menschen so dicht an mich heranzulassen. Niemand soll solche Macht über mich haben, dass ich seinetwegen in ein so tiefes Loch falle. Ich muss jetzt nicht nur an mich denken, nein, auch an das kleine Menschlein, welches in mir heranwächst, und hoffe sehnlichst, dass es seine Augen haben wird. Hellbraun, mit dünnen Goldstreifen durchzogen und einem kleinen goldenen Stern in der rechten Iris.

Der Gedanke an seine wundervollen Augen lässt mich träumen – von einer schönen Zeit, von zärtlichen Berührungen und liebevollen Küssen. Von einer Zeit, die auf ewig in meine Erinnerung gebrannt sein wird und die ich so nie wieder erleben werde. Auch wenn es mir schwerfällt, ohne ihn weiterzumachen, bin ich doch dankbar, dass ich ihn für kurze Zeit auf seinem Weg begleiten durfte. Ich liebe ihn so sehr und ich werde ihn nie vergessen.

Andreas drängt mich in den kommenden Tagen massiv, Elias zur Rede zu stellen. Er will einfach nicht begreifen, dass ich mich keiner weiteren Demütigung aussetzen möchte. Ich finde, er hat alles in seinem Brief gesagt, was zu sagen war. Er war mehr als deutlich. Weshalb sollte ich mich erneut mit der Hoffnung plagen, alles wieder zurechtrücken zu können? Andreas kann es nicht verstehen und lässt nicht locker. »Du könntest doch bei seinen Eltern anrufen und dich für die Karte bedanken. Dabei könntest du ganz nebenbei dieses Missverständnis aus dem Weg räumen.«

»Es ist kein Missverständnis«, blaffe ich ihn an. »Er war einfach zu feige, es ihnen zu sagen. Also hat er sie angelogen und behauptet, ich hätte ihn verlassen. Ist doch schön einfach. Wenn er dabei noch ordentlich auf die Tränendrüsen drückt, ist er wieder ihr armes Hascherle wie früher. Der arme verlassene Krüppel. Ist doch irgendwie auch nachvollziehbar, wenn eine wie ich ihn zum Teufel jagt. Ist dir noch nicht aufgefallen, was für eine ich bin?«, gebe ich aufgeregt von mir, und Andreas sieht mich mitleidig an, als ich weiterspreche: »Ich bin zu dem Schluss gekommen, dass er genauso durchtrieben ist wie sein Bruder. Ich wollte es nur nicht wahrhaben. Er und Elard sind vom selben Kaliber.«

Andreas schluckt laut, nachdem ich diese Salve losgelassen habe, und macht ein resigniertes Gesicht. »Vielleicht hast du recht. Es fällt mir nur schwer, all das zu glauben. So gut kann keiner schauspielern, und wir haben uns so oft unterhalten – von Mann zu Mann. Ich mochte ihn echt gern und dachte, ich kenne ihn.«

»Ich auch. Ich dachte auch, ich würde ihn kennen. Aber so, wie es aussieht, sind wir ihm beide auf den Leim gegangen. Ich wurde noch nie dermaßen hinters Licht geführt.«

Andreas nickt zustimmend und gähnt verstohlen. »Na ja, nichts für ungut, Lisa. Es ist spät. Ich gehe jetzt hoch. Meine Rabauken werden mich morgen wieder auf Trab halten. Habe ich dir erzählt, dass wir morgen einen Ausflug machen?«

»Nein.«

»Na ja, wir werden morgen in den Harz fahren und dort rodeln. Einige der Eltern haben sich bereit erklärt, mitzukommen und die Bande zu beaufsichtigen.«

»Ihr geht rodeln? Was sollen sie denn dabei lernen? Wie oft man die Piste runterrasen muss, bis der Erste sich die Nase bricht?«, frage ich scherzend, und Andreas guckt beleidigt.

»Nein, natürlich nicht. Es gibt eine bestimmte Anzahl von Tagen, an denen solche Ausflüge gemacht werden können. Das stärkt den Klassenverband. Die Kinder können miteinander spielen und gemeinsam Neues entdecken. Sie lernen, sich auseinanderzusetzen und in der Gruppe Lösungen zu finden, sollten problematische Situationen auftreten. Es ist anders als in der Klasse, wo jeder still sitzen soll und das Lernpensum bewältigen muss.«

»Oh. Schön. Na, dann viel Spaß. Und gib acht, dass du nicht mit demolierten Knochen nach Hause kommst. Du weißt doch, alte Leute fallen anders und brechen sich dann gern etwas«, ziehe ich ihn auf.

Zweiundzwanzig

Der erste Tag im Büro war anstrengend. So richtig bin ich noch nicht wieder in meiner Mitte angekommen. Ich bin froh, als ich die Tür der Kanzlei hinter mir schließen kann und vorsichtig zu meinem Wagen schlittere. Es ist eisig kalt und bereits stockdunkel. Ich nehme den Scheibenschutz von der Frontscheibe und hole den Kratzer aus dem Auto. Vorsichtig kratze ich die Seitenscheiben frei, als mir auf der gegenüberliegenden Straßenseite jemand auffällt, der mich beobachtet. Ich kann die Person nicht erkennen. Sie hat eine Mütze auf und den Mantelkragen hochgeschlagen. Auf jeden Fall ist es ein Mann. Ich versuche, ihn zu erkennen, doch als er bemerkt, dass ich nach ihm sehe, geht er schnell weiter. Ob es vielleicht Elias war? Ach, bestimmt nicht. Weshalb sollte er nach mir sehen? Für einen kurzen Augenblick wünsche ich mir, er würde umkehren und ich könnte in ihm Elias erkennen. Doch er kehrt nicht um, und enttäuscht kratze ich weiter auf der Seitenscheibe herum.

Beim Bäcker halte ich kurz an, um noch ein Brot zu ergattern, bevor ich nach Hause fahre. Dann mache ich mich vorsichtig auf den Heimweg. Die Fahrt durch den Elm ist äußerst beschwerlich. Die Straße wurde bereits geräumt, ist jedoch binnen kurzer Zeit wieder zugeschneit. Es strengt mich wahnsinnig an, nach diesem beschwerlichen Tag mein Auto durch den Schnee zu manövrieren.

Am Kreisel angekommen, lenke ich den Wagen im Schritttempo um den kleinen Hügel herum und biege dann ab in Richtung Schöppenstedt. Immer noch verbinde ich ein sentimentales Gefühl mit diesem Kreisel. Hier habe ich ihn zum ersten Mal gesehen und nahm ihn doch nicht bewusst wahr – das sollte erst viel später geschehen. Vor meinem geistigen Auge erscheint sein Gesicht und lächelt mich an. Mein kleines Igelherz, denke ich wehmütig und wundere mich bereits im nächsten Augenblick, weshalb ich ihn so nenne. Ich lasse das Wort durch meine Gedanken wandern. IGELHERZ. Ja, das ist er. Wenn ich an ihn denke, kommt mir unweigerlich sein Mut zu Bewusstsein. Sein Mut, all die neuen Dinge zu entdecken, die er noch nicht kannte. Auch die Liebe und die damit verbundenen Gefühle. Wie der kleine Igel von damals, der mutig die Straße überquerte, um sein Ziel zu erreichen, hat Elias mutig seinen neuen Weg beschritten. Ich lausche in die Stille und höre, wie es in seiner Brust schlägt. Bum – bum – bum – bum. Kleines, mutiges Igelherz. Ich wünsche dir so sehr, dass es noch lange Zeit in deiner Brust zu Hause ist. Vielleicht ist es ja Stefans Herz. Der Gedanke stimmt mich sentimental. Den einen habe ich geliebt und verloren, den anderen liebe ich noch immer – aber er will mich nicht. Mir stockt der Atem, wenn ich daran denke, wie feige er sich aus meinem Leben geschlichen hat. Doch die anfängliche Traurigkeit schlägt nun um in Wut. Die Wut darüber, so sehr gedemütigt worden zu sein. Ausgerechnet von ihm, von dem Menschen, den ich mehr liebe als mich selbst.

Verzweifelt dränge ich die Gedanken zur Seite. Ich muss mich auf die Straße konzentrieren. Das Schneegestöber nimmt zu, und ich habe alle Mühe, gegen die weiße Wand vor meiner Windschutzscheibe anzukämpfen.

Natürlich werde ich bereits von Herrn Roth erwartet. Es duftet köstlich nach einem Weihnachtstee, als ich hereinkomme. Er eilt mir sofort entgegen, nimmt mir das Brot ab und hilft mir aus dem Mantel.

»Guten Tag, mein Schatz«, gurre ich im Scherz, und er antwortet ebenfalls im Scherz: »Hallo, meine kleine Zuckerschnute. Hattest du einen schönen Tag?«

»Ach Andy! Du bist der perfekte Mann. Warum können wir nicht heiraten? Ich glaube, bis auf eine Winzigkeit wären wir das perfekte Paar.«

»Stimmt.«

»Stimmt?«

»Ja, stimmt.« Und plötzlich kniet er vor mir nieder und sieht mich eindringlich an. »Lisa Arnstedt, bitte werde meine Frau. Ich werde dich auf Händen tragen und meine Lover nicht mit in unsere Wohnung bringen.«

Ich breche in albernes Gelächter aus. »Okay, mal angenommen, ich heirate dich. Muss ich dir dann ewige Treue schwören?«

»Aber natürlich. Du darfst dich niemals in einen anderen Mann verlieben.«

»Ach! Und du vögelst fröhlich durch andere Betten? Na, das ist ja mal wieder typisch Mann.«

»Siehst du? Du hast es erfasst. Ich bin ein Mann. Also willst du mich nun oder nicht?«

Ich blicke zärtlich auf ihn hinab. Er wäre wirklich der perfekte Mann, wenn da diese gewisse Kleinigkeit nicht wäre. Wenn er nicht stockschwul wäre. »Ich denke darüber nach.«

»Wirklich?«, fragt er erstaunt, und ich nicke zustimmend.

Er rappelt sich auf und gibt mir einen zarten Kuss auf die Wange. »Ich werde dein Kind lieben wie mein eigenes«, flüstert er und mir wird schlagartig bewusst, dass es kein Scherz von ihm war.

Nach dem Abendessen helfe ich Andreas, den Gehweg vor dem Haus vom Schnee zu befreien. Wir haben uns dick eingemummelt, und Andreas hat mir in Aussicht gestellt, anschließend einen Glühwein zu kochen. Minka sitzt träge am Küchenfenster und beobachtet uns. Seitdem es ununterbrochen schneit, setzt sie keine Pfote mehr vor die Tür und genießt die Wärme in der Wohnung. Verwöhnte Miezekatze, denke ich amüsiert.

»Ist es nicht zu anstrengend für dich?«, fragt er mich besorgt, und ich schüttele den Kopf. »Ich dachte nur, du solltest dich eventuell etwas schonen. Vor ein paar Tagen warst du noch ein wandelnder Leichnam.«

»Ich werd dir was von wegen *wandelnder Leichnam!*«, pruste ich albern und werfe ihm einen Schneeball an den Kopf. Natürlich wirft er prompt einen Schneeball zurück, und so endet unsere Schneeschiebeaktion in einer wilden Schneeballschlacht.

Völlig durchgefroren und klamm entledigen wir uns anschließend im Haus unserer Sachen.

»Guck mal. Meine Zehen sing ganz rot vor Kälte«, jammere ich, und Andreas bückt sich sofort und nimmt einen meiner Füße in seine Hände und reibt ihn vorsichtig.

»Mmh, das tut gut.«

»Ich weiß. Gib mir mal den anderen.«

Ich strecke ihm den anderen Fuß entgegen und lasse ihn von ihm warm reiben. Andy ist ein echter Schatz, denke ich mit einem Lächeln im Gesicht.

»Warum lächelst du so schelmisch?«

»Schelmisch?«

»Mmh, schelmisch.«

»Ich glaube, ich werde dich heiraten. Einen besseren Mann werde ich nirgends finden, und außerdem leben wir ja bereits wie ein altes Ehepaar.«

Andreas lacht fröhlich und nimmt mich in den Arm. »Ich nehme dich beim Wort, Frau Arnstedt. Du kannst schon mal anfangen, deine neue Unterschrift zu üben. Lisa Roth – klingt gut!«

Wir beenden den Abend mit viel Glühwein für Andreas und alkoholfreien Tee für mich in eine Decke gekuschelt vor dem Fernseher. Selbstverständlich ist Minka mit von der Partie und schnurrt so laut auf Andys Schoß, dass ich gezwungen bin, den Fernseher lauter zu stellen.

Die Wochen vergehen, und meine Erinnerung an Elias droht zu verblassen. Einerseits bin ich froh darüber, andererseits sind meine Gedanken immer noch bei ihm. Manchmal bilde ich mir ein, ihn zu sehen, doch die kurzen Momente sind schnell vorbei. Für einen kleinen Augenblick erfasst mich dann die

Schwermut. In solchen Momenten lege ich die Hand auf meinen Bauch und denke: Dich kann er mir nicht nehmen.

Mein Bauch ist immer noch flach wie eine Flunder. Der Arzt meint, es wäre normal. Die letzte Untersuchung fiel zu meiner vollsten Zufriedenheit aus. Andreas möchte das nächste Mal dabei sein. Ich bin mir noch nicht sicher, ob ich das auch möchte. Bei Pia kann ich bereits die kleinen Tritte spüren, wenn ich meine Hand auf ihren Bauch lege. Ein wundervolles Gefühl. Klein Max ist ganz aufgeregt, dass er bald ein Geschwisterchen bekommt, und immer wenn er am Wochenende bei Pia und Mathias ist, schmiegt er sich ehrfurchtsvoll an ihren Bauch.

Es ist Ende Februar. Die Tage sind kalt und klar. Der Schnee hat uns immer noch fest im Griff. In der Mittagspause gehe ich nicht mit zum Essen, sondern flitze zum Juwelier. Ich musste vor einigen Tagen meine Armbanduhr zur Reinigung abgeben. Am Geschäft angekommen, stapfe ich vor dem Eingang ordentlich mit den Füßen auf der Matte auf, um den Matsch nicht hereinzutragen. Drinnen stockt mir der Atem. Elard sieht mich entgeistert an, und ein unangenehmes Gefühl breitet sich in meiner Magengegend aus. Sein Gesicht verrät mir, dass es ihm genauso geht. Trotzdem nickt er mir freundlich zu und sagt: »Hallo, Lisa. Lange nicht gesehen.«
Ich versuche, ebenso freundlich zu antworten: »Hallo, Elard. Ist lange her.«

Er wendet sich wieder der Verkäuferin zu, und ich beschäftige mich derweil verlegen mit meinem Handy. Nachdem Elard fertig ist, lege ich den Abholschein auf den Verkaufstresen und warte, bis mir meine Uhr ausgehändigt wird. Elard studiert in der Zwischenzeit angestrengt die Auslagen. Warum geht er nicht?

Die Verkäuferin erklärt mir noch etwas zur Pflege meiner Uhr, und nach dem Bezahlen stürze ich aus dem Geschäft, um nicht von Elard angesprochen zu werden. Im Rausgehen werfe ich ihm ein knappes »Mach's gut, Elard!« zu und verlasse den Laden. Ich kann gar nicht so schnell reagieren, wie er mich eingeholt hat.

»Hey, Lisa, nicht so schnell. Wir haben uns so lange nicht gesehen. Wie geht es dir?«

»Danke. So wie immer«, antworte ich knapp. Ich kann seinen Anblick nicht ertragen. Er sieht seinem Bruder einfach zu ähnlich. In meiner Brust sitzt gerade ein zentnerschwerer Stein und drückt mein Herz zusammen. Ich dachte, ich hätte es einigermaßen überwunden, aber genau jetzt merke ich, dass ich noch Lichtjahre davon entfernt bin, Elias zu vergessen. Ich kann ihn nicht ansehen und sage: »Mach's gut. Ich muss weiter.«

Elard lässt sich jedoch nicht so schnell abschütteln und hält mich am Arm fest. »Warte doch mal. Wenn wir uns schon zufällig treffen, können wir doch wenigstens kurz plaudern.«

»Es gibt nichts zu plaudern, Elard. Lass es gut sein.« Der Stein in meiner Brust wird immer schwerer. Meine Kehle ist staubtrocken, und trotz der Kälte fühle ich mich plötzlich verschwitzt und zitterig.

»Wie du willst, Lisa. War ja auch nicht anders zu erwarten. Nachdem du das mit Elias abgezogen hast, sollte ich dich eigentlich nicht mal mehr mit dem Arsch ansehen«, schmeißt er mir eiskalt vor die Füße.

Mir stockt der Atem. Was habe ich denn mit Elias abgezogen?

Er sieht meinen verwunderten Blick und grinst höhnisch. »Ach! Kehrt die Erinnerung langsam zurück?«

»Was meinst du damit?«, frage ich mit zitternder Stimme. Ich muss darauf achten, aufrecht stehen zu bleiben. Meine Beine fühlen sich an wie Pudding. Ich kann ihn nicht ansehen. Dieses Gesicht – verdammt, diese Ähnlichkeit.

»Das fragst du noch? Unglaublich, mit welcher Unverfrorenheit du hier vor mir stehst und so tust, als seist du die Harmlosigkeit in Person.«

So langsam dämmert mir, worauf er anspielt. Ein ähnlicher Gedanke kam mir beim Lesen der Adventskarte seiner Eltern.

Also stelle ich es ein für alle Mal klar: »Es war seine Entscheidung.«

»Seine Entscheidung!«, tönt er ungläubig. »Was bist du nur für ein Mensch?«

Mir schießen Tränen in die Augen, als ich in sein hasserfülltes Gesicht sehe. Ich weiß nicht, weshalb er mich so behandelt. Völlig schockiert drehe ich mich um und renne los. Ich will nur noch weg. Die kalte Luft lässt meine Lungen schmerzen, aber ich renne weiter, egal wohin, Hauptsache, weg. In mir überschlagen sich die Gedanken. Ich weiß nicht, was in Elard gefahren ist.

Plötzlich werde ich mit einem Ruck von hinten festgehalten. Elard dreht mich zu sich, und seine Hände greifen schmerzhaft fest in meine Oberarme. Selbst die dicke Jacke kann seinen Griff nicht mindern. »Sieh mich an, Lisa!«

Verzweifelt versuche ich, mich aus seinem festen Griff zu lösen, und schüttele den Kopf. Ich will ihn nicht ansehen. »Lass mich gehen, Elard – bitte«, bringe ich kraftlos hervor, und er lockert seinen Griff etwas und versucht, mir in die Augen zu sehen.

Ich drehe meinen Kopf weg. Er soll nicht sehen, dass ich weine. Es geht ihn nichts mehr an.

»Lisa? Es tut mir leid. Bitte sieh mich an«, sagt er mit versöhnlicher Stimmlage.

Abwehrend schüttle ich den Kopf. Er soll gehen – soll mich einfach in Ruhe lassen.

»So kommen wir nicht weiter«, stellt er schließlich fest und zieht mich in seine Arme. Und dann geschieht genau das, was ich auf jeden Fall vermeiden wollte. Ich fange bitterlich an zu schluchzen. Mein gesamter Körper bebt und ich heule alles aus mir heraus, was ich bisher so tapfer versuchte, zu verbergen. Den ganzen Schmerz, diese unendliche Enttäuschung, die Hilflosigkeit, alles kommt plötzlich heraus.

Elard hält ganz still und lässt mir Zeit. Meine Zehen beginnen zu frieren, und die Hitze von vorhin wandelt sich in eisige

Kälte. Eine Kälte, die von innen heraus kommt. Mein Körper zittert, und Elard streicht mit den Händen über meinen Rücken. Langsam beruhige ich mich.

»Geht es wieder?«, fragt er besorgt.

Ich nicke und schnäuze in ein Taschentuch.

»Kann es sein, dass da ein Missverständnis vorliegt?«, fragt er vorsichtig, und ich nicke wieder.

 »Magst du darüber sprechen?«

»Ich muss jetzt arbeiten«, schniefe ich abwehrend.
»Okay. Ich hole dich nachher ab, dann reden wir.«

»Es gibt nichts zu reden. Frag deinen Bruder. Er wird dir alles sagen.«

»Genau das ist der Punkt, Lisa. Ich glaube, Elias hat die Wahrheit etwas verdreht.«

»Ach, nennt man es bei euch so? Wahrheit verdrehen? Bei uns sagt man dazu schlicht *lügen*.«

»Wie auch immer. Wir sollten uns unterhalten. Es geht ihm schlecht. Er hat abgenommen.«

Jetzt packt mich die Wut. Was kann ich denn dafür, wenn es ihm schlecht geht? Habe ich ihn verlassen oder er mich? Muss ich mir nun auch noch ein schlechtes Gewissen einreden lassen? Außerdem kann ich wohl kaum der Grund sein, also sage ich möglichst beherrscht: »Es tut mir leid für ihn, ehrlich. Ich muss jetzt gehen. Mach's gut, Elard.« Mehr bringe ich nicht heraus.

Es geht ihm schlecht ... verdammt! Aber wegen mir kann es nicht sein.

Elard bleibt resigniert mit hängenden Schultern stehen und blickt mir noch eine Weile hinterher. Nachdem ich um die Ecke des Häuserblocks gebogen bin, stelle ich mich erschöpft an eine Hauswand und lasse den Kopf nach vorn fallen. Ich kann nicht mehr! Diese Begegnung hat mich um Wochen zurückgeworfen, doch am schlimmsten ist der Gedanke daran, dass es ihm nicht gut geht.

Irgendwie bringe ich diesen Tag hinter mich und fahre immer noch aufgewühlt nach Hause. Vor dem Haus sehe ich Elards Porsche stehen, und mein Magen verknotet sich im selben Augenblick. Ich schließe die Tür auf und höre Andreas mit Elard plaudern. So eine Frechheit. Der eine Kerl denkt, er wohnt bereits hier, und der andere meint, er könne mich nach Herzenslust quälen, wann immer er will. Warum lasse ich mir so etwas überhaupt gefallen? Mürrisch hänge ich meinen Mantel an den Haken und ziehe die Stiefel aus. Die Einzige, die mich begrüßt, ist meine Katze.

Genervt gehe ich ins Wohnzimmer und mache keinen Hehl aus meiner Verstimmung. »Was willst du hier?«

»Ich wollte mit dir reden ... ich meine, wie es dir geht ... ob du etwas brauchst und so.«

»Ich brauche nichts. Danke. Vielen Dank für deinen Besuch, aber ich muss jetzt die Post durchsehen und etwas essen. Darf ich dich zur Tür begleiten?«, frage ich ihn und werfe Andreas einen bösen Blick zu. Er hätte ihn gar nicht hereinlassen dürfen.

Elard versucht weiterhin, mir ein Gespräch aufzudrängen. »Ich habe ihn zur Rede gestellt. Er hat alles zugegeben. Es tut mir leid, Lisa. Anfangs tat er so, als hättest du die Beziehung beendet.«

»Na, dann hat sich ja alles aufgeklärt, und wir können das Thema beenden«, gebe ich verärgert zurück. »Elard, ich möchte wirklich nicht unhöflich sein, aber ich hatte einen langen Tag.« Mit diesen Worten deute ich ihm erneut an, jetzt bitte zu gehen. Doch nicht Elard macht Anstalten, aufzustehen, sondern Andreas.

»Ich hab noch was für den morgigen Unterricht vorzubereiten. Wir sehen uns später«, verabschiedet er sich mit einem Kuss auf die Wange von mir. Dann reicht er Elard die Hand und verschwindet. Fassungslos bleibe ich wie angewurzelt stehen und starre ihm hinterher, bis Elard mich an seine Anwesenheit erinnert. Er räuspert sich umständlich und bittet mich, ihn anzuhören.

»Gut. Was willst du?«, frage ich resigniert und setze mich zu ihm.

Elard passt mit seinem geschniegelten Äußeren überhaupt nicht in mein intensiv bewohntes Wohnzimmer. Ich weiß, bei ihm zu Hause sieht es aus wie auf einem Foto der Zeitschrift Schöner Wohnen. Nun, ich benutze meine Möbel und räume auch nicht gleich alles weg. Ich lebe hier, und so sieht es auch aus. Pia nennt es liebevoll Chaoslook.

»Für wen strickst du die Socken?«, fragt er möglichst interessiert. Ich glaube, er will nur die Unterhaltung etwas entspannen.

»Jetzt für Andreas. Sie haben die gleiche Schuhgröße«, gebe ich knapp zurück.

»Aha. Und? Wie geht es dir so?«

Jetzt platzt mir der Kragen. Was will er hier? Ich fordere ihn auf, umgehend zum Kern seines Besuches zu kommen. Dieses Drumherumreden kann er sich sparen. Und er kommt tatsächlich direkt zum Kern. Ich habe Mühe, meinen Mund geschlossen zu halten, denn er will immer wieder aufklappen. Elard erzählt von dem Missverständnis, welchem er und seine Eltern unterlegen waren. Sie hätten da wohl etwas falsch verstanden, und es täte ihm leid, mich vorhin so schlecht behandelt zu haben. Des Weiteren geht es Elias gar nicht so schlecht, wie er vorhin sagte. Er hätte übertrieben, gesteht er mir. Er könne zwar nicht nachvollziehen, was in Elias gefahren ist, aber wenn es nicht die große Liebe war, könne man sie auch nicht erzwingen. Alles in allem kommt so etwas jeden Tag vor, und einer von beiden bleibt dann auf der Strecke. Ich solle mir alles nicht so sehr zu Herzen nehmen, und es würde ihn freuen, wenn wir uns ab und zu sehen könnten. Er mag mich immer noch und möchte mir gern zur Seite stehen.

Ich höre alles genau an, doch irgendwie kommt es mir vor, als würde er einen einstudierten Text runterleiern. Im Gegensatz zu seinem emotionsgeladenen Auftritt von heute Mittag scheint mir seine jetzige Rede eher einstudiert, als müsse er aufpassen, sich nicht zu verhaspeln.

»Du hast also mit Elias gesprochen?«, versuche ich, die Unterhaltung auf ihn zu lenken. Denn ich mag noch nicht so recht glauben, dass es ihm tatsächlich gut geht. Vorhin wirkte Elard sehr viel glaubwürdiger.

»Ja. Zuerst wollte er nicht so recht mit der Sprache rausrücken, aber dann hat er uns erklärt, weshalb er eure Beziehung beendet hat. Lisa, das kann vorkommen. Mir passiert das ständig.«

»Du hattest noch nie eine Beziehung«, bemerke ich schnippisch.
»Wir hätten eine haben können«, antwortet er verlegen.

»Ja – vielleicht. Aber du warst nun mal nicht er«, gebe ich versöhnlich zurück.

Elard schluckt schwer. Ist er etwa hier, weil er sich neue Hoffnung macht?

»Elard, ich kann nicht mit dir zusammen sein. Ich mag dich wie einen Freund, mehr nicht.«

»Ich weiß, Lisa«, seufzt er entmutigt. »Aber wenn du mich brauchst, bin ich für dich da. Lass uns mal ins Kino oder essen gehen – versprochen?«

Ich lächle ihn mitfühlend an. »Versprochen.«

Andere Mädels haben Freundinnen – ich habe Freunde. Andreas entwickelt sich in letzter Zeit immer mehr zu einer Klette. Wenn es so weitergeht, werde ich ihn doch noch heiraten. Bis auf ein fehlendes Sexleben hätte ich mit ihm alles, was ich brauche. Elard hingegen umgarnt mich auf seine ganz eigene Weise. Seine Aufmerksamkeiten mir gegenüber sind zuweilen etwas zu intim. Manchmal habe ich den Verdacht, er fühlt sich mehr als intensiv zu mir hingezogen, doch dann scheint ihn eine ungeahnte Beherrschung davon abzuhalten, was er kurz zuvor gern getan hätte. Wir haben ein

Vertrauensverhältnis aufgebaut. Allerdings habe ich ihm noch nichts von meiner Schwangerschaft erzählt. Ich befürchte, er könne es Elias ausplaudern.

Wir sitzen mal wieder im Ratskeller in Helmstedt, da fragt er vorsichtig: »Denkst du noch manchmal an Elias?«

Ich sehe ihn leicht verärgert an, denn Elias sollte kein Thema mehr zwischen uns sein, und antworte: »Ja. Leider viel zu oft. Immer wenn ich dich sehe oder mit dir telefoniere. Ihr seht fast gleich aus und hört euch sehr ähnlich an. Deshalb wollte ich mich erst nicht mit dir treffen.«

»Aber du tust es trotzdem. Wegen mir, oder weil du dich an ihn erinnern möchtest?« Die Frage kommt stockend und unsicher aus seinem Mund.
Ich atme tief durch, dann gestehe ich: »Auch wegen ihm – ja. Ich habe Angst, die Erinnerung an ihn zu verlieren. Ich hoffe, du bist mir nicht böse.«

»Bin ich nicht. Ich bin sogar froh. Du hast ihn sehr geliebt – habe ich recht?«

»Mehr als mich selbst ... immer noch. Ich weiß nicht, ob es je aufhört«, gebe ich kleinlaut zurück, denn ich weiß, dass ich ihn damit sehr verletze.

Er atmet schwer aus und sieht mich durchdringend an. »Ich sollte darüber nicht sprechen und meine Kraft darauf verwenden, dich für mich zu gewinnen. Aber ich habe keine Chance, hatte ich nie, oder?«

Ich greife seine Hand und schüttele den Kopf. Ein langes Schweigen setzt ein, welches nur von der aufdringlichen Bedienung unterbrochen wird, als sie unsere Getränke bringt und nach weiteren Wünschen fragt. Elard wirkt angespannt. Ich mag solche Gespräche nicht. Ich habe ihm nie Hoffnung gemacht. Aber da ist noch etwas anderes. Ich kann es fühlen. »Elard, was bedrückt dich?«

»Ach, nichts. Ich kann nicht darüber reden.«

»Versuch es einfach. Vielleicht ist es gar nicht so schwer«, ermutige ich ihn, doch er wimmelt es ab.

»Ich habe es versprochen.«

»Was?«

»Es nicht zu erzählen, doch manchmal fällt es mir wirklich schwer, zumal die betroffene Person in meinen Augen einen großen Fehler macht. Ich wäre nicht so dumm.«

»Dumm? Elard, du sprichst in Rätseln. Ich werde daraus nicht schlau. Vielleicht hilft es dir, es einmal auszusprechen. Was du mir anvertraust, behalte ich für mich. Versprochen.« Offensichtlich beschäftigt ihn irgendein Problem, welches er allein nicht lösen kann. Ich greife erneut seine Hand und wiederhole meine Bitte. »Erzähle es. Bitte. Du wirst dich dann besser fühlen, und vielleicht kann ich dir ja helfen.«

»Mir ist nicht zu helfen«, stöhnt er und reibt sich angespannt die Nasenwurzel. »Aber ihm vielleicht. Ich weiß nicht, sicherlich begehe ich den schlimmsten Fehler meines Lebens, und das, was ich jetzt tue, wird das Selbstloseste sein, was ich je tun werde, aber ich kann das nicht mehr ertragen.«

Meine Nackenhaare stellen sich unwillkürlich auf. Er spricht von Elias, dessen bin ich mir sicher. »Was kannst du nicht mehr ertragen? Sag schon«, dränge ich ihn. Wenn es etwas mit Elias zu tun hat, muss ich es unbedingt wissen.

Er überlegt und sieht mich verzweifelt an, dann schüttelt er den Kopf und sagt energisch: »Nein! Ich habe es versprochen.«

Resigniert sacke ich in meinem Stuhl zusammen. »Du vertraust mir nicht. Verdammt noch mal«, flüstere ich mehr zu mir selbst. »Hat es etwas mit Elias zu tun? Ist etwas mit seinem Herzen? Elard ... bitte. Du sagst mir doch, wenn es ihm schlecht geht, oder?«, flehe ich ihn an.

Mitleidig betrachtet er mein Gesicht, dann macht er eine Geste, als wolle er den Himmel anflehen. Anschließend sieht er mich wieder mit traurigen Augen an. »Ich kann es nicht verstehen, Lisa. Er verlässt dich ohne ein Wort. Hinterlässt lediglich eine

Nachricht auf dem Wohnzimmertisch. Du solltest wütend und stinksauer auf ihn sein, aber nein, du machst dir immer noch Sorgen um seine Gesundheit und hörst einfach nicht auf, ihn zu lieben. Was ist nur mit dir los? Hast du gar keine Selbstachtung? Was muss ein Mann dir antun, damit du ihn zum Teufel jagst?«

Unangenehm berührt sitze ich wie ein Häuflein Elend vor ihm. Wie kann ich jemandem, der noch nie wirklich geliebt hat, begreiflich machen, was in mir vorgeht? Wie viel Überwindung es mich allein schon kostet, ihn anzusehen? Denn ich sehe unweigerlich Elias in ihm. »Elias hat mich sehr verletzt. Ich wollte es dir nicht erzählen, aber mir fehlen fast vier Wochen – Filmriss. Nachdem Elias ausgezogen ist, kann ich mich nur noch daran erinnern, wie ich entsetzlich geschrien habe. Das ist alles. Bewusst erinnern kann ich mich an den siebzehnten Januar. Pia und Mathias wollten mich nach Königslutter bringen. Ich weiß nicht, was in der Zwischenzeit geschehen ist, nur aus ihren Erzählungen. Ich habe komplett dichtgemacht. Sie haben mich gefüttert und nicht eine Minute allein gelassen. Einer der drei hat immer bei mir geschlafen. Ich habe weder eine Erinnerung an Heiligabend noch an Silvester. Alles weg – komplett ausradiert.« Ich sehe ihn verschämt an. Mit so einer Geschichte geht man nicht gerade hausieren. Es ist schon etwas peinlich. Aber ich denke, er sollte es erfahren, auch wenn ich Gefahr laufe, er könnte es Elias erzählen. Ich habe meine Gefühle für ihn immer offen und laut ausgesprochen. Er wusste also, es wird nicht leicht für mich, wenn er mich verlässt. Weshalb jetzt etwas anderes vorgaukeln?

Elard starrt mich entsetzt an. Er ist leichenblass. So habe ich ihn noch nie erlebt. »Lisa ... Lisa, es tut mir so unendlich leid. Ich habe es nicht gewusst ... nicht gewusst«, stammelt er und rauft sich die Haare.

»Schon gut, Elard. Du kannst ja nichts dafür«, beruhige ich ihn.

Sichtlich bewegt sagt er: »Ich brauche jetzt einen Schnaps!«

»Das ist auch keine Lösung«, scherze ich in der Hoffnung, seine Bestürzung zu vertreiben. Er lässt sich allerdings nicht davon abbringen, und aus Gesellschaft trinke ich einen

Schnaps mit, den ich jedoch unbemerkt in einen Blumentopf kippen kann. Schwanger und Alkohol geht nun mal nicht.

Elard bestellt sich noch weitere Schnäpse, um sie einen nach dem anderen hinunterzukippen. Anschließend greift er meine Hände und versichert mir: »Ich bringe das in Ordnung.«

Mir ist zwar nicht so recht klar, was er in Ordnung bringen will, aber ich nehme es als gegeben hin. Er wird es schon richten, denke ich mit einem besorgten Blick auf ihn. Was auch immer er damit meinte. Schließlich torkelt Elard mit mir aus dem Ratskeller und steigt in das Taxi, welches die Kellnerin für uns gerufen hat. Elard ist momentan nicht in der Lage, ein Auto zu lenken, und so kommt es, dass er bei mir zu Hause landet und laut schnarchend auf meiner Couch einschläft.

Am Morgen werde ich wach, weil ich mich nicht bewegen kann. Elard hat einen Arm und ein Bein über mich geworfen und sein Gesicht in meiner Halsbeuge vergraben. Er schläft wie ein Baby. Ich erinnere mich schwach, dass ich ihn auf der Wohnzimmercouch zurückgelassen hatte. Wann ist er in mein Bett gekommen? Seinen Körper zu spüren, macht mich nervös. Er ist warm und genauso fest wie der von Elias. Er fühlt sich auch genauso an, bemerke ich, als ich vorsichtig an ihm entlangtaste … aus reiner Neugier natürlich. Ich schließe die Augen und stelle mir vor, Elias würde halb auf mir liegen. Zärtliche Erinnerungen werden wach, und ich gebe mich der Versuchung hin, Elias in mein Gedächtnis zu rufen. Vorsichtig gleite ich mit der Hand entlang seiner Hüften, über seinen Po und drücke ihn fest an mich.

Er regt sich leicht und haucht einen zarten Kuss auf meinen Hals. Das Gefühl ist wunderbar, und ich versinke in der Erinnerung, was mir bei der Ähnlichkeit der beiden nicht schwerfällt. Elard erwacht langsam und schmiegt sich an mich. Ich erstarre und spüre das Gefühl nach. Er fühlt sich an wie Elias. Ich bleibe einfach liegen und halte ihn, dann beugt Elard sich über mich und bedeckt mein Gesicht mit zarten Küssen. Ich genieße seine Zuwendung und verharre in diesem Traum, er sei Elias. Ich will den Moment voll auskosten, ihn nicht verlieren. Ich sehne mich so sehr nach ihm, dass mein ausgehungerter Körper sich fest an ihn presst. Er erwidert es und streicht erotisierend mit seiner Hand über meinen Körper.

»Mehr«, entfährt es mir, und er antwortet mit einem gehauchten Stöhnen: »Lisa, mein Engel.«

Plötzlich wird die Situation wilder. Es ist nicht zu verleugnen, dass Elard der Zwilling mit der größeren Erfahrung ist, und genau das bringt mich zurück ins Hier und Jetzt.

»Nicht, Elard. Nein«, platzt es aus mir heraus. Wozu habe ich mich nur hinreißen lassen?

»Doch, Lisa. Du willst es – ich auch. Bitte«, stöhnt er und reibt den Beweis seiner Lust an mir. Seine Finger spielen geschickt mit meinen Brüsten, und es fällt mir tatsächlich schwer, mich nicht der Träumerei hinzugeben, es sei Elias. Aber er ist nicht Elias. In meinem Bett liegt Elard, und plötzlich kommt mir die Situation zu Bewusstsein. Ich stoße ihn mit aller Kraft von mir und er sieht mich entsetzt an.

»Es tut mir leid, Elard. Dazu hätte es nicht kommen dürfen«, gestehe ich verzweifelt. »Entschuldige bitte.«

»Du hast recht, Lisa«, stammelt er. »Es tut mir auch leid, aber kannst du dir vorstellen, wie oft ich von diesem Moment geträumt habe? All die Monate habe ich ihn dafür verflucht, dass er dich haben durfte und ich nicht. Und jetzt liegst du hier vor mir. Du hast mich berührt – mich erregt. Verdammt! Warum kannst du nicht mich lieben? Warum er?« Seine Verzweiflung ist fast greifbar, und dennoch bewundere ich ihn für seine Beherrschung. Er könnte jetzt über mich herfallen, und niemand würde es bemerken. Aber er zwingt sich zur Ruhe und langsam hört sein Körper auf, zu zittern.

»Elard, das wollte ich nicht. Ich wollte dir nicht wehtun.«

»Ich weiß. Ist schon gut. Vergiss es«, sagt er angestrengt und windet sich aus dem Bett. »Lass uns was essen und dann zur Arbeit fahren. Wir nehmen ein Taxi, und ich setze dich in Helmstedt ab.«

Dankbar willige ich ein. Zu widerstehen, hat ihn viel Kraft gekostet. Das rechne ich ihm hoch an.

Elard setzt mich wie versprochen in Helmstedt an meinem Auto ab. Wir verabschieden uns wie alte Freunde. Küsschen rechts, Küsschen links. Das sollte für lange Zeit das letzte Mal sein, dass ich Elard gesehen habe. Ich mache mir Vorwürfe, ihn berührt und somit eine Hoffnung in ihm geweckt zu haben, die ich nicht erfüllen kann. Ich glaube, es ist besser so. Eine Freundschaft zwischen Elard und mir ist nicht möglich, denn einer von uns möchte mehr.

Der März bringt die ersten warmen Tage. Die Temperaturen halten sich jetzt auch in der Nacht im Plusbereich auf. Der Matsch ist von den Straßen verschwunden, und die Tage werden länger. Mein Bauch wächst, und von Zeit zu Zeit bekomme ich seltsame Gelüste. Heißhunger auf pikante Gurken wechselt sich mit unbändigem Appetit auf Schokoladenpudding ab. Pia hat mich bereits vorgewarnt. Meine eh schon mopsige Figur wird nun den Rest bekommen. Die Untersuchungen beim Frauenarzt verlaufen durchweg positiv. Keine Anzeichen für einen Herzfehler des Kindes. Ich bin überglücklich.

Bisher wissen nur Andreas, Pia und Mathias von meiner Schwangerschaft. Ich habe es bis jetzt geheim gehalten, da ich auf keinen Fall möchte, dass Elias etwas davon erfährt. Er hat sich damals so vehement dagegen ausgesprochen, dass ich keine Veranlassung sehe, ihn darüber zu informieren. Ich werde auch später keine Forderungen bezüglich Unterhalt an Elias stellen.

Mathias sieht das anders. »Du kannst es ihm nicht vorenthalten. Sag es ihm. Es ist auch sein Kind.«

Da ich nicht nur chaotisch, sondern auch stur bin, ignoriere ich seine Einwände.

Andreas beginnt mit der Planung für den Umbau der Wohnung. Sobald es etwas wärmer ist und die Heizung abgestellt werden kann, geht es los. Aus den beiden Garagen neben dem Haus wird ein dritter Wohnraum entstehen. Andreas ist bereits so aufgeregt, als sei es sein Kind.

Das Thema Hochzeit haben wir verworfen. Wir wohnen im selben Haus, und er hält sich mehr bei mir als in seiner eigenen

Wohnung auf. Wir sind ein Team, und daran ist nicht zu rütteln. Ich habe versucht, ihm klarzumachen, dass er ungebunden und frei sein muss, sollte er jemals einen neuen Partner kennenlernen. Bisher ist daran zwar noch nicht zu denken, denn er hat immer noch nicht Axels Tod überwunden, aber manchmal beschreitet das Leben seltsame Wege. Wer weiß schon, was morgen kommt?

Ein gemeinsames Abendessen bei Pia stimmt mich auf das Gefühl für eine Patchwork-Großfamilie ein. Pia und Mathias als Oberhaupt, Bille mit Max und Andreas mit mir als Gefolge. Dieser bunt zusammengewürfelte Haufen ist doch tatsächlich zu einem kleinen Mikrokosmos zusammengewachsen. Wer hätte das vor einigen Monaten für möglich gehalten? Die Atmosphäre ist entspannt und harmonisch. Jeder toleriert jeden und lässt ihn sein, wie er ist. Ich liebe diese kleine Familie, die aus so unterschiedlichen Schicksalen miteinander verknüpft ist.

Stefans Eltern halten immer noch Kontakt zu mir. Ich kann mich noch an Zeiten erinnern, in denen ich ihnen nicht gut genug war. Heute ist unser Verhältnis anders. Es mag seltsam klingen, aber Stefans Tod und die Tragödie um seinen Spenderausweis haben uns zusammengeführt.

Mein Leben verläuft zurzeit gut. Ich habe ein gesundes Baby im Bauch, eine interessante Arbeit, eine tolle Wohnung, den besten Freund, den man sich nur wünschen kann, eine liebevolle Schwester und einen fürsorglichen Schwager. Nur eines fehlt: Elias. Ich vermisse ihn immer noch. Ob er auch mal an mich denkt? Ich kann mir einfach nicht vorstellen, dass er mit seinem Auszug alles, was wir hatten, weggeworfen hat. Da waren so viele Gefühle im Spiel, auch bei ihm. Das kann er nicht vorgetäuscht haben, das war echt. Er hat mich geliebt – ich weiß es. Und dennoch kommen mir immer wieder Zweifel. Die Art und Weise, wie er es beendet hat, war einfach zu grausam. Welchen Stellenwert ich bei ihm hatte, führte er mir dadurch genau vor Augen. Auch wenn es mich nach all der Zeit immer noch traurig stimmt. Ich weiß, er hat mich mal irgendwann geliebt. Wann er diese Liebe verlor, weiß ich nicht. Aber sie war da – für mich. Ich konnte es fühlen.

Dreiundzwanzig

Mit wehenden Fahnen springe ich aus der Kanzlei. Freitag! Wochenende! Heute soll ich Thorsten kennenlernen. Torte, wie Andy so schön sagt. Sie haben sich über eine spezielle Internetseite kennengelernt und bereits mehrmals getroffen. Andreas schwebt im siebten Himmel. Torte ist noch jung, erst achtzehn, mit schwarzen Kulleraugen und dichten schwarzen Haaren. Andy sagt, er habe noch nie so einen erotischen Mann gesehen und könne seine Finger in seiner Gegenwart nicht bei sich behalten. Ich ließ die Einzelheiten zu ihrem ersten sexuellen Kontakten über mich ergehen. Wobei die Vorstellung, zwei Männer zu beobachten, nicht unbedingt abstoßend auf mich wirkt. Nun gut. Heute werde ich den Wunderknaben kennenlernen. Meine Meinung über Thorsten ist Andreas wichtig. Schließlich wird er, wenn alles gut geht, ein Mitglied unserer kleinen Familie. Was das zu bedeuten hat, möchte ich noch nicht verinnerlichen.

Ich brauche eine Weile, bis ich das Schloss meines alten Nissans aufbekomme. Es klemmt in letzter Zeit, aber ich habe kein Geld für die Werkstatt. Ich brauche zurzeit jeden Cent für Kinderzubehör. Beim Rumhantieren am Schloss fällt mir an der Häuserecke ein Mann auf. Er scheint mich zu beobachten. Ich habe häufig das Gefühl, jemand würde mich verfolgen, aber heute ist es offensichtlich. Er sieht genau in meine Richtung. Mir stockt der Atem. Er hat dieselbe Haltung wie Elias. Ist er es? Ich richte mich auf, um ihn genauer anzusehen, doch er zieht sich den Jackenkragen über beide Ohren und verschwindet hinter der Hausecke. Wie von der Tarantel gestochen flitze ich hinterher. Er war es, da bin ich plötzlich sicher. Aber warum, verdammt noch mal, beobachtet er mich?

Als ich um die Hausecke biege, sehe ich ihn hastig davonschreiten. Ich rufe ihn: »Elias! Warte!« Doch er reagiert nicht. Er ist es. Ich sehe es an der Art, wie er sich bewegt. »Verdammt noch mal, warte!«, rufe ich erneut und renne wieder los. Ich habe ihn fast eingeholt, da bleibt er plötzlich stehen, dreht sich aber nicht um. Er steht einfach nur da und zieht den Kopf zwischen die Schultern. Atemlos gehe langsam auf ihn zu. Er wirkt eingefallen ... schmächtig.

Die Wut packt mich, und ohne zu überlegen, platzen die Worte aus mir heraus. Voller Verachtung schimpfe ich ihn einen elenden Feigling, einen egoistischen Bastard und einen widerlichen Lügner. Ich mache meiner Seele Luft, und die Worte kommen mit einer Wucht aus mir heraus, die mich selbst ängstigt. Aber es muss sein, es hat sich in den letzten Monaten einfach zu viel angestaut. Seine Schultern zucken und ich meine, ein leises Lachen wahrzunehmen. Jetzt übermannt mich der Zorn, und ich trommele auf seinen Rücken ein. Wie kann er so unverschämt sein und mich auch noch auslachen? Wie von Sinnen schreie ich ihn an, und dann habe ich nur noch den Wunsch, ihm ins Gesicht zu spucken. Ich gehe um ihn herum, mit der vollen Absicht, ihm alles entgegenzuspucken, was ich in der Kürze der Zeit in meinem Mund ansammeln kann. Doch dann ersticke ich fast daran, als ich in sein Gesicht blicke. Grau, fast kalkig weiß, mit tiefen, blutunterlaufenen Augenringen, starren mich zwei feuchte rote Augen an. Er hat nicht gelacht – er weint. Ich habe noch nie so etwas gesehen. Ich wusste bis heute nicht, dass es einem Menschen möglich ist, so auszusehen. Er ist dünner geworden, die Haut wirkt wie Papier, welches sich über spitze Wangenknochen spannt und dabei zu zerreißen droht.

Unwillkürlich schlage ich die Hand vor den Mund und starre ihn ebenfalls an. Was ist nur mit ihm geschehen? Er sieht schrecklich aus. Es dauert eine Weile, bis ich meine Fassung wiedererlange. »Bist du beim Arzt gewesen?«, hauche ich entsetzt, und er nickt zaghaft. »Mein Gott, Elias ... du siehst fürchterlich aus ... Entschuldige bitte, aber ... was ist denn geschehen?«, stammele ich. Ich kann mein Entsetzen nicht verbergen.

»Ich wollte nicht, dass du mich siehst«, ist seine Antwort. Es ist ihm sichtlich unangenehm, mir in diesem Zustand zu begegnen, und er versucht vergebens, eine aufrechte Haltung einzunehmen.

»Dann hättest du besser aufpassen müssen. Kann es sein, dass du mich nicht zum ersten Mal beobachtet hast?«, frage ich vorsichtig. In letzter Zeit hatte ich öfter das Gefühl, verfolgt zu werden, konnte aber nie jemanden entdecken. Ich dachte schon, ich leide an Verfolgungswahn.

Die Antwort ist ein zaghaftes Nicken. Ich bin sprachlos und verstehe es nicht. Er hätte doch einfach zu mir kommen und Hallo, Lisa sagen können, wenn er Kontakt zu mir sucht. Und außerdem, was will er von mir? Ich kann sein Verhalten nicht deuten, besonders nach seinem gemeinen Abschiedsbrief. Trotzdem ist es schrecklich für mich, ihn in diesem Zustand zu sehen. Obwohl ich letztendlich von der Enttäuschung übermannt wurde, die sein plötzliches Verschwinden in mir erzeugt hat, liebe ich ihn noch immer. Ich weiß nicht, warum, aber diese Hülle von Mensch vor mir zu sehen, bricht mir fast das Herz.

Zittrig zieht er ein Taschentuch aus seiner Jackentasche und schnäuzt hinein. Ich weiß nicht, wie ich mich verhalten soll, also frage ich ihn: »Kann ich etwas für dich tun? Dich vielleicht nach Hause fahren oder ...« Ich breche den Satz ab. Was soll ich schon für ihn machen können? Sicherlich legt er keinen Wert auf meine Gesellschaft. Im Gegenteil, es scheint ihm sichtlich peinlich zu sein, dass wir uns begegnet sind. Ich mache mich innerlich dazu bereit, mich umzudrehen und zu gehen. Ich muss es endlich kapieren, er wollte mich nicht mehr.

Ich will gerade meinen Standard-Abschiedsgruß trällern, da flüstert er: »Ja, kannst du.«

Verwirrt sehe ich ihn an. Er blickt flehend in meine Augen und sagt: »Halt mich fest – halt mich einfach nur fest, Lisa.«

Noch im selben Moment packe ich ihn und wir sinken aneinandergeklammert zu Boden. Er ist zu schwer, ich kann ihn nicht halten. Also gebe ich dem Gewicht seines Körpers nach, kann nur dafür sorgen, dass er nicht ungebremst auf den Asphalt fällt. Immer noch an mich geklammert, sehen mich diese vom Weinen geröteten Augen an. Als würden sie mich anflehen, nicht fortzugehen. Er sagt keinen Ton, er sieht mich nur an. Doch das reicht schon. Ich erkenne die Verzweiflung in seinem Gesichtsausdruck und die drängende Bitte, ihn nicht loszulassen.

»Ich halte dich«, flüstere ich und kämpfe gegen die aufsteigende Panik an. Ich brauche Hilfe, ich bekomme ihn allein nicht hoch. »Keine Angst, Elias, wir schaffen das schon«, versuche ich, ihn zu beruhigen. Doch dann fällt mir auf, dass er keinerlei Anzeichen von Unruhe zeigt. Im Gegenteil. Er scheint sich zu entspannen. Nach einer Weile frage ich besorgt: »Geht es wieder?«

Seine Antwort ist ein wundervolles Lächeln. Dann zieht er meinen Kopf zu sich und gibt mir den zärtlichsten Kuss, seit wir uns begegnet sind. Ich verstehe die Welt nicht mehr. In meinem Bauch tanzen Tausende Schmetterlinge, und ich drücke ihn fest an mich. So bleiben wir eine Weile sitzen ... ineinander verschlungen. Einige Passanten begaffen uns schaulustig, aber keiner fragt, ob wir Hilfe benötigen. Nach einer Weile rappeln wir uns auf, noch völlig verwirrt von der plötzlichen Nähe.

»Bleibst du bei mir?«, fragt er zaghaft, und ich kontere etwas zu impulsiv: »Wer hat denn wen verlassen?«

Er schmunzelt beschämt. Es ist ihm bewusst, wie viel Kummer er mir bereitet hat. »Du hast alles Recht der Welt, böse auf mich zu sein, aber darf ich dir meine Beweggründe erklären?«

»Dürfen? Du musst sie mir erklären, denn wie es aussieht, scheinst du nicht zu wissen, was du willst.«

»Okay, dann lass uns nach Hause fahren. Und glaube mir, Lisa, ich weiß genau, was ich will.«

Wie selbstverständlich schlage ich den Weg in Richtung Schöppenstedt ein, doch Elias bittet mich, zu ihm zu fahren. Er meint, die Nacht könne lang werden, und er hat seine Tabletten nicht dabei. Ich willige ein und lenke meinen Wagen zum Haus seiner Eltern, in dem er das Dachgeschoss bewohnt. Unterwegs legt er den Kopf zur Seite und sieht mich an. Ab und zu blicke ich zu ihm, dann lächelt er glücklich. Ich kapiere es einfach nicht. Da wird es eine Menge zu erklären geben, mein Lieber, denke ich aufgewühlt.

Bei ihm angekommen, eilt uns auch schon seine Mutter entgegen. Wir sind kaum drinnen, da packt sie sofort beherzt zu, und gemeinsam bringen wir ihn in seine Wohnung nach oben.

»Gott sei Dank bist du endlich zur Vernunft gekommen. Ich hätte mir das nicht mehr lange mit angesehen«, schimpft sie mit ihm und an mich gewandt: »Zum Glück bist du wieder da. Jetzt wird alles gut.« Ihre Stimme ist von Sorge erfüllt, und ich verstehe jetzt gar nichts mehr.

Wir helfen Elias, sich aufs Bett im Schlafzimmer zu legen. Er braucht erst mal Ruhe. So wie er aussieht, scheint er kaum geschlafen zu haben. Bevor ich seiner Mutter aus dem Zimmer folgen kann, hält er mich fest und fragt besorgt: »Du bleibst doch, ja? Hier bei mir?«

»Natürlich«, beruhige ich ihn. »Du bist mir noch eine Erklärung schuldig.«

Er lächelt zufrieden und schließt die Augen. Ich hauche ihm einen Kuss auf seine blassen Lippen und folge seiner Mutter in die Küche. Erschöpft setzt sie sich an den Tisch und winkt mich neben sich. Erst jetzt fällt mir ihr desolater Zustand auf, und ich setze mich zu ihr. Sie gießt mir eine Tasse Tee ein und legt dann ihre Hand auf meine. Ich fühle mich etwas unwohl. Ich kann zwar bereits ahnen, was sich in den letzten Wochen hier abgespielt hat, aber sicher bin ich nicht. Schweigend sitzen wir eine Weile nebeneinander, bis ein Freudenschrei die Stille durchbricht. Elard kommt fröhlich pfeifend in die Küche gestürzt und lacht mich mit seinen perfekten weißen Zähnen an.

»Ich habe dein Auto in der Einfahrt gesehen, da wusste ich sofort, jetzt wird alles gut!«

Ich ziehe verwundert eine Augenbraue hoch und starre beide abwechselnd an. »Könnte mich mal bitte jemand aufklären, was hier los ist?«

Elard setzt sich zu mir, indem er mich mit dem Po auf der Bank etwas weiterschiebt. Dann nimmt er, frech, wie er ist, einen Schluck Tee aus meiner Tasse.

»Bitte bediene dich«, sage ich scherzend, und er bedankt sich mit einem übertriebenen Lächeln. Dann fragt er seine Mutter: »Wo ist Papa?«

»Er kommt erst morgen aus Berlin zurück.«

»Hast du ihn schon angerufen? Ich meine ... deswegen?«, fragt er und nickt gleichzeitig in meine Richtung.

»Deswegen?«, äffe ich ihn nach und verdrehe meine Augen. Er drückt mich fest an sich, bevor er aufspringt und Anstalten macht, zu Elias hochzulaufen.

»Halt!«, ruft seine Mutter. »Er schläft. Er war völlig fertig. Und nein, ich habe deinen Vater noch nicht informiert. Die beiden sind gerade erst gekommen.«

Wie in einem Theaterstück schwenkt mein Kopf von Elard zu seiner Mutter und zurück. Ich würde jetzt gern wissen, was denn nun los ist, und vor allem, weshalb es Elias so schlecht geht. Margarete fängt meinen fragenden Blick auf und lächelt mich gütig an. »Ich bin froh, Lisa. Wie vorhin bereits gesagt, wenn er heute nichts unternommen hätte, hätte ich dich angerufen und darum gebeten, herzukommen.«

Verwundert frage ich: »Warum?«, denn meiner Ansicht nach gibt es dafür keinen Grund. Was hätte ich an seinem desolaten Zustand ändern können? Er hat mich verlassen, wie ich es sonst nur Elard zugetraut hätte ... heimlich und feige. Er hat mir mit der Art und Weise, wie er es tat, ganz genau zu verstehen gegeben, welchen Stellenwert ich bei ihm hatte. Nämlich gar keinen. Er zeigte mir damit, wie unwichtig ich für ihn war.

»Warum«, äfft mich jetzt Elard nach und antwortet dann für seine Mutter: »Weil er uns hier beinahe draufgegangen wäre. Er wollte nicht richtig essen, nicht richtig trinken, ist den ganzen Tag wie ein Scheintoter umhergewandelt. Zwischendurch hat er immer wieder versucht, zu arbeiten, aber es ging nicht. Er ist schon ziemlich lange krankgeschrieben. Du hast dich auch nie wieder gemeldet. Du hast nicht mal gefragt, wie es ihm geht.«

»Also, jetzt reicht es aber, Elard! Ich muss mir von dir kein schlechtes Gewissen machen lassen. Nur zur Erinnerung: Er hat mich verlassen, nicht ich ihn. Und wie widerwärtig er das durchgezogen hat, weißt du. Da werde ich mich nicht auch noch nach seinem Befinden erkundigen. Ich hatte weiß Gott genug mit mir zu tun«, blaffe ich ihn an und lege bei den

Worten ›genug mit mir zu tun‹ unbewusst die Hand auf meinen leicht gewölbten Bauch. Ich hatte während des bisherigen Verlaufs der Schwangerschaft Glück, aber jetzt könnte ich mich auf der Stelle übergeben.

Elard entschuldigt sich augenblicklich, und Margarete erkundigt sich, was er wusste, ob wir uns in der Zwischenzeit gesehen hätten und was er ihr noch verschwiegen hat. Ein Wort gibt das andere, und ich habe das dringende Bedürfnis, mich zu Elias ins Bett zu legen. Ihn in den Arm zu nehmen … bei ihm zu sein. Elard erklärt unterdessen seiner Mutter, dass wir uns ab und zu gesehen haben. Einer musste ja schließlich auf mich achtgeben, weshalb also nicht er? Seine Mutter ist sichtlich entrüstet, denn sie kennt seine Gefühle für mich und wirft ihm vor, die Situation ausgenutzt zu haben. So langsam reicht es mir, und ich haue mit der Faust auf den Tisch. Bums! Augenblicklich kehrt Ruhe ein, und ich versuche möglichst beherrscht, die beiden auf das eigentliche Thema zurückzulenken.

»Was ist denn nun geschehen? Warum ist er in diesem Zustand, und vor allem, warum hat er sich so schändlich aus dem Staub gemacht, wenn es ihn so sehr zu belasten scheint?«

Margarete räuspert sich verlegen, und Elard nickt ihr ermutigend zu. »Sollte er es nicht besser selbst mit ihr besprechen?«, fragt sie ihren Sohn unschlüssig, doch dieser meint nur resigniert: »Nein, verdammt. Er hat weiß Gott genug Zeit gehabt, seinen Fehler zu korrigieren. Erkläre es ihr bitte. Ich glaube, du kannst seine verworrenen Gedanken am besten nachvollziehen. Ich hatte damit immer meine Probleme, und auf mich wollte er ja nie hören.«

Ich blicke gespannt zu Margarete und sage zaghaft: »Bitte …«

»Gut«, lässt sie verlauten. »Ich versuche, dir seine Denkweise nahezubringen. Einerseits schien es mir einleuchtend, doch andererseits habe selbst ich nicht verstanden, weshalb er sich so quält.«

Ich nicke und deute ihr somit an, weiterzusprechen. Doch als Erstes stellt sie mir eine Frage. Eine, auf die ich nicht vorbereitet war. »Lisa, möchtest du eines Tages Kinder haben?«

Unsicher sehe ich zu Elard, dann zurück zu Margarete. Sie wissen es also noch nicht. Ich nicke zaghaft.

»Gut, das kann ich verstehen. Es gibt nichts Schöneres als gemeinsame Kinder«, pflichtet sie mir bei. »Elias hat diesbezüglich starke Bedenken. Was ich auch nachvollziehen kann. Er würde dir nicht zumuten wollen, ein krankes Kind großzuziehen. Er hat Angst davor, seinem Kind könnte das Gleiche zustoßen wie ihm. Verstehst du das so weit?«, fragt sie mit prüfendem Blick. Ich nicke wieder und halte meinen Bauch noch fester. Ich bin bereits schwanger, und das wird mir niemand nehmen. Dann spricht sie weiter: »Elias hat mir vor einiger Zeit erzählt, du hättest angedeutet, dir ein Kind von ihm zu wünschen. Es war kurz nachdem er im Krankenhaus war. Es hat ihn sehr beunruhigt. Tagelang stand er plötzlich neben sich, lief wie ein verwundetes Tier durchs Haus. Dann, wie aus heiterem Himmel, teilte er uns mit, er würde wieder einziehen. Du hättest ihn vor die Tür gesetzt. Anfangs dachten wir, es würde sich wieder einrenken. Ich versuchte, ihn zu trösten, aber er zog sich völlig zurück. Elard war stinksauer auf dich und wollte dich zur Rede stellen, doch er hat uns angebrüllt und uns untersagt, zu dir Kontakt aufzunehmen. Er würde sich etwas antun, sagte er, wenn wir es wagten, uns einzumischen.«

Ich unterbreche sie und stelle richtig, dass er mich verlassen hat, nicht umgekehrt.

»Das stimmt, Lisa. Damit ist er allerdings erst nach und nach rausgerückt. Wir waren fassungslos und konnten uns nicht erklären, weshalb er euch beiden so etwas angetan hat. Erst später habe ich es verstanden, und Elard schimpfte ihn einen kranken Masochisten.«

Elard sieht mich achselzuckend an und grummelt: »Stimmt doch. Manchmal spinnt der einfach.«

Margarete wirft ihm einen bösen Blick zu und wendet sich wieder mir zu. »Ich will versuchen, dir seine Beweggründe zu erklären, damit du nicht allzu böse auf ihn bist. Er braucht dich. Er sagte: Ich liebe sie mehr als mich selbst.«

266

»Das Gleiche habe ich ihm gesagt. Es ist wirklich so. Die Tatsache, ihn zu verlieren, hat mich fast umgebracht«, gestehe ich flüsternd. Sie ergreift meine Hand, und Elard streichelt mir tröstend über den Arm.

»Also, wie gesagt, es war für mich erst schwer zu verstehen, aber um es auf den Punkt zu bringen: Er hat dich nicht verlassen, er hat dich gehen lassen. Er hat entsetzliche Angst davor, dich eines Tages allein zurückzulassen, und der Gedanke, du könntest dann mit einem kranken Kind allein sein, wenn er stirbt, ist unerträglich für ihn. Denn er wird nicht mit dir alt werden, Lisa. Dessen bist du dir doch bewusst, oder?«

Ich wische eine Träne aus meinem Augenwinkel und nicke. »Aber ich verstehe es trotzdem nicht«, schniefe ich.

»Eigentlich ist es ganz einfach. Er wollte dir die Chance geben, ein anderes Glück zu finden. Mit einem gesunden Mann eine Familie zu gründen, gesunde Kinder zu bekommen, gemeinsam alt zu werden und eventuell deine Enkelkinder aufwachsen zu sehen. All das wirst du mit ihm nicht haben, Lisa. Er liebt dich so sehr, dass er auf die wenigen schönen Jahre mit dir verzichten wollte, nur damit du glücklich werden kannst. Er war sehr gemein zu dir, und das hat uns allen fast das Herz gebrochen, denn wir mögen dich sehr und wussten, wie schwer es für dich sein wird. Er musste es auf so harte Weise tun. Er wollte, dass du ihn hasst und vor Wut auf ihn nicht so traurig bist.«

Verdammt! Dieser Idiot, denke ich ungläubig. Wie kann er nur annehmen, dass ich ohne ihn glücklich werden könnte? »Das ist doch verrückt. Wie kann er uns nur so etwas antun? Er weiß, wie sehr ich ihn liebe. Ich will nicht ohne ihn leben, und ich weiß, dass wir ein anderes Zeitmanagement benötigen als andere Paare. Selbst wenn es nur wenige Jahre sein werden, was ich nicht hoffe, sollten wir sie doch gemeinsam verbringen und uns nicht quälen ... oder?«, schniefe ich ungeniert, und Margarete nimmt mich in ihre Arme, um mich zu trösten. Elard sieht mich mitleidig an. Ich glaube, er ist hin- und hergerissen zwischen seinen Gefühlen für Elias und denen für mich. Einerseits wünscht er sich für uns diese kurze, schöne Zukunft. Andererseits bedauert er, dass nicht er es war, auf den meine Wahl fiel. Manchmal legt das Schicksal uns schwere Steine in den Weg, und wir müssen versuchen, ihnen auszuweichen. Egal was wir tun, ob wir darüberzusteigen oder um sie herumzulaufen, sie bleiben trotzdem liegen und müssen überwunden werden.

Das Gespräch hat uns alle erschöpft. Elard zieht sich in sein altes Kinderzimmer zurück, das jetzt als Gästezimmer dient, und ich gehe zu Elias nach oben. Ich möchte bei ihm sein, seine Nähe spüren und mich an ihn kuscheln. Er hat so viel für mich gewagt, mein tapferes Igelherz. Doch er wäre unweigerlich daran zerbrochen, genauso wie ich. Nur das Kind in meinem Inneren hat mich davor zurückgehalten, mir etwas Schreckliches anzutun, denn ohne ihn kann ich nicht leben.

Ich schließe die Tür der oberen Wohnung hinter mir ab. Ich möchte nicht, dass wir jetzt gestört werden. Die Gedanken in meinem Kopf überschlagen sich immer noch, denn auch wenn nun alles gesagt wurde, fehlt doch noch eine Kleinigkeit. Eine Kleinigkeit, die eines Tages groß wird und, so Gott will, aufrecht stehen kann ... unser Kind. Ich habe es verschwiegen. Meine Angst ist groß, sie könnten mich für egoistisch halten und mir vorwerfen, ich würde bewusst in Kauf nehmen, ein krankes Kind zu gebären, aber ich wollte etwas von ihm – etwas, was da ist, wenn er schon lange fort sein wird. Kann das denn keiner verstehen? Ich bin sicher, unser Kind wird gesund sein, denn ich bin es auch. Die Möglichkeit einer Erkrankung ist so verschwindend gering, dass ich sie schlichtweg ignoriere. Basta!

Da liegt er, mein kleiner Held. Er hat sich die Decke bis über die Ohren gezogen, und nur die Nasenspitze lugt unter ihr hervor. Ich schmunzele und setze mich zu ihm. Mein Herz wird schwer, wenn ich daran denke, wie er gelitten haben muss. Für mich war es auch nicht leicht, aber ich konnte mich mit dem Gedanken trösten, etwas von ihm zu besitzen, was mir den Verlust erträglich gemacht hätte. Tapferes Igelherz. Auch wenn ich sein Handeln nicht gutheißen mag, erfüllt es mich doch mit Ehrfurcht, dass er bereit war, seine Zukunft für mein Glück zu opfern.

Ich ziehe mich bis auf Slip und BH aus und kuschele mich an ihn. Er spürt mich und umschlingt mich sogleich. Dann schlummern wir gemeinsam ein. Der Tag ist einer Explosion gleichzusetzen, einer Explosion mit emotionalem Sprengstoff.

Vom schrillen Piepen seiner Armbanduhr werden wir aus dem Schlaf gerissen. Es ist bereits neun Uhr am Abend. Das Piepen erinnert ihn daran, seine Tabletten zu nehmen.

»Bleib liegen. Ich hole sie dir«, flüstere ich, springe aus dem Bett und eile ins Bad. Auf dem Weg dorthin komme ich im Flur an einer Reihe mit kleinen Bildern vorbei, die mir vorhin nicht aufgefallen sind. Es sind Handyfotos von mir, die er in allen möglichen Situationen geschossen hat. Beim Essen, im Bad mit Bademantel, vor dem Kino, im Schuhgeschäft beim Anprobieren und noch viele mehr. Ich bin überrascht. Oftmals bekam ich gar nicht mit, dass er mich fotografiert hat. Eines der Fotos weckt besonders mein Interesse. Ich finde es eine Spur zu erotisch für diese Art Bildergalerie. Ich liege auf meiner Gartenliege auf dem Bauch, mit leicht angewinkeltem rechten Bein. Er hat mich von hinten bei einem Sonnenbad fotografiert. Meine Pobacken werden nur spärlich von meinem Bikinihöschen bedeckt, aber genau das macht es umso reizvoller.

Kopfschüttelnd überreiche ich ihm seine Pillen und den Zahnputzbecher mit Wasser. Er schluckt alle Tabletten brav herunter, und ich stelle den Becher anschließend auf den Nachttisch. Er sieht bedeutend besser aus, was mich stark erleichtert. »Magst du etwas essen? Du musst doch hungrig sein«, frage ich fürsorglich. Seine Antwort lautet: »Danach.«

»Wonach?«, frage ich neckend, weil ich annehme, er hätte etwas Spezielles im Sinn.
»Nachdem ich dir alles erklärt habe«, flüstert er, und ich schüttele den Kopf.

»Nicht nötig, ich weiß schon alles, du kleiner Blödmann. Versprich mir, nie wieder so etwas Dummes zu tun.«

»Soso, das Familiengericht hat also bereits getagt«, stellt er kleinlaut fest, und ich nicke vielsagend.

»Und?«, will ich wissen.

»Was und?«

»Und: Wirst du so etwas Dummes in Zukunft lassen?«, wiederhole ich meine Frage, und er grinst verschämt, hebt die rechte Hand und gelobt feierlich: »Ich schwöre es.« Dann zieht er mich zu sich. Ich glaube, aus dem Abendessen wird dann wohl ein Nachtmahl.

Noch nie haben wir so zärtlich und behutsam miteinander geschlafen. Es war ihm anzumerken, wie froh er war, mich zurückzuhaben. Er genoss meine verspielten Liebkosungen in vollen Zügen, und ich genoss es, ihm erneut zu beweisen, wie sehr ich ihn liebe. Wir streichelten uns bis zur völligen Ekstase mit Händen, Mund und Zunge – überall. Wir zögerten den Moment bewusst hinaus, und der Rausch, der uns ergriff, katapultierte uns in eine andere Dimension. Zwischendurch hatte ich hin und wieder Bedenken, ihn in diesen Zustand der Lust zu versetzen, doch sein Herz ist stark, und schließlich nahm er sich, was er so sehr begehrte. Noch nie habe ich mich von meinem Körper so losgelöst gefühlt wie in dem Augenblick. Als er plötzlich in mir verweilte und ich unter starker Kontraktion meiner inneren Muskeln sein Pumpen wahrnahm, hoffte ich, der Moment würde nie enden. Dazu stöhnte er hinreißend und erfüllte mein Herz mit dieser schmerzhaften Liebe zu ihm, von der ich nicht ahnte, dass es möglich ist, so etwas zu empfinden. Wir sind eins, miteinander untrennbar verbunden, auch durch das kleine Leben, welches in mir heranwächst. Ich muss es ihm sagen – bald. Ich hoffe, er wird es verstehen.

Nach unserem verspäteten Abendessen rufe ich mit schlechtem Gewissen bei Andreas an und stelle auf laut, damit Elias mithören kann. Er geht außer Atem ans Telefon und hört sich schwer atmend meine Entschuldigung an. Elias ruft ein zerknirschtes »Hallo, Andy« ins Telefon, und Andreas lacht fröhlich und reimt: »Vorbei ist die sorgenvolle Zeit – Elias und Lisa sind wieder zu zweit. Oder … halt! Bekomme ich das richtig mit? Ich sollte besser sagen: ab heute zu dritt!«

Mir fällt vor Schreck fast der Hörer aus der Hand. Ich habe Elias noch nichts erzählt, doch Andy scheint der Annahme zu sein, ich hätte. Elias bekommt es in den falschen Hals und ruft in den Hörer: »Nee, lass mal, Andy. Zu zweit ist schon okay, aber natürlich haben wir nichts dagegen, wenn du mal zu uns herunterkommst.«

Puh, denke ich erleichtert. Er hat das zu dritt auf uns drei bezogen, aber Andreas lässt nicht locker und reimt fröhlich weiter: »Okay, Boy, wie du meinst. Jedem seins. Dir ein Leben zu dritt und mir ein Leben mit Torte in meinem Schritt.«

Elias sieht mich fragend an und formt fragend das Wort Torte mit seinen Lippen.

»Thorsten«, flüstere ich. »Ich sollte ihn heute kennenlernen.«

»Aha«, lässt er leise hören, und ich sehe, wie es in seinem Kopf rattert.

Aus dem Hörer brüllt jemand: »Seid ihr noch dran? Ey, Kinder, ich habe echt Besseres zu tun. Im Schlafzimmer wartet eine echte Sahneschnitte auf mich. Ihr entschuldigt mich also?«

Ich breche in albernes Gelächter aus und antworte: »Also deswegen bist du so außer Puste? Der Kleine nimmt dich wohl ganz schön ran, mmh? Na, dann lass ihn nicht zu lange warten.«

»Danke, Lisa, du hast echt Verständnis für einen ausgehungerten Kerl wie mich«, haucht er lasziv ins Telefon, und Elias' Augenbrauen schnellen in die Höhe.

Nachdem ich aufgelegt habe, widme ich wieder meiner Lieblingsbeschäftigung. Mein süßes Igelherz küssen und liebkosen. Mmh ...

»Sag mal, Lisa, ihr sprecht ja recht offen über solche Dinge. Ich hoffe nur, du hast ...« Er lässt den Satz bewusst unbeendet und sieht mich forschend an.
Ich grinse spitzbübisch und ziehe ihn etwas auf: »Er weiß alles. Jede Kleinigkeit, und von den größeren Dingen habe ich ihm auch berichtet«, sage ich anzüglich mit einem Griff in sein Gemächt.

Ihm stockt fast der Atem, und sein Gesicht spricht Bände. Ich könnte mich kugeln vor Lachen, doch dann kläre ich es rasch auf, bevor er in Atemnot gerät. »Natürlich erzähle ich ihm keine Details, aber hiervon habe ich schon mal geschwärmt. Der Lümmel ist echt schön.«

Von meinem Kompliment an seine untere Etage begeistert, küsst er mich stürmisch, was dazu führt, dass sein gerade gelobtes Teil sich stolz in die Höhe reckt. Ich grinse zufrieden und widme mich wieder der anschwellenden Pracht. Doch plötzlich hält er mich zurück und fragt, als sei ihm ein Licht aufgegangen: »Zu dritt?«

Mir wird heiß, aber leider nicht vor Lust, die ist soeben verflogen. Jetzt ist es so weit. Ich muss mit der Wahrheit herausrücken. Aber wie fange ich an? Als Erstes ziehe ich ihn zurück in eine bequeme Lage auf dem Bett, dann streiche ich gedankenverloren über seine Brust entlang seiner Narbe und gebe anschließend zarte Küsse darauf.

»Lenk nicht ab, Lisa. Was hat er damit gemeint?«, fragt er zärtlich und dreht dabei eine meiner Locken um seinen Finger und lässt sie aufspringen.

Ich räuspere mich verlegen und antworte: »Angenommen, wir wären bereits zu dritt, ich meine, nur mal angenommen ... wärst du dann sehr böse auf mich?«

Es dauert eine Weile, bis er flüstert: »Nein, Lisa, nicht böse. Ängstlich, aber trotzdem überglücklich. Es wäre wunderbar, aber die Angst, es könnte so wie ich sein, macht mich wahnsinnig.«

»Ich wünsche mir, es wird wie du«, flüstere ich liebevoll.

Er lächelt mich traurig an und sagt: »Nein, das wünschst du dir nicht wirklich, Lisa.«

Ich stütze mich energisch auf dem Ellbogen ab und sehe ihn herausfordernd an, dann sage ich ernst: »Ich sehe nicht nur deine Krankheit, Elias. Ich sehe dich, wie du wirklich bist. Du bist stark – physisch und psychisch. Du bist tapfer – gehst deinen Weg, auch wenn es manchmal schwer ist. Du bist zärtlich und liebevoll – du wärst unserem Kind ein wundervoller Vater. Du bist tolerant und einfühlsam. Ich reduziere dich nicht auf diesen Schnitt in der Brust – ich liebe dich, weil du Du bist. Weil du mein Igelherz bist.«

»Igelherz«, wiederholt er schmunzelnd und sieht mir tief in die Augen. Ich schlucke schwer bei diesem Blick, dann fragt er: »Wie lange schon?«

Ich stelle mich dumm: »Was meinst du?«

»Lisa, keine Spielchen. Bist du schwanger? Ja oder nein?«

Plötzlich ergreift mich eine irrsinnige Panik. Was, wenn er sich so in diese Krank-sein-Hysterie reingesteigert hat, dass er es nicht ertragen kann, die Wahrheit zu erfahren? Er richtet sich ebenfalls auf und sieht mir aus nächster Nähe tief in die Augen. »Sag schon!«

»Ja«, kommt es kleinlaut aus mir heraus, und seine Reaktion kommt einem Schlag ins Gesicht gleich. Er lässt sich aufs Bett zurückfallen und presst beide Handballen auf die Augen. Dann schluchzt er. Oh Himmel, was habe ich nur getan? Ich dachte völlig egoistisch nur an mich. Nicht an ihn. Ich starre eine Weile auf ihn herunter und mache mich bereits gedanklich darauf gefasst, gleich seine Wohnung zu verlassen. Er will dieses Kind nicht ... aber ich. Somit haben wir ein Problem, welches nicht zu überwinden ist. Schmerzlich berührt flüstere ich, als ich mich aus dem Bett winde: »Es tut mir leid, Elias, dass du dich nicht freuen kannst. Für mich ist es ein Segen. Du wirst dadurch keine Nachteile haben. Ich werde den Namen des Vaters nicht angeben. Du hast keine Verpflichtungen. Jetzt nicht und auch später nicht. Ich verspreche es.« Tränen drängen in meine Augen, und ich habe nur noch den Wunsch, zu verschwinden. Doch plötzlich packt er mich und zieht mich zu sich. Er drückt mich so doll, dass ich fast keine Luft mehr bekomme. »Ich freue mich, verdammt! Ja, Lisa, das ist das Allergrößte in meinem Leben. Ein Kind.« Und dann kommt die ängstliche Frage: »Ist es gesund?«

Ich küsse ihn zärtlich und nicke eifrig. »Ja, mein Herz. Ist es.«

Vierundzwanzig

Der April geht in einen warmen und angenehmen Mai über. Die Natur zeigt sich in voller Pracht. Wie mit Macht wird der Wald grün, und die Vögel zwitschern morgens um die Wette, froh, den kalten Winter hinter sich gelassen zu haben.

Die Umbaumaßnahmen am Haus sind fast abgeschlossen. Wir durften für die restliche Zeit Andys Wohnung nutzen, und er schlief in der Zwischenzeit bei seiner Sahneschnitte. Thorsten ist wirklich eine Sahneschnitte. Der Spitzname Torte wird ihm nicht annähernd gerecht. Ich habe noch nie einen solch femininen und zugleich maskulinen Jungen gesehen. In seiner Ausstrahlung liegt etwas Edles und Feines, wie bei einem Edelmann um die Jahrhundertwende. Seine dichten schwarzen Haare glänzen wie Klavierlack, und die großen schwarzen Augen sehen einen immer mit schwermütiger Würde an. Dabei werden sie sinnlich von seinen langen Wimpern beschattet. Ich habe dann die Assoziation, ihn schützend in den Arm nehmen und ihm gleichzeitig seine Hochmütigkeit aus der Seele prügeln zu wollen. Merkwürdige Anwandlungen sind das, die er in mir hervorruft, aber anders ist es nicht zu beschreiben.

Andreas trägt ihn jedenfalls auf Händen und verwöhnt ihn mit allem, was möglich ist. Ich weiß nicht, ob es ihm manchmal genauso ergeht wie mir und er ihn heimlich verprügeln möchte. Bei dem Gedanken muss ich schmunzeln.

Ich hätte nicht gedacht, dass er nach dem Tod von Axel wieder solche Gefühle entwickeln kann. Aber von mir hätte ich es auch nicht vermutet, und es ist trotzdem geschehen.

Am Montag – es ist mal wieder einer der Tage, an denen alles schiefläuft – beschließt Pia, ihr Kind dem Rest der Welt zu präsentieren. In der Kanzlei geht es drunter und drüber, und dann muss ich auch noch einen völlig hysterischen Mathias ins Krankenhaus fahren, weil er nicht mehr in der Lage ist, sein Auto selbst zu steuern. Männer, denke ich mit einem Anflug von Zynismus. Bille hält derweil die Stellung im Büro. Was bleibt ihr auch anderes übrig? Ingo hat Urlaub, Birgit ist bei einem Mandanten, und Dagmar ist immer noch im Mutterschaftsurlaub.

So schnell ich kann, fahre ich Mathias mit seinem Wagen ins Krankenhaus. Sollten wir geblitzt werden, ginge es auf seine Rechnung. Pia hat sich ein Taxi genommen und traf bereits vor uns ein.

Auf Station angekommen, sehe ich mich interessiert um. Auch ich werde hier mein Kind zur Welt bringen, also nehme ich alles genau unter die Lupe. Pia finden wir, weil wir sie an ihrem Geschrei sofort erkennen. Sie hat starke Schmerzen, wenn eine neue Wehe einsetzt, und insgeheim verfluche ich die Schöpfung dafür, dass ausgerechnet wir, das sogenannte *schwache Geschlecht*, die Kinder bekommen müssen. Schlecht verteilt, schimpfe ich insgeheim und werfe einen bösen Blick gen Himmel.

Mathias zeigt nun, was er bei der Geburtsvorbereitung gelernt hat. Er stellt sich hinter Pia, erinnert sie daran, gleichmäßig zu atmen, und spricht beruhigend auf sie ein. Pia ist von Natur aus eine liebenswerte Person, sie würde niemals fluchen oder einem anderen Menschen Böses wünschen – bis jetzt. »Scheiiiiiiißeeee! Du verdammter Arsch! Du hast mir das angetan!«, brüllt sie Mathias aus Leibeskräften an. Ich renne raus und schütte mich im Flur vor Lachen aus, gemeinsam mit einer anderen Dame, die es zufällig hörte. Oh mein Gott, ich könnte platzen. Nur schade, dass ich Mathias' Gesicht nicht sehen konnte, als Pia ihren Wutanfall hatte. Dafür würde ich wer weiß was geben.

Nachdem ich mich beruhigt habe, strecke ich den Kopf in Pias Zimmer und sage schmunzelnd: »Ich fahre dann mal wieder ins Büro. Ich glaube, ihr zwei kommt ganz gut allein zurecht, oder?« Als Antwort schmeißt Pia mir einen Plastikbecher entgegen, und Mathias nickt verzweifelt.

Zurück im Büro, geht der Wahnsinn weiter. Zwischendurch streckt Bille hin und wieder ihren Kopf in mein Büro und fragt erwartungsvoll: »Und? Schon etwas gehört?«

»Nein«, antworte ich genervt. »Aber du bist die Erste, die es erfährt.«

»Okay, es ist nur … na ja, Max ist schon so aufgeregt.«

Ich nicke verständnisvoll und widme mich wieder meiner Arbeit. Muss sie ausgerechnet heute ihre Wehen bekommen? Ein paar Tage später hätte es doch auch noch gereicht. Na ja, da kann man nichts machen. Ich sage alle Termine von Mathias für heute ab. Das dauert eine Weile, denn jeder überhäuft mich mit Glückwünschen und Toi-toi-toi-Sprüchen. Eine Frau war davon so angetan, dass ich mir sogar den Bericht zu ihrer gesamten Niederkunft anhören musste.

Am frühen Abend kommt die ersehnte Nachricht. Ich sitze mit Bille immer noch im Büro. Elias hat Klein Max unterdessen abgeholt und ist mit ihm zu uns gekommen. Sie klimpern fröhlich auf Ingos PC herum und spielen irgendein Spiel. Ina, so heißt die neue Erdenbürgerin, wiegt 3600 Gramm, ist 55 Zentimeter groß und hat eine kräftige Stimme. Sie sieht natürlich aus wie der Papa, meint Mathias selbstherrlich. Ich verkneife mir ein Grinsen und denke belustigt: So kurz nach der Geburt sehen doch alle Babys wie kleine zerknautschte Kissen aus, oder? Wie kann man da beurteilen, nach wem sie kommen?

Ich beglückwünsche den frischgebackenen Vater, der noch voller Stolz erzählt, er sei nicht umgefallen und habe Pia nach bestem Wissen unterstützt. »Brav gemacht«, lobe ich ihn und versichere ihm, dass hier alles gut läuft. »Morgen werden wir Pia besuchen. Ich glaube, für heute hatte sie genug Aufregung.«

»Kann man so sagen«, erwidert er und verabschiedet sich.

Max ist ganz aus dem Häuschen. Endlich ist seine kleine Schwester da. Elias sieht mich schmunzelnd an. Ich glaube, er denkt gerade daran, wie es bei uns sein wird, wenn unser Kind kommt. Bille zieht sich an und schnappt sich Max, um in ihren wohlverdienten Feierabend zu gehen. Ich knipse überall das Licht aus, dann verlassen wir ebenfalls das Büro.

Die Woche ist schnell vergangen. Nach der Arbeit habe ich Pia besucht, und Elias hat mit Andreas und Thorsten begonnen, unsere Wohnung nach dem Umbau zu renovieren. Wir haben jetzt zwei Zimmer mehr. Eines mit Blick in den Garten und eines nach vorn raus zur Straße. Das Zimmer mit Gartenblick wird das Kinderzimmer, und im vorderen Zimmer bringen wir einen zusätzlichen Kleiderschrank unter, eine Gästecouch und die PlayStation. Dann können die Jungs dort ungestört spielen und belagern nicht immer das Wohnzimmer.

Andreas hat eine Fußbodenheizung in die zwei neuen Räume einbauen lassen. Das Laminat haben sie gemeinsam verlegt, und jetzt sind sie damit beschäftigt, die Decken zu weißen und Tapete anzubringen. Im Kinderzimmer malt Elias gerade in Schönschrift einen Spruch an die Wand, wo das Bettchen stehen soll: *Kleiner Daniel, sorge dich nicht, Mama und Papa achten auf dich.*

Wie gebannt stehe ich im Türrahmen und beobachte, mit wie viel Liebe er die schwungvollen Buchstaben zeichnet. Der Text wird von kleinen Schnörkeln eingerahmt, an deren Enden sich Herzchen und Sterne befinden. Mein Puls fängt an zu rasen, und ein irres Gefühl der Liebe erfasst mich. Ich trete langsam hinter ihn und bestaune mit offenem Mund sein Werk.

»Gefällt es dir?«, fragt er zögernd, ohne mich anzusehen.

Ich drücke mich von hinten an ihn und hauche voller Ehrfurcht: »Es gefällt uns sehr. Kannst du ihn spüren? Er boxt gerade.«
Still verharrt er mit dem Pinsel in der Hand, dann dreht er sich um, kniet vor mir nieder und legt sein mit Farbe beschmiertes Gesicht an meinen Bauch. Schließlich lächelt er glücklich und sagt: »Ich kann ihn spüren – an meiner Wange. Es ist, als würde er mich streicheln.«

Ich greife lächelnd in sein Haar und liebkose ihn zärtlich. »Ich liebe dich, Elias. Dich und Klein Daniel.«

Er haucht einen zarten Kuss auf meinen Bauch und rappelt sich hoch, um sein Meisterwerk zu vollenden. Ich bin stolz auf ihn. Er hat das alles gemeinsam mit Andreas geplant und umgesetzt. Seine Eltern haben sich zur Hälfte an den Kosten beteiligt, damit Andreas uns nicht die Miete erhöhen muss. Und zu unserer großen Überraschung sponsert Elard die Einrichtung für das Kinderzimmer, sobald die Renovierung abgeschlossen ist. Es könnte zurzeit nicht besser laufen. Ich bin rundum glücklich, und die Vorfreude auf unsere bevorstehende Hochzeit rundet das Gesamtbild ab.

Doch wie es im Leben so ist, gibt es jemanden, der darauf achtet, dass du nicht zu übermütig wirst – jemanden, der dir einen Knüppel zwischen die Beine wirft, wenn du am wenigsten damit rechnest. In unserem Fall trifft uns der Knüppel bei einer der Vorsorgeuntersuchungen, denen Elias sich regelmäßig unterziehen muss. Ich habe mir angewöhnt, ihn zu begleiten, und so starre ich wie jedes Mal fasziniert auf den Monitor mit den grünen Herzkurven. Sein Herzton ist laut und deutlich zu hören. Bum-bum ... bum-bum ... bum-bum. Für mich sieht alles wie immer aus. Die Zacken der Kurve bilden große und kleine Spitzen. Elias lässt entspannt alles über sich ergehen. Die letzten Untersuchungen verliefen alle zufriedenstellend. Er verträgt seine Medikamente gut, und das Herz schlägt gleichmäßig und kraftvoll, dennoch äußert sein Arzt sich besorgt zu den Blutwerten. Einige Werte liegen unterhalb der Norm, und er möchte wissen, ob Elias sich in letzter Zeit manchmal unwohl oder erschöpft fühlt.

»Nein. Es geht mir gut. Ich fühle mich besser als je zuvor.«

»Na ja, jetzt wieder. Aber in der Zeit, in der wir getrennt waren, hast du sehr schlecht ausgesehen«, werfe ich besorgt ein.

Der Arzt wird hellhörig und fragt: »Wann war das?«

»Ach, das ist schon lange her. Ein paar Wochen.«

»Monate«, korrigiere ich ihn und der Arzt fragt, wie sich sein Unwohlsein geäußert hat.

Elias rutscht verlegen auf seinem Stuhl herum und erklärt, es sei rein psychischer Natur gewesen. Körperlich hätte er nichts Ungewöhnliches wahrgenommen. Es ist ihm sichtlich unangenehm, sein Gefühlsleben vor seinem Arzt auszubreiten. Dieser sieht ihn eine Weile fragend an und lässt dann seinen Blick zu mir schweifen. Ich verstehe es als Aufforderung, ebenfalls etwas dazu zu sagen. Und so berichte ich, in welchem Zustand ich Elias nach unserer Trennung vorfand. Abgemagert, blass, mit tiefen Augenringen und kaum in der Lage, sich auf seinen Beinen zu halten. Als ich mit meiner Sicht der Dinge fertig bin, schließt Elias betreten die Augen.

Sein Arzt hingegen springt von seinem Stuhl auf und schimpft: »Das ist unverantwortlich. Ich habe Ihnen wiederholt angeboten, psychologische Hilfe in Anspruch zu nehmen. Genau für diese Art von Problemen haben wir unsere Therapiegruppe eingerichtet. Der Gesamtzustand ist wichtig. Nicht nur die Blutwerte und kardiologischen Untersuchungen. Ihr Seelenleben ist wichtig. Körper und Seele müssen im Einklang sein. Wenn eines von beiden in eine Schieflage gerät, kann das zum Schlimmsten führen. Herr von Lauenberg, Sie hätten sich sofort hier im Herzzentrum melden müssen.«

»Aber mir geht es gut«, wirft er energisch ein, und sein Arzt setzt sich mit zitronensaurer Miene wieder hin. Dann erklärt er ihm zum wiederholten Mal die Wichtigkeit des seelischen Zustandes eines Patienten.

»Ihr Immunsystem ist äußerst sensibel, vor allem, da die Immunsuppressiva seine Tätigkeit bis auf ein Minimum herabdrücken, um eine Abstoßung des Organs zu verhindern. Jede psychische Schwankung wirkt sich unweigerlich auf dieses empfindliche System aus. Sie müssen Stresssituationen vermeiden und einen möglichst ausgeglichenen Lebenswandel führen.«

Elias nickt betreten, und sein Arzt spricht weiter: »Es ist gut möglich, dass die Veränderung im Blutwert aus dieser Zeit stammt. Wir werden das in enger gelegten Abständen kontrollieren, damit es auf keinen Fall zu Abstoßungsvorgängen kommt. Bisher zeigt der Zustand des Herzens keine Veränderung, aber ich möchte es im Auge behalten. Bitte kommen Sie ab jetzt alle zwei Wochen zur Kontrolle.«

Mein Herz rast wie verrückt, als wir die Klinik verlassen. Die Angst, ihn zu verlieren, ist wieder in greifbare Nähe gerutscht. Elias scheint es nicht sonderlich zu berühren. Er fühlt sich gut, und somit ist das Thema für ihn erledigt. Für mich jedoch nicht, ich habe eine schlaflose Nacht und sehe entsprechend abgekämpft aus, als ich morgens aus dem Bett steige. Und das an unserem Hochzeitstag – Mist!

Auch nach einem Kaffee geht es mir nicht besser. Das beklommene Gefühl in meiner Magengegend, welches sich seit gestern hartnäckig dort eingenistet hat, ist nicht zu vertreiben.

»Du sollst doch keinen Kaffee trinken«, schimpft Elias mit mir, als er in der Küche erscheint. »Oder willst du, dass Daniel einen Koffeinschock bekommt?«

Ich ziehe eine Grimasse und strecke ihm die Zunge raus. »Achte du mal besser auf dich selbst. Ich kann einfach nicht glauben, dass du damals nicht beim Arzt warst. Du wusstest doch, wie schlecht es um dich stand. Wie konntest du nur so leichtsinnig sein?«

»Oje, jetzt geht das wieder los! Ist es eventuell möglich, dass wir uns heute deswegen nicht streiten? Ich muss dich heute heiraten und eine ehrbare Frau aus dir machen«, zieht er mich bewusst provozierend auf.

»Du musst?«, frage ich wütend.

»Ja, ich muss. Denn wenn ich es nicht tue, werde ich es auf ewig bereuen«, raunt er mir zu und kniet sich zwischen meine Beine, um seinen Kopf in meinen Schoß zu legen. Wie kann ich ihm da böse sein?

»Versprich mir einfach, dass du in Zukunft auf deine Gesundheit achtest.«

»Mache ich«, erwidert er einlenkend und kuschelt sich an mich. Ich halte ihn fest. Nicht nur jetzt, nein, für den Rest meines Lebens.

Ich fühle mich in dem barocken Ambiente des Trausaals im Schloss Schöningen wie eine Prinzessin. Elias' Eltern haben die Räumlichkeiten gebucht, um uns eine Freude zu bereiten. Etwas anderes wäre für die Hochzeit ihres Sprösslings auch nicht infrage gekommen. Sie sind so glücklich, seine Hochzeit erleben zu dürfen. Nie hätten sie damit gerechnet, dass er derjenige sein wird, der von beiden zuerst heiratet und Vater wird. Ihr ganzes Leben hat sich darauf konzentriert, ihn gesundheitlich zu unterstützen, damit er möglichst lange bei ihnen bleibt. Dass er jemals eine eigene Familie gründen wird, wagten sie nie, zu hoffen. Doch nun ist es so weit, und man kann ihnen ansehen, wie stolz sie auf ihn sind.

Ich bin begeistert von diesem Ort. Das Ambiente ist wundervoll, und die anschließende Feier im Schloss wird mit Sicherheit unvergesslich für uns alle sein. Margarete hat darauf bestanden, dass die Familie anschließend dort nächtigt. Auch Stefans Eltern wurden eingeladen. Sozusagen stellvertretend für meine Eltern, die diesen Tag leider nicht mehr erleben können.

Mein Herz klopft aufgeregt, als der Standesbeamte mir die Frage stellt, die ich in Gedanken schon tausendmal mit Ja beantwortet habe: »Frau Lisa Irene Arnstedt, möchten Sie den hier anwesenden Elias Friedhelm Manfred von Lauenberg zu Ihrem Ehemann nehmen? Ihn lieben und ehren, in guten und in schlechten Zeiten? Dann beantworten Sie meine Frage bitte mit Ja.«

Ein Zittern geht durch meinen Körper, und Daniel stupst gegen meine Bauchdecke, als wolle er mir gut zureden. Er ist hellwach und rumort wie verrückt in meinem Inneren herum. Elias lächelt mich glücklich an, und ich sage so laut ich kann: »Ja.«

Der Standesbeamte nickt zufrieden und spricht, nachdem auch Elias die Frage mit Ja beantwortet hat, feierlich weiter: »Hiermit erkläre ich Sie kraft meines Amtes zu Mann und Frau. Sie dürfen nun die Ringe tauschen und anschließend die Braut küssen.«

Zitternd nimmt Elias meine Hand und steckt mir den Ring an, dann küsst er ihn lange, bevor er mir seine Hand entgegenstreckt. Ich stecke ihm seinen Ring an den Finger und küsse ihn ebenfalls. Dann fallen wir uns in die Arme und küssen uns voller Zärtlichkeit und Hingabe. Daniel scheint die Besonderheit des Augenblicks zu spüren und stupst wieder heftig gegen meinen Bauch. Elias hält mich gefangen, als wolle er mich nie wieder loslassen. Die Zeit scheint für einen Moment stillzustehen – für einen Moment, in dem es nur uns beide gibt.

Einige unserer Verwandten räuspern sich sichtlich bewegt, und Stefans Mutter weint leise und möglichst unauffällig. Dann unterzeichnen wir die Papiere, und ich unterschreibe zum ersten Mal mit meinem neuen Namen. Ich bin so aufgeregt, als Elias mir den Füller in die Hand legt und anschließend feierlich hinter mich tritt. *Lisa Irene von Lauenberg.* Es ist vollbracht! Was für ein Gefühl! Ich atme tief ein und gebe meinen Stuhl für Elias frei. Elias unterzeichnet ebenfalls, dann unsere Trauzeugen Pia und Elard.

Wie im Traum nehme ich alles wahr, wie vom Glück berauscht. Es ist beinahe zu viel für mein angespanntes Nervenkostüm. Wir werden geherzt und gedrückt. Alle wünschen uns Glück, da geschieht es. Ein heftiger Stich fährt mir in den Unterleib. Dann noch einer. Ich krümme mich vor Schmerzen, und Elias fängt mich panisch schreiend auf. Der Schmerz ist unerträglich, und ich kann nur noch »mein Kind« röcheln, dann wird alles dunkel.

Fünfundzwanzig

Leise Stimmen dringen an mein Ohr. Mein Kopf fühlt sich an, als hätte jemand ihn aufgeblasen und als könne er jeden Moment zerplatzen. Ein unangenehmes dumpfes Rauschen pulsiert in meinen Ohren, und mein Körper ist schwer wie Blei. Ich blinzle vorsichtig, und helles Licht dringt in meine Pupillen. Ein Schatten fällt über mich, dann spüre ich einen warmen Kuss auf meiner Stirn.

»Hallo, mein Herz. Wie geht es dir?«, fragt die sanfte Stimme an meinem Ohr. »Ich liebe dich.«

Ich blinzle noch mal und öffne dann die Augen. Elias sitzt neben mir auf meinem Bett. Aber wo bin ich? Er sieht hinreißend aus. Er trägt einen anthrazitfarbenen Anzug, sein weißes Hemd hat er zwanglos geöffnet, und die Fliege hängt lässig um seinen Hemdkragen. Sein Haar ist zerzaust, doch sein Gesicht wird von sorgenvollen Falten gezeichnet.

»Was ist denn passiert?«, frage ich mit einem unguten Gefühl. Irgendetwas stimmt nicht.

»Alles ist gut. Wir sind im Krankenhaus. Ich bin bei dir«, haucht er in mein Haar.

Ich überlege ... Krankenhaus ... Hochzeit ... und dann kommt die Erinnerung wie ein Bumerang zurück. Ich bäume mich auf und schreie: »Daniel! Daniel!« Die blanke Panik ergreift mich, und Elias hat alle Mühe, mich zu beruhigen.

»Schhhh ... nicht so laut, oder willst du ihn wecken?«

»Ihn wecken?«, stammele ich verwirrt.

»Da, sieh mal, wie lieb er schläft.« Elias zeigt auf das Wärmebettchen neben meinem, und ich will sofort aufstehen, ihn ansehen, ihn berühren, doch er drückt mich sanft zurück in mein Kissen. »Ganz ruhig. Nicht so schnell. Du bist noch zu schwach.«

»Nein, nein«, bettele ich. »Ich bin nicht zu schwach. Ich muss ihn sehen! Ist alles dran? Ist er gesund?«

Elias unterbricht mich liebevoll. »Er ist kerngesund, es ist alles dran, was dran gehört, und ich bin furchtbar stolz auf dich. Du hast mir das schönste Geschenk zur Hochzeit gemacht, das ein Mann sich nur wünschen kann.« Seine zärtlichen Küsse lenken mich für einen Moment ab, doch dann bestehe ich darauf, aufzustehen. Er hilft mir, mich aufzurichten, damit ich besser in das Wärmebettchen sehen kann. Doch ich merke sofort, wie schwach ich bin, und sinke zurück in mein Kissen. Elias erklärt mir möglichst schonend, was geschehen ist. Zwischendurch kommt eine Schwester, um nach mir zu sehen. Sie beglückwünscht mich und prüft die Zufuhr der Flüssigkeit, die durch einen Tropf in meinen Handrücken fließt.

»Der Doktor wird gleich nach Ihnen sehen, Frau von Lauenberg«, sagt sie im Rausgehen, und ich lasse die Worte in meinem Kopf nachhallen. *Frau von Lauenberg.* Ich lächele glücklich, und Elias fährt fort, mir alles genau zu berichten.

»Du bist zusammengebrochen. Ich dachte, ich muss sterben vor Angst. Elard hat sofort den Notarzt gerufen. Daniel wurde per Kaiserschnitt geholt. Du bist lange Zeit ohne Bewusstsein gewesen. Ich hatte solche Angst, Lisa. Immer drehte sich alles um mich, nie habe ich daran gedacht, ich könnte dich verlieren. Ich konnte gar nicht reagieren, ich war wie gelähmt vor Angst. Elard hat die Initiative ergriffen und mich immer hinter sich hergezerrt. Ich war unfähig, nur einen klaren Gedanken zu fassen. Erst als das Kind da war und der Arzt uns mitteilte, ihr hättet es beide gut überstanden, hat sich der Schock gelöst. Elard war die ganze Zeit bei mir.«

Es muss furchtbar für ihn gewesen sein. Ich hoffe sehnlichst, dass es keine Auswirkungen auf seinen Gesundheitszustand hat, und nehme seine Hand. »Du bist so tapfer, Elias. Wie geht es dir jetzt? Bist du okay?«

Er lächelt glücklich und nickt. »Es war zwar alles sehr aufregend, aber ich glaube, ich habe es gut weggesteckt.«

Wir halten uns eine lange Zeit fest, ohne ein Wort zu sagen. Meine Gedanken sind bei ihm und bei Daniel, bis wir vom Erscheinen des Arztes unterbrochen werden. Er beglückwünscht mich und erklärt mir, was bisher geschehen ist und wie die weitere Vorgehensweise sein wird. So wie es aussieht, werde ich mit Daniel noch eine Weile im Krankenhaus bleiben. Wenn er wach ist, darf ich ihn stillen und zum ersten Mal an die Brust legen. Ich kann es kaum abwarten. Sobald ich etwas stabiler bin, darf ich in Begleitung vorsichtig aufstehen. Sollte ich auf Schmerzmittel nicht verzichten können, muss ich Daniel vorerst die Flasche geben, das leuchtet mir ein. Alles in allem brauche ich mir keine Sorgen zu machen. Daniel hat es gut überstanden. Er ist trotz seines Fliegengewichts von nur 2300 Gramm und der geringen Körpergröße von 45 Zentimetern ein kräftiges Kind, versichert mir der Arzt.

Eine Stunde später ist es so weit. Daniel ist aufgewacht. Mit leisem Weinen verlangt er, gefüttert zu werden, und eine Schwester nimmt ihn behutsam aus seinem Bettchen und legt ihn mir in den Arm. Mein Herz geht über, als ich mein Kind endlich im Arm halte und ansehen darf. Er ist wunderschön, ich bin sprachlos. Wimmernd sucht sein kleiner Mund nach meiner Brust, und ich helfe ihm behutsam. Elias beobachtet uns mit Ehrfurcht, und ich lächle ihn an. »Komm zu uns«, bitte ich ihn, und er setzt sich wieder auf die Bettkante und hält uns im Arm.

Zur Schwester gewandt flüstert er: »In meiner Jacke ist ein Handy. Können Sie uns bitte fotografieren?«
»Aber gerne doch.« Sie nimmt das Handy und macht mehrere Fotos.

»Die werde ich nachher verschicken. Was glaubst du, wie gespannt alle auf unseren kleinen Liebling sind?«

Die Tage im Krankenhaus vergehen schnell. Daniel entwickelt sich prächtig, und ich lerne viel über die Versorgung meines Kindes, wenn ich erst mal mit ihm zu Hause sein werde. Er nimmt von Tag zu Tag mehr Gewicht zu, und ich nehme ihn so oft ich kann zu mir ins Bett. Ich spiele mit seinen kleinen Fingern und summe ihm Kinderlieder vor. Ich streichle seinen Körper und bewege seine Gelenke. Elias küsst und herzt ihn, sobald er wach ist, und säubert ihn nach jeder Mahlzeit liebevoll. Er macht das richtig gut.

Mitte Juli werden wir aus der Klinik entlassen. Der stolze Papa holt uns feierlich nach Hause und präsentiert uns das Kinderzimmer. Elard und er haben es gemeinsam eingerichtet. Ich bin sprachlos. Eine Mutter hätte es nicht schöner gestalten können. Ich sehe ihn dankbar an und zeige Daniel sein neues Reich. Über dem Bettchen, wo der schöne Spruch geschrieben steht, kleben nun kleine Bildchen in den Herzen und Sternen. Es sind die ersten Fotos von uns, welche die Krankenschwester von uns gemacht hat. Es ist wunderschön.

Daniel ist der Star der Familie. Margarete und Ferdinand machen keinen Hehl daraus, wer ihr neuer Liebling ist. Sie überhäufen ihn mit Geschenken, und sogar Elard zeigt ganz neue Seiten. Ich hätte nie für möglich gehalten, wie ein Mann sich verändern kann, wenn er Onkel geworden ist. Es gibt

Zeiten, da muss ich förmlich darum kämpfen, mein Kind auch mal auf den Arm nehmen zu können.

Elias entwickelt sich mehr und mehr zur Glucke. Dicht gefolgt von Onkel Andreas und Onkel Sahneschnitte. Die drei rauben mir manchmal den letzten Nerv, und so spielt sich in unserem Haus so langsam das Leben mit Kind ein. Daniel ist ein Schatz. Er schreit selten, schläft bereits die Nächte durch und benimmt sich im Gegensatz zu seiner Cousine Ina immer anständig. Er ist ein kleiner Wonneproppen und bereichert unser aller Leben. Andreas und Thorsten sind begeistert von ihm, und ich denke darüber nach, Andreas zu bitten, sein Pate zu werden.

Pia hingegen steht kurz vor einem Nervenzusammenbruch. Ina schreit ständig, will nicht durchschlafen und kotzt immer ihre Milch aus. Die Kleine ist dermaßen überdreht, dass ich jedes Mal froh bin, wenn sie wieder weg ist. Der Arzt meint, sie leide an Koliken, die sehr schmerzhaft sein können. Pia muss sich nun einer strengen Diät unterziehen, da sie weiterhin stillen möchte.

Max hat nach seiner anfänglichen Euphorie erst mal Abstand genommen. Er kann mit dem kreischenden Bündel nicht viel anfangen. Na ja, das wird sich sicherlich später ändern, sobald etwas Normalität im Hause Buchwald eingekehrt ist. Im Moment jedoch wandeln Pia und Mathias mit tiefen Augenringen und gespenstischer Blässe durchs Leben.

Der Sommer in diesem Jahr ist einfach nur herrlich. Wir verbringen die warmen Tage gemeinsam in unserem Garten, und Daniel wird sofort bespielt, sobald er wach ist. Irgendein Onkel ist immer zur Stelle. Sogar Elard besucht uns häufiger als früher. Minka hat einmal vorsichtig in Daniels Wiege gelugt und sich anschließend gelangweilt abgewandt. Nun beachtet sie ihn nicht mehr, nur in den seltenen Momenten, wenn er mal schreit, hört sie interessiert zu und beäugt ihn argwöhnisch.

»Sag mal, hast du abgenommen?«, frage ich Elias, als er in Badehose auf die Terrasse kommt.

»Nein.«

»Doch, hast du. Wie viel wiegst du jetzt?«

»Woher soll ich das wissen?«

»Du wirst doch bei den Kontrolluntersuchungen regelmäßig gewogen. Also los, wie viel wiegst du?«

»Ach, lass mich doch. Ich bin okay. Mach dir keine Sorgen.«

Sein abwehrender Ton macht mir sehr wohl Sorgen. Ich kenne ihn. Er verbirgt etwas vor mir. Jetzt darf ich nicht zu forsch vorgehen, sonst macht er sofort dicht. Seitdem Daniel auf der Welt ist, versucht er, mir allen Kummer vom Leib zu halten, aber es ist keine Lösung, wenn er sich den Kummer zu Herzen gehen lässt und dabei erkrankt.

»Komm mal her«, bitte ich ihn liebevoll und mache ihm Platz auf meiner XXL-Liege. Er legt sich zu mir, und wir kuscheln uns aneinander. »Du bist ein borstiger, stacheliger, böser kleiner Igel, mein Herz«, schelte ich ihn vorsichtig mit einem versöhnlichen Lächeln. Er grinst herzerweichend, und ich kann nicht anders. Ich greife in sein Haar und ziehe ihn auf mich. Er begräbt mich unter sich und bedeckt mein Gesicht mit zarten Küssen. Ein prickelndes Gefühl macht sich zwischen meinen Schenkeln breit, und ich drücke mich aufreizend an ihn.

»Vorsicht, schöne Frau, ich bin ein stachliger Igel«, scherzt er verspielt, und ich streife mit der Hand über die Schwellung in seiner Hose.

»Mmh, und was für ein Stachel, Herr von Lauenberg. Ich hätte nichts dagegen einzuwenden, wenn Sie mich damit piken.«

»Wie du willst, aber zuerst möchte ich von dir kosten«, gurrt er verführerisch und senkt seine Lippen auf meine Brust. Vorsichtig schiebt er mein Bikinioberteil zur Seite und legt seine vollen Lippen um einen meiner Nippel. Sofort schießt Milch heraus, und er beginnt, zu saugen. Das Gefühl ist unbeschreiblich, anders als bei Daniels hungrigen Bemühungen. »Verdammt ... Elias! Was machst du denn?«, stöhne ich in einer Mischung aus Lust und Unverständnis. Das Gefühl erregt mich auf seltsame Weise.

»Kosten. Habe ich doch gesagt«, nuschelt er an meiner Brust und leckt im Wechsel über den einen und dann über den anderen Nippel. Ich vergehe fast vor Begierde und versuche, ihn davon abzuhalten, mich hier im Garten zu vernaschen.

»Warum so spröde, Frau von Lauenberg? Ich bin Ihr Ehemann. Ich darf Sie vernaschen, wann immer mir danach gelüstet.«

»Aber nicht hier im Garten. Oder willst du unseren Nachbarn einen kostenlosen Porno bieten?«

Er denkt tatsächlich darüber nach, ob es ihn antörnen könnte, mich vor den Augen der Nachbarschaft zu verführen. »Untersteh dich, auch nur einen Moment länger darüber nachzudenken«, fauche ich ihn an. Daraufhin zieht er mich hoch und zerrt mich ins Wohnzimmer. Weiter schaffen wir es auch nicht. Wir reißen uns unsere Badebekleidung vom Leib, und schon werde ich auf die Couch gepresst. Elias ist wie von Sinnen und dringt mit einem kräftigen Stoß in mich ein. Ob das von der Muttermilch kommt?, frage ich mich belustigt. Wohl kaum. Eher davon, dass ich seit Daniels Geburt mein Augenmerk auf unser Kind lege und nicht so wie sonst auf ihn. Er scheint sich vernachlässigt zu fühlen, und nun übermannt ihn die Lust wie ein reißender Strom. Ich liebe es, wenn er mich seine männliche Gier spüren lässt. Dieses unbändige sexuelle Verlangen, welches sich mit jedem Stoß mehr entfacht. Plötzlich hält er inne und lässt seinen Blick über mich gleiten. Mit seinen Händen knetet er erotisierend meine Brüste. »Wow, wie groß sie sind. Weißt du eigentlich, wie mich das anmacht? Wie ein praller süßer Pfirsich liegst du unter mir, und ich darf dich nehmen, in dich stoßen und mich in dir vergessen«, haucht er verträumt.
Meine Antwort ist ein lautes Stöhnen. Ich will, dass er sich in mir vergisst – jetzt!
Er tut mir den Gefallen und steigert sein Tempo. Ich halte mich an ihm fest, während wir gemeinsam einen gierigen Höhepunkt erreichen, der uns anschließend erschöpft zurücklässt.

Elias erholt sich langsamer davon als sonst. Er zieht sich behutsam aus mir zurück und lässt sich auf den Boden sinken. »Oh Mann, das war irre. Ich bin total hinüber.«

Unruhig sehe ich nach ihm. Gut, mir hat es auch gefallen, aber ich fand es nicht anstrengender als sonst. Im Gegenteil, da haben wir schon andere Situationen erlebt. »Bist du okay? Magst du etwas trinken?«, frage ich besorgt. Die Wärme könnte ein Auslöser für seine Erschöpfung sein.

»Ja, vielleicht einen Schluck Wasser. Das wäre nett von dir.«

Ich springe auf und renne in die Küche. Ich muss damit aufhören, ständig die Flöhe husten zu hören. Ich darf mich nicht immer verrückt machen. Es ist warm heute, wir hatten eine Weile keinen Sex, das wird die Ursache für seine Erschöpfung sein. Alles ganz normal, rede ich mir ein. Doch als ich zurückkomme, nagen wieder die Zweifel an mir. Er wirkt blass und etwas zittrig.

Auch in den kommenden Tagen steht er irgendwie neben sich, und nach einem heftigen Streit nötige ich ihn dazu, ins Herzzentrum zu fahren. Damit er mir nichts verheimlichen kann, begleite ich ihn vorsichtshalber nach Hannover.
Daniel scheint meine Nervosität zu spüren und quengelt nur herum, was sonst gar nicht seiner Natur entspricht. Elias sitzt hinterm Lenkrad wie ein Schaf, welches zur Schlachtbank fährt.

»Hast du heute Morgen deine Temperatur gemessen?«, will ich wissen. Sein Hausarzt hat mir erklärt, eine erhöhte Temperatur könne auf einen Abstoßungsprozess hindeuten.

»Ja.«

»Und?«, hake ich nach.

»Leicht erhöht«, grummelt er genervt.

»Wie leicht?«, bohre ich weiter.

»37,8 Grad.«

»Verdammt!«, schreie ich. »Das ist nicht erhöht! Du hast Fieber, Elias. Warum nimmst du es nur so auf die leichte Schulter?«

»Tue ich ja nicht, aber es nutzt auch nichts, jetzt in Panik zu verfallen. Wir sind gleich da, dann wird sich herausstellen, ob mir etwas fehlt«, versucht er, mich zu beruhigen. Doch es fällt mir schwer, Ruhe zu bewahren. Er wirkt schrecklich beherrscht und beinahe so, als könne man seine körperlichen Anzeichen ignorieren. Ich kann das nicht.

An der Klinik angekommen, lenkt er den Wagen auf den Parkplatz und stellt den Motor ab. Erst jetzt merke ich, wie sehr ihn die Fahrt angestrengt hat. Er lehnt sich zurück und lässt seinen Kopf gegen die Kopfstütze fallen.

»Was hast du?«, frage ich besorgt, und er dreht seinen Kopf zu mir und sieht mir tief in die Augen. Mein Magen zieht sich unwillkürlich zusammen, als ich seine Verzweiflung erkenne.

»Ich habe eine Scheißangst, Lisa«, flüstert er und mir wird klar, dass er nur den Mutigen gespielt hat, um mich nicht noch mehr zu beunruhigen. Er weiß sehr wohl, wie heikel sein Gesundheitszustand ist.

Ich drücke seine Hand und lächle ihm aufmunternd entgegen. »Du bist stark, du schaffst es.«

Er nickt und antwortet: »Ja, ich werde stark sein. Ich verspreche es dir ... dir und Daniel.« Dann steigt er aus und holt den Kinderwagen aus dem Kofferraum.

Oben im Behandlungsraum werden sofort Blutproben entnommen und eingehende Untersuchungen durchgeführt. Als er am EKG angeschlossen wird, fällt mein Blick wieder auf die grün schimmernden Zacken auf dem Monitor, die im Takt zu seinem Herzschlag nach oben und nach unten entlang einer dünnen Linie springen. Zick-zack ... bum-bum ... zick-zack ... bum-bum ... zick-zack ... bum-bum! Ich lausche seinem Rhythmus und kann nichts Ungewöhnliches ausmachen. Es hört sich an wie immer.

Doktor Berger, der Kardiologe, möchte zusätzlich einen Herzultraschall durchführen. Sollte dabei nichts festgestellt werden, muss Elias hierbleiben. Eine Biopsie wird dann unerlässlich sein.

»Ist das wirklich erforderlich?«, frage ich verängstigt, und er erklärt mir, es sei unbedingt notwendig, abzuklären, woher das Fieber und die Schwäche kommen. Oft seien es die ersten Anzeichen für eine Abstoßung. Je schneller jetzt reagiert wird, desto besser für sein Herz.

»Es gibt leichte Veränderungen zur letzten Untersuchung. Sehen Sie hier«, sagt er zu Elias und zeigt auf die grünen Zacken des EKGs auf dem Monitor. Elias sieht verängstigt seine Herzkurve an, und ich kann es bald nicht mehr ertragen, ihn an diese Maschine angeschlossen liegen zu sehen. Ich fühle mich in diesem Augenblick so hilflos.

»Angenommen, es besteht ein Abstoßungsvorgang, was wird in diesem Fall getan?«, frage ich zittrig, und die Zacken auf dem Monitor schlagen in dem Moment so hoch aus wie noch nie. Doktor Berger versucht, mich zu beruhigen, und meint, es wäre besser, ich würde draußen warten. Er schiebt mich behutsam aus dem Behandlungsraum, wirft einen liebevollen Blick auf meinen schlafenden Daniel und erklärt mir vor der Tür mit gedämpfter Stimme: »Frau von Lauenberg, Sie dürfen Ihren Mann mit solchen Fragen nicht unnötig aufregen. Versuchen Sie, ihm gegenüber etwas mehr Zuversicht zu zeigen. Er befindet sich zurzeit in einer schwierigen psychischen Verfassung.«

»Warum?«, frage ich ängstlich.

»Das ist doch offensichtlich. Wie Sie mir vorhin schilderten, hatten Sie eine Frühgeburt. Sie brachen an ihrem Hochzeitstag zusammen. Das hat ihn schwer mitgenommen. Und dann die neue Situation mit dem Kind – zusätzliche Verantwortung. Er wird sich fragen, ob er dem gerecht werden kann.«

Ich starre ihn mit offenem Mund an, und erste Tränen sammeln sich in meinen Augen. Ich könnte mich ohrfeigen. Ich habe ihn mit meiner Hysterie noch mehr verunsichert. Doktor Berger drückt verständnisvoll meinen Arm und sagt: »Seien Sie jetzt einfach für ihn da und geben Sie ihm das Gefühl, Sie hätten vollstes Vertrauen in seine Genesung. Versuchen Sie, Ihre Zweifel für sich zu behalten. Ich weiß, was ich von Ihnen verlange, aber es ist besser für ihn.«

Ich nicke stumm und drücke den Maxi-Cosi, in dem Daniel schlummert, enger an mich.

»Ich verspreche Ihnen, wir werden alles für ihn tun. Und Sie versprechen mir, in seiner Gegenwart Stärke zu zeigen. Verunsichern Sie ihn nicht mit Ihrer eigenen Unsicherheit.«

»Versprochen«, beteuere ich. Dann verschwindet er wieder im Behandlungsraum.

Es kommt so, wie ich es bereits befürchtet hatte. Elias muss hierbleiben und sich einer Biopsie unterziehen. Einige Symptome passen nicht zusammen, aber jeder Körper reagiert nun mal etwas anders. Ich hatte zum Beispiel das Gefühl, er hätte etwas Gewicht verloren, doch bei einer Abstoßung und der damit verbundenen Fehlfunktion des Herzens wäre es eher zu einer kurzzeitigen Gewichtszunahme gekommen, weil sich im Gewebe Wasser einlagert.

Er sieht traurig aus, als ich ihn allein in seinem Zimmer zurücklasse, um einige Sachen von zu Hause für ihn zu holen. Die Rückfahrt ist der reinste Horror für mich. Ich kann mich kaum auf den Verkehr konzentrieren. Dazu kommt auch noch, dass die A 2 mal wieder mehrere Baustellen hat, in denen einem die Lastwagen gefährlich nahe kommen. Ich hasse diese Autobahn, die die Ost-West-Achse durch Deutschland bildet. Meine Gedanken schweifen ständig ab, meine Ängste scheinen wie eine dunkle Wolke immer näher zu kommen. Sollte Elias etwas zustoßen, werde ich nie wieder ich selbst sein. Hinten im Wagen weint Daniel. Er ist wach geworden und hat Hunger. Jetzt wäre eigentlich die Zeit, ihn zu füttern, aber ich will erst mal zu Hause sein.

Andreas erwartet mich bereits mit fragender Miene und hilft mir, Daniel und den Kinderwagen ins Haus zu bringen. Thorsten hat Tee aufgesetzt, und ich schnappe Daniel und setze mich mit ihm in die Küche, um ihn zu stillen. Gierig saugt er an meiner Brust, und ich spreche ihm beruhigende Worte zu. Thorsten sieht uns verzückt zu und lächelt dabei verschämt, wenn ich ihn ansehe. Andreas setzt sich zu uns, und ich berichte in knappen Worten, dass Elias vorerst in Hannover bleiben muss. Eine betretene Stille setzt ein. Nur das saugende Geräusch von Daniels Lippen an meiner Brust ist zu hören.

Dann beendet Andreas das Schweigen: »Wenn du magst, kommen wir mit nach Hannover. Du kannst den weiten Weg nicht allein zurückfahren, schon gar nicht mit dem Kind. Wir könnten Daniel vorher zu deinen Schwiegereltern bringen. Kannst du Milch abpumpen?«

Ich nicke dankend und bitte ihn, mir das Telefon zu bringen. Margarete ist beunruhigt, doch ich versuche, ihr ihre Angst zu nehmen. »Macht euch keine Sorgen. Es sind Routineuntersuchungen.«
»Aber eine Biopsie ...«

»Margarete, bitte. Noch kann ich dir nichts sagen. Ich weiß nichts Genaues. Morgen sieht das sicherlich anders aus. Kann ich Daniel zu euch bringen? Ich fahre gleich wieder nach Hannover.«

»Aber du kannst doch nicht allein ...«

»Ich fahre nicht allein. Andy und Torte kommen mit.«

»Das ist gut. Sobald er ein Telefon auf dem Zimmer hat, soll er sich bei uns melden. Das Handy darf er dort nicht benutzen.«

»Ich weiß, Margarete. Ich melde mich, sobald ich da bin. Jetzt bringe ich euch erst mal Daniel.«

»Gut, Liebes. Bis gleich.«

Die kommenden Tage sind für mich wie eine Mischung aus Verzweiflung und zaghaftem Hoffen. Natürlich muss ich, wie Doktor Berger versprochen, vor Optimismus nur so strotzen, sobald ich in sein Krankenzimmer trete. Durch die Biopsie konnte festgestellt werden, dass der Abstoßungsprozess in vollem Gange ist. Ich wurde fast ohnmächtig, als ich davon erfuhr. Jetzt bekommt er drei Mal täglich hoch dosiertes Cortison und ein neues Präparat zur Dämpfung des Immunsystems. Manchmal ist es erforderlich, ein anderes Medikament auszuprobieren. Das bisherige Arzneimittel scheint in seiner Funktion nicht ausreichend zu sein. Dazu kommen die einschneidenden Erlebnisse in der letzten Zeit. Unsere Trennung, der Schock bei unserer Hochzeit, als ich zusammenbrach, meine Frühgeburt und die neue Verantwortung, der er sich als Familienvater stellen muss. Das wäre für einen halbwegs gesunden Mann schon schwer zu verkraften. Elias warf es völlig aus der Bahn, und sein Körper hat das Ventil an seiner schwächsten Stelle geöffnet – an seinem Herzen.

Mein kleines Igelherz, denke ich wehmütig, wenn ich nun bei ihm sitze und zärtlich seine Hand streiche. Sein Gesicht ist etwas aufgedunsen vom Cortison, und er wirkt erschöpft. »Morgen werden Pia und Mathias dich mit Ina besuchen.« »Um Gottes willen. Die wollen mich wohl frühzeitig unter die Erde bringen«, scherzt er angestrengt, und ich schüttele den Kopf.

»Wie kannst du denn so etwas sagen?«, schelte ich ihn für den schlechten Scherz.

»Na ja, die denken wahrscheinlich praktisch. Frei nach dem Motto: Wer früher stirbt, ist länger tot.«

Geschockt starre ich ihn an. Sein makabrer Humor geht mir langsam an die Nieren. Es fällt mir schwer, nicht laut loszuheulen. Er liegt nun bereits seit über einer Woche hier, und ob die Medikamente anschlagen und der Abstoßungsprozess somit gestoppt wird, steht noch nicht fest.

Etwas niedergeschlagener sagt er: »Galgenhumor. Ich habe seit heute Morgen ein HU.«

»HU?«, wiederhole ich fragend.

»Ja. High Urgency – sehr dringlich«, erklärt er niedergeschlagen. »So wie es aussieht, haben die Ärzte nicht viel Hoffnung, dass die Medikamente anschlagen. Die Werte sinken weiter in den Keller.«
Mir entgleiten alle Gesichtszüge. HU – High Urgency – ist die höchste Dringlichkeitsstufe, die an Eurotransplant in Holland weitergeleitet wird, wenn es um ein benötigtes Spenderorgan geht. Dort werden alle Daten der eingehenden Spender und Empfänger abgeglichen, um ein geeignetes Organ zu finden. Elias steht also wieder auf der Liste. Er wird sein Herz

verlieren, sonst hätten sie ihn nicht mit erster Dringlichkeitsstufe angemeldet.

In mir brechen alle Dämme. Ich wollte stark für ihn sein, aber jetzt schwimmen mir alle Felle weg. Ich werfe mich schluchzend auf ihn und lasse meinen Gefühlen freien Lauf.

Er streichelt mein Haar und drückt mich an sich. »Es wird schon alles gut gehen. Ich habe es schon einmal geschafft. Ich kämpfe, Lisa, jetzt noch mehr als damals. Ich verspreche es dir. Es geht nicht nur um mich, es geht um uns. Ich will sehen, wie Daniel aufwächst, wie er eingeschult wird und, wenn möglich, sein stolzes Gesicht, wenn er in sein erstes eigenes Auto steigt. Ich werde nicht aufgeben – niemals, Lisa!«, verspricht er mir und ich schniefe: »Ich werde an dich glauben, Elias. An deinen Mut, deine Kraft und deine unbändige Entschlossenheit. Du wirst ihm sein erstes Auto schenken, und er wird dich stolz darin umherfahren«, antworte ich mit möglichst fester Stimme. Der Zeitrahmen ist weit gewählt, aber durchaus realistisch, sollte er eine zweite Chance erhalten.

Sein Zustand verschlechtert sich Tag für Tag. Seine Eltern haben wieder ein Hotelzimmer in Hannover genommen, um jeden Tag bei ihm sein zu können. Ich bin ebenfalls jeden Tag bei ihm und fürchte darum, meinem Kind nicht gerecht zu werden. Aber Elias hat jetzt Priorität. Vielleicht sind es unsere letzten Wochen, die wir gemeinsam haben, da möchte ich ihm die Zeit so schön wie möglich machen. Leider durfte er nicht nach Hause. Normalerweise können Empfänger für eine Organspende zu Hause warten und werden zeitgleich informiert, sobald das passende Organ gefunden ist. Aber in Elias' Fall ist jetzt bereits zu befürchten, dass sein Herz innerhalb der kommenden Tage komplett versagt. Dann muss er umgehend an das künstliche Herz angeschlossen werden. Was das bedeutet, möchte ich mir noch nicht vorstellen.

Ich versuche, ihn so gut wie möglich aufzumuntern, und bringe, so oft ich kann, Daniel mit in die Klinik. Die Schwestern hätscheln ihn, wenn er ihnen seine kleinen Ärmchen entgegenstreckt und sie freundlich angluckst. Elias ist überglücklich und dankbar für jede Sekunde, die er mit ihm verbringen darf.

Heute ist ein besonders schwerer Tag für ihn. Wir haben den zwanzigsten August. Er liegt nun schon über fünf Wochen in der Klinik. Heute vor drei Jahren erhielt er das Herz, welches wir insgeheim immer noch für Stefans Herz halten. Vor ein paar Tagen quälte er mich mit seinem Galgenhumor und meinte: »Stefan will dich nicht an mich verlieren, darum nimmt er mir jetzt sein Herz wieder weg.« Ich brach natürlich wie auf Kommando in Tränen aus, und Elias entschuldigte sich anschließend zerknirscht.

Daniel lenkt ihn mit gurgelnden Geräuschen und einem herzerweichenden Lächeln ab. Er hält ihn behutsam im Arm und erzählt ihm, was er alles mit ihm machen wird, sobald er aus dem Krankenhaus entlassen wird. Mein Herz krampft sich unnatürlich zusammen, wenn ich ihn reden höre. Es kostet mich so unendlich viel Kraft, für ihn stark zu sein. In meinem Inneren herrscht derzeit das blanke Gefühlschaos. Emotionsschübe wechseln zwischen Euphorie und Resignation. In einem Moment bin ich von seiner Genesung überzeugt, und im nächsten Moment stehe ich vor dem tiefen Loch, in das ich fallen werde, wenn er nicht mehr da ist.

Die gesamte Familie ist am Ende ihrer Belastbarkeit. Sogar Elard ist vor einigen Tagen heulend in meinen Armen zusammengebrochen. Er macht sich schreckliche Vorwürfe, weil er ihn immer so gemein behandelt hat. Er sagte: »Ich gäbe alles dafür, wenn ich es wiedergutmachen könnte.« Und ich habe geantwortet: »Er weiß, dass du ihn liebst. Er hat dir schon lange vergeben.«

Andreas hält unterdessen mit Thorsten die Stellung im Haus und kümmert sich um Minka. Aus seinen Ausführungen kann ich schließen, dass die beiden nun meine Katze adoptiert haben und sie nach Strich und Faden verwöhnen. An den Wochenenden leisten sie Elias Gesellschaft und spielen mit ihm Karten oder lästern über die Leute in unserer Straße. Ich nutze diese Zeit, um mich im Hotel bei seinen Eltern frisch zu machen und etwas auszuruhen.

An den Tagen, wo Pia es gut meint und ihm mit Ina einen Besuch antut, braucht er mindestens drei Stunden, um sich davon zu erholen. Nach ihrem letzten Besuch habe ich also vorsichtig angedeutet, es wäre doch besser für Ina, wenn man ihr die morbide Krankenhausatmosphäre ersparen würde. Es ist wirklich nichts für ein Kind. Sie nickte dankbar und lässt Ina jetzt zu Hause, wenn sie Elias besucht. Ich bin erleichtert.

Die Tage vergehen, und nichts tut sich. Sein Zustand verschlechtert sich nun stündlich, und das Warten auf ein geeignetes Organ betäubt mich innerlich. Ich wandele nur noch wie der Geist meiner selbst umher. Wenn ich nicht den Rückhalt der Familie hätte, wäre ich bereits vor Wochen nach Königslutter in die Psychiatrie gekommen. Wir richten uns gegenseitig immer wieder auf, wenn mal der eine oder der andere vor einem Zusammenbruch steht. Und gemeinsam sind wir stark für Elias.

Dank einer heißen Milch mit Honig schlafe ich endlich mal wieder ein wenig. Ich träume wirres Zeug von Stefan und wie er versucht, Elias das Herz aus der Brust zu reißen. Dann weckt mich jemand unsanft und ruft: »Komm schnell, Lisa. Schwester Kerstin hat angerufen. Es geht ihm schlechter. Beeil dich!«

Ich bin sofort hellwach, und die Panik, die in mir aufsteigt, ist nicht zu beschreiben. Mein Herz rast, und wenn ich könnte, würde ich es aus meiner Brust reißen und ihm zu Füßen legen. Was wird jetzt aus mir? Was wird aus unserer kleinen Familie, für die er bis zum Schluss so hart gekämpft hat? Ich springe in das Taxi, welches Ferdinand gerufen hat, und gemeinsam mit seinen Eltern fahre ich in die Klinik. Insgeheim weiß ich, es wird meine letzte Fahrt hierher sein. Ein betäubendes Gefühl der Machtlosigkeit steigt in mir auf. All die Hoffnung, all das Vertrauen in unsere moderne Medizin … alles umsonst. Ich werde ihn verlieren. Still weinend drücke ich mein schlafendes Kind an meine Brust, einer Ohnmacht nahe.

Auf der Station herrscht reges Treiben. Er befindet sich bereits im OP-Trakt. Die Vorbereitungen für den Anschluss eines künstlichen Herzens werden bereits getroffen. Wir können nicht mehr zu ihm. Wenn er jetzt stirbt, denke ich verzweifelt, konnte ich mich nicht mal mehr von ihm verabschieden. Schwester Kerstin spricht uns Mut zu, aber ehrlich gesagt kann ich darauf verzichten. Ein Arzt kommt zu uns und informiert uns über den Eingriff. Wenn alles gut geht, kann er mit dem künstlichen Herzen sogar später nach Hause, bis ein passendes

Organ gefunden ist. Neue Hoffnung keimt in mir auf. Es hört sich an, als hätte er gute Chancen, den Eingriff durchzustehen. Ich falle dem Arzt vor Freude fast um den Hals. Jetzt heißt es warten. Warten auf das Ende der Operation. Wir wollen gerade in die Cafeteria hinunter gehen, da wird der Arzt angepiept. »Bitte entschuldigen Sie mich für einen Moment.«

Er verschwindet ins Schwesternzimmer und führt ein längeres Telefonat. Durch die offene Tür hören wir, dass er anschließend im OP-Trakt anruft und den dort verantwortlichen Arzt informiert: »Für von Lauenberg sofort alles abbrechen. Eurotransplant hat gerade angerufen. Wir können transplantieren! Wir haben Glück, das Herz wird in nur fünf Stunden hier eintreffen.«

Wie ein Blitz schlägt die ungewollt belauschte Nachricht in meinem Hirn ein, und ich fange an, hysterisch zu heulen. Margarete zieht mich in ihre Arme, und Ferdinand spricht ein Stoßgebet gen Himmel. Der Arzt kommt aus dem Schwesternzimmer gerannt, stoppt vor uns und lächelt freudestrahlend. »Ich werde Sie umgehend informieren. Ich vermute, Sie haben es mitgehört?«

Wir nicken aufgeregt und Schwester Kerstin hält hinter der Glasscheibe zum Schwesternzimmer beide Daumen hoch und ruft: »Toi, toi, toi!«

Mein Gefühlsleben ist völlig aus den Fugen geraten. Innerhalb kürzester Zeit habe ich mich innerlich von meinem Mann verabschiedet, neue Hoffnung geschöpft, und jetzt bange ich darum, dass er seine zweite Transplantation überlebt. Das Warten zermürbt mich. Mittlerweile ist auch Elard eingetroffen und hält sich mir gegenüber an einem Kaffeepott fest. Wir sitzen in der Kantine der Klinik und warten. Der Zeiger der Wanduhr scheint sich kaum zu bewegen, und die Minuten tropfen dahin wie zäher Schleim. Ferdinand springt auf und läuft unruhig hin und her.

»Ich geh mal hoch. Vielleicht können sie schon etwas sagen«, meint Elard und springt ebenfalls auf.

»Noch nicht, es ist noch zu früh. Letztes Mal hat es knapp vier Stunden gedauert«, erwidert Margarete, und ich blicke wieder zur Uhr.

Vier Stunden! Bisher sind erst drei Stunden vergangen. Trotzdem möchte ich nicht mehr hier ausharren. Ich habe das Gefühl, ich müsse näher zu ihm, und so beschließe ich, auf Station auf eine Antwort aus dem OP zu warten. Schwester Kerstin hat uns angeboten, derweil in seinem Krankenzimmer zu bleiben. Daniel hätte dort auch mehr Ruhe.

Gemeinsam gehen wir wieder nach oben. Daniel ist jetzt hellwach. Ich stille ihn, wobei Elard verstohlen zu uns blickt.

»Es braucht dir nicht peinlich zu sein. Sieh ruhig zu. Es ist etwas ganz Natürliches«, erkläre ich ihm. Daraufhin grinst er verlegen und sieht unbefangen zu mir.

»Süß ... wirklich süß, wie sein kleiner Mund an dir nuckelt. Ich habe nie gedacht, wie schön es sein kann, die Dinger mal in der Funktion zu bewundern, wofür sie eigentlich gemacht sind.«

Ich lächle ihn an, und Margarete räuspert sich vielsagend. Ferdinand tritt hinter mich und murmelt: »Trink, kleiner Wicht. Damit du groß und stark wirst.« Und Elard sagt bedächtig: »Wie dein Papa, kleiner Mann.«

Fünf Stunden sind vergangen, seitdem er im OP liegt. Nichts – keine Information. Die Schwestern dürfen uns keine Auskunft erteilen, und ich halte mich an dem winzigen Strohhalm der Hoffnung fest, dass wir eine schlechte Nachricht bereits erhalten hätten. Elard spielt mit Daniel. Er kitzelt ihn und pustet auf seinen Bauch, bis er vor Freude laut juchzt.

Fünfeinhalb Stunden ... keine Nachricht. Mein Herz befindet sich vor dem Zerspringen. Meine Nerven liegen blank. Kann jetzt noch etwas schiefgehen? Lebt er noch? Haben sie nur Angst, uns die schlechte Nachricht zu überbringen?

Dann geht die Tür auf, und ein abgekämpfter Herr in weißem Kittel sieht uns durchdringend an. Ich kann seinem Gesichtsausdruck nichts entnehmen, und so rechne ich mit dem Schlimmsten.

Sechsundzwanzig

Auch wenn die Zeit in gewissen Situationen nur langsam vergeht, kommen mir die letzten sechs Jahre wie ein Wimpernschlag vor. Genau so sollte es sein, wenn man glücklich ist, denke ich zufrieden und blicke zu Elias, der lang ausgestreckt neben mir im Bett liegt.

Es ist ein herrlicher Septembermorgen, und die Sonne lacht strahlend in unser Schlafzimmer.

»Wo hast du deinen Glücksbringer hingelegt?«, frage ich schnurrend. »Sonst liegt er immer in deiner Nähe.«

»Dreimal darfst du raten«, erwidert er keck und kneift mir in den Hintern.

Ich drehe mich zu ihm um und sehe fragend in seine wunderschönen hellbraunen Augen. Der goldene Stern in seiner rechten Iris funkelt spitzbübisch. Er dreht sich auf mich und küsst mich zärtlich.

»Sag schon«, quengele ich. »Er liegt nicht auf deinem Nachttisch, wo er sonst immer liegt.«

»Heute soll er Daniel Glück bringen.«

»Du hast ihn Daniel gegeben?«, frage ich erstaunt, denn er trennt sich normalerweise nie von seinem Glücksbringer, den ich ihm damals mit ins Krankenhaus brachte. Ein kleiner, aus Holz geschnitzter Igel, der auf einem Herzen sitzt. Ich fand ihn durch Zufall auf einem Wochenmarkt und äußerst passend für mein tapferes Igelherz.

»Ja. Heute soll er ihm Glück bringen. Ich habe ihn in seine Schultüte gelegt. Ich weiß, er hat schon lange ein Auge darauf geworfen. Was denkst du, wie stolz er sein wird, wenn er Papas Glücksbringer dort findet?«

Ich nehme ihn fest in den Arm. Ich liebe diesen Mann mehr als mein Leben – mehr als mich selbst. Dass er heute die

Einschulung seines Sohnes miterleben darf, verdanken wir der modernen Medizin und der engagierten Arbeit der Menschen, die tagtäglich dafür Sorge tragen, dass Menschen ein geeignetes Spenderorgan erhalten.

Wir hatten Glück. Elias hat überlebt! Er bekam eine weitere Chance! Aber wie viele Väter müssen ihre Frauen und Kinder zurücklassen, weil die Wartezeit auf ein Organ zu lange dauert? Wie viele Mütter sterben, weil unsere Spendenbereitschaft nicht ausreichend ist? Wie viele Kinder werden nicht erwachsen, weil die Angst in den Köpfen der Menschen zu groß ist, frühzeitig für tot erklärt zu werden? Die Menschen müssen besser aufgeklärt werden, dann haben auch viele eine zweite Chance. Eine Chance, die jeder von uns eventuell einmal in Anspruch nehmen könnte. Denn die Medaille hat immer zwei Seiten – die des Spenders und die des Empfängers. Ich weiß es, denn ich lernte beide Seiten kennen. Damals kämpfte ich für Stefan auf der einen Seite, heute stehe ich gemeinsam mit meinem Mann Elias auf der anderen Seite ... und mit uns viele Tausende von Menschen, die so wie wir an das System glauben.

Auch wenn der Ruf der Ärzte im Bereich Organspende in der letzten Zeit durch einige schwarze Schafe schweren Schaden erlitt, glaube ich doch fest daran, dass dieses System gut funktioniert und sie eine hervorragende Arbeit leisten. Leider ging die Bereitschaft in der Bevölkerung für eine Organspende dadurch drastisch zurück. Es könnte noch viel mehr Menschen geholfen werden, wenn es mehr Spender gäbe. Doch nur wenige tragen einen Spenderausweis bei sich.

Ich trage meinen Spenderausweis immer gemeinsam mit meinem Personalausweis in meiner Brieftasche. Meine Angehörigen wissen, dass ich bereit bin, Leben zu retten, sollte meines nicht mehr zu retten sein. Ich wünsche mir sehnlichst, dass es bald mehr Menschen gibt, die so denken wie ich.

--- ENDE ---

Vielen Dank fürs Lesen.

Wenn Ihnen mein Roman gefallen hat,
empfehlen Sie ihn bitte weiter.

Ihre
Katrin Winter

Danksagung

Wie immer danke ich meinem Mann für seine Unterstützung, während ich mich einem Schreibmarathon hingab und mich diesem schwierigen Thema widmete.

Ein großer Dank geht an Wolfgang, der sich wie immer mit Witz und Verstand durch meinen Roman wühlte und den Wortsalat in die richtigen Bahnen lenkte.

Mein großer Dank geht an Renate, ohne die ich niemals den Mut gefasst hätte, meine Romane zu veröffentlichen. Ihr Rat ist immer Gold wert.

Ich danke den Mädels aus der Nachbarschaft, Kerstin und Ilona, für ihr Interesse, ihre Korrekturen, anregende Diskussionen und Coverberatung.

Ich danke Steffi. Sie hat mir einen großen Dienst erwiesen, obwohl sie selbst beruflich stark eingebunden ist. Ihre Anmerkungen und Korrekturen waren äußerst hilfreich.

Und last but not least mein großer Dank an Martina vom Lektorat Sprachgefühl für die professionelle Korrektur dieses Romans.

!!! VIELEN DANK EUCH ALLEN !!!

Recherche

Bei meinen Recherchen zum Thema Organtransplantation und Organspende besuchte ich folgende Internetseiten (Stand: August – November 2014):

http://de.wikipedia.org/wiki/Herztransplantation#Herztransp lantation_bei_Kindern

http://www.netdoktor.de/Krankheiten/Organspende+Transpl antation/Therapie/Immunsuppression-5352.html

http://www.bgv-transplantation.de/wartezeit.html

http://www.transplant-forum.de/nach-tx/abstossungsrisiko/w arnsignale

https://www.welt.de/gesundheit/article3198858/Wenn-ein-fr emdes-Herz-in-der-Brust-schlaegt.html